JANET DAILEY

WIE WILDER WEIN

Roman

Aus dem Englischen
von Veronika Cordes

WILHELM HEYNE VERLAG
MÜNCHEN

HEYNE ALLGEMEINE REIHE
Nr. 01/9605

Titel der Originalausgabe
TANGLED VINES
erschienen bei Little, Brown and Company,
Boston, Toronto, London

Wilhelm Heyne Verlag GmbH & Co. KG, München
Printed in Germany 1995
Umschlagillustration: IFA-Bilderteam/TPC
Umschlaggestaltung: Atelier Ingrid Schütz, München
Gesamtherstellung: Elsnerdruck, Berlin

ISBN 3-453-08925-1

1

Ein Satelliten-Übertragungswagen des Fernsehsenders NBC parkte am Straßenrand im Central Park. Ein Kamerateam traf Vorbereitungen für die Reportage »Leben um fünf«, neugierig beäugt von Schaulustigen, die in der drückenden Hitze des New Yorker Augustnachmittags die Aufbauarbeiten verfolgten.

Vertraute Leierkastenweisen erfüllten die Luft, als Kelly Douglas, seit knapp zwei Jahren Berichterstatterin und Nachrichtensprecherin im Regionalprogramm, aus dem klimatisierten Wagen stieg. Sie war bereits kameragerecht geschminkt, das kastanienbraune Haar in einem französischen Zopf nach hinten gebannt.

»Hallo, Kelly.« Eddy Michels vom technischen Stab eilte lächelnd auf sie zu. »Mann, ist das vielleicht heiß.« Er wischte sich das Gesicht an seinem T-Shirt ab. »Dürften an die vierzig Grad im Schatten sein.«

Kelly hob einladend die Hände. »Willkommen in New York, der Sommersauna der Natur.«

»So kann man's wohl nennen.« Eddy wandte sich zum Gehen, drehte sich aber noch einmal um. »Übrigens, dein Interview mit dieser Schreckschraube Blaine neulich war Klasse. Hat ganz schön rumgestottert und sich gewunden wie ein Aal, als du ihr ihre Widersprüche unter die Nase riebst. Hättest aber kein Mitleid mit ihr haben sollen.«

Kelly winkte ab. »In Iowa habe ich gelernt, mich nicht mit einem Gegner anzulegen, der sein Pulver verschossen hat. Vor allem nicht mit einem Gegner, der einflußreiche Freunde hat.« Er grinste. »Stimmt auch wieder.«

»Ich weiß.« Sie lächelte hintergründig. »Absichtlich jemanden bloßzustellen ist der schnellste Weg zu ewiger Feindschaft.«

»Das hast du vermutlich auch in Iowa gelernt«, feixte er.

»Wo denn sonst«, lachte Kelly und machte sich an den Zuschauern vorbei auf den Weg zu den Kameraleuten.

Ein älterer Mann mit graumeliertem Haar, der etwas abseits von den übrigen stand, hatte ihr sein Profil zugekehrt. Er trug ein kariertes Hemd und grüne Hosen mit makelloser Bügelfalte.

Die Kleidung, das hämische Lächeln …

Kelly fröstelte bei seinem Anblick, und Angst stieg in ihr hoch, während Bilder vor ihrem inneren Auge aufzuckten – eine Faust, die kraftvoll zustieß, Schmerz, der in ihr explodierte und einen Schrei im Ansatz erstickte, brutale Hände, Atem, der nach Whiskey stank, ein erschrockenes Stimmchen, das »Nicht schlagen, Daddy, nicht schlagen« schluchzte, unbeherrschte Flüche, der Geschmack und Geruch von Blut.

Sie starrte den Mann an, ihre Gedanken wirbelten in blankem Entsetzen durcheinander. Wie hatte er sie gefunden? Wie, nach all den Jahren? Sie hatte sich ein neues Leben aufgebaut. Sie war beliebt, die Leute schätzten ihre Arbeit. Lieber Gott, sie konnte nicht zulassen, daß er ihr das kaputtmachte. Daß er ihr je wieder weh tat. Auf keinen Fall.

»Kelly, was ist denn?« fragte jemand. »Du bist ja weiß wie ein Gespenst.«

Sie konnte nicht antworten, konnte den Blick nicht von diesem Mann losreißen, der sich jetzt umdrehte und ihr sein volles Gesicht zeigte. Es war nicht er. Erleichtert atmete sie auf. Ihr Verstand arbeitete wieder.

»Ist nur die Hitze«, sagte sie leichthin. »Es geht schon wieder.« Sie schielte nochmals hinüber zu dem Mann, vergewisserte sich, daß es nicht er war. Wie sollte er auch? Er lebte ja in Kalifornien, im Napa Valley. Sie hatte nichts zu befürchten.

Die Rebstöcke rankten sich in der heißen Augustsonne in gleichmäßig ausgerichteten Reihen den unebenen Berghang hinauf, ihre Wurzeln bohrten sich tief in den felsigen Boden. Der Weinberg war berühmt für die besten Weine des gesamten Napa Valley. Rutledge-Wein aus Rutledge-Reben von den Weinbergen der Rutledges.

Sam Rutledge ging langsam auf den Jeep mit den Insignien der Gutskellerei Rutledge zu, zwischendurch blieb er stehen und prüfte die heranreifenden Trauben. Er trug eine sandfarbene Arbeitskluft und ein blaues Baumwollhemd, dessen hochgekrempelte Ärmel die Muskelstränge seines Unterarms entblößten. Ein von Wind und Wetter ramponierter Hut schützte ihn vor der Sonne.

Als sich Sam Rutledge dem Jeep näherte, blieb er noch einmal stehen, bückte sich und griff sich eine Handvoll Erde, ein Gemisch aus Sand und kleinen Steinen. Rutledge-Boden, wie auch die Reben. Sein Leben drehte sich darum. Er wollte es nicht anders.

Den Sand noch immer in der Hand, blickte Sam über das enge, von Reben durchzogene Tal. Die steil abfallenden Canyons und gezackten Kämme des Mayacamas-Gebirges lagen im Westen, spiegelbildlich zur Bergkette, die das Tal im Osten, zur Küste hin, einschloß.

Am Ende des Tals erhob sich Mount St. Helena mit seinem abgerundeten Gipfel als markantester Punkt des nördlichen Horizonts, und über allem wölbte sich ein wolkenloser Himmel.

Sam schloß die Hand über dem steinigen Sand, preßte ihn kurz zusammen, ließ ihn dann durch die gespreizten Finger rieseln. Als er sich die Hände abklopfte, meinte er ein Auto zu hören. Hatte etwa jemand vergessen, das Haupttor zu verschließen? Das Rutledge-Weingut war für die Öffentlichkeit nicht zugänglich. Führungen durch die Kellerei erfolgten nur auf Anmeldung, und die viele Arbeit ließ das nur selten zu.

Das Geräusch wurde lauter, entpuppte sich in der Tat als das Rumpeln eines Autos. Ein grün-weißer Buick bog um die Kurve, und eine dichte Staubwolke wirbelte hinter ihm auf.

Sam erkannte den alten Wagen gleich, noch ehe er das auffällige Schild REBECCAS WEINBERG an der Fahrertür sah. Es gab im ganzen Tal nur ein Auto wie dieses, und das gehörte Len Dougherty, ebenso wie die zehn Morgen, die Dougherty »Rebeccas Weinberg« nannte. Das letztemal, als

Sam dort vorbeigekommen war, hatte das Gut einen verwilderten Eindruck gemacht. Eigentlich kein Wunder, denn Len Dougherty gab sich zwar als Winzer aus, doch sein Tagwerk bestand vornehmlich aus Trinken und gelegentlichem Herumkrakeelen.

Sam hatte nichts übrig für den Mann, auch kein Mitleid für seine augenblicklichen finanziellen Schwierigkeiten. Das war ihm vom Gesicht abzulesen, als der Buick jetzt mit quietschenden Bremsen anhielt. Staub wirbelte auf, legte sich wieder.

»Wo find ich sie?« Len Dougherty steckte den Kopf aus dem Fenster, das zerfurchte Gesicht wutverzerrt. »Verdammt noch mal, ich will wissen, wo sie ist!«

»Ich nehme an, Sie meinen Katherine.« Aus alter Gewohnheit nannte Sam seine Großmutter beim Vornamen. Dougherty wollte bestimmt zu ihr, weil er die gerichtliche Anweisung zugestellt bekommen hatte.

»Sie wissen verdammt gut, daß ich sie meine«, schrie der Mann aufgebracht und kniff die Augen zusammen. »Und ich sage Ihnen das gleiche, was ich auch ihr erzählen werde: Ihr werdet mir mein Land nicht wegnehmen. Dieser Weinberg gehört mir. Ihr habt kein Recht, ihn euch unter den Nagel zu reißen.«

»Jeder Anwalt dürfte Ihnen was anderes erzählen, Dougherty«, erwiderte Sam ungerührt. »Sie haben sich von Gut Rutledge Geld geliehen und als Sicherheit Ihr Land geboten. Jetzt sind Sie mit den Zahlungen in Verzug geraten, und wir melden unsere Ansprüche an. So einfach und legal ist das.«

»Legaler Diebstahl, meinen Sie wohl«, gab Dougherty zurück und trat aufs Gas, so daß die abgefahrenen Reifen durchdrehten und Schotter und noch mehr Staub aufwirbelten, ehe das Auto entschwand.

Sam sah den Schwaden nach, bis der Wagen außer Sichtweite war. Er klopfte seinen Hut ab und fuhr sich durch das dichte blonde Haar. Er hatte erwartet, daß Dougherty auf die Verzichtserklärung hin empört und wütend reagieren würde. Dabei war für Sam das eigentlich Empörende, daß Dougherty das Land hatte verkommen, derart verwildern lassen.

Die Zehn-Morgen-Parzelle hatte früher zum Rutledge-Anwesen gehört. Dann, vor gut sechzig Jahren, war Doughertys Vater bei einem rätselhaften Unfall in der Kellerei ums Leben gekommen und hatte die hochschwangere Witwe mittellos zurückgelassen. Aus Mitleid und Verantwortungsgefühl heraus hatte Katherine ihr ein kleines Haus auf dem Anwesen und die zehn Morgen Weinberg drumherum geschenkt.

Sam fand es an der Zeit, dieses Stück Land wieder dem Rutledge-Anwesen einzuverleiben. Er stülpte sich den Hut auf den Kopf und sah nach der Sonne. Um diese Tageszeit würde Dougherty Katherine beim alten Claude in der Kellerei antreffen.

Sam kletterte in den Jeep und fuhr in dieselbe Richtung wie Dougherty vorhin, allerdings nicht, um seiner Großmutter beizustehen. Selbst mit ihren neunzig Jahren war Katherine Rutledge sehr wohl in der Lage, mit Len Dougherty fertigzuwerden. Mit ihm und jedem anderen auch.

Mehrere alte Bäume sorgten für Schatten auf dem Hof der gutseigenen Kellerei, die vor mehr als hundert Jahren erbaut worden war – ein massiver, zweieinhalbgeschossiger Backsteinbau.

Zwei gewaltige Holztüren markierten den Haupteingang zur Kellerei. Die eine stand offen, und durch sie schritt in diesem Augenblick Katherine Rutledge, wobei ihr Mahagonistock mit dem silbernen Knauf in gleichmäßigem Takt auf dem Boden auftippte. Sie war von zierlicher Gestalt und hielt sich noch immer kerzengerade. Ihre Gesichtszüge wirkten delikat, fast zerbrechlich – bis man ihr in die Augen sah, in denen Macht schimmerte, die Art Macht, die sich aus Intelligenz und Entschlossenheit zusammensetzt.

Neben ihr stand Claude Broussard, fünfzehn Jahre jünger als Katherine und seit Urzeiten Kellermeister auf Rutledge. Der gebürtige Franzose war ein stämmiger Mann mit großen Händen, breiten Schultern und einem noch breiteren Brustkasten. Er war mit dem Alter etwas beleibt geworden, aber sein Schritt – wie Katherines – war immer noch fest und seine legendäre Kraft unbeeinträchtigt.

»Ein Mann namens Ferguson war heute morgen in der Kellerei«, berichtete er Katherine. »Er hat den Weinberg von Cooper übernommen und wollte uns seine Trauben verkaufen.«

»Was für ein Unsinn.« Ihre Antwort kam spontan, ihre Stimme war noch immer so lebhaft wie zu Zeiten ihres Aufenthalts in einem französischen Pensionat. »Wie könnten wir auf die Idee kommen, seine Trauben aufzukaufen, wenn wir gar nicht wissen, woher sie stammen? Ich habe jeden Rebstock auf diesem Anwesen gesetzt, gezogen, wachsen sehen, vom Beschneiden bis zur Reife. Rutledge-Wein wird ausschließlich aus Rutledge-Trauben gemacht. Sollte sich dieser Mann noch einmal melden, richte ihm das aus.«

Claude Broussard nickte zustimmend. »Wie Sie wünschen, Madam.«

Madam – so nannte er sie seit jeher, von dem Augenblick an, da er sie in Frankreich kennengelernt hatte. Niemals Madam Rutledge. Und auch nicht Katherine. Für ihn war sie immer Madam gewesen. Eine Bezeichnung, die andere im Lauf der Jahre übernommen hatten. In Fachkreisen war es nichts Ungewöhnliches, bei Weinen aus der Kellerei Rutledge von Madams Weinen zu sprechen. In den ersten Jahren nach Aufhebung der Prohibition war das ironisch gemeint gewesen, als Spitze gegen ihren Versuch, einen Rotwein zu produzieren, der es mit den großen Bordeaux-Weinen aus Frankreich aufnehmen konnte. Als dann ihre Weine bei verdeckten Weinproben immer häufiger gegen die von berühmten französischen Châteaux gewannen, wurde das »Madam« mit Respekt und vor allem Neid ausgesprochen.

Das war nicht zuletzt auch das Verdienst ihres Kellermeisters. Claude, der sich dessen bewußt war, reckte den Kopf ein wenig höher. Sein selbstgefälliger Gesichtsausdruck schwand jedoch, als ein alter Buick im Kellereihof auftauchte. Claude warf Katherine einen unbehaglichen Blick zu.

Widerwillen zeichnete sich auf ihrem Gesicht ab, als sie Len Dougherty erkannte. Ihr Blick glitt über sein ergrauendes Haar, sein zerfurchtes Gesicht, die olivgrünen Hosen mit der messerscharfen Bügelfalte und das steifgestärkte gestreifte Hemd. Auf sein Äußeres legte Len Dougherty nach wie vor großen Wert.

»So können Sie doch nicht mit mir umspringen.« Len Dougherty stellte sich vor Katherine hin. Seine glattrasierten Wangen waren großzügig in After Shave gebadet worden, aber nicht stark genug, um den Whiskeygeruch zu überdekken. »Sie können mir nicht meinen Weinberg wegnehmen. Das ist mein Land.«

»Wenn Sie meinen Besitzanspruch abweisen wollen, Mr. Dougherty, brauchen Sie mir nur die Summe zu bezahlen, die Sie mir schulden, und das Land gehört Ihnen«, ließ ihn Katherine wissen.

»Aber das sind mehr als fünfunddreißigtausend Dollar.« Dougherty wandte die wäßrigen Augen ab, seine Hände zitterten. »Vor Ende Oktober kann ich unmöglich so viel Geld auftreiben. Ich brauch mehr Zeit.« Der Protest barg, wie schon so oft, einen um Verständnis ringenden Unterton. »Seit ich meine Frau verloren habe, war es nicht leicht für mich ...«

»Das liegt mehr als zwanzig Jahre zurück.« Katherines Stimme war scharf, scharf genug, um zum Kern der Sache durchzudringen. »Sie haben ihren Tod weidlich ausgeschlachtet. Erwarten Sie nicht, damit noch mehr zu erreichen.«

Das Blut schoß ihm ins Gesicht, ließ für einen Augenblick seine ungesunde Blässe verschwinden. »Sie sind eine kalte und herzlose alte Hexe. Kein Wunder, daß Ihr Sohn Gil Sie haßt.«

Das saß. Der Schmerz traf sie unvermittelt und voll. Die Art Schmerz, um den nur eine Mutter weiß, die von ihrem Kind gehaßt wird. Ein Schmerz, der mit den Jahren nicht verebbt, sondern sich noch verstärkt, im gleichen Maß wie Gilberts Haß auf sie immer größer geworden war.

»Meine Beziehung zu Gilbert ist kein Thema, das ich mit Ihnen zu erörtern beabsichtige, Mr. Dougherty«, erklärte sie steif.

Dougherty hatte ins Schwarze getroffen, und er wußte es. »Muß Ihnen schwer zu schaffen machen, daß seine Kellerei genauso erfolgreich ist wie Gut Rutledge. Wer weiß? In ein paar Jahren hat The Cloisters Sie vielleicht überrundet.«

Ein wüstenfarbener Jeep fuhr in den Hof ein und hielt unter den Bäumen. Katherine sah ihren Enkel Sam Rutledge aussteigen.

»Ich verstehe nicht, inwieweit Ihre Ausführungen sachdienlich sind, Mr. Dougherty.« Katherine hob ihren Stock und deutete damit auf die Papiere in seiner Hand. »Sie haben die gerichtliche Anweisung zugestellt bekommen. Entweder Sie zahlen den vollen Schuldenbetrag oder Sie treten Ihren Weinberg ab. Die Entscheidung liegt ganz bei Ihnen.«

»Verdammt«, fluchte er verbittert. »Sie glauben, Sie hätten mich in der Hand, wie? Aber Sie werden schon sehen. Bevor ich zulasse, daß Sie mich von meinem Land verjagen, werde ich alles niederbrennen.«

»Tun Sie das«, sagte Sam, der hinzugetreten war. »Das erspart uns das Roden.« Und zu Katherine gewandt fuhr er fort: »Ich hab mir vorigen Samstag das Anwesen aus der Luft angesehen, bin mit der Cub drübergeflogen.« Die Cub war ein uralter, zweisitziger Doppeldecker den Sam vor zwei Jahren wieder flugtauglich gemacht hatte. »Von oben war deutlich zu erkennen, daß der Weinberg völlig verwildert ist. Ein einziges Dickicht aus Unkraut, Rebstöcken und Gestrüpp.«

»Ich kann nichts dafür«, warf Dougherty entschuldigend ein. »Ich bin seit einiger Zeit gesundheitlich nicht auf der Höhe.«

»Gehen Sie«, befahl Katherine unvermittelt und bedachte Dougherty mit einem eisigen Blick. »Ich bin Ihr ewiges Jammern leid und außerdem zu alt, meine kostbare Zeit darauf zu verschwenden, Ihnen zuzuhören.« Sie wandte sich an Sam. »Bring mich ins Haus, Jonathan.«

Versehentlich benutzte sie Sam gegenüber den Namen seines Vaters, und Sam machte sich nicht die Mühe, sie zu korrigieren. Er war vierzehn gewesen, als sein Vater vor mehr als zwanzig Jahren starb, und seither kam es immer mal wieder vor, daß Katherine ihn Jonathan nannte. Sam hatte sich angewöhnt, darüber hinwegzusehen.

Er begleitete Katherine zum Jeep und half ihr auf den Beifahrersitz. Als er sich selbst hinters Steuerrad schwang, hörte er sie aufseufzen.

»Machst du dir Sorgen wegen Dougherty?« fragte er auf gut Glück und sah sie von der Seite an, während er den Jeep zu einer von Bäumen beschatteten Auffahrt lenkte. »Schon möglich, daß er uns noch Schwierigkeiten machen wird, bis die Sache mit seinem Weinberg ausgestanden ist.«

»Dougherty interessiert mich nicht. Er kann nichts ausrichten.« Der schroffe Ton verhieß, daß für sie eine weitere Diskussion des Themas nicht in Betracht kam. Ihr Verstand vermochte abrupt Türen zufallen zu lassen; dabei konnte es sich um handfeste Dinge, um Gefühle oder auch um Menschen handeln. So hatte sie auch seinen Onkel Gilbert aus ihrem Leben ausgeschlossen, dachte Sam, als sich der Jeep die schmale Fahrspur hinaufwand.

Sam war im Internat gewesen, als es zum Bruch zwischen Mutter und Sohn gekommen war. Über das Ereignis kursierten im Tal hundert Versionen und ebensoviele Begründungen. Jede konnte zutreffen. Sein Vater hatte nie mit ihm darüber gesprochen, und Katherine erst recht nicht.

Über Anwälte hatte sie sofort nach dem Zerwürfnis alle Ansprüche abgelten lassen, die ihr Sohn Gilbert an dem Familienunternehmen besaß. Gil hatte mit diesem Geld sowie zusätzlichem von Investoren ein nur fünf Meilen von Gut Rutledge entfernt gelegenes aufgelassenes Weingut erworben und eine klösterlich anmutende Kellerei dazugebaut – The Cloisters –, um dort erfolgreich einen Wein gleichen Namens zu keltern, mit dem er ganz unverhohlen seiner Mutter Konkurrenz machen wollte.

Mehr als einmal war Sam Zeuge einer zufälligen Begegnung der beiden bei irgendwelchen Anlässen geworden. Ein Fremder konnte unmöglich ahnen, daß sie Mutter und Sohn waren und daß sie sich miteinander überworfen hatten. Katherine behandelte Gil wie jeden anderen Winzer, den sie oberflächlich kannte – sofern sie geruhte, ihn überhaupt zu beachten. Aber die Rivalität bestand. Und war für alle ein offenes Geheimnis.

»Ich habe heute morgen mit Emile gesprochen«, sagte Katherine. Emile war kein Geringerer als Baron Emile Fougère, Besitzer von Château Noir im französischen Médoc. »Er wird nächste Woche an der Weinauktion in New York teilnehmen. Ich habe mich mit ihm dort verabredet.«

Ihre Finger schlossen sich um den ziselierten Knauf ihres Stocks, dessen Vorhandensein ständiger Mahner ihrer eigenen Sterblichkeit war, etwas, was Katherine im vergangenen Jahr gezwungenermaßen hatte einsehen müssen, als sie stürzte und sich dabei schwere Prellungen an Hüfte und Schenkel zuzog, so daß sie zwei Wochen lang ans Bett gefesselt war.

Die Zeit, die ihr noch blieb, wollte sie tatkräftig für die Sicherung der Zukunft von Gut Rutledge verwenden. Denn so schmerzlich es auch war, sich das einzugestehen, sie hegte ihre Zweifel, daß sein Fortbestand in den Händen ihres Enkels gewährleistet war.

Sie warf ihm einen prüfenden Blick zu. Sam war jetzt sechsunddreißig und so groß wie sein Vater, er besaß auch dessen muskulöse Statur. Sein Gesicht verriet Entschlossenheit. Um so mehr bedauerte Katherine, daß er nie irgendwie gezeigt hatte, daß er stolz war auf die Weine, die den Namen Gut Rutledge trugen. Ohne Stolz war Leidenschaft undenkbar; ohne Leidenschaft wurde Wein lediglich zum Produkt degradiert.

So betrachtet blieb ihr keine andere Wahl, als sich außerhalb der Familie umzusehen. Im Frühjahr hatte sie Kontakt mit dem Baron von Château Noir aufgenommen und ihm eine Partnerschaft vorgeschlagen.

Es wäre längst zu einer grundsätzlichen Einigung gekommen, wenn nicht Gil auf der Bildfläche aufgetaucht wäre und dem Baron ein ähnliches Angebot unterbreitet hätte. Katherine war überzeugt, daß er das aus reiner Bosheit getan hatte.

»Du begleitest mich natürlich nach New York«, sagte sie zu Sam, ehe sie sich von ihm beim Aussteigen helfen ließ.

»Selbstverständlich.«

Katherine wandte sich dem Haus zu und ließ ihren Blick

über das hochherrschaftlich anmutende Gebäude wandern, das der Großvater ihres verstorbenen Mannes im Jahre 1880 erbaut hatte. Nach dem Vorbild der großen französischen Weingüter war es zweieinhalb Stockwerke hoch. Wilder Wein rankte sich die altrosa Mauern hinauf. Kamine unterbrachen die stelle Schräge des schiefergedeckten Daches, und die Fenster waren längs und quer mit Bleiglasscheiben unterteilt.

Die Eingangstür aus schwerem Mahagoni öffnete sich, und Mrs. Vargas, die nimmermüde Haushälterin, erschien in ihrer gestärkten schwarzen Uniform, das graue Haar zu einem Knoten geschlungen.

»Dieser Dougherty war vorhin da und wollte Sie sprechen«, meldete Mrs. Vargas naserümpfend. »Ist aber gegangen, als ich ihm erklärte, Sie seien nicht da.«

Katherine nickte nur und stieg neben Sam die Marmorstufen hoch. »Han Li soll uns Tee zubereiten und auf der Terrasse servieren«, ordnete sie an. Und mit einem Blick auf Sam: »Leistest du mir Gesellschaft?«

»Nein. Ich hab zu tun.« Im Gegensatz zu Katherine kreisten Sams Gedanken noch immer um Len Dougherty.

Nüchtern war der Mann eigentlich harmlos. In betrunkenem Zustand dagegen galt er als gewalttätig, und diese Gewalt konnte sich gegen Besitz und Menschen richten. Sam wollte sichergehen, daß Gut Rutledge nicht davon betroffen war.

Der Verkehr im Zentrum von St. Helena stockte. Die Hauptstraße säumten massive Backsteinhäuser aus der Jahrhundertwende, elegante Läden und extravagante Restaurants. Ein Toyota mit Nummernschild aus Oregon scherte aus seiner Parklücke aus, schnitt Len Doughertys Buick den Weg ab.

»Verdammte Touristen, fallen ein wie die Schmeißfliegen.« Fluchend trat er auf die Bremse und hupte. »Bilden sich ein, daß ihnen alles gehört. Wie die Rutledges.«

Dieser Gedanke ließ ihn erneut zusammenschrecken. Gleichzeitig verspürte er den schalen Geschmack von Angst in seinem Mund und das dringende Bedürfnis nach einem Drink.

Dougherty parkte seinen Wagen vor seiner Stammkneipe und trat ein. Es roch nach abgestandenem Tabakqualm und verschütteten Drinks. Big Eddie hinter der Bar sah nur kurz auf, drehte sich dann wieder zu dem an die Wand montierten Fernseher um.

Dougherty nahm seinen angestammten Platz ein, den Hocker am Ende der Bar. »Ich nehm einen Whiskey.«

Big Eddie bequemte sich, unter die Theke zu greifen und ein kleines Glas nebst einer Flasche Whiskey vor Dougherty zu stellen, bevor er sich wieder dem Fernseher zuwandte.

Das erste Glas kippte Dougherty in einem Zug hinunter. Mit ruhigerer Hand schenkte er sich ein zweitesmal ein – wie Lava rann der Whiskey durch seine Kehle. Die gerichtliche Verfallserklärung, die er in die Tasche seines Hemdes geschoben hatte, drückte auf seine Brust.

Fünfunddreißigtausend Dollar. Bei seinen Aussichten, eine derartige Summe aufzutreiben, hätten es ebensogut dreihunderttausend Dollar sein können …

Diese verfluchten Augen, sinnierte er, als er daran denken mußte, wie ihn Katherine Rutledges stählerner Blick durchbohrt hatte. Er leerte sein Glas und füllte es erneut, zog es zu sich heran.

Die eine Hand um die Flasche, die andere um das Glas, verlor er jegliches Zeitgefühl.

Die Beine eines Barhockers schrammten neben ihm über den Boden. Ein pausbäckiger Reporter der örtlichen Zeitung nahm Platz.

»He, Big Eddie«, rief ein Mann von einem der Tische, »noch 'ne Runde Bier für uns.«

Dougherty warf einen verächtlichen Blick in Richtung eines Automechanikers in verschmiertem Overall, der mit einem Maler in farbbeklecksten Weiß zusammensaß. Alles einfache Handwerker, sinnierte er. Die arbeiten nach der Stechuhr und lassen sich von andern vorschreiben, was sie tun sollen. Ihm dagegen erteilte niemand Befehle; er war sein eigener Herr. Zum Kuckuck, er besaß einen Weinberg. Er …

Er dachte an das Schreiben in seiner Tasche und fühlte sich elend. Er konnte das Land nicht aufgeben. Es war alles, was ihm geblieben war. Wo sollte er sonst leben? Was sollte er denn tun?

Er mußte die Rutledges daran hindern, es ihm wegzunehmen. Er mußte unbedingt dieses Geld auftreiben. Nur wie? Wo?

Nichts war für ihn nach Wunsch gelaufen, seit Becky tot war. Seine wunderschöne Rebecca. Alles war schiefgegangen, nachdem er sie verloren hatte.

Dougherty spülte seine Verbitterung hinunter. Sein Blick streifte den Fernsehschirm.

»Bei einem Zwischenfall, der Parallelen zu dem Mordanschlag auf Präsident Reagan aufweist«, sagte der Nachrichtensprecher soeben, »wurde heute abend Senator Dan Melcher aus New York verwundet und ein Polizist erschossen. Kelly Douglas berichtet über weitere Einzelheiten dieses jüngsten Zwischenfalls aus New York.«

Eine Frau wurde eingeblendet; hinter ihr war der hell erleuchtete Eingang eines Krankenhauses zu erkennen. Die Präsenz, die von dieser Frau mit dem ausdrucksstarken Gesicht ausging, weckte plötzlich seine Aufmerksamkeit.

»Senator Dan Melcher, den mindestens ein Schuß in die Brust getroffen hat, wurde sofort ins Krankenhaus gebracht …«

Diese Stimme! Der tiefe Klang, der unaufdringliche Unterton von Autorität. Unmöglich, daß er sich täuschte. Er wußte es. Er kannte diese Stimme so gut wie seine eigene. Sie mußte es sein.

Das Gesicht der Frau war nicht länger auf dem Bildschirm, statt dessen sah man einen Mann um die Vierzig, der ungeachtet der wütenden Zurufe der draußen versammelten Menge aus einem schwarzen Auto ausstieg und winkend in die Kamera lächelte. Nur ihre Stimme – diese Stimme – war aus dem Off zu hören.

»Seit seiner Wahl zum Senator vor zwei Jahren gab es Kontroversen um Dan Melcher. Seine liberale Einstellung zu den bürgerlichen Rechten und zur Legalisierung des

Schwangerschaftsabbruchs hat heftige Opposition hervorgerufen. Heute abend ist diese Opposition in Gewalttätigkeit umgeschlagen.«

Jetzt löste sich eine Frau aus der Menge. »Mörder!« kreischte sie und schoß auf ihn.

Ein Mann fing den taumelnden Senator auf, ein Polizist sackte zusammen; die Menge stob entsetzt aufschreiend auseinander; jemand packte die Frau, ein weiterer Polizist überwältigte sie.

Jetzt wieder die Reporterin. »Wie wir soeben erfahren, ist der Sicherheitsbeamte seinen Verletzungen erlegen. Die Polizei hat die Täterin festgenommen. Ihre Identität ist noch nicht bekannt. Ein Verfahren wurde eingeleitet.« Und nach einer kurzen Pause: »Kelly Douglas, NBC, New York.«

Dougherty runzelte die Stirn. Kastanienbraunes Haar, dunkelgrüne Augen. Und dazu diese Stimme, unverkennbar. Ansonsten hatte sie sich in den zehn Jahren mächtig verändert. Sogar einen anderen Namen hatte sie sich zugelegt, den ihrer Mutter. Aber entscheidend war ihre Stimme. Sie war es.

Neben ihm machte sich der Zeitungsreporter Luft.

»Journalismus nennen die so was. Mit so einem Manuskript ist in unserer Branche kein Blumentopf zu gewinnen.«

Big Eddie zuckte gleichgültig die Schultern. »Ein Bild sagt mehr als tausend Worte«, meinte er lediglich.

»Ein schönes Bild«, spottete Phipps. »Eine hübsche Fratze, die sich vor der Kamera als Reporterin aufspielt. Die Nachrichtenleute im Fernsehen sind doch allesamt überbewertet und überbezahlt.«

Len Dougherty hörte nur mit halbem Ohr zu. In seinem Kopf ging es drunter und drüber. Schon wollte er das Glas heben, aber dann schob er es entschlossen von sich und glitt vom Hocker. Er mußte nachdenken.

2

Kellys abschließender Kommentar erfolgte live. Als die Lampen ausgeschaltet wurden, ließ sie das Mikro sinken und entspannte sich. Triumph blitzte in ihren Augen auf, ein zufriedenes Lächeln huschte um ihren Mund.

Brad Sommers, der Aufnahmeleiter, kletterte aus dem mit technischem Gerät vollgestopften Kombi. Der Mittdreißiger trug Khakihosen und ein kurzärmeliges kariertes Hemd, ein Zugeständnis an die Schwüle New Yorks. Kelly war noch viel zu aufgeputscht, um die feuchtheiße Luft zu spüren.

»Wir haben es geschafft, Leute.« Überglücklich über den Erfolg und darauf aus, ihn mit den anderen zu teilen, strahlte sie die Kollegen an. »Ich würde sagen, wir haben einen Knüller gelandet«, meinte sie augenzwinkernd.

Rory Tubbs, der Kameramann, hatte sie darauf gestoßen, als sie nach Beendigung der Außenaufnahmen für die Sendung »Leben um fünf« ins Studio zurückfahren wollten. Beim Abbau und Zusammenpacken war er mit einem der Polizisten ins Gespräch gekommen. Und der Wachmann hatte ganz nebenbei erwähnt, daß sich wegen Senator Melcher um das im Park gelegene Restaurant *Tavern on the Green* Demonstranten sammelten; sobald die Fernsehleute abgezogen seien, müsse er dorthin.

»Warum fahren wir nicht kurz vorbei, wenn wir sowieso in der Nähe sind?« hatte Kelly sofort vorgeschlagen. »Wir haben doch noch Zeit.«

Jetzt nahm sie dankend die Zigarette an, die ihr Larry hinhielt. Sie beugte sich über sein Feuerzeug, warf dann den Kopf zurück und blies, während sie sich kurz mit der Hand unter den kastanienbraunen Zopf im Nacken fuhr, den Rauch aus.

»Gute Arbeit, Rory.« Die Wärme und die Bewunderung in ihrer Stimme waren echt.

Über sein Gesicht huschte ein Lächeln. »Mann, wenn ich

dran denke«, meinte er dann kopfschüttelnd, »kann ich's noch immer nicht glauben, wieviel ich in den Kasten kriegen konnte. Als Melcher ausstieg und winkte, hab ich genau auf die Demonstranten gehalten, um ihre Reaktion einzufangen. Und dann war da plötzlich diese Frau ...« Er brach ab, wurde nachdenklich. »Wie ist sie bloß an den Bullen vorbeigekommen? Hat einer von euch das beobachtet?«

»Ich leider nicht«, sagte Kelly.

»Aber du warst großartig«, sagte Rory.

»Hätte noch besser sein können.« Sie ging im Geist noch einmal ihr Skript durch, fand ein Dutzend Schwachstellen, die sich hätten vermeiden lassen – Verben, die treffender hätten sein können, Satzgefüge, die der Dramatik gerechter geworden wären, Fakten, die sie hätte straffen und akzentuieren sollen.

»Bei dir muß es immer das Beste sein.« Das war eher eine Feststellung denn kritisch gemeint – und traf den Nagel auf den Kopf. Für Kelly war das Beste gleichbedeutend mit Erfolg, und Erfolg stand für Wohlwollen und Anerkennung, zwei Punkte, die für sie von größter Wichtigkeit waren, auch wenn sie das nicht eingestand, nicht einmal sich selbst.

»Kein Wunder, daß du uns verläßt«, fügte Rory hinzu und sah ihr in die Augen. »Wir werden dich wirklich vermissen.«

Gerührt von diesem unerwarteten Geständnis, lächelte Kelly. »Das klingt ja, als würde ich in eine entlegene Ecke der Welt entschwinden«, protestierte sie schwach, um ihre Verlegenheit zu überspielen. »Dabei wechsle ich lediglich das Stockwerk.«

»Ja, vom Regionalen ins Hauptprogramm. Das ist, als würde man in die Stratosphäre geschossen.« Er schnipste seine Zigarette von sich, die Glut malte einen roten Bogen in die Dunkelheit.

Hauptprogramm. Ein Zauberwort. Ein Ziel, auf das sie hingearbeitet hatte, seit sie vor acht Jahren vom College abgegangen war. Diese zurückliegenden acht Jahre waren hart gewesen. Sie hatte sechzig oder auch achtzig Stunden in der Woche geschuftet, um den mühsamen Aufstieg von der unerfahrenen Fernsehreporterin eines kleinen Senders im ländlichen Iowa zur Moderatorin einer neuen, anspruchsvollen Magazinsendung im Hauptprogramm zur besten Sendezeit zu bewältigen. Jetzt hatte sie es geschafft; sie hatte die Hand an der obersten Sprosse – alles, was sie jetzt tun mußte, war, sich dort zu behaupten.

Bei diesem Gedanken wurde ihr unbehaglich. Der Mann, den sie heute im Park gesehen hatte, fiel ihr wieder ein. Sie schob die Erinnerung an ihn beiseite, zwang sich zu einem unbeschwerten »Ich bin doch noch nicht weg, Rory. Du mußt mich noch eine ganze Woche ertragen.«

Brad Sommers kam angetrabt. »Du sollst ins Studio kommen, Kelly.« Er winkte den Fahrer in den Kombi zurück. »Jetzt gleich.«

Kelly verspürte Enttäuschung. Das war ihre Reportage, und sie wollte in den Elf-Uhr-Nachrichten vom Schauplatz aus moderieren. Aber sie protestierte nicht, als Brad Sommers nach ihrem Arm griff und sie in den Kombi drängte. In wenigen Tagen trat sie ihren neuen Job im Hauptprogramm an, und jetzt Gefahr zu laufen, als schwierig und launisch hingestellt zu werden, brachte nichts ein.

Minuten später setzte sie der Fahrer in der 50th Street ab, vor dem Eingang des siebziggeschossigen Gebäudes. Ihre Umhängetasche schlug ihr bei jedem Schritt an die Hüfte, als sie durch die mit Granit verkleidete Eingangshalle zum Sicherheitstresen eilte.

Der uniformierte schwarze Wachmann erkannte sie. »Hab Ihren Sonderbericht gesehen, Miss Douglas.« Er öffnete ihr die Schranke. »Wie geht's dem Senator?«

»Noch im Operationssaal.« Sie blieb nur stehen, um zu unterschreiben.

»Ist ein guter Mann. Wär' schade, wenn er nicht durchkäme.«

»Ja.«

Sie strebte auf die Fahrstühle zu und hörte jemanden rufen: »Fährst du nach oben?«

Kelly wußte sofort, wem diese Stimme mit dem feinen englischen Akzent gehörte, noch ehe sie Hugh Townsend in einem Aufzug auf sie warten sah. Schlank und wie immer adrett in einem hellgrauen Anzug lächelte der gebürtige Brite mit den aristokratischen Zügen sie freundlich an. Er konnte zurückhaltend sein oder charmant, je nach Gelegenheit oder Gesellschaft. Kelly gegenüber zeigte er sich stets von seiner charmanten Seite.

»Du arbeitest ja heute bis in die Nacht hinein, Hugh.« Sie war sich nicht sicher, was er für sie war – ihr Freund, Mentor, Berater oder, in seiner Eigenschaft als Produzent der neuen Magazinsendung, ihr Boß.

»Eigentlich wollte ich schon vor einer Stunde Schluß machen, bin aber wegen der Nachrichten noch geblieben.« Er wartete, bis sie eingestiegen war, drückte dann den Knopf ihres Stockwerks und sah sie mit seinen haselnußbraunen Augen von der Seite her beifällig an. »Hervorragende Arbeit.«

»Wirklich?« Sie zweifelte noch immer daran.

»Wirklich.« Der Fahrstuhl setzte sich in Bewegung.

»Schade, daß die Frau nicht bis nächste Woche gewartet hat, um den geschätzten Senator abzuknallen. Wäre ein toller Abgang für dich gewesen.«

»Und eine Vorabreklame für die neue Sendung, wie?«

Sein Blick war nicht weniger ironisch als ihrer. »Hab ich tatsächlich überlegt.«

»Dacht ich's mir doch.«

»Komm mit zum Essen, wenn du fertig bist, damit wir deinen Erfolg bei einer Flasche Wein feiern können. Denn ›der Wein erfreut des Menschen Herz‹.«

»Du hast wohl für jede Gelegenheit einen Spruch auf Lager?«

»Nicht für jede.« Hugh dachte kurz nach. »Vielleicht sollten wir heute abend einen Margaux trinken. Der achtziger ist herrlich spritzig.«

»Was? Keinen fünfundvierziger Latour, zur Feier des Tages?« neckte Kelly.

Er zog amüsiert die dunklen Brauen hoch. »Wenn du mir einen ›Emmy‹ anbringst, Kelly, wird das ein Anlaß sein, der wahrlich einen fünfundvierziger Latour verdient.«

»Einen Emmy? Du bist aber verdammt anspruchsvoll,

Hugh.« Er sah sie an, ein Lächeln umspielte seinen Mund. »Du meinst doch nicht etwa, du dürftest als einzige ehrgeizig sein, wie?« Der Fahrstuhl hielt in ihrem Stockwerk an, die Türen öffneten sich. »Ich werde dafür sorgen, daß ein Wagen bereitsteht.«

»Abendessen klingt verlockend, Hugh, aber ...« Aus der Nachrichtenredaktion drang hektisches Stimmengewirr. »Es wird ein stressiger Abend werden. Wenn alles vorbei ist, möchte ich am liebsten nach Hause und nichts mehr sehen und hören.«

Seine Hand schob sich unter ihren Zopf im Nacken. »Du wirst Stunden brauchen, um dich so zu entspannen, daß du schlafen kannst.« Sanft schubste er sie aus dem Fahrstuhl. »Abendessen.«

3

Es war Mitternacht, als Kelly auf den menschenleeren Bürgersteig trat. Längst hatten die fliegenden Händler ihre Karren nach Hause geschoben, und die Bettler waren verschwunden.

Die Hitze hatte sich gelegt, und auf den Straßen war es ruhig – so ruhig wie sonst nie in Manhattan. Die Müllabfuhr rumpelte die nächtliche 50th Street entlang. Ein paar Straßenzüge weiter jaulte eine Sirene, begleitet vom kehligen Hupton eines Feuerwehrwagens.

Kelly schob den Riemen ihrer Umhängetasche weiter die Schulter hinauf und atmete die beißende Nachtluft ein, die typisch für New York war. Als sie auf das einsame Auto zuging, das am Bordstein wartete, hielt ihr der Fahrer bereits die hintere Wagentür auf. Kelly legte ihre schwere Umhängetasche auf den Sitz und ließ sich in die Polster sinken.

Aus den hinteren Lautsprechern erklang gedämpft Musik. Sie hörte gar nicht hin, zog aus ihrer Tasche eine dicke Aktenmappe, die vollgestopft war mit Notizen und der ausführlichen Biographie eines Harvardprofessors, der unter die Schriftsteller gegangen war und mit dem sie sich morgen abend in ihrer Sendung »Leben um fünf« unterhalten sollte.

Der Wagen bog in die Park Avenue, passierte unbeleuchtete Schaufenster und vergitterte Geschäfte. Vor nicht einmal fünf Stunden hatte sich hier der Verkehr noch gestaut, hatten Hitze und Lärm an den Nerven der Fahrer gezerrt.

Bald schon hielt der Wagen vor dem markisenüberdachten Eingang eines eleganten, dabei keineswegs besonders pompös wirkenden französischen Restaurants, und Kelly nahm ihre Sachen und stieg aus.

Das Innere war kühl und in ruhigen Pastelltönen gehalten, genau die Art Restaurant, die Hugh Townsend bevorzugte. Unaufdringlich chic, mit gedämpftem Licht, die Wände mit einem feinen Blumenmuster überzogen, vermittelte es eine angenehme Atmosphäre. Kelly sog den Duft der französischen Küche ein – Burgunder, Thymian, Salbei.

Der Empfangschef eilte ihr entgegen. »Guten Abend, Miss Douglas. Mr. Townsend erwartet Sie. Hier entlang bitte.«

Von seinem Platz an einem Ecktisch blickte ihr Hugh Townsend entgegen. Ihr Gang fesselte ihn, ein Gang, der nicht unbedingt aufreizend war, aber doch so, daß sich ein Mann unwillkürlich nach ihr umsah.

Seit er Kelly Douglas zum erstenmal gesehen hatte – auf einer Magnetaufzeichnung war das gewesen – hatte sie sich sehr verändert. Genaugenommen hatte er sie erst gehört und dann gesehen. Der volle, warme Klang ihrer Stimme war ihm aufgefallen, als er am Schneideraum vorbeigekommen war. Neugierig hatte er reingeschaut.

Seine erste Reaktion auf die Frau auf dem Monitor war äußerst negativ gewesen – dunkles, langes Haar, das ihr glatt über die Schulter fiel, Schildpattbrille, markante, aber eigentlich ausdruckslose Gesichtszüge, strenges Jackett. Diese Stimme jedoch – er war eingetreten und hatte sich ihren Bericht über die Situation der Obdachlosen angehört.

Das Potential, das er ahnte, hatte sein Interesse geweckt, auch wenn sie eher wie eine versauerte Bibliothekarin wirkte.

»Wer ist das Mädchen?« hatte er den Redakteur gefragt.

»Kelly sowieso.« Und nach einem Blick auf die Kassettenhülle: »Ja, Kelly Douglas. Ist bei unserer Tochtergesellschaft in St. Louis und schickt uns regelmäßig ihre Beiträge. Will vermutlich ins Hauptprogramm.« Und nach einer Pause hatte der Redakteur gegrinst: »Irre Stimme, was?«

»In der Tat«, hatte Hugh abwesend gemurmelt und dann gesagt: »Was dagegen, wenn ich die MAZ mitnehme? Ich würde sie mir gern noch mal ansehen.«

»Aber ja, doch.«

Hugh hatte das Band mehrere Male durchlaufen lassen und nur wenig an ihren journalistischen Fähigkeiten auszusetzen gefunden; ihre Stimme, der warme, ruhige, unterschwellig eindringliche Klang hielt ihn weiterhin gefangen. Nur ihr Äußeres empfand er als Ohrfeige für sein ästhetisches Auge – nicht nur als Produzent.

Er hatte Kelly nach New York beordert, angeblich zu einem Vorstellungsgespräch. Eine Woche später erschien sie in seinem Büro bei der NBC und war kaum wiederzuerkennen.

Als Kelly nun an seinen Tisch trat, erhob sich Hugh und wartete, bis sie ihm gegenüber Platz genommen und die große Umhängetasche auf dem Boden abgestellt hatte.

»Was gibt's Neues?« Er setzte sich wieder.

»Melcher ist aus dem Operationssaal. Sein Zustand ist weiterhin kritisch, aber stabil.« Um der Versuchung von vornherein zu widerstehen, legte sie die Speisekarte beiseite. »Bei der Frau handelt es sich um eine gewisse Della Rose Jackson, ehemals Schwester Mary Teresa und seit kurzem in einer Nervenheilanstalt, das heißt nachdem sie in einer Abtreibungsklinik einen Brand gelegt und eine Krankenschwester niedergestochen hat. Von einer Verbindung zu der Gruppe der Abtreibungsgegner ist nichts bekannt.«

»Du sollst nicht töten«, murmelte er.

»Fünftes Gebot.« Kelly hob ihr mit Wasser gefülltes Glas, trank aber noch nicht. »Du hast die Sendung ja gesehen.«

»Hab ich nicht. Aber ich wäre enttäuscht, wenn du nicht darauf angespielt hättest.«

Sie trank einen Schluck Wasser und starrte auf die durchsichtigen Eiswürfel. »Ein Polizist wird von einer ehemaligen Nonne ermordet. Ironie des Schicksals, stimmt's?«

»Und tragisch.«

»Sehr tragisch«, pflichtete sie ihm bei. Eigentlich wollte sie nicht länger daran denken. Gewalt, Tod – damit hatte sie tagtäglich zu tun. Sie hatte gelernt, sich gefühlsmäßig nicht beeinflussen zu lassen. Sie sah sich um. »Hübsch ist es hier. Ich kannte es noch gar nicht.«

»Das Essen ist hervorragend. Und die Weinkarte ...« Um die Wirkung seiner Worte zu erhöhen, hielt er inne, und ein Lächeln umspielte seine Mundwinkel, »... geradezu erlesen.«

»Ohne Zweifel der entscheidende Faktor für deine Wahl.« Kelly hob ihr Glas und prostete ihm schalkhaft zu. Hugh Townsend war bekannt als Liebhaber von guten Weinen.

»Ohne Zweifel.« Sein Lächeln vertiefte sich. »Wenn du Hunger hast, können wir gleich bestellen.«

»Ich bin hungrig wie ein Wolf«, gab sie zu.

Hugh winkte den Ober herbei, der auch sofort kam. »Wir möchten bestellen.«

»Sehr wohl, Sir«, antwortete er und wandte sich Kelly zu. »Was möchten Sie heute abend gern essen, Madam? Sehr zu empfehlen wäre Lammrücken, zubereitet mit ...«

»Nein, vielen Dank.« Um nicht schwach zu werden, fiel sie ihm ins Wort. »Ich nehme einen grünen Salat, ohne Dressing, gedünsteten Kabeljau, nur mit Zitrone, ohne Sauce.« Sie übersah seinen gequälten Blick. »Später einen Kaffee, aber bitte koffeinfrei.«

»Damit verdirbst du dir nur den Genuß des Weins.« Hugh sah sie vorwurfsvoll an und wandte sich dann an den Ober. »Bringen Sie Miss Douglas den Coq au vin.«

»Hugh ...«

Mit einer Handbewegung wehrte er ihren Protest ab. »Wir sind hier, um zu feiern. Die überschüssigen Kalorien kannst du morgen bei Rick abstrampeln«, sagte er unter Hinweis auf ihren Privattrainer, den sie, als Teil eines strengen Programms zur Gewichtskontrolle, dreimal in der Woche aufsuchte.

»Bei diesem Sadisten«, murmelte Kelly nur noch und erhob keinen weiteren Einspruch zum Menüwechsel. Schließlich war Coq au vin nichts weiter als Hühnerfleisch in Weißwein.

Für sich bestellte Hugh die Ente à l'orange und ließ dann den Weinkellner rufen. Mit halbem Ohr hörte Kelly die beiden die Weinliste durchgehen.

Vor drei Jahren, als er sie nach New York bestellt hatte, da hatte sie alles daran gesetzt, einen guten Eindruck zu machen. Wein war der Schlüssel dazu gewesen ...

Sein Büro bei der NBC entsprach genau dem, was Kelly erwartet hatte – Ledersessel, makelloser Eichenschreibtisch, Ölgemälde an den Wänden, eine Atmosphäre unaufdringlicher Eleganz. Die grobkörnigen Fotos dagegen, die sie vorab gesehen hatte, waren dem Mann nicht gerecht geworden; sie hatten zwar sein gutgeschnittenes Gesicht gezeigt, jedoch das aristokratisch Vornehme unterschlagen, genauso wie das charmant-arrogante Lächeln und den warmen Glanz seiner Augen.

»Willkommen in New York, Miss Douglas.« Er kam um den Schreibtisch herum und schüttelte ihr die Hand.

Kelly war bemüht, sich ihre Nervosität nicht anmerken zu lassen. »Danke, Mr. Townsend. Ich freue mich sehr, hier zu sein.« Sie legte eine kurze Pause ein, ehe sie ihm den Geschenkkarton überreichte. »Vielleicht empfinden Sie das als aufdringlich, aber ich bin in Iowa aufgewachsen, und dort ist es üblich, dem Gastgeber eine Kleinigkeit mitzubringen.«

Eine Augenbraue wölbte sich. »Ein Geschenk?«

»Zum Dank für das Interesse, das Sie meiner Arbeit entgegenbringen«, erwiderte Kelly.

Er bedeutete ihr, Platz zu nehmen. »Darf ich es sofort öffnen?«

»Bitte.« Sie sank auf den Ledersessel und zwang sich, entspannt zu wirken.

Sie beobachtete ihn, wie er die Geschenkverpackung öffnete und die Weinflasche herausnahm. Als sie sah, daß seine Hand fast zärtlich darüberglitt, atmete sie erleichtert durch.

Völlig perplex musterte er sie. »Ein historischer Wein.«

»Ich weiß.« Kelly hatte ihre Sicherheit wiedergefunden. »Der 73er Stag's Leap Cabernet Sauvignon war der erste kalifornische Wein, der bei einer verdeckten Weinprobe den Haut-Brion und den Mouton-Rothschild auf die Plätze verwiesen hat. 1976 in Paris. Viele halten zwar den 73er Rutledge Estate Cabernet für noch besser, aber der nahm leider nicht an dem Wettbewerb teil.«

Mit nachdenklichem Kopfschütteln stellte er die Flasche ab. »Woher wissen Sie, daß ich gute Weine schätze?«

Kelly lächelte. »Ich habe meine Schularbeiten gemacht.«

»Augenscheinlich.«

»Wie ich in Erfahrung bringen konnte«, beeilte sich Kelly zu erklären, »gehören Sie einer berühmten Vereinigung von Weinkennern an. Ich habe daraus geschlossen, daß Sie nicht zu den Snobs gehören, die über unsere erstklassigen kalifornischen Weine die Nase rümpfen.«

»Das war reichlich riskant, Miss Douglas.« Er lehnte sich lässig an den Schreibtisch, verschränkte die Arme und sah sie mit ehrlichem Interesse an.

»Sie haben sich mit mir doch auch auf ein Risiko eingelassen, Mr. Townsend«, konterte sie.

»Vielleicht sollten wir beide zu Gewinnern erklärt werden«, sagte er. »Wie kommt es, daß Sie so viel über die Stag's-Leap-Weine wissen? Auch Schularbeiten?«

»Gewissermaßen. Ich bin im Napa Valley geboren.« Jahrelang seit dem Tag, da sie das Tal verließ – hatte sie ihre kalifornische Herkunft verschwiegen. Sie hatte sich eine neue Vergangenheit zurechtgezimmert, eine, die nichts von dem Kummer und der Erniedrigung ihrer wahren Kindheit enthielt. Sie ausnahmsweise jetzt zu erwähnen, konnte vielleicht von Vorteil sein.

»Tatsächlich? Und ich dachte, Sie seien in Iowa geboren und auch dort aufgewachsen.« Wie um ihren Lebenslauf zu überprüfen, blickte Hugh auf seinen leeren Schreibtisch.

»Nur wenige wachsen dort auf, wo sie geboren sind. Umziehen scheint eine typisch amerikanische Eigenschaft zu sein. In meinem Fall war es ein Umzug nach Iowa.« Kelly fand, daß sie das sehr geschickt pariert und nicht einmal geschwindelt hatte. »Irgendwann während meiner Schulzeit erwachte mein Interesse für die Gegend, in der ich geboren bin, und ich schrieb für die Zeitung einen Artikel über das Weinanbaugebiet im Napa Valley. Sie stimmen mir doch sicher zu, daß Wein etwas Faszinierendes an sich hat.«

»In der Tat«, pflichtete er ihr bei. »Ich würde gern mal Ihren Artikel lesen.«

»Ich suche ihn raus und schicke Ihnen eine Kopie zu«, log sie. Es gab keine Unterlagen mehr, und selbst wenn, hätte sie sie ihm nicht geschickt. »Damals träumte ich noch von einer Karriere bei einer Zeitung.«

»Bevor Sie das Fernsehen entdeckten.«

»Richtig.«

»Und wovon träumen Sie jetzt?«

»Davon, bis zu meinem dreißigsten Lebensjahr den Sprung zur überregionalen Korrespondentin zu schaffen«, antwortete Kelly.

»Wie alt sind Sie jetzt?«

»Siebenundzwanzig.«

»Sie könnten es durchaus schaffen …« Er nickte und kam mit noch immer verschränkten Armen um den Schreibtisch zu ihr, musterte sie. »Allerdings müßten Sie diese Brille loswerden, etwas mit Ihren Haaren anstellen und diesen strengen Aufzug gegen etwas Pfiffigeres eintauschen. In St. Louis mag Ihre Lehrerinnenuniform ja gut ankommen, aber doch niemals im Hauptprogramm.«

Betroffen von dieser direkten harschen Kritik, erstarrte Kelly. Sie drückte die Fingerspitzen in die ledernen Armstützen des Sessels, um zu verhindern, daß ihre Hände wie zur Verteidigung an ihre Schildpattbrille und den dicken schwarzen – ihrer Meinung nach intellektuell wirkenden – Knoten fuhren, der ihr langes Haar im Nacken zusammenhielt.

Daß sie nicht hübsch war, wußte sie. Höchstens in gewisser Weise attraktiv. Sie hatte hart gearbeitet, um ihr Äußeres auf schlank und elegant zu trimmen. Daß er daran Anstoß nahm, tat weh. Mehr als er wahrscheinlich ahnte.

Hatte sie denn nicht lange genug hämische und abschätzige Blicke ertragen müssen? Das Geplärr der Kinder damals, dieser gräßliche Spottreim »Pummel, Pummel, zwei mal vier, kommt nicht durch die Küchentür« würde für immer in ihrem Gedächtnis haften. Dafür brach sie jetzt nicht mehr in Tränen aus und lief auch nicht weg. Kelly hatte gelernt, sich nichts anmerken zu lassen, wenn jemand etwas Verletzendes äußerte.

Jetzt legte sie die Fingerspitzen dachförmig aneinander und sah Hugh Townsend kühl an. »Mein Äußeres hat nichts mit meiner Kompetenz zu tun.«

Er schien belustigt. »Verstehen Sie mich bitte richtig, Miss Douglas. Fernsehen ist ein visuelles Medium. Es kommt also auch auf Ihr Äußeres an.«

Am liebsten wäre sie auf ihn losgegangen, beherrschte sich

aber. »Ich weiß sehr gut, daß ich keine Schönheitskönigin bin.«

»Wenn Sie das wären, würde ich mich vermutlich jetzt nicht mit Ihnen unterhalten. Das Äußere einer Kommentatorin sollte die Aufmerksamkeit des Zuschauers weder beeinflussen noch fesseln.«

»Das ist sexistisch.« Kellys Angriff war reine Selbstverteidigung.

»Wohl kaum. Glauben Sie mir, Miss Douglas, in diesem Geschäft steht die äußere Erscheinung von Frauen wie von Männern auf dem Prüfstand. Soll er sich einen Schnurrbart wachsen lassen oder ihn abrasieren? Sein Haar grau werden lassen oder es färben? Sollte der Schlips einfarbig, gestreift oder gemustert sein? Das immer wiederkehrende Problem des sich lichtenden Haars – soll er ein Toupet tragen oder sich implantieren lassen? Und in allen Fällen geht es um folgendes: Wird der Zuschauer dadurch abgelenkt?« Er deutete auf sie. »Die Brille, das Haar, der strenge Schnitt Ihrer Garderobe lenken ab.«

Sie wollte widersprechen, darauf hinweisen, daß Sally Jessy Raphael eine Brille trug. Selbst Bryant Gumble von der NBC griff gelegentlich zu einer Lesebrille. Statt dessen sagte sie lediglich: »Aber die Zuschauer kennen mich so.«

»Einem guten Journalisten kommt es darauf an, daß sich die Zuschauer an seinen Bericht erinnern«, erwiderte er, und Kelly zuckte unmerklich unter der mit sanfter Stimme erteilten verbalen Ohrfeige zusammen. »Übrigens findet bei unserer Tochtergesellschaft hier in New York ein Vorsprechen für einen Reporterjob statt«, fuhr Hugh fort. »Ich habe für morgen einen Termin für Sie vereinbart. Und für heute vormittag habe ich Sie beim Optiker angemeldet, damit der Ihnen Kontaktlinsen verpaßt, und gleich danach gehen Sie zum Friseur ... Sigmund ist einer der besten in Manhattan. Sobald er mit Ihnen fertig ist, treffen wir uns bei Saks und suchen eine geeignetere Garderobe für Sie aus ...«

»Was soll das alles?« unterbrach ihn Kelly.

Er lächelte. »Betrachten Sie es als Auftrag«, sagte er. »Ein Kamerateam wird Sie begleiten. Heute abend haben Sie Gelegenheit, Ihre Geschichte zu schreiben, das Material redaktionell zu bearbeiten und zu schneiden. Morgen können Sie die fertige Geschichte bei Ihrem Vorstellungsgespräch als Nachweis Ihrer journalistischen Fähigkeiten präsentieren.« Er legte eine Pause ein, sein Lächeln vertiefte sich. »Nun, Miss Douglas?«

Eine Herausforderung zweifelsohne. Kelly war nicht begeistert, ganz und gar nicht. Aber sie hatte wohl keine andere Wahl. Sie mußte darauf eingehen.

»Wann ist der Termin beim Optiker?«

»In dreißig Minuten. Ein Wagen wird Sie hinbringen.«

Keine zwei Stunden später verließ Kelly mit rund um die Uhr verträglichen Kontaktlinsen den Optiker. Nach einer vierstündigen Sitzung bei Sigmund war ihr Haar eine Handbreit kürzer, etwas länger als schulterlang; eine Formwelle gab ihm Fülle und Glanz, brachte den natürlichen dunkelroten Farbton zur Geltung; und ihr Make-up war jetzt raffinierter. Bei Saks schließlich fiel die Wahl auf ein aprikosenfarbenes Seidenkleid mit farblich abgestimmter Wildlederschärpe und einen Blazer aus einem Seiden-Leinen-Gemisch.

Als sich Kelly in dem großen Spiegel des Geschäfts betrachtete, kam sie aus dem Staunen nicht mehr heraus. Nicht, daß sie urplötzlich zu einer hinreißenden Schönheit geworden wäre. Dennoch war die Veränderung überwältigend. Ihr kastanienfarbenes Haar schmeichelte ihrem Gesicht, ein Gesicht, das nichts Langweiliges mehr an sich hatte. Kleid und Blazer saßen perfekt, und gleichzeitig umspielte das geschmeidige Material ihre Figur.

»Sie hatten recht«, sagte sie zu Hugh.

»Kommt selten vor, daß sich eine Frau einem Mann gegenüber zu einem solchen Bekenntnis durchringt«, bemerkte er trocken.

Sie lachte nur und drehte sich langsam vor dem Spiegel.

»Glauben Sie, Sie kommen mit diesem neuen Image zurecht?«

»Ja.« Eigenartigerweise stimmte das sogar.

Das Abfassen der Geschichte erwies sich als Kinderspiel, die Bearbeitung des Filmmaterials war sogar noch leichter.

Das Vorstellungsgespräch hätte nicht günstiger verlaufen können. Eine Woche später bot man Kelly den Job an. Sie kündigte beim Sender in St. Louis und zog nach New York.

Das war der Beginn ihrer Freundschaft mit Hugh Townsend gewesen. Immer mehr hatte sie sich auf sein Urteil und sein Gespür verlassen, hatte durch ihn die richtigen Leute kennengelernt, entscheidende Kontakte geknüpft – unbezahlbar in einer Stadt wie New York und in einer derart unter Konkurrenzdruck stehenden Branche wie dem Fernsehen.

Zum zweitenmal in ihrem Leben hatte sie einen Freund gehabt, jemanden, mit dem sie ihre Träume teilen, mit dem sie reden konnte nur die Schrecken ihrer Vergangenheit, ihm das anzuvertrauen, hatte sie nicht über sich gebracht.

Der Weinober brachte die gewünschte Flasche, Kelly beobachtete andächtig, wie Hugh das Glas ergriff – einen Finger unten um den Kelch und den Daumen an den Rand gelegt, das Zeichen des wahren Kenners – und es gegen das weiße Tischtuch hielt, um die rubinrote Färbung des Weins zu prüfen. Zufrieden schwenkte er den Wein mit einem geschickten Dreh aus dem Handgelenk, dann steckte er seine Nase ins Glas und atmete das Aroma ein, nahm dann einen Schluck, langsam und dabei die Flüssigkeit im Munde verteilend, ehe er sie über die Zunge gleiten und dann durch die Kehle rinnen ließ. Mit einem zufriedenen Nicken setzte er schließlich das Glas ab.

»Sehr gut.«

Der Weinkellner dienerte ob dieses Lobs. »Soll ich ihn atmen lassen und erst später servieren?«

Hugh schüttelte den Kopf. »Schenken Sie ruhig ein.«

»Wie Sie wünschen.«

Hugh tippte unten an seinen Kelch und deklamierte leise: »Und wenn ich von der Erde scheide, um vor meinen Schöpfer zu treten und Rechenschaft abzulegen für meine Sünden, die schwerwiegend waren, werde ich Ihm sagen: ›Vergessen der Name meines Dorfes, vergessen selbst der Name meiner Liebsten, aber der Wein, o Herr, war ein Chambertin!‹ Hilaire Belloc«, ergänzte er noch als Quellennachweis.

»Nicht gerade schmeichelhaft, Hugh«, scherzte Kelly.

»Dann eben einen anderen Spruch«, sagte er lächelnd, er war in Fahrt gekommen. »›Wenn auch in der Jugend Liebe und Rosen blühten, das Alter beläßt uns immerhin Freunde und Wein.‹ Thomas Moore, glaube ich.«

»Schon besser«, befand Kelly. »Auch wenn du wohl alles, was mit Wein zu tun hat, aus dem *Bartlett* bezogen hast.«

Er legte eine Hand aufs Herz. »Das werd ich nie preisgeben«, schwor er scheinheilig.

»Dacht ich mir doch.« Sie sah die Flasche an. »Ein Burgunder. Was ist mit dem Bordeaux? Ein achtziger Margaux, war's nicht so?«

»Sehr schlau. Du hast nicht nur ein Auge, sondern auch ein Ohr fürs Detail. Ich hatte an einen Margaux gedacht, aber dann fand ich, daß zur Ente besser ein Chambertin paßt.«

»Natürlich.« Kelly lächelte, seufzte unwillkürlich leise auf.

»Müde?«

Sie nickte. »Das war ein langer Tag. Ich wußte gar nicht mehr, wie aufreibend es ist, wenn man einen Knüller landet. In den beiden letzten Jahren war ich doch eigentlich nicht viel mehr als Nachrichtensprecherin und Interviewerin bei diesen Specials über Vergewaltigung oder Drogen oder Aids.« Sie dachte an den Stapel Papier und das Buch in ihrer Tasche. »Eigentlich hätte ich sofort nach Hause fahren sollen. Morgen steht ein Interview mit einem Wirtschaftsprofessor an, der ein Buch geschrieben hat, das ich noch durchlesen muß, und ein weiteres Gespräch mit einem Herz-Lungen-Spezialisten, bei dem es um Melcher geht.«

»Wo du gerade von Interviews sprichst, an der Weinversteigerung nächste Woche nimmt auch Robert Mondavi teil. Und nicht nur das. Mondavi hat sich bereit erklärt, am Freitag in ›Leben um fünf‹ aufzutreten und auf die Veranstaltung am Samstag hinzuweisen.«

»Toll. Vielleicht kann ich ihn interviewen«, sagte sie ohne besonderes Interesse.

»Das kannst du«, eröffnete ihr Hugh. »Ich habe dafür gesorgt.«

»So, hast du?«

»Ja. Er hat außerdem zugesagt, Freitag abend zu meinem Empfang zu erscheinen. Du hast doch die Party nicht etwa vergessen, nein?«

»Ist rot auf meinem Kalender vermerkt.«

»Ich hoffe, du kommst.«

»Bei der Prominenz, die du eingeladen hast, kann ich doch gar nicht kneifen. Und weil ich außerdem Freitag zum letzten Mal ›Leben um fünf‹ mache, bin ich anschließend sicher in der Stimmung, mich partymäßig feinzumachen.«

»Auch dein Haar offen zu tragen?« Sein Blick glitt über die schimmernde Haarspirale und die vorwitzigen Strähnchen, die sich daraus gelöst hatten und sich weich um ihr Gesicht und ihren Nacken ringelten. »Darüber würde ich mich freuen. Du arbeitest zuviel und amüsierst dich zu wenig, Kelly.«

»Schon möglich.« Sie hob eine Schulter an, streifte mit dieser Geste seine Bemerkung gleichsam ab. »Aber was soll ich machen? Die alte Bauernregel aus Iowa, ›Mach Heu, solange die Sonne scheint‹ und all das schlägt eben durch«, scherzte sie und fügte dann hinzu: »Wer hat in dieser Branche schon Zeit, sich zu amüsieren?«

Ihr Tagesablauf war stets mehr oder weniger der gleiche. Um sieben Uhr aufstehen, damit sie an den vier Fernsehgeräten in ihrem Wohnzimmer die drei überregionalen Morgensendungen sowie die Berichterstattung der CNN verfolgen konnte, bevor sie die Morgenausgaben der *New York Times,* des *Wall Street Journal, der Washington Post* und der *Daily News* überflog, die ihr an die Tür geliefert wurden. Dreimal in der Woche war sie um zehn im Fitneß-Studio und ließ sich von ihrem Privattrainer schinden, anschließend gab's eine Stunde lang dringend notwendige Massage.

Um zwei Uhr nachmittags erschien sie im Büro beim Sender, erledigte Anrufe oder Korrespondenz und bereitete sich auf die Besprechung um drei Uhr mit Aufnahmeleitern, Redakteuren, Drehbuchautoren vor, um die wichtigsten Tagesereignisse und die Abfolge der Sendung und die Länge der Beiträge festzulegen. Danach Schreibtischarbeit, das Abfassen ihres Manuskripts, dann eine letzte Besprechung kurz vor Ausstrahlung der Fünf-Uhr-Nachrichten. Die gleiche Prozedur dann für die Nachrichten um elf Uhr abends. Nur ganz selten kam sie vor Mitternacht in ihr Apartment in Gramerey Park zurück.

Dazwischen mußte sie Geschäftsessen, Sonderaufgaben sowie verschiedene politische, soziale oder medienbezogene Anlässe unterbringen, bei denen der Sender auf ihrer Teilnahme bestand.

Eine Zugehfrau putzte ihr einmal in der Woche die Wohnung durch, aber immer gab es Kleidungsstücke, die in die Reinigung gebracht oder von dort abgeholt werden mußten, oder aber es waren Kleinigkeiten durchzuwaschen, Lebensmittel zu besorgen, Rechnungen zu bezahlen; Geschirr mußte gespült, der Müll geleert und hunderttausend andere Dinge erledigt werden.

An den Wochenenden war sie damit beschäftigt, all das zu tun, wofür sie in der Woche keine Zeit gehabt hatte. Jede freie Stunde, die sie sich abringen konnte, verwandte sie darauf, auf die Situation vernachlässigter und mißhandelter Kinder aufmerksam zu machen und Geld für die Betreuung der Opfer aufzutreiben. Das war das einzige, wofür sie sich neben ihrer Arbeit wirklich engagierte.

Abgesehen von hin und wieder einem Abend mit Hugh hatte sie so gut wie kein Privatleben. Aber das machte ihr nicht besonders viel aus.

Vor ein paar Monaten war sie im Studio zufällig dazugekommen, als ihr Team gerade über sexuelle Praktiken diskutierte. Sex und Sport schienen die bevorzugten Themen jeder Crew zu sein, mit der sie zusammengearbeitet hatte.

»He, Kelly, wie steht's bei dir«, hatte Andy Grabowski, der BELEUCHTER, sie unter dem beifälligen Gejohle der anderen bedrängt.

Wenn die Kollegen gehofft hatten, sie in Verlegenheit zu bringen, hatten sie sich getäuscht. »Du machst wohl Witze, wie?« hatte sie scheinbar empört die Stirn gerunzelt. »Meine einzige sexuelle Praktik ist Abstinenz.«

Sie hatten gelacht, aber genau so hatte sie es gemeint.

»Du solltest dir wirklich auch Zeit für dich selbst nehmen, Kelly«, redete Hugh auf sie ein.

»Das sagt ausgerechnet der Mann, der an meinem ersten freien Montagvormittag seit Monaten in aller Herrgottsfrühe eine Besprechung ansetzt.«

»Es geht um die neue Show, um die Themen, die wir abstecken wollen.«

»Ich weiß. Irgendwie kann ich es noch gar nicht fassen, daß ich wirklich ›Land und Leute‹ machen werde. Ich hatte eher an Linda James gedacht.«

»Wie viele andere auch.«

»Aus gutem Grund.« Der Ober servierte die Vorspeisen. »Als sie zur Korrespondentin an der Westküste berufen wurde, hieß es, man wolle eine informative Magazinsendung zur besten Sendezeit um sie herum entwickeln.«

»Pläne ändern sich.« Hugh hob sein Glas. »Auf deinen exklusiven Nachrichtenknüller.«

Kelly griff ebenfalls zum Glas. »Und auf die Show ›Land und Leute‹.«

Sie stießen an, tranken. Wie stets, nahm Hugh einen größeren Schluck, um dann beifällig zu nicken. »Er ist weicher geworden, vollendet reif.«

»Soll ich dich fürchterlich beleidigen und sagen, er schmeckt sehr lecker?« sagte Kelly und lächelte ihn schelmisch an.

»Bitte nicht.« Er schüttelte sich in gespieltem Entsetzen. »Vollmündig und rassig, wunderbar ausgewogen und mit einem langen Abgang. Sag nie, wirklich niemals, er sei lekker.«

»Ich verspreche es«, gelobte sie schalkhaft. Nach einem Happen Hühnchen in Wein kam sie noch einmal auf die Show zurück. »Ich weiß nicht, wen du beschwatzt oder wessen Arm du ausgerenkt hast, um mich durchzuboxen, Hugh, aber danke.«

»Ich habe nichts weiter getan als deinen Namen in die Debatte geworfen. Dein Auftritt als Gastmoderatorin der ›Heute‹-Sendung besorgte den Rest.« Er hob sein Glas und sah sie über den Rand hinweg an. »Ist dir klar, daß nach der dritten

Sendung die Einschaltquoten um fast einen halben Punkt gestiegen waren? Das lag mit Sicherheit nicht an den Showgästen. Das Konzept war erbärmlich.«

»Das war es«, pflichtete sie ihm bei. »Komischerweise hatte ich gehofft, diese Auftritte könnten mir als Sprungbrett zur überregionalen Korrespondentin dienen. Niemals aber für ein Magazin zur besten Sendezeit, obwohl ich wußte, daß du eins plantest.« Kelly ließ die Gabel sinken. »Hugh, verrat mir doch, warum die Wahl gerade auf mich fiel. Linda James verfügt doch über sehr viel mehr Erfahrung und ist weitaus bekannter.«

»Vorsicht«, mahnte er, »du zeigst Unsicherheit.«

Er kannte nur wenige in dieser Branche, die nicht ein Bündel von Unsicherheit waren. Auch Kelly litt ganz offensichtlich unter Minderwertigkeitskomplexen, obwohl er vielleicht der einzige war, der das bemerkt hatte. Im allgemeinen strahlte sie Ruhe und Gelassenheit aus, was eigentlich im völligen Widerspruch zu der engagierten, arbeitswütigen, ehrgeizigen Frau stand, die sie war. Eine Frau, die sich selten mehr als sechs Stunden Nachtruhe gönnte und ständig auf den Beinen war. Eine Frau, die nach Anerkennung lechzte und emotional ausgehungert war. Was sie allerdings gut verbarg, sozusagen unter einer meterdicken Stahlschicht.

Mit einem warmen, kehligen Lachen hob sie ihr Glas und schwenkte es leicht. »Dann sei so nett und streichle mein Ego ein bißchen.«

»Gerne.« Er freute sich, wenn sie gelegentlich die Maske fallen ließ. »Unsere Show ist im Grunde als Unterhaltungssendung konzipiert – interessante Leute, interessante Gegenden. Lindas Ruf, sogenannt heikle Fragen zu stellen, spricht eher gegen sie. Sie besitzt nicht dein Einfühlungsvermögen, deine Fähigkeit, eine entspannte Atmosphäre zu schaffen. Du bringst die Leute ebenfalls zum Reden, aber du haust sie nicht in die Pfanne. Außerdem bist du ein neues Gesicht. Und genau das wollten die, die bei dieser Produktion das Sagen haben.«

»Ich werde sie nicht enttäuschen.« Es klang beinahe wie ein Schwur.

Hugh unterdrückte ein Lächeln und musterte sie unauffällig. Ihre Gesichtszüge hatten etwas Erdverbundenes. Das nette Mädchen von nebenan war sie nicht, eher eine junge Mutter Natur mit dem Rot der Sonne im Haar und dem Grün des Grases in ihren Augen. Je länger Hugh darüber nachdachte, desto besser gefiel ihm dieser Vergleich.

»Mir ist eine Idee gekommen, über die ich mit dir noch vor der Besprechung am Montag reden wollte.« Kelly pickte eine grüne Bohne aus dem gemischten Gemüse. »Ein Porträt über Harry Connick Junior, der diese alten Cole-Porter-Lieder und andere Evergreens singt. Er findet immer mehr Anhänger ...«

Hugh hörte sich ihre Ausführungen an, lauschte dabei mehr ihrer Stimme als ihren Worten. Mehr als einmal hatte er sich vorgestellt, wie es sein müßte, wenn Kelly ihm etwas ins Ohr flüsterte.

Anfangs hatte er sie stets mit dem Hintergedanken ausgeführt, mit ihr im Bett zu landen. Daß das nicht sofort klappte, hatte ihn nicht gestört. Als Engländer wußte er, daß die Jagd oft erregender war als der Abschuß.

Eines Abends war er deutlicher geworden. Kelly hatte ihn mit einem einfachen und klaren »Nein« gebremst.

»Ich mag dich sehr, Hugh, aber ich möchte nicht, daß mehr daraus wird. Liebhaber kann ich mir immer zulegen. Freunde dagegen sind selten. Eine Bettgeschichte wäre einfach zu billig, findest du nicht auch?«

Bei jeder anderen Frau hätte Hugh diese Bemerkung als scheinheiligen Protest abgetan und ihr wort- und gestenreich bewiesen, wie sehr er sie begehrte.

Bei Kelly nicht. Ihr Blick, das gereckte Kinn und vieles mehr in ihrer Körpersprache zeigten ihm, daß sie jedes ihrer Worte ernst meinte. Lachend gab er sie frei, zündete sich eine Zigarette an.

»Ich würde es nicht unbedingt billig nennen.« Er lächelte.

»Aber mit Sicherheit falsch. Wir wissen doch beide, daß es unklug ist, sich mit jemandem aus der Branche einzulassen. Diesen Fehler habe ich einmal gemacht.«

»Laß mich raten ... dein Liebhaber war Kameramann«,

sagte Hugh und grinste schief, als er ihr verblüfftes Gesicht sah. »Beinahe jede Frau beim Fernsehen hat irgendwo in ihrer Vergangenheit einen Kameramann vorzuweisen. Ich hab nie verstanden, was an denen so reizvoll ist, aber offenbar ist es so. Willst du dem lieben alten Hugh nicht ein bißchen was davon erzählen?« neckte er sie.

»Da gibt es nicht viel zu erzählen. Es hat eben nicht geklappt. Er glaubte, seine Karriere sei wichtiger als meine. Eines Tages wachte ich auf und erkannte, daß ich in einer zerstörerischen Beziehung lebte. Ich machte mit ihm Schluß. Eine peinliche Situation beim Sender.«

»Wo war das?«

»In Iowa. Bald darauf bot man mir einen Job in St. Louis an, und ich nahm an. Deshalb ...« Sie holte tief Luft und lächelte ihn an, »deshalb bist du mir als guter Freund lieber, Hugh.«

»Freund.«

Sie hatten sich die Hand darauf gegeben.

Damals hatte er geglaubt, er würde sie nicht wiedersehen. Warum auch, wenn er sie nicht ins Bett bekam? Eine Zeitlang hatte er sich auch nicht mehr mit ihr getroffen, dann aber gelegentlich bei ihr angerufen und so etwas wie väterliches Interesse für ihre Fortschritte bekundet. Immerhin sah er sie als seine Entdeckung an, bewunderte ihren Elan, ihre Intelligenz und Zielstrebigkeit.

Wenn sie sich miteinander eingelassen hätten, dann hätte Hugh, dessen war er sich ziemlich sicher, Kelly niemals für die Show vorgeschlagen. Was schade gewesen wäre.

»Denkst du über meinen Vorschlag nach?« fragte Kelly jetzt.

»Hört sich gut an. Bring ihn in der Sitzung zur Sprache.«

Der Weinkellner erschien, um die Gläser nachzufüllen. Kelly wehrte ab; mehr als eins gestattete sie sich für gewöhnlich nicht. Hugh hatte sie noch nie mehr als zwei trinken sehen. Auch mit dem Essen hielt sie sich zurück: die Hälfte ihres Hühnchens ließ sie zurückgehen, obwohl sie dem Ober versicherte, es sei ausgezeichnet gewesen.

Um zwei Uhr morgens betrat Kelly ihr Apartment, das sie

nach und nach und vor allem mit eigenem handwerklichen Geschick eingerichtet hatte. Der schwache Duft von Zitrone und Kiefernöl verriet ihr, daß die Zugehfrau dagewesen war. Kein abgestandener Zigarettenrauch, kein süßlicher Geruch leerer Whiskeyflaschen. Das war ein für allemal vorbei.

Sie betätigte das Dreifachschloß an der Tür. Beim letzten, einem einfachen Riegel, zitterten ihre Hände. Sie starrte die polierte Messingoberfläche an, mußte plötzlich an ein anderes Schloß denken, das diesem sehr ähnlich gewesen war.

Mit einemmal war sie wieder zehn Jahre alt und hantierte wild entschlossen, wenngleich ungeschickt, mit einem Schraubenzieher herum, um das einfache Schloß an ihrer Zimmertür zu befestigen …

Der Schraubenzieher rutschte ab, schrammte in das Holz. Sie starrte auf die Kerbe, atmete mit aufeinandergepreßten Zähnen zischelnd ein. Rasch führte sie den Schraubenzieher wieder in den Schlitz ein und drehte unter Aufbietung all ihrer Kräfte den gerillten Griff des Werkzeugs, um die Messingschraube ins Holz zu treiben.

Mit einem Ohr nach dem Geräusch eines Autos lauschend, bemühte sie sich verzweifelt, das Schloß fest zu verankern. Bis er zurückkam, mußte sie fertig sein. *Sie mußte.*

Als sie es geschafft hatte, trat sie zurück und besah sich ihr Werk, nicht befriedigt, aber erleichtert. Ihr Zimmer war jetzt ein Zufluchtsort geworden, ein Platz, den sie aufsuchen und verriegeln konnte und wo sie sicher war. Zitternd holte sie Luft, lächelte. Jetzt war sie sicher. Sicher vor seinen alkoholumnebelten Wutausbrüchen …

So in etwa hatte sie damals empfunden. Kelly schloß die Augen und hörte wieder das Wummern an ihrer Zimmertür, das Rütteln am Drehknopf, das unbeherrschte Brüllen, als die Tür nicht nachgab, dann das gräßliche Poltern, als sich ein Körper mit vollem Gewicht gegen die Tür warf …

Sie kauerte in der entferntesten Ecke des Bettes, die Decke zum Schutz um sich gewickelt, und fixierte gebannt den kleinen Messingriegel. Würde er halten? Ihr Mund war trokken, ihre Kehle wie zugeschnürt, zu zugeschnürt, um einen Ton hervorzubringen.

Wieder rammte er seinen Körper gegen die Tür. Diesmal vernahm sie das Splittern von Holz. Sie wußte sofort, daß sie das mit dem Schloß nicht hätte tun sollen. Jetzt war er wütend, und sie war schuld daran. Noch ein Rempler, und die Tür gab nach. Ein gutgezielter Tritt, und sie schwang schlingernd auf, polterte dann zu Boden.

»Verdammtes Schloß!« Er kam auf das Bett zu, eine mächtige dunkle Gestalt, die über das auf dem Boden liegende Türblatt stolperte. »Was soll dieses verdammte Schloß an deiner Tür!?«

Seine schleppende Sprache machte deutlich, was sie bereits geahnt hatte: Er war wieder einmal betrunken. »Ich hab's nicht so gemeint.« Sie hob abwehrend die Hände in Erwartung der Schläge. »Ehrlich.«

»Verfluchte Lügnerin.« Mit einer Hand packte er sie am Handgelenk und verpaßte ihr mit der anderen eine derart heftige Ohrfeige, daß ihr Kopf zur Seite kippte. Sie hatte den süßen Geschmack von Blut im Mund, und der Whiskeygestank seines Atems schlug ihr entgegen, als er sie an den Schultern hochriß und unbarmherzig schüttelte. »Lüg mich nie wieder an.«

»Bestimmt nicht.« Das Versprechen war nicht viel mehr als ein Wimmern.

»Untersteh dich. Sonst nehm ich das nächste Mal den Riemen. Kapiert?«

Sie nickte unter Tränen und hütete sich davor, etwas zu tun oder zu sagen, was seinen Zorn erneut entfachen konnte.

Kelly öffnete die Augen und schob nachdenklich den Riegel vor. Dieser Mann im Park. Er hatte sie an das alles erinnert. So sehr sie sich bemühte zu vergessen, die Vergangenheit war nie weiter als einen Gedanken entfernt.

4

Ein kecker Spatz auf der Suche nach Krümeln hopste aus der glühenden Sonne in den kühleren Schatten. Von seinem Stuhl aus, einen Arm um die Rückenlehne, die Beine übereinandergeschlagen, das dichte Haar von Fingerspuren durchzogen, sah ihm Sam Rutledge gedankenverloren zu. Sein verwitterter Hut lag auf dem Kissen des Stuhls daneben, und ihm gegenüber saß Katherine.

Mittagessen auf der hinteren Terrasse war ein Ritual, das jeden Dienstag stattfand, schönes Wetter vorausgesetzt. Eine der seltenen gemeinsamen Mahlzeiten, obwohl sie im selben Haus wohnten.

Auf Gut Rutledge war es nie üblich gewesen, daß sich die Familie geschlossen zu Tisch setzte. Auch nicht in Sams Kindheit, als seine Eltern noch lebten. Jeder war ständig viel zu beschäftigt gewesen sein Vater in den Weinbergen, Katherine in der Kellerei, die Mutter an ihrer Staffelei. Er hatte sein Essen im Kinderzimmer eingenommen, später bei den Bediensteten in der Küche. Bei den wenigen Anlässen, da die ganze Familie zusammen speiste, war er sich vorgekommen wie unter Fremden.

Das Land, die Weinberge und die Kellerei waren, ebenso wie das Blut, das einzige Band zwischen ihnen, gegenseitige Achtung das einzige Gefühl füreinander. Was Zärtlichkeit anbelangte, so hatte Sam längst begriffen, daß man nicht weitergeben kann, was man nie erhalten hat.

Auf Gut Rutledge galt das ungeschriebene Gesetz, daß die Rebstöcke Vorrang vor Menschen und Gefühlsbewegungen hatten, und nach dieser Regel war Sam großgeworden.

»Ich denke, Emile wird mein Angebot durchaus annehmbar finden«, bemerkte Katherine und lenkte Sams Aufmerksamkeit an den Tisch zurück. »Möchtst du dich irgendwie dazu äußern?«

»Nein.« Ein Entwurf des Abkommens lag auf der Glasplatte. Vor dem Essen hatte er ihn kurz überflogen. Jetzt zog er seinen Eistee näher und ließ die Finger über das beschlagene Glas gleiten. »Er scheint alles Wichtige zu enthalten.«

»Dann bist du also damit einverstanden?«

»Der Entwurf verrät deinen guten Geschäftssinn«, sagte Sam anerkennend, obwohl er genau wußte, daß es ihr auf seine Zustimmung nicht ankam. Sie hatte ihn nicht zu Rate gezogen, ehe sie dem Baron den Vorschlag unterbreitete, geschweige denn gefragt, was er von der Idee als solcher hielt. Hätte sie es getan, hätte sie festgestellt, daß er strikt dagegen war. Das hätte er ihr auch ins Gesicht gesagt, wenn er sie dadurch hätte umstimmen können. Aber auf seine Meinung legte Katherine keinen Wert.

Noch ging es lediglich um die Unterbreitung eines Angebots. Wenn sein Onkel mitmischte, würde möglicherweise nie mehr daraus werden. Deshalb sah Sam keinen Grund, sich darüber den Kopf zu zerbrechen; ihn beschäftigten ganz andere Dinge.

»Wenn wir Donnerstag nach New York fliegen, bleibt uns der Freitag zum Ausruhen und für die Vorbereitung auf unsere Besprechung mit Emile am Samstag vormittag. Das dürfte Zeit genug sein.«

»Finde ich auch.«

Sam ließ den Blick über den mit Blumenbeeten eingefaßten Rasen gleiten, ein blühendes Paradies, für das Katherine vor fünfzig Jahren ein schier undurchdringliches Dickicht aus Rankengestrüpp und Buschwerk gerodet hatte.

Das Haus stand auf einem breiten Bergsattel; von der hinteren Terrasse sah man über das Napa Valley. Eine zementierte Balustrade zog sich als Begrenzung der Gärten und Rasenflächen um den Sattel. Jenseits erstreckte sich das Tal und die gegenüberliegende Gebirgskette, versengt und ausgetrocknet von der sommerlichen Hitze.

Der Staub der verdorrten Landschaft war ein ständiger Mahner. Schon eine einzige achtlos weggeworfene Zigarette konnte einen verheerenden Brand auslösen, und gerade um diese Jahreszeit drängten sich auf den Straßen im Tal die Urlauber auf ihrer Rundtour zu den unzähligen Kellereien.

Eine achtlos weggeworfene Zigarette oder ein brennendes Streichholz an der richtigen Stelle. Sam wurde den Gedanken einfach nicht los. Abgesehen von diesem einen Zusammenstoß mit Len Dougherty hatte sich der Mann ruhig verhalten. Nach Sams Meinung auffallend ruhig.

»Habe ich dir gesagt, daß wir im *Plaza* wohnen?« Katherine goß heißen Tee in eine hauchdünne Porzellantasse. Sam hob die Brauen. »Findet die Versteigerung nicht im *Waldorf* statt?«

»Doch.« Sie fügte einen Spritzer Zitrone hinzu. »Dadurch sind wir im *Plaza* ungestört.« Sie rührte in ihrem Tee und starrte wie gebannt auf die kreisende Oberfläche. »Clayton und ich wohnten *im Plaza*«, sagte sie wie nebenbei. Es dauerte eine Welle, bis Sam begriff, daß sie von ihrem verstorbenen Mann sprach und nicht von seinem Vetter Clay, der nach dem Großvater benannt worden war. »Er wollte mit mir in den Flitterwochen nach Europa, aber dort tobte der Erste Weltkrieg, und deshalb verbrachten wir einen Monat in New York. Es war himmlisch.«

Ihr Gesicht war weicher geworden, wie immer, wenn sie von ihrem Mann, Sams Großvater, sprach. Sam konnte sie sich jetzt beinahe als verliebte junge Frau vorstellen, auch wenn ihm der Gedanke, sie käme anderer denn ihrer eigenen Wünsche und Bedürfnisse nach, weiterhin schwerfiel.

»Wir haben Will Rogers auf der Bühne gesehen«, schwelgte sie in Erinnerungen, »zusammen mit …«

»Verzeihen Sie, Madam«, unterbrach Mrs. Vargas, die sich lautlos genähert hatte. »Mr. Rodriguez ist hier und möchte Mr. Rutledge sprechen. Es sei dringend.«

Sam sah Ramón Rodriguez an der Terrassentür stehen, schweißüberströmt und nervös an seinem Hut nestelnd, den er in der Hand hielt. Ramón war einer der drei Männer, die Sam losgeschickt hatte, um die Grenzzäune zu inspizieren und gegebenenfalls auszubessern.

»Was gibt's, Ramón?« Sam war bereits aufgesprungen. Noch ehe Rodriguez antwortete, ahnte er, daß die Ruhe vorbei war.

»Der alte Dougherty. Wir waren bei ihm drüben, und er

dreht durch und fängt an, auf uns zu schießen«, berichtete Rodriguez erregt. »Er hatte's auf Carlos und Ed abgesehen. Ich bin zum Laster geflitzt und hab gemacht, daß ich wegkomm.«

»Ruf den Sheriff an. Er soll sofort rausfahren«, wies Sam Katherine an und eilte zur Tür.

»Wo willst du hin?« Sie pochte mit ihrem Stock auf die Fliesen.

»Zu Dougherty.«

»Wozu denn?« begehrte Katherine auf. »Du kannst ja doch nichts ausrichten. Der Sheriff wird sich drum kümmern, sobald er da ist.«

Sam blieb stehen und warf ihr einen gereizten Blick zu. »Katherine, ich habe diese Männer losgeschickt, damit sie den Zustand der Zäune kontrollieren. Ich habe nicht die Absicht, hier rumzusitzen, während Dougherty ein Scheibenschießen auf sie veranstaltet.«

Es war ihr anzumerken, daß sie weder seine Begründung noch seine Entscheidung billigte, aber Sam ließ sich auf keine weitere Diskussion ein.

»Ruf den Sheriff an«, wiederholte er, stürmte durch die Eingangstür und die Stufen hinunter geradewegs auf den Pick-up am Ende der Auffahrt zu, klemmte sich hinters Steuer, drehte den Zündschlüssel und trat aufs Gas, daß der Motor aufheulte. Kaum hatte Ramón seinen massigen Körper auf den Beifahrersitz gewälzt, legte Sam den ersten Gang ein und fuhr an.

»Jetzt erzähl mir mal ganz genau, was passiert ist«, sagte er zu Ramón.

»Schwer zu sagen. Ging alles so schnell. Wir inspizierten die Zäune, wie Sie uns aufgetragen hatten. Und dann, an der Nordseite, sehen wir, daß ein Stück eingebrochen ist, weil ein Zaunpfahl angefault war, und Ed und Carlos machen sich dran, ihn auszugraben, und ich geh zurück zum Wagen, um einen neuen zu holen. Als ich zurückkomm, hör ich jemand rumschreien, vermutlich Dougherty, und dann *peng! peng! peng!* fängt er an rumzuballern.«

»Sind Ed oder Carlos verletzt?« Sam sah deutlich das Gelände vor sich, einen neu angelegten Weinberg mit jungen, noch nicht zweijährigen Rebstöcken.

»Ich glaub nicht. Ich rief sie, und Ed brüllte zurück, es wär ihnen nichts passiert.« Er schüttelte zweifelnd den Kopf. »Das letzte, was ich sah, war, daß sie wie Plattfische auf der Erde lagen.«

Sam parkte den Wagen hinter hohen Bäumen in der Nähe von Doughertys Haus. Er schlich sich mit Ramón unbemerkt zum Haus. Als er die Hausecke erreichte und die Kühlerhaube des Buick direkt vor sich hatte, blieb er stehen, riskierte einen Blick um die Ecke.

Len Dougherty lehnte an der Kühlerhaube und schnauzte vor sich hin. Sam schätzte die Entfernung ab. Mit drei langen Schritten konnte er hinter ihm sein.

Von einer Polizeisirene war nichts zu hören.

»Verdammt noch mal, Dougherty, hör auf zu schießen und laß uns gehen!« rief einer der Arbeiter.

Im selben Augenblick, da Ed Brainer vom Hang her seinem Unmut Luft machte, rannte Sam los und klatschte im Lauf Dougherty auf die rechte Schulter. Verblüfft rappelte sich Dougherty hoch, fuhr, den Karabiner in der Hand, herum, fälschlicherweise nach rechts, wodurch er Sam erneut den Rücken zukehrte. Sam packte mit der einen Hand den Gewehrlauf, zwang damit Dougherty, sich vollends umzudrehen, und griff mit der anderen nach dem Waffenschaft. Und indem er Dougherty den Schießprügel entwand, verpaßte er ihm gleichzeitig einen so heftigen Rempler, daß der das Gleichgewicht verlor und stürzte.

Sam nahm sofort alle Munition aus der Waffe und sah, daß sich oben auf dem Hang die beiden Arbeiter schleunigst in Sicherheit brachten. Dougherty machte mit wutverzerrtem Gesicht Anstalten, aufzustehen, um sich auf Sam zu stürzen.

»Versuchen Sie's nur«, zischte Sam mit mühsam beherrschter Stimme. »Liefern Sie mir einen Vorwand, Ihnen mit diesem Gewehrkolben eins überzubraten.«

Dougherty hatte zwar bereits ein paar Whiskeys gekippt, war aber nüchtern genug einzusehen, daß er gegen den jüngeren keine Chance hatte. Er sank auf die Ellbogen zurück.

»Sind wohl mächtig stolz drauf, einen alten Mann niederzuschlagen?« höhnte er.

»Alt oder nicht, Dougherty, aber ein Mann sind Sie längst nicht mehr.« Angeekelt trat Sam zurück, konnte aber noch immer die widerlich süßliche Whiskeyfahne riechen.

Ein Streifenwagen mit rotierendem Blaulicht holperte über den ausgefahrenen Weg und hielt neben dem Buick an. Ein Polizeibeamter in Uniform stieg aus und kam vorsichtig näher, die Hand am Griff seines Revolvers.

»Was ist denn hier los?« Sein Blick wanderte von dem am Boden liegenden Dougherty zu dem Karabiner in Sams Hand.

»Er hat auf zwei meiner Arbeiter geschossen.« Sam reichte dem Beamten die Waffe. »Ich habe sie entladen.«

»Sie müssen sich wohl ständig in Schwierigkeiten bringen, wie, Dougherty?« meinte der Beamte kopfschüttelnd.

Dougherty rappelte sich auf. »*Er* ist in Schwierigkeiten«, sagte er und deutete auf Sam. »Ich hab mir nichts zuschulden kommen lassen. Ein Mann hat das Recht, seinen Besitz zu verteidigen, und genau das hab ich getan. Sie wollten meinen Zaun einreißen, ich hab sie nur davon abgehalten.« Er wandte sich an Sam. »Noch gehört euch dieses Land nicht. Und auf das Grab meiner Becca schwör ich, daß es niemals dazu kommen wird.«

»Sie alter Narr, darum ging's also?« Sam wies zum Hang hinüber. »Meine Männer haben diesen Zaun nicht niedergerissen, sondern ihn ausgebessert. Bis Sie anfingen, auf sie zu schießen.« Seine Augen verengten sich. »Großer Gott, wie leicht hätten Sie sie treffen können.«

»Unwahrscheinlich«, meinte Dougherty selbstbewußt. »Ich treffe nur, worauf ich ziele.«

»Das bilden Sie sich wohl ein«, entgegnete Sam.

»Sie halten mich für einen Lügner?« fuhr ihn Dougherty an und pochte sich an die Brust. »Mich, den man als Scharfschützen mit einem Orden ausgezeichnet hat? Wenn ich gewollt hätt, hätt ich sie jederzeit erledigen können, aber ich wollt nur Angst einjagen und sie in Schach halten.«

»Demnach wurde niemand verletzt?« vergewisserte sich der Beamte.

Sam sah den Hang hinauf. Ramón und die beiden anderen hatten die Arbeit am Zaun wieder aufgenommen. »Sieht so aus.«

Der Beamte zögerte. »Möchten Sie Anzeige erstatten, Mr. Rutledge?«

»Warum fragen Sie denn *ihn?«* begehrte Dougherty auf. »Er ist doch derjenige, der unbefugt mein Grundstück betreten hat.«

»Übertreiben Sie's nicht, Dougherty«, warnte Sam ihn sichtlich verärgert, »sonst lasse ich Sie festnehmen, wegen Bedrohung mit einer tödlichen Waffe.« Und zu dem Polizisten gewandt: »Sie wissen, wo Sie mich finden.« Damit ging er, ungeachtet der Drohungen, die Dougherty ihm hinterherschickte.

Unter den wachsamen Augen der Polizei wurde der Pfosten ausgetauscht und der Draht neu gespannt. Als der Beamte abzog, nahm er das Gewehr mit, nicht ohne Dougherty zu informieren, daß er es abholen könne, sobald die ballistische Untersuchung abgeschlossen sei.

Len Dougherty war tief gekränkt. Kaum war der Streifenwagen verschwunden, stürzte der alte Mann ins Haus, schnappte sich eine fast leere Whiskeyflasche und goß sich ein verschmiertes Glas voll ein. Wie ungerecht es doch zuging! Er wußte genau, wer die Schuld an all dem trug – diese hochherrschaftliche Madam und ihr sauberer Enkel. Ganz im geheimen hatten die beiden das gesamte Tal gegen ihn aufgewiegelt.

Er kippte seinen Whiskey in einem Zug hinunter, schenkte sich nach, was noch in der Flasche war, und ließ sich in den ausladenden Lehnsessel fallen, in dem er, volltrunken wie er gewesen war, letzte Nacht geschlafen hatte.

Der angeschlagene Keramikaschenbecher auf dem walnußgebeizten und mit Brandflecken übersäten Tisch neben ihm war randvoll mit Zigarettenkippen und Asche. Leere Streichholzbriefchen, zerdrückte Zigarettenschachteln und anderer Abfall lagen verstreut daneben. Auf dem einzig relativ sauberen Fleckchen auf dem Tisch stand, in einem billigen Rahmen, ein Foto von einer jungen, dunkelhaarigen Frau, die scheu und verschüchtert in die Kamera lächelte.

Len lehnte sich in die schmutzigen Kissen zurück und starrte die bernsteinfarbene Flüssigkeit in seinem Glas an. »Glaubten wohl, sie könnten meinen Zaun einreißen, aber ich hab's ihnen gegeben.« Er grunzte nachdrücklich und nahm einen weiteren Schluck. Dann starrte er das Foto an. »Ich hab's ihnen gegeben, Becca«, sagte er noch einmal, beinahe zärtlich.

Die leere Flasche entglitt seiner Hand und plumpste auf das Sitzkissen, drückte gegen seinen Schenkel. Behutsam griff er nach der Fotografie. Kummer, gemischt mit einem Anflug von Zorn, überschattete sein Gesicht.

»Warum mußtest du sterben, Becca?« stöhnte er. »Warum hast du mich allein gelassen? Du weißt doch, daß ich ohne dich zu nichts tauge. War nicht fair von dir zu sterben. Wo ich dich doch so gebraucht hätte.«

Ein Schluchzer stieg seine Kehle hoch. Er drängte ihn mit einem weiteren Schluck Whiskey zurück, sah wieder das Foto an, mit wäßrigem Blick.

»Was haben wir für Pläne geschmiedet, Becca.« Seine Stimme war heiser und weich. Er schniefte geräuschvoll. »Ich laß nicht zu, daß sie uns unser Land wegnehmen. Das schwör ich dir, Becca. Ich werd das Geld auftreiben. Irgendwo … irgendwie. Vielleicht … vielleicht …« Er sprach nicht aus, woran er dachte, die Idee, die ihn durchzuckte – eine Hoffnung –, drückte sich auf seinem Gesicht aus. Er stellte die Fotografie wieder an ihren Platz zurück. »Ich beschaff es. Wirst schon sehen.«

Überraschend zielstrebig schritt er auf die Tür zu, und eine halbe Stunde später hielt sein Buick vor der schäbigen Kneipe. Die Hängelampe über dem Pooltisch warf ihr Licht auf den grünen Filz und beließ den einsamen Spieler im Schatten. Billardkugeln prallten aneinander, als Len die Bar ansteuerte.

»Ich brauch Kleingeld. Zum Telefonieren.« Er schob eine zerknitterte Zehn-Dollar-Note auf den Tresen. »Ferngespräch.«

»Ist das hier vielleicht 'ne Wechselstube?« knurrte Big Eddie, kassierte aber den Zehner und gab Len dafür eine Rolle Vierteldollarmünzen aus der Registrierkasse.

Mit der in Papier eingewickelten Rolle Münzen eilte Dougherty zum Telefon bei den Toiletten. Dort angekommen, zögerte er, rieb sich mit der Hand über seinen plötzlich wie ausgetrockneten Mund. Vielleicht sollte er doch erst einen heben. Aber er verwarf den Gedanken gleich wieder.

Ein dutzendmal hatte er schon versucht, sich für diesen Anruf Mut anzutrinken, und jedesmal war es dann ein bißchen zuviel geworden. Diesmal nicht. Das hatte er Becca versprochen.

Dennoch zögerte er, ehe er nach dem Hörer griff, fuhr sich mit der Hand über die Bartstoppeln. Warum nur hatte er sich nicht vorher rasiert und ein bißchen zurechtgemacht! Wo es doch darauf ankam, einen guten Eindruck zu machen.

Weshalb zum Teufel scherte ihn das? Er wollte doch nichts weiter als telefonieren. Wie er aussah, war gar nicht wichtig.

Entschlossen griff Dougherty nach dem Hörer und wählte die Vermittlung an.

»Ich möchte ...« Er mußte nachdenken, bis ihm ihr jetziger Name wieder einfiel. »... Kelly Douglas in New York. Die Nummer hab ich nicht.«

»Rufen Sie die Auskunft an. Die Nummer ist ...«

»Nein, Sie suchen die Nummer für mich raus«, unterbrach er ungeduldig die weibliche Stimme in der Leitung, fing sich aber gleich wieder und versuchte, etwas von seinem einstigen Charme zu mobilisieren, mit dem er früher so viel Erfolg gehabt hatte. »Ich ruf nämlich aus einer Telefonzelle an, Miss, und hab leider nichts zum Schreiben.«

»Das ist bedauerlich«, meinte sie freundlich. »Moment bitte, ich versuch's mal.«

»Vielen Dank.« Während er wartete, kaute er nervös auf seiner Unterlippe herum. Sein Mund wurde immer trockener. Dann erfuhr er, daß es zwar in New York eine Kelly Douglas gebe, ihre Telefonnummer jedoch geheim sei und nicht weitergegeben werden dürfe. »Aber es handelt sich um einen Notfall«, japste er aufgeregt. »Ich muß sie unbedingt sprechen.«

»Wenn Sie eine Nummer hinterlassen wollen, unter der Sie zu erreichen sind, werden wir den Teilnehmer verständigen, damit er sich mit Ihnen in Verbindung setzen kann.«

»Nein, das geht nicht. Ich muß sofort persönlich mit ihr sprechen.« Er dachte fieberhaft nach. »Vielleicht könnten Sie's in ihrem Büro versuchen, ja? Sie ist Fernsehreporterin. Sie arbeitet für ... die mit dem Pfau, NBC.«

»Mit Voranmeldung?«

»Was? Ach so, ja, mit Voranmeldung.« Er verlagerte sein Gewicht auf das andere Bein und fingerte aufgeregt an der Telefonschnur herum. Bis er hörte, wie es am anderen Ende der Leitung klingelte.

5

Die Studiobeleuchtung flammte auf und tauchte die Nachrichtensprecher in grelles Licht.

Den Blick auf Kamera drei gerichtet, wartete Kelly auf ihr Einsatzzeichen, das gleich kommen würde. Ihr langes Haar war nach hinten geflochten, abgesehen von ein paar Strähnen, die sich sanft um ihr Gesicht ringelten und außerdem den Mikrophonknopf in ihrem Ohr verdeckten, über den sie in direktem Kontakt mit der Regie und der Technik stand. Ein weiteres Mikro steckte am Aufschlag ihrer blauen Jacke, neben dem blaugold gemusterten Halstuch ein unaufdringlicher Schmuck.

Das rote Licht an Kamera drei leuchtete auf, gefolgt von dem üblichen Handzeichen. »Gouverneur Cuomo hielt sich heute in New York auf, um ...« Als Kelly begann, den Text vom Teleprompter unter der Kameralinse abzulesen, erlosch die Mattscheibe. Ohne sich davon sonderlich irritieren zu lassen, griff sie auf den Papierstapel vor sich und las einen Ausdruck des Manuskripts ab, den sie für solche Fälle bereit hielt. »... sich mit den Vertretern der Stadt zu treffen und staatliche Hilfsmaßnahmen zur Behebung der gegenwärtigen finanziellen Situation zu erörtern. Mehr dazu von John Daniels.«

Kelly veränderte ihre Haltung nicht, bekam aber über Kopfhörer mit, daß in der Regie nach einem Bild geschrien und der Befehl fluchend wiederholt wurde. Scheinbar auf ihr Manuskript konzentriert, schielte sie verstohlen auf den kleinen Monitor in ihrer Schreibtischplatte. Er reflektierte lediglich ihr Gesicht.

Drei Sekunden Sendepause im Fernsehen können einem wie eine Ewigkeit vorkommen. Mit flattrigen Nerven suchte Kelly die Unterlagen für den nächsten Bericht heraus, für den Fall, daß dieser hier erst später dran kam. Auf dem Monitor tauchte jetzt das Gesicht von John Daniels vor dem Rathaus auf.

»Alles klar.« In der Stimme des Studioleiters klang die Erleichterung an, die auch Kelly empfand. »Das Band läuft eine Minute dreißig, dann bist du wieder dran, Kelly.«

Kelly nickte und lehnte sich entspannt zurück. »Wenn ihr es darauf angelegt habt«, sagte sie an die Adresse der versammelten Mannschaft im Studio, »daß mir irgendwelche vorwitzigen Kobolde meine letzte Nachrichtensendung unvergeßlich machen, dann ist euch das gelungen.«

Vereinzeltes unterdrücktes Lachen hinter den Kameras, und Chuck, der zweite Sprecher, grinste. »Wir wollten nur, daß du immer daran denkst, wie aufregend eine Live-Sendung sein kann.«

»Besten Dank«, sagte sie trocken.

Das war heute nicht die erste Panne gewesen: Kurz vor Beginn der Sendung hatte Kelly erfahren, daß das Interview mit Robert Mondavi nicht stattfinden würde, weil sein Flugzeug Verspätung hatte, daß aber Hugh Townsend bereits einen anderen Gast eingeladen hätte; man wollte Kelly noch rechtzeitig einen Zettel mit Stichpunkten und Fragen zuschieben. Dann war ein Scheinwerfer explodiert und das Sendepult mit Glassplittern übersät gewesen. Gleich danach, bereits auf Sendung, hatte sich eine Fliege auf Kellys Nase gesetzt und war von dort aus auf ihrem Gesicht herumspaziert, reichlich unangenehm, und zu guter Letzt war der Teleprompter ausgefallen. Alles zusammengenommen reichte eigentlich aus, Kelly zu überzeugen, daß ihr letzter Auftritt in der Nachrichtensendung unter einem ungünstigen Stern stand. »Für heute ist mein Bedarf an Überraschungen gedeckt. Okay, Leute?« meinte sie.

»Der Kuchen ist ja wohl keine Überraschung mehr.« Das war der Kameramann Rory Tubbs.

Die Sache mit dem Kuchen und der kleinen Abschiedsparty, die das Team vorbereitet hatte, war eines der schlechtest gehüteten Geheimnisse beim Sender gewesen.

»Ein Kuchen? Hoffentlich eine Sünde wert mit allem Drum und Dran«, sagte Kelly lächelnd.

»Eine Sünde wert allemal«, bestätigte Rory und hatte damit die Lacher auf seiner Seite.

»Noch zehn Sekunden«, kam die Vorwarnung des Studioleiters. Kelly sah, daß der Teleprompter wieder arbeitete, und vergewisserte sich rasch, daß die einleitenden Worte auf ihrem Manuskript mit dem Text auf dem Bildschirm übereinstimmten. »Neun ... acht ... sieben ... sechs ... fünf ... vier ... drei ... zwei ...«

Auf sein Handzeichen hin sah sie in die Kamera. »Während seines Aufenthalts in New York wird Gouverneur Cuomo auch Senator Dan Melcher einen Besuch abstatten. Der Senator befindet sich weiterhin im Krankenhaus, nachdem anfangs der Woche eine Irre auf ihn geschossen und ihn getroffen hatte. Nach Auskunft des Krankenhauses hat sich der Zustand des Senators gebessert. Einer vollständigen Genesung sollte nichts im Wege stehen.«

Jetzt schwenkte die Kamera auf den zweiten Sprecher, der die einleitenden Worte für den nächsten Beitrag las, und danach war ein Werbespot vorgesehen. Kelly klipste ihr Mikrophon ab, stand auf und legte es auf den Stuhl. Anschließend an die Werbung stand die Wettervorhersage an, dann Kellys kurzes Interview mit dem noch unbekannten Gast. Knapp fünf Minuten blieben ihr nur für die Vorbereitung, und die wollte sie so gut wie möglich nutzen.

Sally 0'Malley, eine der Assistentinnen, die regelmäßig Gäste ins Studio begleitete, übergab ihr zwei Informationsblätter.

»Die Einführung und die Fragen«, flüsterte sie Kelly hastig zu. »Da lang«, deutete sie dann.

Kelly folgte ihr vorsichtig über das Gewirr von Kabeln auf dem Boden. Sie machte Hugh Townsend aus, der hinten im Studio bei zwei Leuten stand. Ihr Blick fiel auf die schlanke Frau mit der kerzengeraden Haltung rechts von ihm. Ihr zartrosa Sommerkostüm trug die Handschrift von Chanel, und der flotte Schnitt des weißen Haars ...

Katherine Rutledge. Kelly erstarrte, Panik erfaßte sie. Unmöglich, ihr gegenüberzutreten. Sie durfte nicht riskieren, erkannt zu werden. Ausgeschlossen.

Wie aber sollte Katherine Rutledge sie erkennen? Sie war nicht mehr das stämmige Mädchen mit Brille und strähnigem Haar, das Katherine gekannt hatte. Sie hatte sich verändert. Ihren Namen, ihr Äußeres, ihr Leben – alles.

Trotzdem blieb Kelly verkrampft, als sie auf das Trio zuging. Langjährige Erfahrung und Disziplin halfen ihr, sich nichts anmerken zu lassen.

Hugh lächelte ihr zur Begrüßung zu, seine haselnußfarbenen Augen verrieten Triumph. Mit ausgesuchter Höflichkeit wandte er sich an Katherine Rutledge. »Katherine, darf ich Ihnen Kelly Douglas vorstellen. Sie wird das Interview mit Ihnen machen.« Und dann zu Kelly: »Kelly, das ist Katherine Rutledge.«

»Es ist eine Ehre, Sie bei uns zu Gast zu haben, Mrs. Rutledge.« Aus der Nähe konnte Kelly feststellen, daß Katherine in den vergangenen zwölf Jahren kaum älter geworden war. Die Augen waren scharf und klar wie immer, und das Makeup für die Kamera machte ihr Gesicht weicher und deckte neue Fältchen ab.

»Miss Douglas.« Katherine reichte ihr in wahrhaft königlicher Geste die weißbehandschuhte Rechte. Eine Geste, die Kelly ebenso unvergeßlich geblieben war wie die Stimme – wie geschliffenes Glas. Anmutig wies Katherine auf den jungen Mann in ihrer Begleitung. »Mein Enkel Sam Rutledge.«

Kelly sah zu einem hageren, knochigen Gesicht auf. Es schien nur aus Fältchen und Schatten, Höhlungen und Kanten zu bestehen. Alles Glatte und jungenhafte, an das sie sich von den wenigen Begegnungen her erinnerte, war daraus verschwunden. Daß sie sich damals kaum gesehen hatten, war nicht weiter verwunderlich. Sam Rutledge hatte in den Kreisen der Winzer verkehrt, die flotte Sportwagen fuhren, große Gartenparties veranstalteten und sich nach dem neuesten Schrei kleideten, während sie – nein, Kelly wollte nicht daran denken. Dieses Leben hatte sie weit hinter sich gelassen.

»Willkommen in New York, Mr. Rutledge«, sagte sie und merkte, daß er sie ungeniert musterte. Kein Erkennen blitzte in seinen Augen auf, und dennoch wagte sie kaum zu atmen.

»Miss Douglas.« Er begnügte sich damit, ihr zuzulächeln, wobei seine Gesichtszüge noch markanter wurden und die Schatten sich verlagerten.

»Werden Sie beim Interview dabei sein, Mr. Rutledge?« erkundigte sie sich und fragte sich insgeheim, wie sie das durchstehen sollte.

»Nein.« Ein leichtes Kopfschütteln und ein kurzes Zucken der Mundwinkel. »Ich habe Katherine lediglich ins Studio begleitet.« Kelly fand es eigenartig, daß er seine Großmutter mit ihrem Vornamen ansprach, schenkte dem aber weiter keine Beachtung. Hinter ihr wurden Stimmen laut, signalisierten die Werbeeinblendung. Inzwischen wurden bereits zwei Kameras vom Nachrichtenpult weggeschoben und weiter rechts aufgebaut. Die Techniker hantierten mit den Kabeln, die obere Beleuchtungsschiene flammte auf, richtete ihr grelles Licht auf die beiden schräg zueinander stehenden, durch einen runden Tisch getrennten Stühle. Ein Requisiteur stellte eine Weinflasche und ein Stielglas neben die mit Lilien und Rosen gefüllte Blumenvase.

Die junge Produktionsassistentin nickte Kelly zu. »Warum bringst du Mrs. Rutledge nicht schon mal aufs Set, damit sie sich auf das Interview einstellen kann?«

»Gut.« Kelly zwang sich, das mulmige Gefühl in ihrem Magen zu ignorieren, und nahm sich vor, dieses Interview zum besten ihrer bisherigen Laufbahn werden zu lassen. Diesen Erfolg brauchte sie. »Würden Sie bitte mit mir mitkommen, Mrs. Rutledge.«

Hugh sah ihnen auf ihrem Weg zum Plauderpodium, wie er es nannte, nach. »Ihre Großmutter ist gut aufgehoben«, beruhigte er Sam Rutledge, »Kelly ist unglaublich talentiert ... und verfügt außerdem über eine unglaubliche Stimme.«

»Ja.« Aber es war nicht ihre Fernsehstimme, an die er dabei dachte, dieser ruhige, sichere und nie aufdringliche Tonfall, sondern vielmehr an den warmen, fröhlichen Klang, mit dem sie in der Pause mit den Kollegen gescherzt hatte.

Die riesige Kamera versperrte die Sicht auf das Podium. »Wir gehen besser dort rüber.« Hugh deutete irgendwohin. »Von dort aus können wir sie gut verstehen und haben auch den Monitor vor Augen.«

»Wie Sie meinen.« Sam folgte Hugh Townsend zu einer Stelle, von wo aus er beobachten konnte, daß Katherine inzwischen Platz genommen hatte, während Kelly Douglas im Stehen an ihren Knopf im Ohr tippte und durch ein Kopfschütteln andeutete, daß die Verbindung zur Regie noch nicht hergestellt war.

Ein Tontechniker eilte zu ihr, überprüfte die Batterien am Aufschlag von Kellys Rock. Sam erhaschte einen Blick auf ihr mit Spitzen verziertes kobaltblaues Seidentop, ein hübscher Kontrast zu der strengeren Silhouette ihres Jacketts.

Nachdem der Schaden behoben war, nahm auch Kelly Platz und wechselte ein paar Worte mit Katherine, um dann nach ihrem Manuskript zu greifen und emsig darauf herumzukritzeln.

»Noch fünfzehn Sekunden«, kam die Ankündigung, und gleich darauf setzte der Countdown ein.

Zerstreut verfolgte Sam am Monitor die Wetterkarte. Seine Gedanken waren wie immer bei der Kellerei und den Weinbergen und der Arbeit, die getan werden mußte. Das Ausdünnen des Sol-Weinbergs hatte er bis zu seiner Rückkehr verschoben, die Abfüllung des zwei Jahre alten Cabernet Sauvignon ging unter Claudes unbestechlichem Blick weiter. Auch der Merlot stand an, auf Flaschen gezogen zu werden.

Über Len Dougherty brauchte er sich nicht den Kopf zu zerbrechen, zumindest nicht im Augenblick. Ehe sie nach New York geflogen waren, hatte der Sheriff sie informiert, die Polizei in St. Helena habe Dougherty festgenommen, wegen Randalierens unter Alkoholeinfluß, und ihm eine viertägige Gefängnisstrafe aufgebrummt.

Mit einiger Verspätung bemerkte Sam, daß Kelly Douglas auf dem Monitor zu sehen war. Schriftbalken wurden eingeblendet, die auf die Weinversteigerung hinwiesen, auf die Zeit und den Schauplatz der festlichen Veranstaltung, auf die Eintrittspreise und daß der Erlös wohltätigen Zwecken zugute kommen würde.

Sam wäre es eigentlich lieber gewesen, gleich nach dem Treffen mit Baron Fougère wieder nach Hause zu fliegen und auf die Teilnahme an der Versteigerung zu verzichten. Andererseits war dies vielleicht das letzte offizielle große Ereignis, an dem Katherine teilnahm. Sie hatte bei Gott ihr ganzes Leben, all ihre Kraft für Gut Rutledge geopfert und kaum einmal an sich selbst gedacht. Sie verdiente es, sich in dem Ruhm zu sonnen, den sich ihre Weine erworben hatten.

Es stand für ihn außer Frage, daß die Versteigerung ein Triumph für die Weine von Gut Rutledge werden würde. Katherine hatte eine Kiste ihres '73er Cabernet Sauvignon Réserve gespendet, ein Jahrgang, der unter Fachleuten ausnahmslos die höchste Bewertung erzielt hatte, die ein Wein erringen konnte, und den man heutzutage nur noch in den Kellern privater Sammler fand. Das letzte Mal, daß eine einzelne Flasche '73er versteigert worden war – sieben Jahre lag das zurück –, hatte sie fünfhundert Dollar erbracht, für einen kalifornischen Wein eine phantastische Summe. Der Preis für eine ganze Kiste konnte gut und gern in die Zehntausend gehen.

Neben sich hörte er Hugh Townsend murmeln. »Glänzend. Einfach glänzend.« Als er merkte, daß Sam ihn ansah, deutete er nach vorn. »Sie hat das meiste der Einleitung gekippt und eine eigene formuliert. Großartig«, raunte er hinter vorgehaltener Hand.

Erst jetzt hörte Sam zu, was Kelly Douglas sagte.

»... ist in der Tat einmalig. Während zu Zeiten der Prohibition die meisten Weinberge in Obstgärten umgewandelt wurden, behielt sie ihre Kellerei und produzierte Meßweine. Und gleichzeitig baute sie in ihren Weinbergen die edelsten Vinifera-Stecklinge an, die sie persönlich ausgewählt und aus Frankreich importiert hatte, im felsenfesten Glauben an ein absehbares Ende der Prohibition. Ein Glaube, der sich bewahrheitet hat. Fragen Sie einen Kenner von kalifornischen Weinen nach Gut Rutledge, und er wird geradezu ehrfürchtig von Madams Wein sprechen.« Kelly machte eine Pause und lächelte Katherine an. »Wie ich schon sagte, Madam Rutledge, es ist uns eine Ehre, Sie bei uns im Studio zu haben.«

»Danke, und mir ist es ein Vergnügen.« Katherine neigte kurz den Kopf, ganz Charme und angeborene Würde.

»Reine Neugier. Der Titel Madam, – wie kamen Sie dazu?«

»Das ist lange her.« Mit einer Handbewegung tat Katherine die genaue Zahl der Jahre ab. »Als ich als Braut zum ersten Mal nach Gut Rutledge kam, nannten mich die Dienstboten »die junge Madam«, zur Unterscheidung von der Mutter meines Mannes, die damals noch lebte. Bei meiner Rückkehr aus Frankreich, nach dem Tod meines Mannes, begleiteten mich Girard Broussard und sein junger Enkel Claude. Ungeachtet der Prohibition, die damals noch immer in Amerika herrschte, war Girard bereit, Kellermeister auf Gut Rutledge zu werden. Eine Stellung, die heute sein Enkel Claude bekleidet. Und als typische Franzosen sprachen mich sowohl Girard wie auch Claude mit Madam an. Das hat sich eingebürgert.«

Kelly wußte, als Katherine aus Frankreich heimkehrte, hatte sie auch ihre beiden kleinen Söhne Jonathan und Gilbert bei sich gehabt und außerdem den Sarg mit den sterblichen Überresten ihres Mannes, aber sie zog es vor, das nicht zu erwähnen. Statt dessen sagte sie: »Ich weiß, daß Sie Napa Valley nur noch selten verlassen. Ist es eher ein Zufall, daß sowohl Sie wie auch Baron Fougére an der diesjährigen Gala-Versteigerung in New York teilnehmen, oder ist etwas an den Gerüchten dran, daß Ihre Kellerei und die Ihres Sohnes Gilbert, The Cloisters, wetteifern, mit Château Noir, dem Weingut des Barons, im Napa Valley ein Gemeinschaftsunternehmen aufzuziehen?«

Katherine lächelte verbindlich. »Bei so vielen großen Namen, die bereits im Napa Valley Fuß gefaßt haben – Pétrus, Lafite-Rothschild, Moët et Chandon, um nur einige zu nennen –, gibt es immer Gerüchte. Wenn Sie mich jedoch fragen, ob ich den Baron in New York treffen werde, lautet die Antwort ja. Unsere Familien sind seit vielen Jahren befreundet.«

Für dieses geschickte Ausweichen auf ihre Frage mußte Kelly Katherine wohl oder übel Anerkennung zollen. Das Alter hatte der Schärfe und der Beweglichkeit ihres Verstands nichts anhaben können.

»Für eine Mutter dürfte es nicht einfach sein, mit ihrem Sohn zu konkurrieren, ob es nun um erlesene Weine geht oder überhaupt. Ich könnte mir denken, daß das auch auf die Rivalität zwischen Ihnen und Ihrem Sohn Gilbert zutrifft.«

Katherine neigte den Kopf zur Seite. »Die Weine von Gut

Rutledge haben keine Rivalen, Kelly«, sagte sie liebenswürdig.

Ein perfektes Schlußwort, wie Kelly fand. Sie wandte sich zur Kamera. »Das werden bestimmt alle, die an der Versteigerung morgen abend teilnehmen, bestätigen. Katherine Rutledge vom bekannten kalifornischen Gut Rutledge, danke, daß Sie bei uns waren.«

Das Interview war tadellos über die Bühne gegangen. Kelly empfand diese Gewißheit als Balsam für ihre strapazierten Nerven.

Solange der Abspann lief, blieb sie sitzen, lächelte und tat, als lausche sie den herumschwirrenden Wortfetzen des Sendeteams. Als die Lichter erloschen, hätte sie vor Erleichterung am liebsten ihr Manuskript in die Luft geworfen. Aber zu einem derartigen Gefühlsausbruch durfte sie sich nicht hinreißen lassen, schon um den anderen nicht zu zeigen, wie schwer ihr dieses Interview gefallen war.

Hastiger als sonst entledigte sie sich des Mikros und des Knopfs im Ohr, spürte endlich wieder die kühle Luft aus der Klimaanlage, bemerkte erst jetzt, daß das normale Studiolicht brannte. Sie verließ das Podium und erschrak.

Hugh war noch nicht gegangen, sondern wartete an der Tür auf sie, zusammen mit Katherine und Sam Rutledge. Kelly drängte es, ihnen zuzurufen, sie sollten endlich verschwinden, aber das konnte und tat sie natürlich nicht. Wohl oder übel mußte sie sich zu der kleinen Gruppe gesellen.

»Ich dachte, du seist längst weg.« Es gelang ihr, jeglichen Vorwurf in ihrer Stimme zu unterdrücken.

»Katherine wollte bleiben und dir zu deinen Kenntnissen in Sachen Wein und über Gut Rutledge gratulieren«, erklärte Hugh mit reichlich selbstgefälligem Grinsen. »Ich habe übrigens ganz vergessen, Katherine zu erzählen, daß du im Napa Valley geboren bist.«

»Ach wirklich?« Katherine musterte Kelly mit neuerwachtem Interesse.

»Aber aufgewachsen bin ich dort nicht«, beeilte sich Kelly klarzustellen. »Obwohl mich die Gegend seit jeher fasziniert. Und was meine Weinkenntnisse betrifft – Hugh läßt es sich nicht nehmen, jeden seiner Mitarbeiter über die Geheimnisse des Weins aufzuklären, ob man will oder nicht.«

»Sie scheinen eine gelehrige Schülerin zu sein«, merkte Sam Rutledge an.

Sie wandte sich an ihn. »Danke.« Trotz der inneren Anspannung sah sie ihm in die Augen und spürte wieder die Beklemmung, die seine Gegenwart auf sie ausübte. Irgendwie faszinierte er sie. Wäre er nicht Sam Rutledge, hätte sie sich eventuell darauf eingelassen festzustellen, ob diese Faszination über das rein Äußerliche hinausging.

»Kelly ist mehr als eine gelehrige Schülerin«, widersprach Hugh. »Sie ist der neue Star der NBC und genau von diesem Augenblick an offiziell als Moderatorin einer neuen Sendung unter Vertrag.«

»Gratuliere.« Sam streckte die Hand aus.

»Danke.« Sie drückte sie flüchtig.

Daß Kelly Douglas attraktiv war, hatte er längst festgestellt. Mehr aber noch weckte die angespannte Aufmerksamkeit hinter ihrer so selbstsicher wirkenden Fassade seine Neugier.

»Wir wollen Sie nicht länger aufhalten, Miss Douglas«, ließ sich Katherine zu Kellys Erleichterung vernehmen. »Ich bin nur noch geblieben, um Ihnen meine Anerkennung auszusprechen. Wir würden uns freuen, Sie bald wiederzusehen.«

»Das werden Sie«, sagte Hugh. »Kelly nimmt am Empfang heute abend teil.«

»Vielleicht verspäte ich mich, Hugh«, warf Kelly ein. »Das Team wartet auf mich mit einem Kuchen und wahrscheinlich noch ein paar anderen Überraschungen.«

»Spät oder nicht, ich erwarte dich. Betrachte das als einen Befehl von deinem neuen Boß.«

»Schon gut.« Warum bloß fiel ihr keine passende Ausrede ein?

»Dann bis heute abend, Miss Douglas«, sagte Sam leise, als sie sich verabschiedeten.

6

Das Taxi hielt vor dem Eingang zum Trump Tower. Kelly bezahlte den Fahrer und stieg aus, warf einen Blick zu dem Palast aus Marmor und Glas hinauf, der sich achtundsechzig Stockwerke hoch in die warme Sommernacht erhob.

Obwohl sie alles andere als in Stimmung war, hatte sie sich für die Party sorgfältig zurechtgemacht und sich dabei eingeredet, das sei sie sich und Hughs erlesenen Gästen schuldig. Das Calvin-Klein-Modell gab ihr die nötige Selbstsicherheit.

Der weitgeschnittene Mantel mit dem aufgestellten Kragen war aus mattem Goldsatin. Sie trug ihn über einem kurzen Spitzenkleid in der gleichen Farbe, das durch seine schlichte Eleganz unwillkürlich bewundernde Blicke auf sich zog. Hohe Pumps in einem weicheren, stumpferen Goldton und goldgefaßte Ohrringe vervollständigten ihre Garderobe.

Strahlend betrat Kelly die in zartrosa Marmor gehaltene Halle des Tower, in der ein Springbrunnen alle Großstadtgeräusche verschluckte. Ein Sicherheitsbeamter brachte sie zu den Privatliften, die zu den exklusiven Apartments über der Einkaufspassage in den unteren Stockwerken führten.

Im sechzigsten Stock verriet das Stimmengewirr aus Hughs riesigem Apartment, daß die Party bereits in vollem Gange war. Kelly holte tief Luft und läutete.

Innerhalb von Sekunden wurde die Tür von einem livrierten Bediensteten geöffnet, der sie sofort erkannte. »Guten Abend, Miss Douglas.« Er hielt ihr bewundernd die Tür auf.

»Guten Abend.« Kelly reichte ihm ihren Mantel, streifte sich die Kette ihres Abendtäschchens über die Schulter und betrat zögernd das geräumige Wohnzimmer.

Die Vorhänge an der Glasfront waren zurückgezogen und gaben den Blick über die nächtlich erleuchtete Stadt frei. Das Apartment selbst war geschmackvoll eingerichtet, New York vom Feinsten, eine Insel der Stille und Ordnung inmitten der pulsierenden Hektik der Stadt.

Von Stille konnte allerdings im Moment keine Rede sein. Im Wohnzimmer drängten sich die Gäste, einige saßen, die meisten standen, Grüppchen hatten sich gebildet, lösten sich auf, um sich in neuer Zusammensetzung zu finden. Eine gut ausgeklügelte Mischung aus Persönlichkeiten der Gesellschaft und berühmten Namen, aus Politikern und einflußreichen Geschäftsleuten, die Betuchten und die Einflußreichen und, natürlich, die Winzer, durch die Mystik des Weins in Kreisen wie diesem zu Halbgöttern stilisiert.

Ein weißbefrackter Kellner bot Kelly ein Tablett mit Räucherlachs und spinatgefüllten Canapés an. Kelly lehnte dankend ab. Kurz darauf kämpfte sich Hugh zu ihr durch und hauchte ihr einen Kuß auf die Wange.

»Du kommst spät«, flüsterte er ihr ins Haar, das sie offen trug, so daß es in dichter Fülle ihr Gesicht umspielte.

»Besser spät als gar nicht«, erwiderte sie.

»Stimmt. Wie war die Abschiedsparty und der Kuchen?«

»Der Kuchen war gut, aber der nackte Jüngling, der da raussprang, war besser.« Kelly lächelte und tat, als hätte es niemals Situationen gegeben, in denen ihr Gesicht röter als ihr Haar gewesen war. »Die Jungs vom Team behaupteten, er habe früher bei den New York Jets gespielt, aber diesen Bären konnten sie mir nicht aufbinden.«

»Wie konntest du das wissen?« Hugh musterte sie neugierig und amüsiert zugleich.

»Ganz einfach. Ich mag ja nicht viel von Football verstehen, aber einen Spieler erkenne ich auf Anhieb.«

Hugh lachte und winkte einen vorbeikommenden Ober heran. »Etwas zu trinken?«

»Keinen Wein?« Sie entdeckte kein einziges Stielglas auf dem Tablett.

Hugh zog die Augenbrauen hoch. »In diesem Kreis? Ausgeschlossen. Egal, welchen Wein ich ausgesucht hätte, ich hätte damit nahezu jeden hier beleidigt. Außerdem wollte ich meinen Keller nicht plündern und diesen Abend zu einer Weinprobe umfunktionieren. Longdrinks waren die einzig sichere und praktische Alternative.«

»Sehr schlau.«

»Sehr«, bestätigte er mit der ihm eigenen gewinnenden Arroganz.

»Mineralwasser mit einem Spritzer Zitrone«, sagte sie zum Ober. »Und jetzt verrat mir mal«, sagte sie leise, indem sie dicht an Hugh herantrat und verstohlen die Gäste musterte, immer darauf gefaßt, Katherine Rutledge und ihren Enkel zu entdecken, »wer ist hier, den ich kennen sollte, aber es nicht tue?«

Mit einem reichlich selbstzufriedenen Lächeln überflog er die Schar seiner Gäste. »Diese Gesellschaft wäre ein Stoff für einen Agatha-Christie-Roman – wenn die ehrenwerte Dame noch lebte. Immerhin sind nicht nur Katherine Rutledge und Baron Fougère gekommen, sondern auch Gil Rutledge. Das Unheil, wie es so schön heißt, braut sich zusammen.«

»Hoffentlich entlädt es sich nicht.«

»Ein faszinierender Gedanke«, erwiderte er. »Aber leider verbietet das ihre gute Erziehung.«

»Du bist nicht zu retten, Hugh.« Kelly lachte belustigt auf.

»Ich weiß. Übrigens, kennst du Gil Rutledge?«

»Nur vom Hörensagen.« Was auch stimmte. »Wo ist er?«

»Dort drüben.« Hugh deutete mit dem Kopf unmerklich zu einem Mann mit silbergrauem Haar, der sich etwas abseits mit zwei weiteren Gästen unterhielt. »Komm mit, ich mach euch bekannt.« Er faßte sie am Ellbogen und steuerte mit ihr auf Gil Rutledge zu. Wenn Kelly nicht gewußt hätte, daß er Katherines Sohn war, hätte sie wahrscheinlich keine Ähnlichkeit feststellen können. Obwohl sie durchaus vorhanden war – das gleiche silbergraue Haar, diese auf klassische Weise schönen Züge. Gil mußte um die Sechzig sein, auch wenn ihm die Jahre genauso wenig anzumerken waren wie seiner Mutter. Er hatte Katherines blaue Augen geerbt, Augen, die vermutlich eiskalt vor Abscheu werden und andererseits Wärme und Charme ausdrücken konnten.

Die Gegensätze traten dennoch deutlicher zutage. Er besaß nicht Katherines Würde, ihre Zurückhaltung, diese Aura überlegener Autorität. Gil Rutledge wirkte zwangloser; er hatte etwas Forsches, Extravagantes an sich und dazu jede

Menge Charme, den allein schon das Lächeln verriet, mit dem er Hugh und Kelly entgegensah.

Unwillkürlich mußte Kelly dieses Lächeln erwidern. Ihr war völlig klar, warum Gil Rutledges Ruf als Marketing-Genie den des Winzers noch übertraf.

Er gab Hugh keine Gelegenheit, sie einander vorzustellen, sondern griff sofort nach ihrer Hand. »Miss Douglas«, sagte er und begrüßte sie mit einem formvollendeten Handkuß, ohne daß diese Geste irgendwie affektiert wirkte. »Ich hatte das große Vergnügen, Sie vorhin im Fernsehen bewundern zu dürfen.«

»Sehr schmeichelhaft von Ihnen, Mr. Rutledge.« Kelly fragte sich, wie er auf ihr Interview mit Katherine reagiert haben mochte; ihn darauf anzusprechen, verbot die Höflichkeit.

»Sie sind zu bescheiden«, mahnte Gil leichthin. »Im übrigen heiße ich Gil.«

»Kelly«, sagte sie ihrerseits.

»Kelly.« Er lächelte, wandte sich ein wenig zur Seite, um sie auf den Mann zu seiner Linken aufmerksam zu machen. »Kelly, ich möchte Ihnen meinen Sohn Clay vorstellen.«

Gils faszinierende Persönlichkeit hatte bewirkt, daß Kelly seinen Gesprächspartner völlig übersehen hatte. Eine Filmstarschönheit, schoß es ihr beim Anblick von Clay Rutledge durch den Kopf, vom dunkelblonden Haar bis zu den auf Hochglanz polierten italienischen Schuhen. Dazu die von der Sonne Kaliforniens tiefgebräunte Haut, umflorte blaue Augen – Schlafzimmerblick – und einen Mund, der nicht anders als sinnlich bezeichnet werden konnte.Ohne Zweifel besaß er den Charme seines Vaters, nur daß er sich anders ausdrückte, weniger überschwenglich, hintergründiger.

»Mr. Rutledge.«

»Bitte nennen Sie mich Clay.« Im Gegensatz zu seinem Vater sah er von einem Handkuß ab, tauschte mit Kelly einen warmen, persönlicher wirkenden Händedruck.

»Clay.« Sie sah in seinen Augen rückhaltlose Bewunderung aufleuchten.

Vor noch nicht allzu langer Zeit hätte sie sich ob seiner

Aufmerksamkeit geschmeichelt gefühlt, hätten sein Lächeln, sein Blick, seine Berührung ihr den Kopf verdreht. Inzwischen wußte sie Bescheid. Ihr Beruf hatte sie mit vielen Politikern und berühmten Leuten zusammengebracht, die sich aufs Flirten und Schmeicheln verstanden und alle Register zogen, um zu erreichen, was sie wollten. Sie zog abrupt die Hand zurück.

»Glückwunsch zu Ihrer neuen Sendung«, meinte Clay. »Jetzt, da ich Sie kennengelernt habe, werde ich sie mir nicht entgehen lassen.«

Für Clay war jede Frau eine Herausforderung. Er war von ihnen besessen, war besessen darauf, sie zu erobern. Als er beobachtet hatte, daß diese schlanke, graziöse Frau auf ihn zukam, als er die rötlichen Funken in ihrem Haar bemerkt hatte, war sein Jagdinstinkt erwacht.

»Das hoffe ich«, erwiderte sie prompt. »Je mehr Zuschauer, um so höhere Einschaltquoten und um so größer der Erfolg.«

»Ich glaube, der Erfolg wird nicht auf sich warten lassen.« Er lächelte vielsagend.

»Wir werden alle unser Bestes geben.«

Ihre Zurückhaltung entging ihm nicht. Und dennoch war es ihre Sicherheit bei diesem Abtausch von Höflichkeiten, ihre bestimmte Art, die ihn hellhörig werden ließ. Im Plauderton versuchte er sie aus der Reserve zu locken und vielleicht auf diese Weise ihren Stolz, ihre Eitelkeit, ihren Ehrgeiz oder ihre romantische Ader zu ergründen, stets darauf bedacht, einen Anknüpfungspunkt zu finden. Bereits bei der ersten Begegnung erfolgreich zu sein, damit rechnete er gar nicht, er baute vielmehr auf die Zukunft. Deshalb widersprach er auch nicht, als Hugh Townsend Kelly mit einer Entschuldigung mit sich fortzog. »Eine resolute, blitzgescheite Frau«, faßte er seinen Eindruck zusammen.

Sein Vater brachte seine anders lautende Meinung durch ein Räuspern zum Ausdruck und nippte an seinem Whiskey. »Katherine ist jedenfalls spielend mit ihr fertiggeworden«, entgegnete er, den die Bemerkung, daß die Weine von Gut Rutledge keine Rivalen hätten, noch immer wurmte.

»Apropos Madam, wo steckt sie eigentlich?«

»Da drüben. Sie hält hof«, meinte Gil Rutledge sarkastisch und deutete, indem er an den Rand seines Glases tippte, auf eine kleine Gruppe, in der auch Katherine stand, mit locker verschränkten Händen und leicht gerecktem Kinn, und allem Anschein nach eine Zuhörerschaft gefunden hatte, die ihr förmlich an den Lippen hing.

Die meisten Frauen trugen mit zunehmendem Alter kostbares Geschmeide, um dadurch von ihren Falten abzulenken, doch auf Katherine traf dies nicht zu. Abgesehen von den Perlen im Ohr und den Brillanten in ihrem Ehering trug sie keinerlei Schmuck. Sie war auch nicht aufgetakelt wie viele andere auf dieser Party, sondern in zarten Pastelltönen unnachahmlich elegant gekleidet.

Im stillen verneigte sich Clay vor ihr. Aber nur im stillen.

»Du kannst wetten, sie glaubt, sie hätte den Vertrag mit dem Baron bereits in der Tasche«, raunte Gil.

»Stimmt das etwa nicht?« fragte Clay.

»Keineswegs, sobald ich mit ihm gesprochen habe.« Er nippte wieder an seinem Scotch, setzte dann mit mürrisch-entschlossenem Gesicht das Glas ab. »Ich brauche ihm nur die Augen für ein paar neue Fakten zu öffnen.«

»Zum Beispiel?«

»Es gibt bereits ein Überangebot von überteuerten Spitzenweinen auf dem Markt. Einem Markt, der, wie ich hinzufügen darf, fallende Tendenz aufweist. Um einen neuen Markt zu erobern, bedarf es eines aggressiven Marketings und ausgefeilter Verkaufsstrategien. Wir können damit aufwarten – mit Organisation, Technik, Erfahrung. Sie nicht. Die Kapazität ihrer Kellerei ist zu klein. Dazu kommt, daß sie immerhin neunzig ist. Sehr viel älter wird sie nicht mehr werden. Und ohne sie hat Gut Rutledge keine Zukunft.«

»Du vergißt Sam.«

»Der hat genausowenig Rückgrat wie sein Vater«, meinte er abschätzig. »Katherine – sie ganz allein – leitet Gut Rutledge. Auf ihre Weise. Sie duldet keine Einmischung, keinen Widerspruch oder irgendwelche Veränderungen durch andere. Diese Firma ist doch nur dem Namen nach ein Familienbetrieb. Hab ich ja am eigenen Leib erfahren müssen«, fügte er verbittert hinzu, und seine Finger krallten sich um das Glas.

»Ich weiß«, nickte Clay zerstreut. Er kannte die Geschichte nur allzu gut.

»Er hätte nur Trauben von anderen Weinbergen aufkaufen müssen. Aber sie war dagegen. Rutledge-Wein, so ihre Devise, werde ausnahmslos aus Rutledge-Trauben gemacht.« Wie wenn es gestern gewesen wäre, erinnerte er sich an ihre Worte. »All diese Verkaufsverhandlungen, die dann doch zu nichts führten und uns um die Aussicht auf den zu teilenden Gewinn brachten. Aber sie weigerte sich, auf mich zu hören. Nicht einmal als ich vorschlug, den Wein unter einem anderen Etikett abzufüllen. Andere Kellereien machen das ständig – für sie kam so was nicht in Frage.«

Gil unterbrach sich. Erinnerungen stiegen hoch und mit ihnen Zorn. »Lieber Gott, es gab ein Jahr, da hatte es vor der Lese ununterbrochen geregnet. Und sie vernichtete sämtliche Trauben, anstatt zu riskieren, einen mittelmäßigeren Wein zu keltern. Ein ganzer Jahrgang zum Teufel. Und Jonathan unterstützte sie darin. Er war immer ihrer Meinung.«

Er warf ihr einen Blick zu. Es widerte ihn an, wenn er sah, wie andere um sie herumscharwenzelten. Dieses kalte, herzlose Miststück. .

Lügen. Ihr ganzes Leben war ein einziges Lügengespinst. Familie war für sie gleichbedeutend mit billigen Arbeitskräften. Und diese Behauptung, sie habe während der Prohibition die Kellerei weitergeführt und Meßweine hergestellt, stimmte auch nicht. Genausowenig wie die, sie habe an den Träumen ihres Mannes festgehalten *und* seinem Andenken die Treue bewahrt – bildete sie sich ein, er hätte vergessen, daß er sie lippenstiftverschmiert und mit offener Bluse überrascht hatte? Daß sie sich zu ihm hinuntergebeugt, ihn am Arm gepackt und mit funkelnden Augen gesagt hatte: »Du darfst niemals jemandem auch nur ein Wort davon erzählen, Gil. Niemandem. Niemals. Hast du mich verstanden?«

Er nickte steif, wie damals auch, verspürte das gleiche Entsetzen, den gleichen Verrat. Er hatte kein Wort darüber verlauten lassen. Und nichts vergessen.

»Dort drüben steht Sam, ganz allein«, sagte Clay. »Ich geh mal rüber und sag meinem lieben Vetter guten Tag.«

»Nur zu«, erwiderte sein Vater übellaunig und griff erneut zu seinem Glas.

Mit offenem Jackett, eine Hand in der Hosentasche, lehnte Sam am Marmoraufsatz einer vergoldeten Louis-quinze-Konsole. Als er Clay heranschlendern sah, nippte er an dem bereits schal gewordenen Bier. Die beiden verband nichts, Freundschaft schon gar nicht. Und das war Sam deutlich anzumerken.

»Ich hab dich da so allein rumstehen sehen und nahm an, du hättest gegen ein bißchen Gesellschaft nichts einzuwenden«, sagte Clay zur Begrüßung. Ein Lächeln umspielte seinen Mund, ein Lächeln, das, wie Sam nur allzu gut wußte, eine Frau ohne weiteres bezaubern konnte.

»Das war ein Trugschluß«, sagte Sam und ließ seinen Blick umherschweifen. Als er etwas Goldgewandetes ausmachte, starrte er wie gebannt darauf. Kelly Douglas. In diesem mit glitzernden Fäden durchsetzten Spitzenkleid, das ihre Brüste sanft modellierte und ihre schmale Taille betonte, fiel sie einfach auf.

»Eine ungewöhnliche Frau«, merkte Clay an, der Sams Blickrichtung gefolgt war.

Sam verzog lakonisch die Mundwinkel. »Sag bloß nicht, du hast es auf sie abgesehen.«

Clay sah ihn von oben herab an. »Noch nicht einmal ansatzweise.« Er musterte Sam prüfend. »Bist du noch immer sauer wegen des kleinen Techtelmechtels mit deiner Frau? Tut mir leid. Adrienne ist ja jetzt deine Exfrau, wie?«

Sams Ehe mit Adrienne Ballard hatte bereits sechs Monate nach der Hochzeit nur noch dem Namen nach bestanden, lange bevor er sie mit Clay in einer, beschönigend ausgedrückt, kompromittierenden Situation ertappt hatte. Der Zwischenfall hatte keineswegs dazu beigetragen, ein herzliches Verhältnis zu seinem Vetter zu entwickeln.

»Du hast dich kein bißchen verändert, Clay.« Sam stellte das Bierglas auf die Marmorplatte. »Welche Klasse! Allerunterste Stufe!« Damit ließ er Clay stehen. Er suchte sich seine Gesellschaft lieber selbst aus.

»Und jetzt zum Dritten im Bunde«, raunte Hugh Kelly zu, »Baron Fougère. Sprich ihn auf seine Bibliothek auf Château Noir an, und er liegt dir zu Füßen.«

Es war nicht das erstemal, daß Hugh Kelly einen entscheidenden Tip gab, bevor er sie mit einer wichtigen Persönlichkeit bekannt machte. Solch kleine Hilfestellungen vermittelten dem Betreffenden nicht nur den schmeichelhaften Eindruck, sie wüßte über ihn Bescheid, sondern gaben gleichzeitig ein Gesprächsthema ab, das einem alberne Bemerkungen, etwa über das Wetter, ersparte.

Als sie dem Baron vorgestellt wurde, war sie zunächst irgendwie enttäuscht. Emile Gérard Chrétien Fougère entsprach keineswegs ihren Vorstellungen eines französischen Aristokraten. Gewiß, die äußeren Merkmale stimmten – Siegelring, maßgeschneiderter Abendanzug, Schuhe aus feinstem Leder, manikürte, polierte Fingernägel –, aber damit hatte es sich schon. Mitte Fünfzig und so groß wie sie, eher korpulent und mit schütterem Haar, besaß er den gesetzten, nach innen gekehrten Blick des Geisteswissenschaftlers.

»Es ist mir ein Vergnügen, Ihre Bekanntschaft zu machen, Mademoiselle Douglas«, sagte er mechanisch, ohne das Gesicht zu verziehen. Ob andere dieses offenkundige Desinteresse als Zurückhaltung werteten?

»Und für mich eine Ehre, Baron Fougère«, sagte sie artig und fügte hinzu: »ebenso wie für New York.«

Er nickte zerstreut, um sich dann, reichlich spät, der Dame an seiner Seite zu erinnern. »Verzeihen Sie, meine Frau, Baronin Nathalie Eugénie Magdalène Fougère. Mademoiselle Douglas. Monsieur Townsend, unseren Gastgeber, kennst du ja.«

Kelly wandte sich seiner Frau zu, einer schlanken, zierlichen Dame, die gut und gern zwanzig Jahre jünger war als ihr Mann. »Ich freue mich sehr, Sie kennenzulernen, Baronin.«

»Nathalie bitte.« Ihr Lächeln war strahlend und sprühend wie ihre Augen. Ihr hochgestecktes dunkles Haar brachte die zarten kleinen Ohren mit dem langen, mit Brillanten und Rubinen besetzten Schmuck zur Geltung. Daß sie Farben liebte, kam in ihrem Abendkleid aus glänzendem Seidenchiffon zum Ausdruck, das in allen Regenbogenfarben schillerte. »Wir sind schließlich in Amerika. Da läßt man Titel doch beiseite. Darf ich Sie Kelly nennen?«

»Gerne.« Es war unmöglich, diese Frau nicht zu mögen. Und unmöglich, die eklatanten Gegensätze im Wesen der beiden zu übersehen.

»Ihre Stadt ist einfach hinreißend«, sagte Nathalie Fougère. »Es muß aufregend sein, hier zu leben.«

»Hin und wieder ja«, gab Kelly zu. »Sind Sie zum erstenmal in New York?«

»Ich war bereits zweimal hier, aber es gibt so viel zu sehen und zu unternehmen, daß ich wohl nie genug davon bekommen kann«, erklärte Nathalie Fougère.

»So urteilt fast jeder. New York mag anstrengend sein, aber niemals langweilig«, erwiderte Kelly, und die Baronin lachte in fröhlichem Einverständnis hell auf. Der Baron, der längst nicht mehr zuhörte, warf ihr einen vorwurfsvollen Blick zu.

»Ein treffendes – wie sagt man – Bonmot, Kelly.«

»Eher eine Feststellung, wenn man hier lebt«, berichtigte Kelly und wandte sich dann an den Baron. »Baron, wie ich höre, besitzen Sie auf Château Noir eine eindrucksvolle Bibliothek.«

Diese Bemerkung ließ seine Augen aufleuchten, sein Gesicht wurde fast lebhaft. »Das stimmt. Ich besitze viele schöne und seltene Erstausgaben. Meine Familie hat diese Bücher über die Jahre und Jahrhunderte hinweg zusammengetragen. Für mich ist die Bibliothek ein wahrhafter Quell der Freude.«

Er kam in Fahrt, sprach über die Werke bedeutender Schriftsteller und Philosophen. An einige Namen und Titel erinnerte sich Kelly aus ihrer Schulzeit, und das reichte zumindest für ein paar intelligente Bemerkungen.

»Sie sollten uns unbedingt besuchen, damit ich Ihnen meine Schätze zeigen kann«, befand der Baron in einem Ton, der gleichsam wie ein Befehl klang.

Ehe Kelly antworten konnte, gesellte sich Gil Rutledge zu ihnen und legte dem Baron freundschaftlich die Hand auf die Schulter. »Emile«, sagte er zur Begrüßung, »wie ich sehe, haben Sie bereits die äußerst charmante und attraktive Miss Douglas kennengelernt.«

»Genau.«

Gil lächelte Kelly zu. »Hat Ihnen der Baron erzählt, daß er, als wir uns zum erstenmal begegneten, noch kurze Hosen trug?«

Kelly versuchte vergeblich, sich diesen Mann mit dem schulmeisterlichen Gehabe als kleinen Jungen vorzustellen. »Nein, hat er nicht.«

»Das war fünfundvierzig«, holte Gil aus. »Der Krieg in Europa war zu Ende, und über Japan war die erste Atombombe abgeworfen worden. Ich war damals als junger Unteroffizier in Frankreich stationiert, und Emiles Großvater lud mich liebenswürdigerweise ein, meinen Urlaub auf Château Noir zu verbringen.«

»Der fünfundvierziger Château Noir«, murmelte Hugh fast andächtig. »Was für ein edler Tropfen.«

»Ich kann mit Stolz behaupten, ihn mit aus der Taufe gehoben zu haben«, erklärte Gil. »Schon bei der Gärung ahnte man, wie großartig er werden würde. Mehrere Jahre später, als der Wein in den Handel kam, schickte mir Emiles Großvater eine Kiste davon, zur Erinnerung an meinen Besuch, wie er sagte. Ein paar Flaschen habe ich noch. Sie sind für ganz besondere Anlässe reserviert.« Er sah Emile an. »Vielleicht ergibt sich schon bald ein Anlaß, eine zu öffnen, Emile.«

»Vielleicht«, meinte der Baron lediglich.

Von der vergoldeten Konsole aus beobachtete Clay Rutledge das Gespräch zwischen dem Baron und Kelly Douglas. Einzig sein verkniffener Mund verriet, daß Sams letzte Bemerkung ihn getroffen hatte.

Als sich sein Vater zu der kleinen Gruppe gesellte, nahm

ihn Clay ins Visier. Gil Rutledge, so viel stand fest, würde alles tun, um Katherine diesen Vertrag abzujagen. Der Vater lebte ja nur für ein Ziel: Katherine im Weingeschäft auszubooten. So lange Clay denken konnte, hatte sie ihrer aller Leben beherrscht, sowohl bevor als auch nachdem sie seinen Vater aus dem Betrieb und samt seiner jungen Familie aus dem Haus vertrieben hatte. Der Haß seines Vaters war auf ihn übergegangen.

Die Baronin lachte über etwas und zog dadurch Clays Aufmerksamkeit auf sich. Sie war die zweite Frau des Barons. Wesentlich jünger als Fougère, brauchte sie Gesellschaft und Abwechslung und sehnte sich, wie Clay bereits festgestellt zu haben glaubte, nach Leidenschaft und Zärtlichkeit.

Er dachte an die Fusion, auf die sein Vater so verbissen hinarbeitete. Man konnte sie auf zwei Ebenen erreichen. Während sein Vater mit dem Baron das Geschäftliche aushandelte, würde er seine Verführungskünste an der Frau des Barons erproben.

Clay wartete, bis Kelly und Townsend weitergingen, ehe er seinerseits den Baron begrüßte. Er unterhielt sich mit ihm kurz über die Weinversteigerung und die Auswahl der Bordeaux-Jahrgänge, die Château Noir als Spende zur Verfügung gestellt hatte, um dann flüchtig Nathalie Fougère zuzunicken.

Der Baron schien sich unvermittelt der Regeln des Anstands bewußt zu werden. »Ihr kennt euch doch, *non*?« fragte er seine Frau.

»Ja.« Sie lächelte fein. »Von zwei oder drei Anlässen.«

»Wir sehen uns heute zum dritten Mal«, berichtigte Clay ruhig.

»Wir haben so viele gesellschaftliche Verpflichtungen. Da vergißt man einiges«, meinte der Baron entschuldigend.

»Das ist doch verständlich.«

Gil setzte sein Gespräch mit dem Baron fort, und Clay unterhielt sich mit Nathalie. Als er den klopfenden Puls an ihrer Kehle bemerkte, wußte er, daß er ihr nicht gleichgültig war. Instinkt und Erfahrung wiesen ihm den weiteren Weg.

»Verläuft Ihr Aufenthalt in New York angenehm?« fragte er. »Eine aufregende Stadt. Finden Sie nicht auch?« Sie sah ihn unverwandt an, schien seine Gesellschaft zu genießen.

»Wenn man allein ist, spielt es keine große Rolle, wo man ist.« Clay blieb in sich gekehrt, sehr zurückhaltend.

»Ich könnte mir vorstellen, daß ein Mann hier alles mögliche unternehmen kann«, gab sie eher beiläufig zurück.

»Vielleicht sehne ich mich nach etwas, was es gar nicht gibt.« Er sah ihr in die Augen. »Wie Sie möglicherweise auch.«

Einen Augenblick lang starrte sie ihn erschrocken an, fing sich dann wieder.

»So manche beneiden mich um das, was ich habe, Mr. Rutledge.«

»Gewiß.« Damit wandte er sich wieder seinem Vater und dem Baron zu. Er hatte ihr Interesse geweckt. Fürs erste reichte das. Morgen traf sich der Baron mit Katherine, und dazu würde er seine junge Frau nicht mitnehmen. Was bedeutete, daß sie sich selbst überlassen blieb. Oder ihm.

Kelly huschte in die matt erleuchtete Bibliothek. Sie hatte mehr als eine Stunde lang ständig Höflichkeiten ausgetauscht und brauchte eine Pause. Gesellschaftliche Veranstaltungen dieser Art entsprachen nicht unbedingt ihrem Geschmack.

Sie trat ans Fenster, von dem aus man einen Blick auf das Empire State Building und auf die weiter entfernten beiden Türme des World Trade Center hatte, und zündete sich eine Zigarette an.

»Noch nie was davon gehört, daß Rauchen ein gesundheitliches Risiko birgt?«

Verdutzt fuhr sie herum und entdeckte in einem grauweißgestreiften Sessel Sam Rutledge.

»Nicht mehr als Eier, klebrigsüße Doughnuts und Spazierengehen nach Einbruch der Dunkelheit.« Sie blies den Rauch zur Decke und bemühte sich, unbefangen zu bleiben.

»Sie haben den Alkohol vergessen.« Er schwenkte das Bier in seinem Glas.

»Wenn man auf alle Gesundheitsapostel hört, ist die Liste ellenlang.«

»Stimmt.« Er stand auf und schlenderte zu ihr ans Fenster.

Ihr wäre es lieber gewesen, wenn er sitzen geblieben wäre. Sie war groß, aber zu ihm mußte sie aufschauen. Unwillkürlich fühlte sie sich verunsichert.

Er lehnte sich mit dem Rücken an die Scheibe und sah durch die offene Tür zu den festlich gekleideten Gästen hinüber. Abgeschwächtes Stimmengewirr war zu hören. Sein Blick wanderte wieder zu Kelly zurück. Im gedämpften Licht schimmerten die Metallfäden in ihrem goldfarbenen Spitzenkleid. Unwillkürlich fragte er sich, was sie wohl darunter trug. Seidene Unterwäsche oder einfach gar nichts?

»Sie ziehen wohl auch ein wenig Ruhe vor?« fragte er und nippte an seinem Bier.

Sie lächelte und nickte gleichsam automatisch. »Es war ein langer Tag für mich.«

»Kann ich mir denken.«

»Für Sie bestimmt auch«, fügte sie hinzu. Sie wirkte entspannt und locker, obwohl ihr Blick Wachsamkeit verriet. »Sind Sie heute angekommen?«

»Gestern. Damit sich Katherine vor dem Trubel noch ein bißchen ausruhen konnte.«

Sein Blick war ruhig. Dunkel und ruhig und unbeirrt. Eine Frau mußte sich unweigerlich zu ihm hingezogen fühlen. Wahrscheinlich würde er das, was ihm gehörte, verteidigen und beschützen.

Verärgert wandte sie sich ab. Sie hatte gelernt, sich allein zu behaupten. Sie brauchte keinen Beschützer. Auf die Hilfe anderer konnte sie verzichten.

»Ist Ihre Frau nicht mitgekommen?«

»Ich habe keine Frau.«

Kelly zeigte sich überrascht. »Ich meine irgendwo gelesen zu haben, daß Sie verheiratet sind.«

»Vergangenheitsform. Wir sind geschieden.«

»Ich weiß nie, was ich auf so etwas antworten soll.« Sie spielte mit ihrer Zigarette. »Ob ich sagen soll, es tut mir leid, oder ob ich mich freuen soll.«

»Freuen Sie sich.« Er grinste. »Ich tu's jedenfalls.«
»Gut. Dann freut es mich für Sie.«
»Danke.«
»Katherine scheint sich gut zu unterhalten.« Kelly gelang es, einen Blick auf das Oberhaupt der Familie Rutledge zu erhaschen. »Sie wird schon den ganzen Abend von einer Anhängerschaft umlagert.« Was zum Glück auch bedeutete, daß den gesellschaftlichen Verpflichtungen Genüge getan war, wenn Kelly ihr aus der Entfernung höflich zunickte.
»Katherine nimmt jede Gelegenheit wahr, sich über Wein zu verbreiten. Ist wohl nicht weiter verwunderlich. Für die gesamte Familie Rutledge ist das Leben ein Cabernet.« Sein Mund verzog sich zynisch.
Obwohl Kelly das Wortspiel ganz witzig fand, hielt sie ihm vor: »Sie sind doch auch ein Rutledge.«
Jetzt lächelte er spöttisch, und seine Augen blitzten amüsiert. »Katherine würde sagen, daß ich einer dieser großen, kräftigen, langsam reifenden Cabernets mit noch einer Spur zuviel Gerbsäure bin. Sie neigt dazu, Menschen mit Weinen zu vergleichen und beide als Lebewesen zu betrachten, die sie nach weintypischen Charaktereigenschaften einstuft. In Ihrem Fall ...« Er unterbrach sich, musterte sie, ein wenig zu direkt und viel zu unverblümt. »Ich glaube, sie täte sich ziemlich schwer, Sie einzuordnen. Jedenfalls sind Sie eher ein trockener Wein als ein süßer. Wahrscheinlich ein weißer Verschnitt ...«
»Das hoffe ich doch nicht«, fiel ihm Kelly ins Wort. »Die halten sich nicht sehr lange.«
»Einige schon, je nach Traubenart und Jahrgang.«
»Dann wäre das gar nicht so daneben getippt.« Sie schnippte die Asche ihrer Zigarette in einen Kristallaschenbecher. »Hoffentlich habe ich Katherine bei meinem Interview keine Fragen gestellt, die sie gekränkt haben könnten.«
»Wenn ja, dann wüßten Sie es bereits«, versicherte ihr Sam, dem nicht entgangen war, daß sie absichtlich das Gespräch von sich abgelenkt hatte. »Vermutlich hat sie Ihre Fragen als Herausforderung empfunden, und Herausforderungen liebt sie nun mal. Wie jeder Winzer.«

»Das heißt also, Sie auch?«

»Ich auch.« Und eine stand gerade vor ihm. »Wie lange haben Sie im Napa Valley gelebt?«

»Nicht lange.« Sie stieß den Rauch langsam aus. »Iowa ist für Kinder ein Paradies. Frische Luft, keine Abgase, keine Umweltverschmutzung. Jeder kennt jeden, und immer ist etwas los – Freitagabend Football, Ausflüge auf dem Heuwagen, Softballturniere, Maisernte ...«

»Sie haben Mais geerntet?« unterbrach er ungläubig.

»Wollen Sie damit andeuten, daß Sie mir so etwas nicht zutrauen?« Sie zog kampfeslustig die Brauen hoch.

»Ich versuche nur, Sie mir in Jeans und kariertem Hemd vorzustellen, mit Rattenschwänzen und einem Strohhut auf dem Kopf. Bei Ihrer hellen Haut müssen Sie mit Sommersprossen übersät gewesen sein.«

»Nein.« Sie bemerkte, daß er welche hatte, auch wenn sie durch die Sonnenbräune kaum auffielen. Sie hätten seinem zerfurchten Gesicht durchaus etwas jungenhaftes gegeben. »Ich sah eher aus wie ein gekochter Hummer.«

»Dann haben Sie also doch Mais geerntet.«

Er ließ nicht locker. Sie mußte auf der Hut sein. »Nur einen Sommer lang. Danach bekam ich einen Job bei einem kleinen Radiosender, erst am Empfang und als Mädchen für alles. Nach ein paar Monaten durfte ich einspringen, wenn mal einer der Diskjockeys ausfiel. Bald darauf bekam ich meine eigene Sendung.«

»Kein Wunder bei Ihrer Stimme.«

»Sie half zumindest, und sie trug auch dazu bei, daß ich als Nachrichtensprecherin eingesetzt wurde, als Wetterprophetin und Interviewerin.«

»Und als Nachrichtensprecherin beim Radio sind Sie dann auf die Idee gekommen, es beim Fernsehen zu versuchen.«

»Nicht unbedingt.« Kelly bemerkte, daß er sein Bier nicht trank, sondern lediglich das Glas hielt und es zwischendurch schwenkte, so daß die Flüssigkeit am Rand entlang nach oben schwappte. »Eigentlich wollte ich damals zur Zeitung wechseln. Für das Fernsehen interessierte ich mich erst auf dem College, da hospitierte ich in meiner Freizeit bei einem Regionalsender, und kurz vor meinem Examen boten sie mir einen Job als Reporterin an. Ich griff zu.« Sie zuckte kaum merklich die Schulter. »Von da an lief alles mehr oder weniger automatisch.«

Sie hatte völlig ungezwungen über ihre frühere Tätigkeit gesprochen, und dennoch hatte Sam den feinen Unterschied bemerkt, als die Rede aufs Fernsehen gekommen war: Ihre Stimme war wärmer geworden, ihr Mund weicher, ihre Augen leuchtender. Fernsehen war ein Medium, das Kelly Douglas liebte, ohne große Worte darüber zu verlieren. Genauso wie auch er niemals Worte für die Herausforderung und die Befriedigung in seiner Arbeit in den Weinbergen und in der Kellerei gefunden hatte.

»Ihre Familie muß sehr stolz auf Sie sein.«

»Ich habe keine.« Kelly drückte ihre Zigarette im Aschenbecher aus. »Meine Mutter starb, als ich acht war, und meinen Vater verlor ich gleich nach Beendigung der High School. Keine Brüder, keine Schwester, niemand.«

»Das muß schwer für Sie gewesen sein.«

»Das Leben kommt einem immer schwer vor – bis man die Alternativen überdenkt.«

»Wie wahr«, pflichtete er bei, und seine Mundwinkel zuckten belustigt. »Was hat Ihr Vater beruflich getan?«

»Mehr oder weniger alles. Er packte überall mit an, wo immer man ihn brauchte.«

Sam nickte geistesabwesend. »Ich denke gerade daran, daß Sie erwähnten, Sie seien im Napa Valley geboren. Wo genau? Etwa in St. Helena, Rutherford, Napa oder Calistoga Springe?«

Bei der Erwähnung dieser Orte wurde Kelly klar, daß sie ihn unbedingt bremsen mußte. Sie verschränkte die Arme und zwinkerte ihn schelmisch von unten an. »Soll das etwa ein Verhör sein oder so was? Wenn Sie wissen wollen, wie alt ich bin, lautet die Antwort neunundzwanzig. Ich bin einsfünfundsiebzig groß, wiege hundertzwanzig Pfund, Haarfarbe kastanienbraun, Augenfarbe grün, unverheiratet. Ich habe an der Universität von Iowa studiert und als fünfzehnte meines Jahrgangs abgeschlossen. Ich mag Erdtöne,

Kleider von Calvin Klein, Musik von Cole Porter, vor allem die, die Sinatra in seinem Repertoire hat. Cremiger Joghurt schmeckt mir besser als stichfester, ich esse gern Marmorkuchen und trinke lieber Evian als Perrier und gelegentlich ein Glas Wein, aber niemals sogenannte harte Sachen. Ich rauche, bemühe mich allerdings, es einzuschränken. Habe ich etwas vergessen?«

»Keine Hobbies?« Aus seinen Augen funkelte Bewunderung und Heiterkeit zugleich.

»Sie sind gnadenlos.«

»Neugierig«, berichtigte Sam. »Ganz offensichtlich sind Sie ein Fachmann darin, Fragen auszuweichen.« Er richtete sich auf. »Ich wollte Sie nicht kränken.«

»Haben Sie auch nicht.« Um so unangenehmer war ihr, daß er sie durchschaut hatte.

»Gut.« Er ließ sie nicht aus den Augen. »Ich glaube, für jemanden, der wie Sie in der Öffentlichkeit steht, ist das Privatleben sehr wichtig.«

»Stimmt.«

»Was also sind Ihre Hobbies?«

Verärgert, weil er sie so anstarrte – und daß sie das irritierte, zögerte Kelly. »Ich weiß nicht, ob man es als Hobby bezeichnen kann, aber ich frische gern alte Möbel auf. Ich beize dann die Farbe bis aufs nackte Holz ab, schmirgle alle Unebenheiten glatt und lackiere anschließend frisch, und das gute Stück ist wieder wie neu.« Je länger sie sprach, desto lockerer wurde sie. »Im Augenblick bin ich dabei, einen wunderschönen Mahagonitisch zu restaurieren, den ich bei einem Trödler aufgestöbert habe. Er muß nur noch mit Wachs eingelassen werden, von Hand natürlich.«

»Natürlich.« Seine Antwort war spontan und warm, und seine Augen drückten ein Verständnis aus, das Kelly nicht erwartet hatte und über das sie sich freute, obwohl sie die damit verbundene Gefahr witterte.

»Jedenfalls macht mir das unendlich viel Spaß.« Sie versuchte, sich ungezwungen zu geben, aber es gelang ihr nicht ganz.

»Das merkt man.« Er nahm ihre rechte Hand, strich prüfend über die offene Handfläche. »Und wie man sieht, tragen Sie beim Beizen und Schmirgeln und Lackieren Handschuhe.«

Die zärtliche Berührung seiner Finger ließ ihren Atem stocken, verursachte ein Kribbeln den Arm hinauf und den Rücken hinunter. Es war nicht fair, daß ausgerechnet Sam Rutledge derartige Gefühle in ihr auslöste. Und genauso unfair, daß sie in seinen Augen lesen konnte, daß er das bemerkt hatte.

»Zufällig trage ich Handschuhe.« Kelly entzog ihm ihre Hand und wich leicht zurück, um die knisternde Spannung zwischen ihnen abzubauen.

»Komisch«, murmelte er.

»Was denn?« Sie griff nach ihrem Abendtäschchen, drückte es fester als nötig an sich, während sie verzweifelt überlegte, wie sie dieses Gespräch am elegantesten beenden konnte.

»Ich mag auch alte Sachen. Nur in meinem Fall sind das Flugzeuge.«

»Flugzeuge«, wiederholte Kelly verblüfft. »Sie fliegen?«

»Wenn ich es einrichten kann. Leider viel zu selten. Ich habe eine alte Cub.« Als sie ihn verständnislos ansah, fügte er hinzu: »Einen alten Doppeldecker, zweisitzig mit offenem Cockpit.«

»Einen Doppeldecker? So etwas wie das Ding, in dem Snoopy den Roten Baron verfolgt?« fragte sie und mußte schmunzeln.

Auch er schmunzelte. »Ganz so alt ist meine kleine Cub nicht, aber in etwa sind sie vergleichbar. Meine wurde vor gut und gern vierzig Jahren gebaut, für die Kunstfliegerei. Als ich sie erwarb, war sie ziemlich ramponiert. Zwei Jahre lang habe ich dran herumgebastelt, bis sie wieder flugtauglich war.«

»Es war bestimmt aufregend, als Sie zum erstenmal mit ihr abhoben.« Wenn sie daran dachte, wie beschwingt sie sich jedesmal fühlte, wenn sie ein Möbelstück hergerichtet hatte, konnte sie sich gut vorstellen, wie stolz und glücklich Sam gewesen sein mußte.

»O ja, sehr aufregend«, bestätigte er.

Sie sah ihn nachdenklich an. »Fliegen ist nicht gerade der Sport, den ich Ihnen zugetraut hätte. Ich hätte eher auf Tennis oder Polo getippt.« Sportarten also, die körperlichen und geistigen Einsatz forderten und zu jemandem aus der Winzerclique paßten. »Beim Fliegen spielt wohl das Gefühl grenzenloser Freiheit eine entscheidende Rolle.«

Er nickte. »Freiheit, Lebenslust. Und dazu das Gefühl, alles im Griff zu haben. Das ist etwas, was man zu schätzen lernt, wenn man den Boden bearbeitet und immer auf die Launen der Natur angewiesen ist.«

Lautes Gelächter drang aus dem Wohnzimmer. »Man scheint sich zu amüsieren.« Kelly packte die Gelegenheit beim Schopf. »Ich glaube, ich sollte mich mal wieder blicken lassen.«

»Katherine wundert sich bestimmt schon, wo ich geblieben bin. Warum gehen wir nicht beide wieder nach nebenan?«

Eine Aufforderung, die Kelly nicht gut ablehnen konnte. Um Sam endlich loszuwerden, nickte sie ihm beim Betreten des Wohnzimmers zum Abschied über die Schulter zu und steuerte die nächstbeste Gruppe an.

Hugh schnitt ihr den Weg ab. »Da bist du ja, Kelly. Ich fürchtete schon, du seist bereits gegangen.«

»Offen gestanden habe ich dich gesucht, um dir zu sagen, daß ich bald nach Hause muß. Sehr bald.«

»Bei dem anstrengenden Tag, den du hinter dir hast, hab ich schon damit gerechnet«, sagte er väterlich. »Ich ruf dir ein Taxi.«

»Das brauchen Sie nicht.« Sam Rutledge war ihr nicht, wie sie angenommen, ja gehofft hatte, von der Seite gewichen. »Unser Wagen steht unten. Ich bringe Miss Douglas gern nach Hause.«

»Danke, aber das ist wirklich nicht nötig«, wehrte Kelly ab.

»Wenn es nicht nötig ist, dann betrachten Sie es als Vergnügen«, meinte er galant.

»Befolge seinen Rat«, warf Hugh ein. »Das letztemal, als ich mir ein Taxi nahm, stank es darin fürchterlich nach Alkohol.«

»Aber wenn Katherine gehen möchte ...« setzte Kelly an. »Warum sollte ich gehen wollen?« mischte sich Katherine Rutledge vergnügt ein. »Und wohin eigentlich?«

»Zurück ins *Plaza*«, erwiderte Sam.

»Warum denn? Die anderen bleiben doch auch noch«, beharrte sie.

»Miss Douglas nicht«, sagte er. »Und ich habe ihr angeboten, sie nach Hause zu bringen. Sie befürchtet nur, daß du aufbrechen möchtest, bevor ich mit dem Wagen zurück bin.«

»Sehr rücksichtsvoll von Ihnen, Miss Douglas, aber machen Sie sich darüber keine Gedanken. Ich unterhalte mich viel zu gut und möchte das noch ein Weilchen genießen. Ich bestehe darauf, daß Jonathan Sie nach Hause bringt.«

»Jonathan?« Kelly krauste die Stirn. »Sie meinen wohl Sam?«

»Sagte ich Jonathan?« fragte Katherine verdutzt, um gleich darauf den Irrtum mit einer lässigen Handbewegung abzutun. »Natürlich meinte ich Sam. Er bringt Sie nach Hause.«

Kelly blieb nichts anderes übrig, als sich zu bedanken, ihren Mantel zu nehmen und in Sams Begleitung aufzubrechen. Als sie das klimatisierte Gebäude verließen, wies Sam auf eines der am Bordstein parkenden Autos.

»Das da.« Er gab dem Chauffeur ein Zeichen, worauf dieser sich beeilte, den hinteren Wagenschlag zu öffnen.

Kelly stieg ein. Die Hoffnung, mit dem Chauffeur allein zu bleiben, schwand, als Sam neben ihr Platz nahm. Sie nannte ihre Adresse und lehnte sich in die Polster zurück.

»Sie hätten nicht mitzukommen brauchen.« Nur irgend etwas sagen, um den Druck, der auf ihr lastete, loszuwerden.

»Wahrscheinlich nicht«, pflichtete er ihr bei. »Aber ich möchte, daß Sie wohlbehalten nach Hause kommen. Sie haben doch selbst gesagt, daß es auf den Straßen nach Einbruch der Dunkelheit gefährlich sein kann.«

»Riskant«, berichtigte sie. Wenn er sie schon zitierte, dann korrekt.

»Also gut, riskant.«

In einem plötzlichen übermächtigen Bedürfnis, sich zu entspannen, schloß Kelly die Augen und atmete tief durch.

»Ich gebe zu, daß diese Art der Beförderung weit angenehmer ist«, sagte sie nach einer Weile. »Die New Yorker Taxis sind nicht unbedingt die saubersten und komfortabelsten.«

»Oder die sichersten.«

Sie schielte zu ihm hinüber. »Stimmt.«

Der Wagen fuhr rasch durch die Lichtkreise, die die Straßenbeleuchtung auf den Asphalt warf. Sam schwieg, beobachtete, wie immer wieder Licht und Schatten, Licht und Schatten über ihr gut geschnittenes Gesicht huschten, über ihr Haar, das einmal Feuer sprühte, dann wieder nachtschwarz wirkte.

»Werden Sie morgen abend zur Versteigerung kommen?«

»Nein.« Und gleich darauf: »Morgen abend bin ich auf Sendung.«

»Sie sind sehr eingespannt.«

»Sehr. Und noch mehr, sobald die Produktion für das neue Magazin beginnt und Show-Teile abgedreht werden. Hugh kann ein Sklaventreiber sein.«

»Kennen Sie ihn schon lange?« fragte Sam vorsichtig.

»Wir sind seit mehr als zwei Jahren befreundet.«

«Befreundet.« Die lockere Art, wie sie das sagte, gab ihm keinen Anlaß zu der Vermutung, daß mehr dahintersteckte.

Der Wagen bremste vor dem roten Backsteingebäude aus der Jahrhundertwende, in dem Kelly wohnte. Der Chauffeur hielt Kelly den Wagenschlag auf. Beim Aussteigen hörte sie, wie die Tür auf der anderen Seite zufiel, und sah gleich darauf Sam auf sich zukommen.

Plötzlich durchzuckte es sie. Ein Rutledge hatte sie nach Hause gebracht. Ein Rutledge begleitete sie zur Haustür. Sie spürte die köstliche Ironie, die darin lag, so etwas wie Triumph – und das berauschende Gefühl von Macht, das damit einherging.

Sam bedeutete dem Fahrer zu warten und schob seine Hand unter Kellys Ellbogen, um sie die wenigen Stufen zum bogenförmig überdachten und von zwei alten schmiedeeisernen Kutscherlampen erhellten Eingang hinaufzuführen. Sie überließ ihm den Schlüssel, als er die Hand danach ausstreckte.

»Danke fürs Heimbringen«, sagte sie, ohne das zufriedene Lächeln, das ihren Mund umspielte, ganz unterdrücken zu können.

»Vielleicht sehen wir uns mal wieder.«

»Vielleicht.« Sie bezweifelte es.

Auch Sam glaubte nicht so recht daran. Er sperrte die Tür auf. Schon halb im Gehen, drehte sie sich nochmals um, streckte die Hand nach ihrem Schlüssel aus.

Sam gab ihn ihr zurück, und dann, aus einer plötzlichen Eingebung heraus, umfaßte er ihren Kopf und beugte sich über sie. Sie wehrte ihn nicht ab, bot ihm ihre Lippen. Er erforschte ihre Weichheit und die warmen Linien, fühlte sie heiß werden und sich erwidernd auf die seinen pressen.

Er zog sie an sich, wollte mehr ergründen, mehr auskosten. Dieses Spitzenkleid, dieser zarte Duft, diese langen Glieder, so stark, so biegsam, so warm und willig. Ein Kuß war nicht genug. Am liebsten hätte er sich in ihr verloren. Als das Verlangen übermächtig zu werden drohte, riß er sich von ihr los. Sexuelle Gier war ihm schon einmal zum Verhängnis geworden. Noch einmal sollte ihm das nicht passieren.

»Gute Nacht, Kelly.« Zögernd wich er zurück, wie jemand, der sich von der Kante einer steilen Klippe abwendet.

»Gute Nacht.« Sie vermied es, ihn anzusehen, und zog die Tür hinter sich zu.

Als das Sicherheitsschloß einrastete, war ihre Euphorie längst verflogen. Niedergeschlagen stand sie der jähen Erinnerung an zu viele fast schon vergessene Bedürfnisse gegenüber, die sie mit einemmal nicht länger verleugnen konnte. Das machte ihr Angst.

7

Von seinem Beobachtungsposten neben der antiken Uhr, Mittelpunkt der luxuriösen Halle des *Waldorf Astoria*, sah Clay Rutledge, wie die Baronin den Fahrstuhl verließ. Sie trug einen roten Strohhut mit breiter Krempe und ein schwingendes Sommerkleid aus weißgrundiger Seide mit farbigen Tupfen. Ein bezaubernder und zugleich ungemein eleganter Anblick, sehr chic, sehr französisch, unbedingt bestechend.

Sie zögerte, ehe sie sich zum Ausgang zur Park Avenue wandte. Clay wartete noch ein wenig, folgte ihr dann langsam.

Ihre schmalen hohen Absätze klapperten über den Mosaikfußboden und die Stufen zur Drehtür hinunter. Nach einem kurzen Wortwechsel mit dem Türsteher überquerte sie die Straße Richtung Fifth Avenue.

Bei jeder anderen Frau wäre Clay eine Wette eingegangen, daß sie vorhatte, einen Streifzug durch die eleganten Geschäfte zu unternehmen. Der Stadtplan indes, den sie griffbereit in der Hand hielt, und die Art, wie sie ständig nach links und rechts sah, so als sei sie auf Entdeckungen aus, ließen diesen Gedanken abwegig erscheinen. Clay schlenderte hinter ihr her, versuchte sich vorzustellen, wohin sie wollte. Vielleicht zum Rockefeller Center oder zum Museum of Modern Art.

Sie interessierte ihn noch immer. Und seit gestern abend gab es für ihn keinen Zweifel, daß sie einsam war und daß sie bereit war, sich auf das Wagnis einer außerehelichen Beziehung einzulassen.

Überrascht, daß sie in die Fifth Avenue einbog, beschleunigte er seinen Schritt. Als er die Straßenecke erreichte, stieg sie gerade die Stufen zur St. Patrick's Cathedral hinauf. In einigem Abstand betrat auch Clay das prächtige Bauwerk aus Stein und weißem Marmor.

In den Kirchenbänken saßen vereinzelte Gläubige, andere, vornehmlich Touristen, hielten sich um den Altar herum auf, bewunderten verhalten flüsternd die Glasmalereien der Fenster und die Heiligenstatue. Vom hinteren Teil der Kirche aus hielt Clay nach der Baronin mit ihrem auffälligen roten Strohhut Ausschau und entdeckte sie schließlich vor einem Seitenaltar, wo sie eine Kerze entzündete und dann niederkniete, um zu beten.

Nachdenklich ließ er den Blick auf ihr ruhen, ehe er die Kirche verließ und sich auf die andere Straßenseite begab. Während er auf sie wartete, rückte er das Bild, das er sich von Nathalie Fougère gemacht hatte, zurecht: Sie war nicht der Typ, der zum Zeitvertreib mit einem Mann flirtete; zweifelsohne bedeutete ihr Mann ihr sehr viel, und sie kämpfte dagegen an, ihre Ehe als unglücklich zu empfinden. Was nichts an der Tatsache änderte, daß sie einsam war und reif für einen Seitensprung. Er brauchte nur seine Strategie ein wenig zu ändern.

Als Nathalie Fougère auftauchte, waren das Glück und der Samstag auf seiner Seite: kein Verkehr. Er erreichte die andere Straßenseite, als sie die letzte Stufe herunterkam.

»Baronin! Guten Morgen.« Er gab sich freudig überrascht.

»Guten Morgen, Monsieur Rutledge.«

Er gewahrte das kurze Aufleuchten in ihren dunkelbraunen Augen, die kleine Veränderung um ihren Mund und in ihrer Stimme, die ihm verrieten, was er wissen wollte.

Er sah an ihr vorbei zum Portal der Kathedrale. »Wo ist Emile?« fragte er mit gespielter Ahnungslosigkeit.

»Er mußte zu einer Besprechung.«

Clay hatte sich vorgenommen, ihr gegenüber den zurückhaltenden Gentleman herauszukehren und seine Beherrschung mit jedem Blick, mit jeder Geste und jedem Wort zu unterstreichen.

»Dann darf ich Sie vielleicht ins Hotel zurückbegleiten?« fragte er höflich.

»Danke, aber … Ich möchte mir gern noch ein bißchen etwas ansehen.« Ein wenig befangen tippte sie auf ihren Stadtplan.

»Ganz allein?« Clay gab sich besorgt, um gleich darauf mit dem Vorschlag herauszurücken: »Dann erlauben Sie mir, daß ich Ihnen New York zeige. Zu zweit macht das weitaus mehr Spaß.«

Sie zögerte. »Sie müssen sich nicht bemühen …«

»Es wäre mir ein Vergnügen, Baronin.«

»Nathalie bitte.«

Er bemerkte, daß sie sich dabei leicht auf die Unterlippe biß, ein Zeichen, daß sie Bedenken hatte, ihm dadurch möglicherweise weitere Vertraulichkeiten zuzugestehen.

Mit einer leichten Verneigung meinte er: »Nur wenn Sie mich Clay nennen.«

»Wenn Sie darauf bestehen«, sagte sie förmlich.

»Das Rockefeller Center ist nicht weit von hier.« Er deutete in die Richtung.

Sie machten sich auf den Weg; Clay gab sich schweigsam, wies höchstens auf interessante bauliche Einzelheiten hin. Auch sie sprach kaum.

»Wohin als nächstes?« fragte er, um dann scherzhaft vorzuschlagen: »Vielleicht zum Empire State Building? Ein echter Tourist darf sich das auf keinen Fall entgehen lassen.«

»Ist es nicht weit bis dorthin?«

»Zu Fuß schon.« Er winkte ein Taxi herbei, half ihr beim Einsteigen.

Ihr Schweigen während der kurzen Fahrt vermochte er ebenso wenig zu deuten wie ihre kurz angebundene Art vorhin. Immer wieder musterte er sie diskret. Das dunkle, volle Haar aus Gesicht und Nacken gestrichen und unter dem Strohhut verborgen, entsprach sie seiner Vorstellung von einer schönen, eleganten Frau, einem Instrument mit vielen Saiten, die nur darauf zu warten schienen, daß ein Virtuose sie zum Klingen brachte.

Das Taxi hielt vor dem berühmten Art-déco-Wolkenkratzer in der 34th Street. In der marmorverkleideten Eingangshalle besorgte Clay Eintrittskarten für die Aussichtsplattform und führte Nathalie zum Fahrstuhl, der sie zusammen mit unzähligen Touristen in den achtzigsten Stock hinaufschoß, wo sie in einen anderen Lift umsteigen mußten. Selbst in der Menge konnte er den zarten und doch aufreizenden Duft ihres Parfüms wahrnehmen.

Oben angekommen, beugte sich Nathalie über die gläserne Brüstung. »Die Taxis sehen aus wie leuchtend gelbe Ringelblumen.« Sie trat zurück und blickte ins Weite. Er konnte sich nicht losreißen von diesem Gesicht, auf dem sich entzücktes Staunen widerspiegelte, von ihrem schlanken Hals, von ihrer Figur, deren Konturen der Wind, der ihr das Kleid an den Körper drückte, unterstrich.

»Hinreißend, nicht wahr?« Er tat, als sei auch er überwältigt vom Blick über die Insel Manhattan, den Hudson River, auf die aus dieser schwindligen Höhe winzigen Segelboote. »So hoch über allem. Abgehoben vom Getriebe der Stadt. Man könnte fast glauben, wir beide seien allein auf der Welt«, sinnierte er gespielt beiläufig. »Zwei Menschen vermögen durchaus die Welt aus den Angeln zu heben – wenn sie füreinander bestimmt sind.« Er sah ihr in die Augen.

Ob absichtlich oder nicht, jedenfalls verstand sie seine Anspielung nicht. »Sie vermissen Ihre Frau.«

»Mehr meine Kinder«, gestand er und wandte den Blick ab. »Es ist kein Geheimnis, daß meine Frau und mich, abgesehen von der Liebe zu unseren Kindern, nur noch wenig verbindet«, log er. »Sie kümmert sich ausschließlich um ihre Blumen und ihre Malerei, während ich ...« Er brach ab, sein Gesicht verdüsterte sich. »Warum erzähle ich Ihnen das?«

»Vielleicht weil Sie wußten, daß ich das verstehe.«

Ihre dunklen Augen waren ein stummer Beweis ihrer eigenen Einsamkeit. Schweigend sah er sie lange an.

»Sind Sie schon einmal mit der Kutsche durch den Central Park gefahren?«

Seine Frage schien sie ein wenig aus der Fassung zu bringen. »Nein.«

»Ich auch nicht.« Er lächelte unternehmungslustig. »Wollen wir?«

Sie zögerte nicht einen Augenblick, strahlte über das ganze Gesicht. »Gerne.«

Zwanzig Minuten später saßen sie in einer Kutsche. Abgesehen von knappen Bemerkungen zur Gegend, durch die sie kamen, sprachen sie wenig. Dafür bewies das zarte Lächeln um Nathalies Mund, daß sie das Schweigen genoß.

Als sie zum großen See im Park kamen, beugte sie sich vor. »Sehen Sie die Ruderboote?« fragte sie. »Wie entzückend das auf dem Wasser aussieht.«

»Ich finde, wir sollten uns davon überzeugen, ob dem so ist«, erklärte Clay und wies den Kutscher an, sie am Bootsverleih abzusetzen.

Bald darauf legten sie ab. Nathalie, die am Bug saß, hatte ihren roten Strohhut von dem zu einem schlichten Knoten geschlungenen Haar abgenommen. Sie hielt sich an beiden Seiten des Boots fest, lehnte sich zurück und reckte ihr Gesicht der Sonne entgegen.

Wie schön sie ist. Clay griff nach den Rudern, steuerte das Boot mit langsamen, sicheren Bewegungen durch das Wasser. Sein Jackett lag ordentlich zusammengefaltet neben ihm; die Manschetten seines Hemds waren hochgekrempelt.

»Wunderschön.« Sie tauchte die Hand ins Wasser und beobachtete, wie die Tropfen von ihren Fingerspitzen abperlten. »Sie hatten recht, Clay. Zu zweit macht es viel mehr Spaß.«

»Ja«, sagte er und hielt ihren Blick eine Weile fest. »Ich sollte das nicht sagen, Nathalie, aber Sie sind hinreißend.« Seine Stimme verriet mühsam beherrschte Leidenschaft.

Einen Moment lang war ihre Kehle wie zugeschnürt. Wie oft hatte sie sich in letzter Zeit danach gesehnt, Emile würde sie mehr beachten, in ihr wieder die schöne, begehrenswerte Frau sehen, die sie für ihn früher gewesen war. Es gab sogar Augenblicke, in denen ihr dieses Verlangen körperliche Schmerzen bereitete.

Sie wußte, daß es unschicklich war, die Komplimente eines anderen Mannes zu genießen, aber sie tat es. Dennoch gab sie sich zurückhaltend: »Nett, daß Sie das sagen, Clay.«

»Verzeihen Sie mir«, flüsterte er.

»Was denn? Daß Sie nett sind?«

»Das war nicht nur nett gemeint. Sie *sind* eine hinreißende Frau. Ein Mann, der das nicht bemerkt, muß blind sein.«

Sie antwortete nicht, sondern richtete ihr Augenmerk auf

den See und den blauen Himmel darüber, beobachtete unwillkürlich die Sonnenreflexe auf seinem dunkelblonden Haar, das Spiel der Muskeln unter seinem Hemd, seine kräftigen Arme. Was war seine Frau doch für eine Närrin, sich von diesem Mann abzuwenden! Sollte sie sich nicht vielmehr glücklich preisen, einen Menschen an ihrer Seite zu haben, der so viel Einfühlungsvermögen besaß, daß er einer Frau alle Wünsche von den Augen abzulesen vermochte? Zum Beispiel den, diese Bootsfahrt zu unternehmen und in trauter Zweisamkeit über den See zu rudern. Träumerisch sah sie auf seine Hände. Bestimmt waren sie warm und zärtlich, vermochten eine Frau zu streicheln, zu erregen. Und seine Küsse mußten feucht und heiß und fordernd sein.

Nathalie spürte, daß ihr Herz schneller schlug, und wandte den Blick ab. Es war nicht gut, sich in müßigen Phantasien zu verlieren, selbst wenn sie noch so harmlos waren.

Viel zu schnell, wie es ihr schien, war die Stunde vorbei, und sie mußten umkehren. Clay half ihr beim Aussteigen und hielt sie, als sie bereits wieder festen Boden unter den Füßen hatten, weiterhin um Taille und Arm fest.

»Ich habe mich getäuscht«, flüsterte er ihr zu, »selbst ein Blinder würde Sie bemerken ... an Ihrem betörenden Duft, am Klang Ihrer Stimme, an Ihrer weichen Haut.«

Ein Finger, nur ein einziger Finger glitt über ihren Arm, dann zog er die Hand zurück. Nathalie stockte der Atem. Sie stellte sich vor, wie es wäre, wenn sie sich an ihn lehnte und seinen sehnigen Körper spürte, die Wärme seiner Arme, die sie umschlossen, seine Lippen auf ihrem Nacken. Ehe der Gedanke zu einem Impuls werden konnte, gab er sie frei. Die Gelegenheit war vorbei. Die Erinnerung daran nicht.

»Nicht weit von hier ist ein nettes Restaurant«, sagte Clay. »Wir könnten dort eine Kleinigkeit essen.«

Sie sah auf ihre Armbanduhr. »Es ist schon spät«, wehrte sie ab und hatte plötzlich Gewissensbisse, das Vergnügen seiner Gesellschaft viel zu lange genossen zu haben. »Ich habe mich um eins mit Emile zum Mittagessen verabredet.«

»Verstehe.« Clay nickte ein wenig enttäuscht.

Ein Taxi brachte sie ins Hotel zurück. »Ich weiß nicht, ob

Ihr Mann mit Ihnen über seine geschäftlichen Angelegenheiten spricht«, sagte Clay, kurz bevor sie ihr Fahrtziel erreichten, »aber mein Vater und er verhandeln wegen einer partnerschaftlich geführten Kellerei in Kalifornien. Beide Seiten haben eine Menge anzubieten. The Cloisters stellt nicht nur Prädikatsweine her; wir verfügen darüber hinaus auch über beste Verkaufsbeziehungen, Marktkenntnisse und eine hervorragende Organisation. Über Château Noir brauche ich Ihnen ja nichts zu erzählen.«

Er bemühte sich, das wie beiläufig zu erwähnen, stellte aber fest, daß sie ihm nicht uninteressiert zuhörte. »Natürlich bedingt eine Partnerschaft für beide Seiten häufige Reisen über den Atlantik.« Er legte eine kleine Kunstpause ein, sah ihr in die Augen. »Und darauf freue ich mich ganz besonders.«

Sie konnte nicht sofort darauf antworten, da das Taxi bereits hielt und der Portier die Wagentür öffnete. Der rasche Blick, den sie Clay zuwarf, sprach allerdings Bände.

Clay bezahlte den Fahrer und stieg ebenfalls aus. Auf dem Bürgersteig wandte sie sich ihm zu. »Danke für die Führung durch New York. Sie hat mir viel Spaß gemacht.« Es war ihr anzumerken, daß sie es vermied, seinen Namen hinzuzusetzen.

»Das Vergnügen war ganz meinerseits.« Und vollendet höflich fügte er hinzu: »Meine Empfehlungen an Ihren Gatten.« Die Festveranstaltung am Abend erwähnte er absichtlich nicht. Er wußte, daß sie daran teilnehmen würde, und auch, daß sie mit seinem Erscheinen rechnete.

Sie betrat die Hotelhalle, und Clay sah ihr nach und überlegte, ob er heute abend das Gespräch mit ihr suchen oder besser nur mit Blicken Kontakt mit ihr halten sollte. Beides schien vielversprechend, je nachdem, für wann die nächste Zusammenkunft zwischen seinem Vater und dem Baron anberaumt war. Das mußte Clay in Erfahrung bringen, ehe er sich auf eine Strategie festlegte.

Zufrieden mit den Ergebnissen des heutigen Vormittags und in dem Bewußtsein, daß der Abend höchst reizvoll zu werden versprach, suchte er sein Hotelzimmer auf.

Ein Raunen ging durch die elegante Gesellschaft im großen Ballsaal des *Waldorf Astoria,* als der Preis für die Kiste Rutledge Estate '73 Cabernet Sauvignon Réserve Privée immer höher getrieben wurde. Die Beine entspannt übereinandergeschlagen und die Hände locker auf den Schenkeln, verfolgte Sam die Versteigerung. Auch Katherine, die neben ihm saß, schien unbeeindruckt von dem Gebot, das inzwischen weit über den geschätzten Betrag hinausging.

Der Zuschlag erfolgte bei eindrucksvollen fünfundsechzigtausend Dollar, die höchste Summe, die jemals für einen kalifornischen Wein bezahlt worden war. Entsprechend ehrfurchtsvolles Schweigen legte sich über den Saal.

Katherine blieb unverändert hoheitsvoll, wenngleich sich auf ihrem Gesicht eine kaum merkliche Veränderung abzeichnete. Eine Katze mit Sahnespuren im Schnurrbart hätte nicht zufriedener aussehen können.

Ein paar Sitze weiter weg erhob sich Hugh Townsend und applaudierte Katherine zu. Andere taten es ihm gleich; auch Sam stand auf und klatschte Beifall. Katherine dankte mit einer anmutigen Kopfbewegung, aber die Ovationen verstummten erst, als sie ihrerseits aufstand und vor die Anwesenden trat.

Sie verschmähte das bereitgestellte Mikrophon und wandte sich mit klarer Stimme an die Versammelten. »Danke. Ich danke Ihnen allen.« Sie wartete, bis völlige Ruhe eingetreten war, und fuhr dann fort: »Mein verstorbener Mann Clayton Rutledge war ein Bewunderer von Thomas Jefferson, einem der ersten Männer der amerikanischen Renaissance und einem Kenner edler Weine. Wie Jefferson glaubte Clayton daran, daß Amerika eines Tages Weine erzeugen würde, die sich mit den großen europäischen messen könnten. Es war sein Traum, daß die Weine von Gut Rutledge dazugehören würden, ein Traum, den ich über viele Jahre hinweg allein weiterverfolgt habe. Heute abend haben Sie Gut Rutledge eine hohe Ehre zuteil werden lassen, zugunsten einer großartigen Sache. Clayton wäre darauf genauso stolz, wie ich es bin. Ich danke Ihnen.«

Wieder brannte Applaus auf. Als sich mehrere Gäste um

sie drängten, um ihr persönlich zu gratulieren, hielt es der Auktionator für angebracht, vor der Versteigerung der nächsten Partie eine Pause anzuberaumen.

Sam war nicht überrascht, unter den ersten Gratulanten Baron Fougère und dessen Frau zu erkennen. In einer Branche, in der Image und Prestige eine entscheidende Rolle spielten, war das Ansehen von Gut Rutledge ungeheuer aufgewertet worden. Und entsprechend beeindruckt zeigte sich der Baron.

Auch Gil stand bei Katherine, gratulierte ihr überschwenglich. »Ein sagenhafter Preis, Katherine.« Das klang ganz nach dem Sohn, der sich für sie freut, auch wenn Sam ahnte, daß das Glitzern in den Augen des Onkels eher Neid denn Begeisterung verriet.

»Danke, Gil.« Wie immer war sie ihrem entfremdeten Sohn gegenüber liebenswürdig-zurückhaltend. »Ich bin überzeugt, deine Partie wird ebenfalls einen guten Preis erzielen. Der '78er Cloisters Cabernet ist für einen jungen Wein recht ordentlich.«

Ihr herablassendes Kompliment ließ Gil unmerklich zusammenzucken. »Warum läßt du deinen '87er Jahrgang nicht irgendwann mal bei einer verdeckten Weinprobe gegen meinen antreten? Dann werden wir ja sehen, welcher besser abschneidet.«

Katherine legte den Kopf zurück. »Das würde ich dir doch niemals antun, Gil.«

Gil schoß das Blut ins Gesicht. Katherine hatte nicht nur seine Herausforderung pariert, sondern einen entscheidenden Treffer gelandet.

Gil gelang es, seine Verärgerung zu unterdrücken. »Man kann nicht immer nur gewinnen, Katherine«, sagte er. »Nicht einmal du.« Selbstbewußt schritt er auf die Bar zu.

»Ich glaube nicht, daß das sehr klug war«, bemerkte Sam.

»Schon möglich, aber es mußte sein«, erwiderte sie kühl und lächelte dann Hugh Townsend zu. »Mr. Townsend, Sie sind schuld, daß man mich hier ins Rampenlicht zerrt.«

»Das haben Sie voll und ganz verdient, Madam.« Er beugte sich über ihre Hand. »Die Versteigerung ist schon jetzt ein Riesenerfolg ... Ihretwegen.«

Sie antwortete nicht darauf. »Ist Ihre reizende Freundin Miss Douglas nicht mitgekommen?« fragte sie statt dessen. »Mir ist eingefallen, daß ich einen Zachary Douglas kenne, der einen Weinberg im Carneros-Gebiet besitzt. Vielleicht ist sie mit ihm verwandt.«

»Meines Wissens hat Kelly keine Verwandten in Kalifornien. Tut mir leid, daß Sie sie nicht selbst fragen können. Sie ist noch im Studio.« Er sah auf seine Uhr. »Im Augenblick packt sie wohl ihre Sachen zusammen und geht dann nach Hause.«

»Eine Sechs-Tage-Woche. Ich wußte gar nicht, daß sie derart eingespannt ist«, bemerkte Katherine mit leichtem Erstaunen.

»Ruhm hat seinen Preis«, antwortete Hugh trocken.

»Ich hoffe aber doch, daß dieser Ruhm nicht auch den Sonntag einschließt«, gab Katherine ebenso trocken zurück. »Jeder muß doch mal ausspannen.«

Eigenartig, daß gerade sie so etwas sagte. Wie Sam nur allzu gut wußte, widmete sie all ihre Zeit den Weinbergen und der Kellerei. Vielleicht in den letzten Jahren nicht mehr so ausschließlich, aber Ausspannen war dennoch ein Begriff, der überhaupt nicht zu ihr paßte.

Nachdem sich Hugh Townsend zurückgezogen hatte, ließ Sam seine Blicke umherwandern. Elegante Leute in eleganten Kleidern beim Austausch eleganter Belanglosigkeiten. In diesen Kreisen war er aufgewachsen, bewegte sich in ihnen ebenso sicher wie in den Weinbergen. Heute abend allerdings langweilte er sich und war gereizt.

In der Nähe der Bar entdeckte er Gil, der sich mit dem Baron unterhielt, und neben ihm Clay, der sich, wie zu erwarten, ganz auf Nathalie Fougère konzentrierte. Sam zog eine Grimasse. Gestern abend hatte Clay mit Kelly Douglas geflirtet, heute abend, und anscheinend mit mehr Erfolg, war die Baronin an der Reihe.

»Was finden die Frauen nur an ihm?« Daß Sam laut überlegt hatte, merkte er erst, als Katherine ihm antwortete.

»Was sie finden wollen.« Die leise Verbitterung und Enttäuschung in ihrer Stimme, der Eindruck, daß sie wußte, wovon sie sprach, ließen ihn aufhorchen. »Einen Mann, der sie aus ihrer Einsamkeit herausholt, der die Leere in ihrem Leben mit all den Gefühlen ausfüllt, für die die Sinne erschaffen sind. Wenn das Leben einer Frau an Farbe verliert und nicht länger von Romantik bestimmt wird, sehnt sie sich danach, wieder beachtet zu werden. Sie fängt an zu träumen. Und wenn ihr dann ein Mann Aufmerksamkeit schenkt, glaubt sie ihm alles, was er sagt ... weil sie es glauben will und weil sie möchte, daß ihr Traum in Erfüllung geht. Daß er oft gar nichts weiter mit ihr vor hat, als sich ihrer zu bedienen, übersieht sie geflissentlich, denn das würde ja ihren Traum zerstören.«

Wie abwesend sah Katherine Sam an, hatte sich aber gleich darauf wieder in der Gewalt. »Meine Mutter war so eine Frau«, sagte sie leise. »Nach dem Tod meines Vaters wechselte sie von einem Mann zum anderen. Ich habe gar nicht mehr mitgezählt, wie viele Stiefväter ich hatte und wie viele Liebhaber sie sich zulegte. Männer wie dein Vetter haben es auf solche Frauen abgesehen. Sie sind Chamäleons, die ihre Farbe auf die Sehnsüchte der jeweiligen Frau abstimmen. Am Ende ist die beiderseitige Enttäuschung das einzige, was Wirklichkeit ist.«

Noch nie waren im Napa Valley auch nur andeutungsweise Gerüchte im Umlauf gewesen, man hätte Katherine nach dem Tod ihres Mannes in Begleitung eines anderen Mannes gesehen. Vielmehr hatte man ihr Hochachtung gezollt, daß dem nicht so gewesen war.

Und doch wurde Sam den Eindruck nicht los, daß sie insgeheim etwas mit einem Mann gehabt haben mußte, mit einem, der sie benutzt und dann abgeschüttelt hatte. Oder aber ihre Kenntnisse über Männer wie Clay stammten von ihrer Mutter. Katherine war immer viel zu stark und unabhängig gewesen, sie brauchte niemanden. Konnte es sein, daß sie sich das vielleicht insgeheim gewünscht hatte?

Um ein Haar hätte er sie danach gefragt. Aber was ging ihn das an?

»Ich möchte noch ein wenig Luft schnappen, bis die Versteigerung fortgesetzt wird«, sagte er statt dessen und steuerte dem nächsten Ausgang zu.

»Mr. Rutledge«, begrüßte Nathalie Clay entzückt.

Er nickte ihr lediglich freundlich zu. Erst als sich sein Vater in ein Gespräch mit dem Baron vertiefte, sagte er zu ihr: »Als wir uns heute mittag trennten, dachte ich, ich hätte mir nur eingebildet, wie schön Sie sind. Jetzt weiß ich, daß das keine Einbildung war.«

Sie strahlte, warf ihrem Mann einen Blick zu und legte ihm leise auflachend die Hand auf den Arm.

»Emile, dieser gutaussehende Gentleman hat mir soeben ein bezauberndes Kompliment gemacht«, sagte sie und sah Clay schelmisch an.

Clay ließ sich nicht beirren. Der stumme Schrei nach Anerkennung durch ihren Mann war ihm nicht entgangen. Emile jedoch sah sie lediglich erstaunt an und tätschelte ihr wie einem kleinen Kind die Hand. *»Naturellement«*, sagte er lächelnd ohne das kleinste Zeichen von Eifersucht oder Mißtrauen.

Was für ein Narr dieser Franzose doch war! Nathalie ließ sich nicht anmerken, daß sie verletzt war. Wahrscheinlich war sie es gewohnt, von ihrem Mann nicht beachtet zu werden.

»Darf ich Ihnen etwas zu trinken holen?« erbot sich Clay. »Ein Glas Champagner vielleicht?«

»Gerne. Vielen Dank.« Sie blickte ihm nach, als er zur Bar ging.

In den vergangenen zwei Tagen hatte sie mitbekommen, was andere Frauen sich über Clay Rutledge erzählten, Bemerkungen, die darauf schließen ließen, daß er ein lockerer Vogel war und seine Ehe schon so manches Mal aufs Spiel gesetzt hatte. Selbst wenn das so war, fiel es ihr schwer, Mitgefühl für seine Frau zu empfinden.

Im Gegenteil, sie beneidete sie. Lieber einen leidenschaftlichen Ehemann als einen, der eine Frau kaum zur Kenntnis nahm.

Sie zwang sich, der Unterhaltung zwischen dem Baron und Clays Vater zu folgen.

»… eine bemerkenswerte Frau«, sagte Emile soeben.

»Das ist Katherine zweifelsohne«, räumte Gil Rutledge ein.

»Aber was wird aus Gut Rutledge, wenn sie einmal nicht mehr da ist? Ein Schatten seiner selbst, befürchte ich.«

Emile runzelte die Stirn. »Aber ihr Enkel …«

»Sam?« Gil hob zweifelnd die Brauen. »Sam ist ein guter Kerl.

Aber hier geht es um harte Geschäfte. Um Erfolg zu haben, muß man mehr als gut sein.« Er zuckte mit den Schultern. »Aber das haben Sie ja bestimmt bedacht.«

»Natürlich.« Emiles leicht betroffener Blick indes verriet Nathalie, daß er das, worauf Gil Rutledge anspielte, vielleicht doch nicht bedacht hatte.

Die Fortsetzung der Versteigerung wurde angesagt, und die Anwesenden nahmen wieder ihre Plätze ein. Es wurde ruhig im Ballsaal, als der nächste Wein präsentiert wurde. Teilnahmslos vernahm Katherine von ihrem Platz aus, wie die Magnumflasche eines seltenen Jahrgangs, ein berühmter Erstling von einem Weingut in Bordeaux, mit den unter Kennern üblichen Begriffen »fruchtig und vollmundig, in wunderbarer Abstimmung von Trauben-, Eichen- und Beerengeschmack, mit langem Abgang, abgerundet durch einen Hauch Anis, Lorbeer und Zeder, rassig und würzig und doch weich und im Gerbsäuregehalt von samtigem Körper« vorgestellt wurde.

Alles Worte und Begriffe, die Katherine häufig selbst benutzte. Fachjargon eben, obwohl sie persönlich Wein eher nach menschlichen Charaktereigenschaften bewertete, schon wegen der vielen Parallelen, die sich anboten. Traf es denn nicht zu, daß die einzelnen Jahrgänge so verschieden sein konnten wie Geschwister untereinander? Da verarbeitete man Jahr für Jahr Trauben derselben Rebstöcke, und doch hoben sie sich in Charakter und Qualität deutlich voneinander ab.

Katherine ertappte sich dabei, daß sie unwillkürlich auf den dunkelblonden Schopf ihres Enkels Clay starrte, der ein paar Reihen vor ihr saß, neben Gil, der ihm gerade etwas zuraunte. Diese Feindseligkeit in seinem Blick, als er ihr vorhin gratuliert hatte – wie ein Wein, der im Faß noch zu den schönsten Hoffnungen Anlaß gegeben hatte, um dann während des Reifeprozesses umzuschlagen und ungenießbar zu werden.

Katherine fühlte einen Stich. Was war der Grund, daß ihr Sohn sie so sehr haßte? Hatte es in jener Nacht damals begonnen? Nein, das konnte nicht sein. Denn auch wenn sie in der Vergangenheit zuweilen den Vorwurf *ich weiß, was du getan hast* in seinem Blick gelesen hatte, so hatten die strahlenden, intelligenten Augen ihres Jüngsten sehr viel häufiger vor Lebenslust und Übermut gefunkelt.

Und selbst wenn jene Nacht der Auslöser für seinen Haß gewesen war: Nichts gedeiht, wenn man es nicht nährt und tränkt. Wer oder was also hatte seine Gefühle geschürt und ihn gegen sie aufgebracht? Jonathan? Die erbitterte Rivalität zwischen Gil und dem älteren Bruder?

Gewiß, gelegentlich war Gil verstimmt gewesen, weil Jonathan als dem älteren mehr Freiheiten zugestanden wurden. Und wenn sie mehr Zeit mit Jonathan verbracht hatte als mit Gil, dann deshalb, weil Jonathan echtes Interesse für die Weingärten und die Kellerei, wo sie meist zu finden war, zeigte. Gil dagegen schien das alles zu langweilen. Erst als er aus dem Krieg zurückkam …

Ja, erst nach dem Krieg waren die Auseinandersetzungen zwischen den beiden Brüdern eskaliert. Gil war zwei Jahre in Frankreich stationiert gewesen, wo er die großen Bordeaux-Weine kennengelernt und viele berühmte Kellereien, darunter auch Château Noir, besucht hatte. Und dann, nachdem er wieder zu Hause war, hatte er plötzlich Interesse und Begeisterung für das Familienunternehmen an den Tag gelegt und mit allerlei Verbesserungsvorschlägen aufgewartet.

Für Jonathan kam die unerwartete Einmischung des jüngeren Bruders völlig unvorbereitet. Aber Gil hatte auch keinen leichten Stand. Er fühlte sich zuweilen als Außenseiter, und das mochte der Grund sein, weshalb er gekränkt war, wann immer sie, Katherine, eine seiner neuen Ideen verwarf.

Jonathan war immer in sich gekehrt gewesen, mehr ein Einzelgänger, während Gil kontaktfreudig und gesellig war;

Jonathan konnte so leicht nichts aus der Fassung bringen, im Gegensatz zu dem heißblütigen Gil. Jonathan hielt sich an das, was sich bewährt hatte, und überdachte gründlich jeden Schritt, während Gil immer gleich mit dem Kopf durch die Wand wollte.

Beide waren noch jung gewesen, Anfang Zwanzig. Katherines Hoffnung, die Geschwister würden sich prächtig ergänzen, wenn sie Jonathan die Verantwortung für die Weinberge und die Kellerei und Gil die Verantwortung für den Verkauf und das Marketing übertrug, hatten sich nicht erfüllt. Wenn Gil die Ansicht vertrat, die Kellerei müsse modernisiert werden, um effizienter zu arbeiten, machte ihm Jonathan deutlich, daß er für die Kellerei zuständig und die Anschaffung neuer Geräte überflüssig sei, solange die alten ihren Zweck erfüllten. Oder wenn Jonathan monierte, Gil gebe auf seinen Reisen zuviel Geld für sogenannte Geschäftsessen aus, hielt ihm Gil entgegen, er könne Einkäufer nicht gut in ein Schnellrestaurant einladen und ihnen damit die Abnahme von Qualitätsweinen schmackhaft machen. Und dann wollte Gil mit einem leichten Tischwein unter anderem Etikett auf den Markt – damit sei Geld zu machen –, was Jonathan rundweg ablehnte.

Wie hatte sie damals bei diesen Auseinandersetzungen Stellung bezogen? Egal, auf wessen Seite sie sich schlug: einer fühlte sich unweigerlich im Stich gelassen, beschuldigte den anderen, sie gegen sich aufzustacheln. Zwei Fronten beherrschten schließlich Gut Rutledge, und selbst die Arbeiter bezogen in dem nicht erklärten Krieg zwischen Gil und Jonathan Stellung.

Und dann war es zum letzten großen Krach gekommen. Bei offener Tür hatte sie von Claudes kleinem Büro aus telefoniert – und war somit Zeuge einer Auseinandersetzung zwischen Jonathan und Gil geworden, die irgendwo begonnen hatte und nun in der Kellerei fortgesetzt wurde …

»Verdammt noch mal, Jon.« Gil packte ihn am Arm, zwang ihn, stehenzubleiben. Jon fuhr herum, starrte ihn mit eiskalter Ruhe an. »Sei nicht so verbohrt und sieh dir das wenigstens mal an.« Wütend deutete Gil auf die Papiere in seiner Hand. »Zahlen lügen nicht.«

»Nein. Aber Lügner zahlen drauf.«

»Du nennst mich einen Lügner?« brüllte Gil aufgebracht. »Meinetwegen!« Er schleuderte Jon die Papiere ins Gesicht. »Dann besorg du dir die Zahlen und stell sie zusammen. Du wirst zum gleichen Ergebnis kommen. Diese alte Kellerei unten an der Straße aufkaufen und die zweihundert Morgen, die dazugehören, ist verdammt noch mal das klügste, was wir machen können. Warum hast du bloß soviel Schiß davor zu expandieren?«

»Und warum gibst du dich nicht zufrieden mit dem, was du hast?« gab Jonathan zurück. »Nichts ist jemals gut genug für dich! Sieh dir nur deine italienischen Schuhe an, deine Seidenkrawatten und die Zweihundertdollar-Anzüge. Immer mehr und noch mehr. Mehr Wein, mehr Geld, mehr Klamotten, mehr Reisen. Du kannst nie genug bekommen.«

»Was dagegen?« schnaubte Gil. »Warum gibst du nicht einfach zu, daß zwei Kellereien zuviel für dich sind?«

»Von wegen«, fuhr Jon hoch und stemmte herausfordernd die Hände in die Hüften. »Aber ich werd mich hüten, deine Habgier zu befriedigen.«

»Ich hab die Schnauze voll, mir ständig anhören zu müssen, daß ich habgierig bin. Und auch, daß du Katherine was weiß ich für Märchen über mich erzählst, um mich bei ihr anzuschwärzen.«

»Märchen? Ich bin doch nicht derjenige, der seine Reisekostenabrechnungen frisiert, auf Kosten des Betriebs. Das bist du. Katherines lieber kleiner Junge.«

»Du Schuft!« fauchte Gil und ballte die Faust. »Das laß ich mir nicht länger bieten!« schrie er und verpaßte Jon im nächsten Augenblick einen Kinnhaken. Völlig unvorbereitet taumelte Jon rückwärts, rieb sich verblüfft das Kinn, um sich gleich darauf mit einem gurgelnden Aufschrei auf seinen Bruder zu stürzen.

Entsetzt sprang Katherine auf. Bis sie die Tür erreichte, bedrohte der um einiges größere und kräftigere Jonathan Gil mit beiden Fäusten. Doch Gil war gewandter, duckte sich und landete seinerseits eine Linke in Jonathans Magen und setzte eine Rechte nach. Jonathan stöhnte auf und sackte zusammen, aber Gil schlug weiter auf ihn ein, spaltete Jonathans Lippe, daß das Blut herausschoß.

»Aufhören! Hört sofort auf!« Katherine versuchte, die beiden zu trennen, aber Gil ließ erst von Jonathan ab, als zwei Arbeiter in die Kellerei eilten und Gil von hinten festhielten. Jonathan lag halb bewußtlos und übel zugerichtet auf dem Boden, mit zugeschwollenem Auge und blutendem Mund.

»Zwei erwachsene Männer, die sich prügeln wie kleine Jungen«, sagte Katherine erbost. »Ich schäme mich für euch.«

Keuchend befreite sich Gil aus der Umklammerung. »Er hat angefangen.«

Katherine bedachte ihn mit einem eisigen Blick. »Darüber sprechen wir noch. Zunächst einmal müssen wir deinen Bruder ins Haus schaffen.«

»Sollen die sich doch um ihn kümmern.« Er deutete auf die Arbeiter. »Ich jedenfalls rühre keinen Finger für ihn.«

So konnte es nicht weitergehen. Katherine mußte handeln. Sofort. Und so kam es, daß sie eine halbe Stunde später Gil zu sich in die Bibliothek rief.

»Wenn du mich hierher bestellt hast, um mir eine weitere Lektion über Zusammenarbeit zu erteilen, dann spar dir deine Worte für deinen Ältesten auf«, sagte er wütend. »Ich bin es leid, daß er mir ständig in den Rücken fällt. Ich hab vielleicht als erster zugeschlagen, aber er hat verdient, was er abbekommen hat.«

Er hätte noch weitergesprochen, wenn Katherine nicht die Hand gehoben hätte. »Ich bin nicht gewillt, mir das anzuhören, und weitere Lektionen wird es nicht geben.« Auf ihrem Schreibtisch lagen die inzwischen etwas angeschmutzten und zerknitterten Papiere, über die es letztendlich zu der Prügelei gekommen war. »Nach diesem verabscheuungswürdigen Zwischenfall könnt ihr unmöglich länger zusammenarbeiten.«

»Wird auch Zeit, daß du das einsiehst«, erklärte Gil.

»Überlaß Jonathan einen der Weinberge. Mehr will er doch eigentlich gar nicht. Und ich kann die Kellerei übernehmen.« Er erkannte die Papiere auf dem Schreibtisch. »Wir kaufen das alte Anwesen unten an der Straße dazu und verdoppeln unsere Produktion. In fünf Jahren hat Gut Rutledge einen Namen, der jedem ein Begriff ist.«

»Ich bin sicher, daß dir das gelingen würde. Du verfügst über einen bemerkenswerten Geschäftssinn, Gil, und ein Gespür für das, was der Markt verlangt.« Aus eben dieser Überlegung heraus hatte Katherine ihre Entscheidung getroffen. »Deshalb wirst du es auch schaffen, auf eigenen Füßen zu stehen.«

»Du wirfst mich raus?« brach es aus ihm heraus.

»Gil, du mußt zugeben, was Gut Rutledge anbetrifft, hast du niemals meine Ansichten geteilt.«

»Du meinst wohl deine und Jonathans?«

Katherine ging nicht darauf ein. »Jahrelang hast du dich immer wieder gegen die Prinzipien aufgelehnt, die ich für dieses Weingut aufgestellt habe. Du hast lange genug deine eigenen Ansichten und Überzeugungen verfochten. Eine eigene kleine Kellerei gibt dir Gelegenheit, sie zu verwirklichen. Um dir den Start zu ermöglichen, werde ich dir deine Anteile an Gut Rutledge abkaufen.«

»Um mir den Start zu erleichtern? Was du mir damit sagen willst, ist doch, daß du mich auszahlst. Du speist mich mit Geld ab, um dein Gewissen zu beruhigen, und schmeißt mich raus!«

»Ich versuche gerecht zu sein.«

»Gerecht? So also nennst du das?« höhnte er. »Du hast doch seit jeher gemeinsame Sache mit Jonathan gemacht. Daß ich auch noch da war, hat dir nicht gepaßt.«

»Das ist nicht wahr.«

»Erwartest du allen Ernstes, daß ich dir glaube? Wo ich doch weiß, wie du lügst? Dein ganzes Leben ist eine einzige große Lüge. Du kannst einfach nicht ertragen, daß ich weiß, was in jener Nacht wirklich geschah.«

»Das tut hier nichts zur Sache.«

»Nein? Du wolltest mich immer loswerden, weil ich dich

ständig daran erinnere, was du getan hast – was du verheimlicht hast. Meinst du, ich wüßte das nicht, hätte es nicht schon immer gewußt?«

»Du täuschst dich.«

Katherine war es niemals gelungen, ihn davon zu überzeugen. Damals nicht und später auch nicht. Haßerfüllt hatte er die Bibliothek verlassen. Als er dann seine Kellerei vergrößerte, hatte sie geglaubt, er würde einsehen, daß sein Weggang von Gut Rutledge zum Besten für alle Beteiligten gewesen sei. Aber dem war nicht so, und inzwischen hatte sie die Hoffnung aufgegeben.

Sam trat durch die Drehtür in die schwülwarme Nacht und sah hinauf zu den Wolkenkratzern. Die stickige Luft roch nach Abgasen und Müll.

Er marschierte los. Bereits bei der Ampel an der Ecke war ihm so heiß, daß er sein Jackett auszog und es sich lässig über die Schulter hängte.

Eine Drei-Mann-Kapelle spielte den Gästen im Freiluftcafé auf der unteren Plaza des Rockefeller Center auf. Von der oberen Ebene aus verfolgten Schaulustige das Geschehen.

Eine Frau verließ das Gebäude auf der gegenüberliegenden Straßenseite, eine schwere Umhängetasche am Arm. Ihr zügiger Gang, der kaum wahrnehmbare Hüftschwung verrieten Sam, daß es Kelly Douglas sein mußte.

Sam war wütend auf sich selbst. Warum war er ausgerechnet hierher gekommen und nicht woanders hingegangen? Er war ein gebranntes Kind und hatte nicht die Absicht, dem Feuer nochmals zu nahe zu kommen.

Dennoch ließ er die Frau auf der anderen Straßenseite nicht aus den Augen, beobachtete, wie sie auf dem Rücksitz eines parkenden Autos Platz nahm. Täuschte er sich, oder hatte sie wirklich kurz zu ihm herübergeschaut? Na, wenn schon. Morgen würde er diese Insel aus Beton verlassen und nach Kalifornien zurückfliegen.

8

In den Produktionsbüros für das neue Magazin »Land und Leute« war nichts von der Hektik einer Nachrichtenredaktion zu spüren. Es kam nur selten vor, daß sich Stimmen überschlugen oder Befehle gebellt wurden, selbst das Läuten des Telefons klang irgendwie zivilisierter.

Nach drei Tagen hatte sich Kelly noch immer nicht an das langsamere Arbeitstempo gewöhnt. Termindruck und Spannung gab es zwar weiterhin, aber in gemäßigterer Form.

»Kelly. He, Kelly!«

Kelly ging zu der offenen Tür zurück, an der sie gerade vorbeigekommen war, und sah Debbie Sullivan, wie meistens in ausgebeulten Hosen und einem sackartigen Polohemd, die Brille ins kurzgeschnittene, bereits mit vereinzelten grauen Fäden durchzogene Haar hochgeschoben, um ihren Schreibtisch herumkommen.

»Du bist früh zurück.« Die Sechsunddreißigjährige sah auf ihre überdimensionale Armbanduhr. »Ich dachte, du würdest jetzt gerade mal deinem Plastikflattermann zuleibe rücken.« Sobald sie den Mund öffnete, ließ sich ihre texanische Herkunft nicht verleugnen. »Wie ist's gelaufen?«

»Hat prima geklappt, und das Mittagessen war ausverkauft. Was bedeutet, daß die Schatullen für die mißhandelten Kinder ein wenig voller geworden sind«, gab Kelly zurück.

»Und der Film über die Kinder, wie ist der angekommen?« Debbie hatte ihn zusammen mit Gleichgesinnten in ihrer freien Zeit gedreht.

»Tut mir leid, ich hab mich verdrückt, als die Vorführung begann, weil ich hier noch einiges erledigen mußte.« In Wahrheit war Kelly vor den Szenen mit geschundenen, geprügelten Kindern geflohen, vor den angsterfüllten Augen und verstörten Blicken. Ihre Empörung angesichts dieser Schicksale lähmte sie. Aber darüber wollte sie nicht diskutieren. »Was kann ich für dich tun?«

Debbie wies mit den Daumen nach oben und strahlte. »Hab gerade mit John Travis' Presseagenten gesprochen. Mittagessen morgen um eins im *Russian Tea Room* mit dem Star höchstpersönlich.«

Kelly war begeistert. »Heißt das, er ist einverstanden, daß wir ein Porträt von ihm machen?«

»Die offizielle Zusage steht noch aus. Sie verlangen, daß du dich erst mal mit Travis triffst und herausfindest, wie du mit ihm zurechtkommst. Wenn du mich fragst, Schätzchen, können wir den Tequila und die Tacos auf den Tisch stellen – wir haben ihn.«

»Hoffentlich irrst du dich nicht«, meinte Kelly, die von Haus aus Debbies überschäumenden Optimismus nicht teilte.

»Ich habe recht.« Debbie lehnte sich an den Türpfosten, griff nach ihrer Brille und schwenkte sie unbekümmert. »Großer Gott, Kelly, weißt du, was das bedeutet? Travis' neuer Film ist ein Kassenschlager und die Rolle, die er darin spielt, höchst oscarverdächtig. Wenn wir für die erste Sendung ein Porträt mit ihm kriegen würde das zeitlich mehr oder weniger mit der Bekanntgabe der Oscar-Nominierungen zusammenfallen. Denk mal, wie sich das auf unsere Einschaltquoten auswirkt. Die Fernsehzuschauer sind doch ganz wild auf Geschichten über Leute wie Travis, der sich von ganz unten wieder nach oben geboxt hat.«

»Sprecht ihr von John Travis?«

Kelly fuhr herum. Vor ihr stand Linda James, Korrespondentin an der Westküste. Sie musterte Kelly höflich-kühl, versuchte erst gar nicht, das feindselige Funkeln in ihren blauen Augen zu verbergen.

»Hallo, Linda.« Kelly gab sich der Kollegin gegenüber, die sie sich unweigerlich zur Feindin gemacht hatte, als sie sie bei der Vergabe des Moderatorenjobs ausgestochen hatte, unverbindlich.

»Sieh einer an, wen haben wir denn da. Linda James.« Debbie verschränkte die Arme und lehnte sich wieder an den Türpfosten. »Was führt dich denn in unsere Ecke?«

»Geschäftliches.« Sie streckte Kelly die Hand entgegen. »Übrigens Glückwunsch, Kelly.«

»Danke.« Kelly erwiderte den Händedruck. »Ehrlich gesagt, hatte ich eher damit gerechnet, dir gratulieren zu müssen.«

»Ach, wirklich?« Linda zog eine Augenbraue in die Höhe. »Bei deiner engen Beziehung zu Hugh?«

»Ja, wirklich«, erwiderte Kelly, erbost über diese Spitze.

Linda betrachtete angelegentlich ihre Hände, dann meinte sie: »Übrigens hat Hugh mit mir über das Konzept des neuen Magazins gesprochen. Na ja, für mich eigentlich uninteressant. Zu wenig Herausforderung. Ich mache lieber Sendungen mit mehr Biß. Oberflächliche Plaudereien sind wohl eher was für dich.«

»Nett, daß du das sagst, Linda«, gab Kelly im gleichen zuckersüßen Ton zurück.

Lindas Lippen wurden schmal. Sie zwang sich zu einem erneuten scheinheiligen Lächeln. »Ihr spracht doch gerade über John Travis. Plant ihr etwa ein Interview mit ihm?«

»Kelly trifft ihn morgen zum Lunch«, mischte sich Debbie ein. »Wie nett«, gurrte sie. »John T. und ich sind alte Freunde. Vielleicht kann ich ein Wort für dich einlegen.« Und mit einem »Na, dann alles Gute« stolzierte sie auf die Fahrstühle zu.

»Ich habe das Gefühl, das einzig Gute, was sie uns wünscht, ist eine Bauchlandung«, raunte Kelly.

Debbie warf einen Blick in die Halle, ehe sie weitersprach. »Weißt du, was mich unglaublich stört? Daß Leute, die es mit Linda zu tun bekommen, möglicherweise glauben, alle Frauen im Fernsehen seien wie sie.« Sie schüttelte sich derart übertrieben, daß Kelly lachen mußte. »Nicht vergessen – morgen Lunch.«

»Sue wird es im Terminkalender eintragen.« Kelly winkte Debbie kurz zu und eilte in ihr Büro.

Susan, ihre Assistentin, saß nicht an ihrem Schreibtisch, auf dem sich Post und telefonische Nachrichten stapelten. Kelly nahm alles an sich und ging in ihr eigenes kleines Reich mit Blick auf die Plaza.

Sie überflog die Zettel, auf denen vermerkt war, wer in ihrer Abwesenheit angerufen hatte, nahm sich dann die Post vor, auf die sie auch nur einen kurzen Blick warf, bis sie auf eine Karte stieß, mit der ihr Katherine Rutledge nochmals handschriftlich und in wohlgesetzten Worten für das Interview dankte und sich bewundernd über Kellys Arbeit aussprach.

Als Kelly die Zellen las, fiel ihr wieder ein, daß sie Sonntag nacht beim Verlassen des Senders in einiger Entfernung Sam Rutledge gesehen zu haben glaubte. Eigentlich absurd, wo sie ihn doch auf der Weinversteigerung wußte. Noch absurder war ihre Enttäuschung gewesen, als ihr klargeworden war, daß sie sich geirrt hatte. Sie hätte erleichtert sein sollen – war sie denn nicht erleichtert?

Auf Sues Schreibtisch läutete das Telefon, an Kellys Apparat blinkte es auf. Als beim zweiten Klingelzeichen draußen noch immer nicht abgehoben wurde, griff Kelly, nach einem Druck auf den blinkenden Knopf, zum Hörer.

»Kelly Douglas.« Automatisch griff sie nach Stift und Papier.

»Ich habe eine Voranmeldung für Miss Kelly Douglas«, meldete sich die Vermittlung.

»Am Apparat.«

»Sprechen Sie, Sir.« Mit einem leisen Klicken schaltete sich die Vermittlung aus.

»Lizzie-Mädchen, bist du's?« Die Stimme, der verhaßte Kosename, nie liebevoll, sondern vielmehr spöttisch ausgesprochen, fuhr Kelly in die Glieder. »Lizzie-Mädchen, ich bin's …«

»Ich weiß«, fiel sie ihm ins Wort und bedauerte sofort, darauf eingegangen zu sein, anstatt sich ahnungslos zu stellen. Jetzt war es dafür zu spät. »Was willst du?«

»Ich hab dich neulich in den Fernsehnachrichten gesehen, zum ersten Mal. Hab gedacht, ich hör nicht recht.«

»Was willst du? Warum rufst du an?« Sie wußte genau, warum. »Laß mich raten – du willst Geld, stimmt's?« sagte sie gereizt.

»Es ist wegen der Rutledges. Die allmächtige Madam will mir mein Land wegnehmen. Bin ein bißchen mit den Zahlungen in Rückstand, und jetzt will sie mir keinen Aufschub geben. Ich soll alles begleichen, oder sie nimmt mir das Haus weg, die Weinberge, alles. Das kann ich nicht zulassen. Du mußt mir helfen. Du hast dich fein herausgemacht, hast einen tollen Job, verdienst 'nen Haufen Geld. Fünfunddreißigtausend sind doch für dich ein Klacks.«

»Nein.« Ihre Antwort war prompt und entschieden.

»Du mußt mir helfen. Ich hab doch sonst niemand. Verdammt noch mal, das bist du mir schuldig!«

»Ich bin dir gar nichts schuldig!« Ihre Stimme, ihr ganzer Körper bebten. »Nichts, hast du verstanden?«

»Lizzie-Mädchen, du glaubst doch nicht ...«

Aber sie wollte ihm nicht länger zuhören. »Versuch nie, nie wieder, mich zu belästigen!«

»Das ist doch nicht dein Ernst!«

Kelly schmiß den Hörer auf den Apparat, vergrub das Gesicht in den Händen. Entsetzen, Verbitterung, Erinnerungen stiegen in ihr hoch. Wie sie ihn haßte! Den Tod hatte sie ihm gewünscht.

Womit hatte sie das verdient? Sie trat ans Fenster, starrte hinaus, hielt sich den Bauch, um die Übelkeit, die sie überkam, zurückzudrängen.

Sie hätte ihm das Geld schicken sollen. Sie hatte die fünfunddreißigtausend, hatte, seit sie im Berufsleben stand, jeden Penny gespart, den sie erübrigen konnte. Stolze fünfzigtausend besaß sie, alles in allem, sicher angelegt. Warum gab sie ihm nicht einfach das Geld, damit er sie in Ruhe ließ?

Andererseits war das eindeutig Erpressung. Die fünfunddreißigtausend würden nur der Anfang sein. Kelly lehnte die Stirn an die Fensterscheibe und schloß die Augen. Genau wie früher, als er ihr alles abgenommen hatte, bis auf das wenige, was sie vor ihm verstecken konnte.

Nein, sie mußte hart bleiben.

Wenn er nun aber anfing, alles mögliche über sie in Umlauf zu setzen? Was, wenn ...

Hör auf. Hör bloß auf, beschwor sich Kelly. Sie warf den Kopf zurück und sah zur Decke hoch, um die Tränen zurückzuhalten.

Und wenn er redete? Was konnte er schlimmstenfalls damit anrichten?

Die Antwort lag auf der Hand. Hugh, Debbie, alle beim Sender würden erfahren, wie sie gelebt hatte, wie sie aufgewachsen war, jede erniedrigende Einzelheit über ihr Leben und ihre Familie. Mochten sie sie auch bewundern, daß sie es trotz allem geschafft hatte, mehr noch würden sie sie dann bedauern. Kelly verabscheute Mitleid.

Obwohl sie Mitleid bereits erfahren und das überlebt hatte. War Mitleid wirklich so unerträglich? Die Welt würde nicht untergehen, sie würde ihren Job, ihre Karriere nicht aufgeben müssen. Was immer geschah, sie würde damit fertigwerden. Sie war eine Überlebenskünstlerin. Mußte eine sein.

»Kelly?«

Hugh mußte zweimal fragen, ehe Kelly reagierte. »Debbie hat mir eben von deiner Verabredung mit John Travis erzählt ...« Er sah sie fragend an. »Alles in Ordnung mit dir?«

Sie nickte. »Ich hab Kopfschmerzen, weiter nichts.«

»Laß mich raten, wer die Ursache dafür ist«, sagte er leise, und Kelly erschrak bei der Vorstellung, er könnte das Gespräch mitgehört haben. »Linda James. Debbie erwähnte, sie hätte ihre Krallen ein wenig gewetzt. Vergiß es, Kelly. Nimm's einfach nicht zur Kenntnis.«

»Schon gut.« Sie nickte gehorsam.

Er schien sich damit nicht zufriedenzugeben. »Bestimmt alles in Ordnung mit dir? Du bist so blaß.«

Sie sah ihn an. Sollte sie die Gelegenheit beim Schopf pakken und ihm jetzt gleich alles erzählen, ehe er es von jemand anderem erfuhr? Oder war es vielleicht doch besser, erst einmal abzuwarten?

Kelly ließ sich in ihren Schreibtischsessel fallen. Sie fühlte sich derart schwach, daß sie meinte, im nächsten Augenblick zusammenzuklappen.

»Rothaarige sind meistens blaß«, zwang sie sich zu sagen. Um das Thema zu wechseln, griff sie nach der Karte. »Katherine Rutledge hat mir geschrieben und sich nochmals bedankt.«

»Typisch Katherine. Sie stammt aus einer Familie, in der auf derlei Höflichkeiten noch Wert gelegt wird.« Hugh überflog die Zellen, klopfte sich mit der Karte lässig an die Finger. »Eigentlich wollte ich was mit dir besprechen, was mir seit ein paar Tagen im Kopf herumspukt.« Er unterbrach sich, runzelte die Stirn. »Hast du irgendwas gegen deine Kopfschmerzen eingenommen?«

»Noch nicht. Wenn Sue zurück ist, werde ich sie fragen, ob sie ein Aspirin für mich hat«, sagte sie. »Sie soll mir außerdem alle verfügbaren Unterlagen über John Travis heraussuchen. Wenn ich ihn morgen mittag treffe, möchte ich besser über sein Leben und seine Karriere Bescheid wissen als er selbst.«

»Du hast einen ganzen Nachmittag lang Zeit«, bemerkte Hugh und legte die handgeschriebene Karte auf den Stapel Post zurück. »Was ich mit dir besprechen wollte, ist nicht so eilig. Ein andermal dann.« Damit verzog er sich.

Solange seine Schritte zu hören waren, tat Kelly, als vertiefte sie sich in die Papiere auf ihrem Schreibtisch. Dann starrte sie auf das Telefon und fragte sich, was sie wohl tun würde, wenn er abermals anrief.

Len Dougherty hängte geistesabwesend ein, glotzte das Münztelefon an. Daß sie ihm das Geld nicht geben würde, war sonnenklar. Diese abweisende Stimme! Großer Gott, wie sollte es jetzt weitergehen?

Völlig nüchtern, ohne einen einzigen Tropfen Alkohol seit sechs Tagen, wankte er die gewundene schmale Straße hinunter, bis er zur Hauptstraße kam, auf der der Verkehr stockte. Ob Lincoln oder Mercedes, ob Campingwagen oder landwirtschaftliche Fahrzeuge, alles mühte sich ruckweise und mit tuckerndem Motor vorwärts.

Dougherty sah und hörte nichts von all dem. Er fühlte sich elend, erbärmlich. Mit zitternden Knien klammerte er sich an den Sockel eines gußeisernen Laternenpfahls.

Er hatte sich darauf verlassen, daß sie ihm helfen würde, war sich ganz sicher gewesen ... Wie um einen bösen Traum zu verscheuchen, fuhr er sich mit der Hand über die Augen.

Wo er doch Becca versprochen hatte, das Anwesen zu erhalten! Sein Atem ging in abgehacktes Schluchzen über, als er an den Laternenpfahl sank. Es gab niemanden mehr, an den er sich wenden konnte, keiner würde ihm so viel Geld geben. Und wenn er es nicht auftrieb, würden ihm die Rutledges das Land wegnehmen.

»Sie sind stärker.« Er sprach laut mit sich selbst, scherte sich nicht um die verächtlichen Blicke der Passanten. »Ich kann sie nicht dran hindern, Becca. Keiner kann es mit ihnen aufnehmen ...«

Seine Stimme erstarb. Ein Gedanke durchzuckte ihn, setzte sich in ihm fest ließ ihn nicht mehr los. Die Rutledges. Vielleicht war doch noch nicht alles verloren. Er mußte es versuchen. Becca würde darauf bestehen, daß er es versuchte.

9

In den folgenden Tagen schwebte jedesmal, wenn das Telefon läutete, ein Damoklesschwert über Kelly. Jedesmal war sie auf das Schlimmste gefaßt. Sie hatte sich genau überlegt, was sie sagen und wie sie reagieren, mit welchen Worten sie Mitleidsbeteuerungen abwimmeln würde.

Bis jetzt nichts.

Die Verantwortlichen der neuen Show hatten sich wie immer am Montag morgen zur Lagebesprechung am Konferenztisch eingefunden. Kelly kritzelte nervös auf ihrem Block herum, verband kleine Quadrate und Rechtecke mit geraden Linien.

Als Hugh das Wort ergriff, blickte sie scheinbar interessiert auf, war aber viel zu zerstreut, um aufmerksam zuzuhören. Bis sie den Begriff »Weinbaugebiet Napa Valley« aufschnappte.

»Was?« platzte sie dazwischen, worauf Hugh die Stirn runzelte und die anderen sie belustigt ansahen. »Tut mir leid, ich hab nicht aufgepaßt«, entschuldigte sie sich, »was hast du da eben gesagt?«

Hugh griff zu einem Bibelzitat. »Sie sind trunken, aber nicht vom Wein«, sagte er mit mildem Vorwurf an Kellys Adresse, um dann zu wiederholen: »Daß ich vorhabe, eine Dokumentation über das Napa Valley zu machen. Debbie leitet die Dreharbeiten. Ich habe mich am Wochenende mit Katherine Rutledge unterhalten; sie hat ihre Mitwirkung zugesagt. Etwas Besseres als Katherine Rutledge können wir gar nicht finden. Sie verkörpert Vergangenheit und Gegenwart gleichermaßen und möglicherweise auch die künftige Entwicklung.« Und an Kelly gewandt, fügte er noch hinzu: »Sie hat mir übrigens eigens Grüße für dich aufgetragen. Ich hatte das Gefühl, daß sie sich auf ein Wiedersehen mit dir freut.«

Nein! schrie Kelly innerlich auf. Napa Valley war der letzte Ort, den sie aufsuchen wollte. »Hältst du angesichts der steigenden Zahl von Alkoholgegnern und der verschärften Gesetze im Straßenverkehr eine Dokumentation über Wein wirklich für angebracht?« gelang es ihr betont ruhig und gelassen zu erwidern.

»Ein guter Punkt, aber ich finde das Thema sehr aufschlußreich, sehr aktuell und von der Landschaft und der Geschichte her außerordentlich reizvoll. Ich glaube sogar, daß das Risiko, irgend jemandem auf die Füße zu treten, sehr gering ist, allein schon weil sich Katherine Rutledge während der Prohibition behauptet hat. Zu diesem Thema muß sie unbedingt befragt werden.«

Kelly fühlte sich in die Enge getrieben. »Und wann gedenkst du damit anzufangen?«

»In zwei Wochen.«

»In zwei Wochen? Unmöglich«, protestierte Kelly sofort. »Das reicht nicht für die Vorbereitungen.«

Hughs Brauen wölbten sich erstaunt amüsiert. »Das sagt eine Frau, die vor knapp zwei Wochen nicht mal zehn Minuten Zeit hatte, sich auf ein Live-Interview mit Katherine vorzubereiten? Ein hervorragendes übrigens, wenn ich das noch hinzufügen darf«, konterte Hugh und fuhr im selben Atemzug fort: »Terminlich läßt sich das bestens einrichten. Während du, Kelly, die Sache mit Harry Connick Junior unter Dach und Fach bringst, fliegen Debbie und ihr Team nach Kalifornien, drehen die Traubenlese ab und sehen sich schon mal nach geeigneten Orten für das Interview um. Dann kommt Kelly nach, macht das Interview und fliegt von dort aus direkt nach Aspen zu John Travis.« Er schenkte Kelly einen anerkennenden Blick, weil es ihr gelungen war, den Star für ein Porträt zu gewinnen. Wenn Linda James versucht hatte, das Vorhaben zum Scheitern zu bringen, hatte sie offenbar kein Glück gehabt.

»Gleich zwei Geschichten auf einem transkontinentalen Flugticket«, bemerkte Debbie. »Die Buchhaltung wird jubeln.«

»Anzunehmen. Übrigens, Debbie, die Trauben auf Gut Rutledge sind erst in zwei bis drei Wochen soweit. Du mußt dir also andere Weinberge suchen, auf denen die Lese bereits im Gange ist. Ist kein Problem. Unterschiedliche Traubensorten reifen zu unterschiedlichen Zeiten.«

»Warum nicht warten, bis die Lese auf Gut Rutledge beginnt?« fragte Kelly in der Hoffnung, dadurch Zeit zu gewinnen.

»Das hatte ich zunächst auch vor, aber Katherine war mehr als dagegen. Dann sei die Marsche im vollen Gang, und dabei würde das Fernsehen nur stören. Wir richten uns nach ihr oder lassen es ganz bleiben.«

Kelly war für das letztere, schwieg aber wohlweislich. Wie sollte sie ihren Vorschlag begründen, wenn sie die Angst, die sie empfand, nicht begründen konnte? Hugh diese Geschichte ausreden zu wollen, war zwecklos. Blieb also nur noch ein Ausweg: Sie mußte ihn überzeugen, daß ihre Reise nach Kalifornien überflüssig war.

»Wenn man bedenkt, wie wichtig dieses Interview mit John Travis ist«, hob sie an und spielte dabei mit ihrem Stift, »halte ich es für das beste, mich voll und ganz darauf zu konzentrieren. Die Weingeschichte kann Debbie auch ohne mich bewerkstelligen, inklusive Interview und allem anderen. Meine Einführung und der begleitende Text können nachträglich gesprochen werden, Schnitt und Montage sollten kein Problem sein.« Diese Praxis war durchaus üblich und gaukelte dem Zuschauer vor, Frager und Befragter stünden sich gegenüber.

Hugh zeigte sich erstaunt und leicht irritiert. »Man kann Zuschauer verprellen oder aber so überzeugend sein, daß man sie daran hindert, auf ein anderes Programm umzuschalten.«

»Ich weiß, aber ...«

»Du machst das Interview«, bestimmte er. »Du und Katherine, ihr habt irgendwie die gleiche Wellenlänge. Wie es sich bei Debbie verhält, weiß ich nicht und will es auch gar nicht herausfinden.« Er sah sie durchdringend an. »Du überraschst mich, Kelly. Wo du stets behauptest, du hättest ein Faible für die Gegend, aus der du stammst. Jetzt hast du die Möglichkeit, auf Kosten des Senders hinzufliegen, und prompt läßt du dir alles mögliche einfallen, um nicht hin zu müssen.«

Sie hatte sich in ihr eigenes Lügennetz verstrickt. »Nicht, daß ich nicht wollte«, behauptete sie fest. »Aber die neue Show liegt mir weit mehr am Herzen. Ich dachte und meine noch immer, daß ich mich darauf konzentrieren sollte.«

»Das entscheide ich.« Das war Hugh Townsend der Produzent, nicht ihr Freund und Mentor. Er hatte sich ihre Argumente angehört und sie abgeschmettert. Der Klang seiner Stimme machte deutlich, daß die Sache für ihn erledigt war. Wenn sie die Diskussion fortsetzte, würde sie seine Autorität herausfordern und ihre Beziehung, persönlich wie beruflich, aufs Spiel setzen. Das wollte sie keinesfalls riskieren.

»Wie du meinst. Du bist der Boß, Hugh.« Sie zuckte ergeben die Schultern und versuchte verzweifelt, die Bedrohung, die sie empfand, als kindisch abzutun. Das Tal barg nun einmal für sie nur unangenehme Erinnerungen, Erinnerungen, die sie vergessen wollte. Sie würde also hinfliegen, das Interview machen und wieder weg sein. Mit ein wenig Glück würden ihr nur wenige böse Geister begegnen. Und wenn dem so war, würde sie das für sich behalten.

Couragierte Worte. Aber wie hohl klangen sie in ihrem Kopf!

In der Kühle des großen Säulenbaus der Kellerei auf Gut Rutledge schritt Claude Broussard den Gang zwischen den riesigen Bottichen aus rostfreiem Stahl entlang. Gegenwärtig waren sie leer, aber in einem Monat, vielleicht schon früher, würden in ihnen der Saft und die Schale der diesjährigen Trauben gären. Alles mußte für diese Zeit bereit sein.

Ein Arbeiter kletterte aus einem der Bottiche. Claude blieb stehen, musterte die ausgemergelten Züge des neuen Gehilfen, dessen Name ihm entfallen war.

Der Mann erschrak, als er Claude sah, nickte ihm hastig zu, um dann seine Brille zurechtzurücken und den Wasserschlauch zum nächsten Bottich zu zerren.

»Der da ist sauber?« fragte Claude argwöhnisch.

»Ja.« Eine ruckartige Kopfbewegung bestätigte die Behauptung. »Pikobello. Wie neu.«

Claude grunzte und ging in die Hocke, um sich durch einen Blick in den Bottich persönlich davon zu überzeugen. Die Innenwände glänzten. Aber damit gab er sich noch nicht zufrieden.

Im nächsten Augenblick vollbrachte er das schier unglaubliche Kunststück, seine breiten Schultern samt seinem massigen Leib durch die kleine Luke unten am Bottich zu quetschen, um dann, nach erfolgter Besichtigung, ebenso gewandt wieder zum Vorschein zu kommen.

»Sie sind verheiratet?« fragte er barsch.

»Ja.« Der Mann nickte, seine Augendeckel flatterten hinter der Brille.

»Würden Sie eines Ihrer Kinder da drin zur Welt kommen lassen?« Claude deutete mit dem Finger auf den Bottich.

»Da drin?« Dem Arbeiter blieb vor Verwunderung der Mund offen stehen.

»Würden Sie nicht, weil dieser Bottich nicht sauber ist.« Claudes Geduld war erschöpft. »Glauben Sie etwa, ein großer Wein kann dort entstehen, wo es nicht sauber ist?« brüllte er los. »Kann er nicht! Gehen Sie!«

Mit einer ruppigen Handbewegung wies er dem Arbeiter die Tür. »Hauen Sie ab. Ich dulde keine Schlamperei in meiner Kellerei.«

»Wenn er nicht richtig sauber ist, kann ich ja noch mal drübergehn. Sie können mich doch nicht so einfach rausschmeißen.«

»Und was wäre aus meinem Wein geworden, wenn ich das nicht gesehen hätte? Nein. Nichts zu machen. Versuchen Sie's woanders.« Als der Arbeiter keine Anstalten machte zu gehen, trat Claude mit einer Drohgebärde auf ihn zu. »Pakken Sie Ihre Sachen und verschwinden Sie.«

»Aber ...« Der Arbeiter stockte, blickte hilfesuchend an ihm vorbei. »Mr. Rutledge, ich ...«

»Wenn Claude sagt, daß Sie hier nichts mehr verloren haben, dann haben Sie hier nichts mehr verloren, Johnson.« Sam baute sich neben dem Kellermeister auf.

»Aber das ist nicht fair.«

»Sondern?« merkte Sam sarkastisch an.

Wütend schmiß der Mann den Schlauch hin und verzog sich zähneknirschend.

»Aaach.« Claude räusperte sich geräuschvoll. »Ich hätte ihm den Schlauch um die Ohren knallen sollen. Wein hat keine Zukunft mit solch nichtsnutzigem Pack. Wenn die Botticche nicht sauber sind, ist die Chance vertan, daß was draus wird.«

Sam legte ihm eine Hand auf die gekrümmte Schulter, spürte, daß der alte Mann vor Zorn bebte. »Ich ruf Gino, damit er hier weitermacht.«

»Er soll sich nochmals alle vornehmen«, beharrte Claude. »Ich werde sie anschließend kontrollieren.«

»Das wird er sich denken können.« Sam klopfte ihm erneut auf die Schulter und entfernte sich.

Claude sah ihm nach. Erst nach einer Welle hatte sich sein Unmut soweit gelegt, daß er Sams Entscheidung gutheißen konnte. Auf Gino D'Allesandro konnte man sich verlassen. Und trotzdem würde er sich anschließend persönlich vergewissern. Man konnte nicht vorsichtig genug sein.

»Claude.« Katherine kam ihm entgegen. Sie schien aufgebracht zu sein.

»Madam.« Er runzelte die Stirn. »Was ist?«

»Hast du Sam gesehen? Jemand sagte, er sei hier bei dir.« Sie sah sich ungeduldig um.

»Er ist gerade weggegangen. Irgendwelche Probleme, Madam?«

»In der Tat, und schuld daran ist mein Sohn.«

»Gilbert.« Claude sprach den Namen französisch aus. »Ja, Gil.« Ihr Gesichtsausdruck wurde noch finsterer. »Ich habe heute vormittag mit Baron Fougère gesprochen. Offenbar hat sich Gil eingehend mit ihm unterhalten und Zweifel angemeldet.«

»Zweifel?«

»Wegen Sam. Ob er geeignet sei, Gut Rutledge oder eine andere Kellerei zu leiten. Genau das gleiche frage ich mich seit langem auch.«

»Sam ist ein guter Mann«, sagte Claude im Brustton der Überzeugung. »Er kümmert sich sehr um die Reben und um das Land.«

Sie seufzte auf. »Das ist aber auch alles, worum er sich kümmert. Manchmal ...« Ihre Stimme erstarb. »Manchmal wünschte ich, er wäre mehr wie Gil, hätte ein bißchen was von dessen Unternehmergeist. Aber Ehrgeiz geht ihm völlig ab. Er ist zu nachgiebig, zu weich. Er würde niemals kämpfen, um Gut Rutledge zu erhalten.«

Claude teilte diese Ansicht nicht. »Einen Kampf anzetteln, das wohl nicht, Madam, aber ihn beenden, das bestimmt«, widersprach er.

Sie ging nicht darauf ein, sah ihn nur skeptisch an. Ihre Hand krampfte sich um den Knauf ihres Stocks, sie hob den Kopf und reckte entschlossen das Kinn. »Ich muß Gewißheit haben, daß die Zukunft von Gut Rutledge gesichert ist. Dieses Abkommen mit dem Baron kann dazu beitragen. Nichts und niemand soll mir dabei in die Quere kommen. Vor allem nicht Gil.« Sie wandte sich zum Gehen. »Ich muß Sam suchen.«

Dieser stolze Gang! Als kleiner Junge hatte Claude sie für eine Prinzessin und die schönste Frau überhaupt gehalten. Und während er im Laufe der Jahre faltig und alt geworden war, hatte sie kaum etwas von ihrer Schönheit eingebüßt.

Damals war ihr Haar schwarz gewesen, hatte geglänzt wie der Onyxring seines Patrons, des Barons. Elf Jahre alt war er, Claude, gewesen, als er Madam zum erstenmal gesehen hatte, im Garten des Schlosses, zusammen mit seiner Herrin, der Baronin, und einem fremden Mann mit strohblondem Haar, bei dem es sich, wie sich später herausstellte, um Clayton Rutledge, ihren Mann, gehandelt hatte.

Damals, nach dem Ersten Weltkrieg, ging es im Schloß nur selten fröhlich zu. Ihr Lachen indes, so glockenhell und unbeschwert, hatte ihn neugierig gemacht. Er hatte sich näher geschlichen, um einen Blick auf die Neuankömmlinge zu werfen ...

Ein lindes Mailüftchen trug Claude den Duft von Lavendel und Rosen zu, als er, hinter einem Rosenspalier kauernd, durch das Gitterwerk in den Garten spähte, an dessen Ende das prächtige Schloß mit seinen trutzigen Türmen und Erkern in den Himmel ragte.

Er beachtete es genauso wenig wie die Rebstöcke, die sich hinter ihm fast bis zur Garonne erstreckten, er hatte nur Augen für die junge Frau mit der unwahrscheinlich weißen Haut und dem pechschwarzen Haar und Augen, die blauer waren als der Himmel und die vor Lachen sprühten, während sie sich mit der Baronin unterhielt.

Der Mann sprach Englisch, konnte aber dem Akzent nach auch Amerikaner sein. Jedenfalls verstand Claude kein Wort. Die Frau dagegen sprach Französisch. Ein wunderbares Französisch.

Wie lange er sie von seinem Versteck aus belauscht hatte, konnte er nicht sagen. Seine Beine fingen schon an zu kribbeln, weil er die ganze Zeit über in ein und derselben verkrampften Stellung ausgeharrt hatte. Als die beiden unvermutet über den geharkten Kies auf sein Versteck zukamen, befürchtete Claude, entdeckt zu werden, und trat den Rückzug an. Dabei stolperte er unglücklicherweise und fiel in das Dornengestrüpp.

Er rappelte sich auf, so schnell er konnte, aber es war zu spät. Sie stand vor ihm, sah ihn mit ihren blauen Augen neugierig an.

»Und wer bist du?« fragte sie.

Claude baute sich in voller, für sein Alter immerhin beträchtlichen Größe vor ihr auf. »Ich heiße Claude Henri Broussard.« Und nachdem er zur Baronin hinübergeschielt hatte, die jedoch eher amüsiert denn verärgert zu sein schien, setzte er in der Absicht, dieser wunderschönen Frau zu imponieren, stolz hinzu: »Mein *grand-père* ist der *maître de chai* auf Château Noir.«

»Ist er das?« Sie schien tatsächlich beeindruckt. »Und dein Vater?«

Er senkte den Blick, schluckte. »Er ist tot, Madame. Im Krieg gefallen.«

»Im Schützengraben an einer Gasvergiftung gestorben«, raunte die Baronin der schönen Dame zu. »Seine Mutter wurde bald darauf von einem Fieber dahingerafft. Er lebt jetzt bei seinem *grand-Père*.«

»Das tut mir leid, Claude.« Die schöne Frau sah ihn mit

sanften Augen an. »Als mein Vater starb, war ich auch noch so jung wie du. Das war eine sehr schwere Zeit für mich. Manchmal tut es noch immer weh, wenn ich an ihn denke.«

Claude schwoll das Herz, weil sie ihm etwas Derartiges anvertraute, und wußte, warum seine Stimme so belegt war. »Wenn ich groß bin«, sagte er, »werde ich auch ein *maître de chai*. Mein *gradpère* bringt mir alles bei, was ich wissen muß.«

»Dann kennst du dich bestimmt gut aus in den Weinbergen.« Sie verschränkte die Hände.

Claude versuchte, genauso würdevoll zu nicken wie sein *gradpère*. »Ich weiß Bescheid über Weinberge und die Kellerei. Beim Verkosten von Wein legt mein *grand-père* häufig Wert auf mein Urteil.«

Das war zwar leicht übertrieben, aber sein Großvater hatte ihn hin und wieder aufgefordert, einen jungen Wein zu probieren, und hatte ihn befragt und auf das hingewiesen, was dabei zu beachten war.

»Was für ein Glück, jemanden kennenzulernen, der so viel weiß. Mein Mann und ich werden einige Wochen hierbleiben. Vielleicht gestattet dein Großvater, daß du uns durch die Weinberge und die Kellerei führst.«

Claude meinte, vor Stolz platzen zu müssen. »Ich werde ihn fragen.« Er nickte den beiden Damen kurz zu und rannte davon zu dem niedrigen, langgestreckten Gebäude, in dem der Wein in riesigen Fässern gelagert wurde, bis er ausgereift war und auf Flaschen gezogen werden konnte.

Der Großvater erlaubte das Ansinnen nicht gleich. Er wollte vorher Rücksprache mit dem Baron halten. Erst im Verlauf des Abends teilte er Claude mit, er solle sich am nächsten Morgen pünktlich um zehn Uhr im Schloß einfinden.

In seinem saubersten Hemd und seinen besten Hosen, das widerspenstige Haar mit Wasser gebändigt, meldete sich Claude pünktlich im Schloß. Er war aufgeregt und nervös, ohne genau zu wissen, ob der kurze Blick in die atemberaubende, mit Gold und Marmor verkleidete große Halle daran schuld war oder der Baron, der durch sein Tweedjackett und den Pullover darunter zu erkennen gab, daß er beabsichtigte, sie zu begleiten.

Sein Herz und seine Aufmerksamkeit gehörten jedoch der wunderschönen Madam, die in ihrem hellblauen Kleid heute noch hinreißender aussah. Als sie ihn anlächelte und sich nach seinem Befinden erkundigte, schoß ihm das Blut ins Gesicht, er stammelte eine Antwort und wandte sich dann an den Baron, seinen *patron*.

»Wenn es Ihnen recht ist, besichtigen wir zunächst die Weinberge«, sagte er.

Der Baron überließ die Entscheidung seinen Gästen. Madam wechselte ein paar Worte mit ihrem Mann und sagte dann zu Claude: »Der Ursprung großer Weine ist der Weinberg. Also sollten auch wir dort beginnen.«

Claude hatte von seinem Großvater gelernt, anhand der Blattformen die verschiedenen Rebsorten zu unterscheiden, und drängte nun, um sein Wissen kundzutun, auf den Pfad zwischen den Rebstockreihen.

»Das ist unser jüngster Weinberg. Die Reben sind für den Cabernet Sauvignon«, fing er an, »zu erkennen an ...«

Madam hörte offenbar nicht zu. Sie hatte sich gebückt und eine Handvoll Erde aufgehoben, hielt sie ihrem Mann hin. Was sie zu ihm sagte, verstand Claude nicht, aber er merkte, wie erstaunt sie war.

Jetzt sagte sie zu ihm auf französisch: »Einen derart kargen Boden hatten wir hier nicht erwartet.«

Er faßte das als Kritik auf. »Für den Anbau von manch anderem mag der Boden karg sein, aber für Trauben ist er bestens geeignet. Mein *grand-père* sagt, er trocknet rasch aus, und die Wurzeln der Rebstöcke müssen sich tief eingraben, um das zu finden, was sie an Feuchtigkeit und Nährstoffen brauchen. Auf die langen Wurzeln kommt es an. Dadurch bleiben die Stöcke kräftig und gesund, wenn es zu wenig oder zuviel regnet. Nicht weniger wichtig ist das Sonnenlicht.« Mit einer ausholenden Armbewegung wies er über den in der Sonne liegenden Weinberg.

»Verstehe.« Sie sah über den Weinberg hinweg und dann wieder auf die Erde in ihrer Hand, rührte mit dem Finger darin herum. »Unser Boden in Amerika ist ebenfalls karg und steinig.«

Das Stichwort Amerika bot Claude eine weitere Gelegenheit, mit seinem Wissen zu glänzen. »Sie haben doch sicher von der Reblaus gehört?« fragte er und meinte damit das winzige Insekt, das von der Wurzel her dem Rebstock den Garaus zu machen pflegt. Als sein Großvater noch jung war, hatte in ganz Europa eine Reblausplage gewütet und allein in Frankreich zweieinhalb Millionen Morgen Weinberge zerstört. Die zerstörerische Invasion war aus Amerika gekommen, aber um Madam nicht zu kränken, behielt er das lieber für sich.

Nachdem sie kurz mit ihrem Mann gesprochen hatte, sagte sie: »Mein Mann sagt, sein Großvater habe damals auch seine Weinberge verloren. Nicht alle, aber doch sehr viele mußten neu angelegt werden.«

»Hat er Ihnen auch gesagt, wie man verhindert hat, daß die Reblaus abermals über die Wurzeln der neuen Pflanzen herfällt?«

Als sie verneinte, verzog sich sein Mund zu einem triumphierenden Lächeln. »Man fand heraus, daß die Reblaus die Wurzeln von bestimmten amerikanischen Rebstöcken nicht angreift. Also nahm man Stecklinge unserer Viniferapflanzen und pfropfte sie auf diese amerikanischen Wurzeln. Viele meinten zwar, aus den Trauben solcher amerikanischen Rebstöcke könne man keinen guten Wein machen. Aber mein *grand-père«*, sagte Claude nicht ohne Stolz, »war anderer Meinung. Er sagte, die Rebstöcke wüßten genau, daß der Boden, auf dem sie wachsen, französisch ist, auch wenn die Lebenskraft durch amerikanische Wurzeln rinnt.« Er brach ab, lauschte den Worten nach, die er von seinem *grand-père* so oft gehört hatte. »Der Boden ist das Entscheidende, Madame. Große Weine können nur aus besten Trauben gewonnen werden, und die Güte der Trauben hängt vom Boden ab. Natürlich brauchen sie auch das richtige Wetter und die richtige Pflege«, fügte er der Vollständigkeit halber noch hinzu. »Gott kümmert sich um das Wetter und wir uns um die Pflege.« Es klang, als sei Claude für das letztere persönlich verantwortlich.

Sie meinte lächelnd: »Ich bin überzeugt, du läßt den Rebstöcken die allerbeste Pflege angedeihen.«

Überglücklich über ihr Lob setzte er den Rundgang fort, machte auf die besondere Blattform des Cabernet Sauvignon aufmerksam, zeigte ihr eine Blütendolde und die winzigen Trauben, die sich hie und da schon bildeten, erklärte, daß diese Rebstöcke ihren fünften Sommer erlebten und aus ihren Trauben jetzt zum erstenmal ein vielleicht großer Wein gekeltert werden konnte. Jedes Fitzelchen Wissen kramte Claude aus seinem Gedächtnis, und wenn der *patron* auch gelegentlich etwas anzumerken hatte, gestattete er Claude doch, sich ausführlich über alles zu verbreiten.

Viel zu schnell stand die Sonne hoch am Himmel, und es wurde Zeit für das Mittagessen.

»Claude, ich danke dir für zwei äußerst lehrreiche Stunden«, sagte Madam zum Abschied. »Wenn du morgen Zeit hast, kannst du uns gern durch die Kellerei führen.«

Claude schielte verlegen zum *patron* hinüber, aber der Baron schien es ihm zu überlassen, darauf zu antworten. Betreten und verunsichert, wie er es anpacken sollte, ohne sie zu verärgern, stotterte er: »Verzeihen Sie mir, Madame, aber Ihr Duft – er ist wunderbar. Nur, mein *grand-père* ist sehr streng und gestattet nicht, daß sich Besucher irgendwie parfümieren, das kann für den jungen Wein gefährlich sein.« Als er sah, daß sich ihre Wangen röteten, schlug er die Augen nieder. »Es tut mir sehr leid, Madame. Wenn es nicht deswegen unmöglich wäre, würde ich Ihnen liebend gern die Kellerei zeigen.«

»Hat dein Großvater an neutraler Seife etwas auszusetzen?«

Er hob den Kopf, wagte kaum zu hoffen. *»Non.«*

»Ich verspreche, daß mein Mann und ich morgen nach nichts anderem riechen werden.« Ihre Stimme war kühl, ihr Blick jedoch freundlich. »Genügt das?«

»Selbstverständlich, Madame«, sagte Claude strahlend. »Mein *grand-père* wird sich sehr über Ihr Verständnis freuen. Immer wieder hat er mir gesagt: ›Der Wein hat Vorrang vor den Menschen und ihren Gefühlen‹.«

Seine Worte schienen sie nachdenklich zu stimmen; erst nach einer Welle entfernte sie sich am Arm ihres Mannes.

Claude flitzte hinüber zu dem Häuschen, in dem er und sein Großvater wohnten. Essen konnte er vor Aufregung erst einmal nichts; viel wichtiger war, dem Großvater alles zu erzählen, was sich ereignet hatte, jedes Wort von Madam zu wiederholen. Daß der Großvater seine Begeisterung nicht teilte, tat nichts zur Sache.

Am nächsten Morgen begleitete Claude dieselbe Gruppe zur alten Kellerei. Diesmal ging alles viel langsamer; der Mann von Madam stellte immer wieder Fragen, die erst übersetzt werden mußten, genauso wie die Antworten. Für die mehr technischen Erklärungen stand zum Glück Claudes *grand-père* zur Verfügung.

Nach dem Mittagessen begab man sich in den oberen Lagerraum, um einige der jungen Weine zu verkosten. Im Inneren war es kühl, die dicken Mauern sorgten für eine gleichbleibende Temperatur von dreizehn Grad. Der Großvater stieg auf einer kurzen Leiter zu einem der großen Eichenfässer hinauf, schlug mit einem hölzernen Schlegel den Spund aus seinem Loch und führte einen langen hohlen Glasstab, landläufig Weindieb genannt, in das Faß ein. Mit seinem schwieligen Daumen verschloß er nun das obere Ende des Röhrchens und zapfte auf diese Weise gewissermaßen eine Stange Rotwein aus dem Faß, die er mit der Geschicklichkeit fünfzigjähriger Übung gleichmäßig auf die bereitstehenden Gläser verteilte.

Da meldete sich der Baron zu Wort und ging in fehlerhaftem Englisch die einzelnen Schritte der Verkostung durch. Claude verstand nichts, verhielt sich einfach so, wie er das vom Großvater übernommen hatte: Zunächst besah er sich die Farbe des Weins. Sie war eine Spur purpurner als blau, ein Zeichen, daß der Wein noch jung war. Dann umfaßte er das Glas mit beiden Händen, um den Wein auf die richtige Temperatur zu erwärmen, und schwenkte das Glas mit kreisenden Bewegungen, damit er seine Blume, sein Bouquet entfaltete. Er steckte die Nase ins Glas und atmete tief ein.

Claude freute sich, daß auch Madam so viele verschiedene Duftnoten wahrnahm – Eiche, eindeutig Zeder, eine Fruchtigkeit, die sie eher an schwarze Johannisbeeren erinnerte als an Trauben, sowie ein Hauch von Veilchen. Selbst seinen grand-père schien ihre feine Nase zu beeindrucken.

Madam und ihr Mann ließen sich Zeit mit der Verkostung. »Er ist stark«, sagte sie schließlich zum Baron, »mein Mund hat sich zusammengezogen.«

»Das kommt von der Gerbsäure«, erklärte der patron. »Es macht den Wein haltbar. Allerdings sollte er nicht zuviel davon enthalten, sonst schmeckt er bitter. Wie Tee, der zu lange gezogen hat.«

In den folgenden Tagen und Wochen waren Madam und ihr Mann ständig irgendwo zu finden, um sich hier etwas anzusehen und sich dort über jenes zu informieren. Manchmal begleitete Claude die beiden, dann wieder, wenn ihm sein Großvater eine Arbeit aufgetragen hatte, sah er sie nur aus der Ferne.

Er wußte inzwischen, daß Madam in Kalifornien lebte, wo früher einmal minderwertige amerikanische Weine gekeltert worden waren, ehe ein idiotisches Gesetz die Herstellung und den Verkauf von jeglichen alkoholischen Getränken verboten hatte.

Ihre Freundschaft mit der Baronin datierte aus den Jahren ihrer gemeinsamen Pensionatszeit in der Schweiz. Es hieß, sie habe ihre beiden kleinen Söhne – Gilbert und Jonathan – mit nach Frankreich gebracht, aber Claude hatte sie noch nie zu Gesicht bekommen.

Er erfuhr, daß sowohl Madam wie auch ihr Mann überzeugt waren, der Tag, an dem in ihrem Land wieder Wein produziert werden dürfte, würde bald anbrechen. Und dann würden sie aus den Trauben, die auf ihrem eigenen Anwesen in Kalifornien wuchsen, Weine keltern, die es mit den besten Weinen Frankreichs aufnehmen könnten. Ein absurder Gedanke natürlich, weil doch der Boden da drüben nicht französisch war. Und trotzdem wünschte Claude insgeheim, der Traum der schönen Madam würde in Erfüllung gehen.

Bei allem, was er inzwischen über sie wußte, und so sehr er sie verehrte, bezweifelte er allerdings, daß er diese Amerikaner jemals verstehen würde. Sie waren so ganz anders als die Gäste, die sich gewöhnlich im Schloß aufhielten, und vor allem ganz anders als sein *patron,* der Baron.

Der Baron inspizierte in regelmäßigen Abständen die Weinberge, untersuchte die Rebstöcke auf Krankheiten, vergewisserte sich, wann die Trauben reif waren. Ebenso regelmäßig ließ er sich im Lagerraum sehen und erkundigte sich beim Großvater, wie es um die Weine stand, die in den Fässern und Flaschen reiften. Daß sich der patron jedoch nach Feierabend mit den Arbeitern zusammengesetzt hätte, um von ihnen zu lernen und selbst Hand anzulegen undenkbar! Und genau das tat der Mann von Madam, noch dazu wie selbstverständlich.

Sein Französisch war so schlecht und mit englischen Ausdrücken gespickt, daß Madam ihn meistens begleitete. Eigentlich schien sie sich nicht weniger für alles zu interessieren als ihr rotgesichtiger Mann, den Claude nicht so recht einzuordnen wußte, aber mit der Zeit dennoch ganz nett fand. Natürlich nicht so nett wie Madam. Sie war etwas Besonderes, ihr Mann eher ungewöhnlich. Allein schon sein Drang, überall mit anzupacken!

Am ersten Tag der Lese erschien Monsieur Rutledge in der Frühe hemdsärmelig im Weinberg, ließ sich eine Klepe und ein sichelförmiges Messer aushändigen und eine Reihe zuweisen. Und dann, unglaublich aber wahr, arbeitete er nicht weniger emsig wie die anderen Winzer.

Tags darauf ging er nicht in die Weinberge, sondern in die Kellerei und sah zu, wie die Trauben entrappt und zerstampft wurden. Madam wich nicht von seiner Seite, übersetzte seine unablässigen Fragen und die entsprechenden Antworten des Großvaters, der zwar brummte, daß der Amerikaner ihm lästig sei, ihm aber insgeheim Respekt und Anerkennung nicht versagen konnte. Er schien ihn sogar ganz gern zu haben. Und Madam ebenfalls. Auch wenn er das nicht zugab.

Als die Lese vorbei war und sich die Weinberge in herbstliches Rot hüllten, reisten die Gäste zu Claudes Freude keineswegs ab, fuhren nur gelegentlich mit ihrem Automobil nach Paris oder besuchten andere Kellereien im Médoc.

Warum, wußte Claude nicht zu sagen. Wo es doch keine gab, die bessere Weine als Château Noir hervorbrachte.

In jenem Winter beteiligten sich die Amerikaner auch an der Beschneidung der Rebstöcke. Welch ein Anblick, als der hochgewachsene Monsieur sich für diese Arbeit ganz tief bücken mußte! Am Abend zeigte er Madam nicht ohne Stolz die Blasen an seiner Hand, und beide lachten.

Als sich das Frühjahr ankündigte und es Zeit wurde für die zweite, entscheidende Beschneidung, zogen die beiden wiederum in die Weinberge. Albert Girardin, der Gartenfachmann des Schlosses, ging mit ihnen von Pflanze zu Pflanze und forderte sie auf, sich vorzustellen, wie der jetzt kahle Stamm nach dem Austreiben aussehen sollte; entsprechend dieser Vorstellung wurde dann der Stock beschnitten. Später sagte Albert zu Claudes *grand-père*, es wäre schön, wenn die Arbeiter genauso rasch begriffen wie diese Amerikaner. Außerdem, wenngleich verlegen, gestand er Madam ein bemerkenswertes Gespür für alles, was mit Wein zusammenhing, zu.

Im darauffolgenden Sommer herrschte auf dem Schloß eine recht ausgelassene Stimmung. Viele Gäste, viele Feste. Hin und wieder schlüpfte Claude nachts, wenn er sicher sein konnte, daß sein *grand-père* schlief, aus dem Haus und schlich sich durch die Weinberge zum hellerleuchteten Schloß.

Lebhafte Musik, die man als Jazz bezeichnete, drang in die Nacht hinaus. Die Gäste hatten sich in dem großen Salon versammelt: die Männer in Frack und weißer Weste, die Damen in schmalen, mit schimmernden Perlenreihen besetzten Abendkleidern und langen Satinschärpen und Chiffontüchern. Erst wenn Claude seine Madam erspäht hatte, die, wie er immer wieder feststellte, alle an Schönheit übertraf, war er zufrieden und schlich zurück ins Bett.

Der Herbst zog ins Land, ohne daß jemand die Tragödie ahnte, die sich ereignen sollte. An einem frischen Septembermorgen fuhr der amerikanische Monsieur mit dem Automobil weg, rief Claude noch zu, er wolle Stecklinge besorgen, um sie nach Kalifornien mitzunehmen. Madam blieb zurück, weil ihr Jüngster Fieber hatte.

Was für ein Pech, an einem so schönen Tag krank zu sein, sinnierte Claude in den Dunst über der Gironde. Die Luft roch würzig frisch. Wirklich, ein wunderschöner Tag.

Als Claude am späten Nachmittag aus der Schule kam, erfuhr er das Entsetzliche – der amerikanische Monsieur war bei einem Autounfall ums Leben gekommen. Er hatte einem Pferdefuhrwerk ausweichen wollen und dabei die Kontrolle über seinen Wagen verloren, das Auto hatte sich überschlagen, und er war auf der Stelle tot gewesen.

Über das Anwesen senkte sich eine dunkle Wolke, die selbst die strahlende Sonne nicht zu durchbrechen vermochte. Am Abend standen die Arbeiter, Männer, Frauen und Kinder, in kleinen Gruppen beisammen, ließen sich kopfschüttelnd über das Unglück aus, erinnerten sich …

Claude war mitten unter ihnen, hörte zu. Weinen verbot er sich, dazu war er zu groß. Wer würde jetzt seine Madam beschützen?

Tags darauf wurde für Monsieur Clayton Rutledge eine Messe gelesen. Die Gutsarbeiter und ihre Angehörigen hatten sich vollzählig im Schloßhof eingefunden und warteten auf die Rückkehr von Madam.

Als die Wagenkolonne durch die schmiedeeisernen Tore fuhr und sich langsam über die mit weißem Kies belegte Auffahrt dem Schloß näherte, nahm Claude ehrerbietig die Mütze ab. Der *patron* höchstpersönlich half der ganz in Schwarz gehüllten Madam beim Aussteigen. Als sie die versammelten Arbeiter sah, nahm sie ihren Ältesten, einen etwas verängstigt wirkenden Jungen von acht oder neun Jahren in kurzen Hosen, dessen Haar eine Spur heller war als das seines Vaters, fester an der Hand, reckte den Kopf. Durch ihren Schleier hindurch bemerkte Claude ihre tränennassen Wangen. Wie gern hätte er seine arme, tapfere Madam getröstet!

Ihre Stimme zitterte nicht, sondern drang hell und klar zu ihnen herüber. »Durch diese eure Anteilnahme erweist ihr meinem Mann eine große Ehre. Die gemeinsame Zeit mit euch gehörte zu der glücklichsten seines Lebens. Dafür möchte ich euch danken. Und wenn ihr seiner gedenkt, hoffe ich, daß ihr das mit der gleichen Zuneigung tut, mit der ich an euch denken werde.«

Sie reichte jedem die Hand, nur Claude nicht, der sich unbemerkt verdrückt hatte, weil er es einfach nicht ertragen konnte, daß sie nun bald abreisen würde. Im Weinberg, zwischen den Rebstöcken mit ihren blauroten Trauben, ließ er seinen Tränen freien Lauf, und seine kräftigen Schultern bebten unter seinem Schluchzen.

Eine Woche verging, und Madam war noch immer da, auch wenn sie das Schloß nicht verließ.

Am Vorabend vor Beginn der Lese sah Claude seinen grand-père im Gespräch mit dem *patron*. Der Baron wirkte ernst und auch ein wenig traurig und schien als einziger zu reden, während der Großvater nur gelegentlich kurz nickte. Claude musterte seinen Großvater genauer. Wie angespannt er wirkte – und dieser ohnmächtige Zorn, der ihm ins Gesicht geschrieben stand! Claude konnte sich nicht erinnern, ihn jemals so erlebt zu haben.

Jetzt verbeugte sich sein *grand-père* steif und kam direkt auf Claude zu, ging aber wortlos an ihm vorbei, auf ihr Häuschen zu. Claude hetzte ihm nach. »*Grand-père*«, sagte er entgeistert, als er in dem zerfurchten Gesicht Tränenspuren entdeckte, »was ist denn passiert?«

Er erhielt keine Antwort. Der Großvater betrat ihr kleines Haus, warf hinter sich die Tür zu. Claude konnte sie gerade noch abfangen und hindurchschlüpfen. Der alte Mann stand über den Küchentisch gebeugt.

»*Grand-père.*« Claude näherte sich vorsichtig, blieb stehen.

»Ab heute bin ich nicht mehr *maître de chai.*« Seine Stimme war belegt und verbittert. »André Pascal übernimmt meinen Posten.«

Das konnte doch nicht wahr sein! »W-waas?« stammelte Claude.

»Der *patron* « – er spuckte das Wort förmlich aus –, »*der patron* meint, ich sei zu alt. Es sei zum Besten des Weins, wenn ich das Feld räume. Zu alt!« Er schlug mit der flachen Hand auf den Tisch. »Mein Vater war noch mit achtzig Kellermeister.« Er fuhr herum. »Das wäre niemals passiert, wenn der alte *patron* noch lebte.«

Mit weit aufgerissenen Augen starrte Claude seinen Großvater an, versuchte zu begreifen. »Und was wird jetzt aus uns?«

Der Großvater wandte sich wieder dem Fenster zu. »Ich werde in den Ruhestand geschickt. Für meine Dienste in all den Jahren überläßt man mir ein Häuschen und drei Morgen Weinberge ...« Ein Zittern überfiel ihn. »... Im fünften Anbaugebiet! Ich, Girard Stephen Louis Broussard, bin im Médoc geboren, im ersten Anbaugebiet!« wetterte er los und hämmerte sich zur Bestätigung mit der Faust an die Brust. »ich, der ich ein halbes Jahrhundert die edelsten Weine gekeltert habe, soll jetzt für den Rest meiner Tage billigen Tischwein zusammenpanschen. Nur weil der Baron findet, ich sei zu alt.«

Der Großvater verstummte. Wehmütig überlegte Claude, das hier war sein Zuhause, und eigentlich hatte er sich ausgemalt, eines Tages in die Fußstapfen seines Großvaters zu treten und *maître de chai* auf Château Noir zu werden. Aber nun mußten sie wohl weg, und was aus ihm, aus ihnen werden würde, war nicht abzusehen.

Nach Sonnenuntergang saß Claude im Schein einer kleinen Lampe über seinen Schulbüchern. Sein Großvater hatte sich ans Feuer gesetzt. Alt wirkte er heute abend, alt und gebrochen. Claude hätte ihn gern getröstet, aber er wußte nicht, wie.

Plötzlich klopfte es. Die Madam! Claude hielt den Atem an, als sie durch die Tür trat. Fingerschnippend und mit einer ungeduldigen Handbewegung forderte sein *grand-père* ihn auf, für mehr Licht zu sorgen, und rückte Madam einen Holzstuhl zurecht.

Sie trug Trauerkleidung, aber keinen Schleier. Ihr Gesicht war ernst und blaß und dennoch wunderschön. In ihren Augen schien ein geheimnisvolles Feuer zu glimmen. Claude wagte sich einen Schritt näher.

»... der gemeinsame Traum meines Mannes und mir, eines Tages ebenso vorzügliche Weine herzustellen wie die Franzosen. Ich werde dieses Ziel weiterverfolgen, aber allein schaffe ich es nicht. Ich brauche Ihre Hilfe, Monsieur Broussard.«

»Meine?«

»Ja. Sie sollen mir helfen, gesunde, erstklassige Stecklinge auszusuchen. Ich möchte, daß Sie« – und mit einem Blick auf Claude »und Ihr Enkel mit nach Kalifornien kommen und mir beim Anbau und bei der Aufzucht der Rebstöcke helfen. Bis zur Aufhebung der Prohibitionsgesetze können Sie allerdings nur Meßwein und Alkohol für medizinische Zwecke herstellen. Wir ... Ich habe die entsprechende Lizenz«, versicherte sie und fuhr dann fort: »Aber es dauert ja ohnehin einige Jahre, bis die Reben soweit sind, daß aus den Trauben wirklich edle Weine gewonnen werden können. Hätten Sie Lust dazu, Monsieur Broussard? Würden Sie als mein Kellermeister mit nach Amerika kommen?«

Lange Zeit schwieg sein *grand-père.* Endlich nickte er. »Mir ist bekannt, wie es um den amerikanischen Wein bestellt ist«, sagte er, und Claude stöhnte innerlich auf, weil die Stimme seines Großvaters so abwertend klang. »Vielleicht brauchen Sie da drüben einen Franzosen, der Ihnen Nachhilfeunterricht erteilt.«

Ein Lächeln huschte um Madams Mund. »Dann kommen Sie also mit?«

»Ja.«

Claude hätte vor Freude am liebsten laut aufgejubelt, beherrschte sich aber, bis Madam gegangen war und sein *grand-père* augenzwinkernd zu ihm sagte: »Zu alt, wie?«

»Wir fahren nach Amerika! Wir fahren nach Amerika!« Claude warf sich seinem Großvater entgegen und umarmte ihn stürmisch.

Es gab viel zu tun. Stecklinge mußten besorgt, Verfügungen getroffen, Habseligkeiten gepackt, die Überfahrt gebucht werden. Erst gegen Ende des Winters legten sie von Bordeaux ab.

Claude stand zwischen den blanken Gärbottichen, nicht mehr als der kräftige kleine Junge, der er bei seiner Ankunft auf Gut Rutledge gewesen war, sondern als alter Mann, verwittert und runzlig wie seinerzeit sein *grand-père.*

Eigenartig, daß ihm nach all den Jahren die Gegend, in der er geboren war, noch derart deutlich im Gedächtnis haften geblieben war. Die Türme und Erker des Schlosses, die altersgeschwärzten Mauern, eine Lerche, die sich der Sonne entgegenschwang, das Zirpen der Heuschrecken, die Weinberge an den Ufern der Gironde, der Duft von Lavendel und Rosen aus dem herrschaftlichen Schloßgarten, die Musik, die perlenbesetzten Kleider – was hatte die Erinnerung daran geweckt? Weil Madam den jetzt dort lebenden Baron erwähnt hatte? Oder weil ganz kurz die Rede von Gilbert, ihrem jüngsten, gewesen war?

War denn das eigentlich wichtig? Es lag alles so weit zurück. Hier war er jetzt zu Hause, hier war er daheim. Er sah sich um, und ein zufriedenes Lächeln grub unzählige Fältchen in sein Gesicht. Er kannte jeden Zentimeter dieses alten Gebäudes, jedes Geräusch, jeden Geruch. Er kannte all dessen Geheimnisse und behielt sie für sich.

Er wohnte in einem kleinen Ziegelhaus. Dort schlief er, aber sein Zuhause war die Kellerei; hier verbrachte er die Tage, hier nahm er sein Essen ein, hier kelterte er Weine, die denen von Château Noir in nichts nachstanden.

Wein. Er mußte das Haus für die diesjährige Lese bestellen. Zeit. Wohin entschwand sie nur? Wie schnell sie jetzt zu vergehen scheint, sinnierte er, und machte sich schleunigst wieder an die Arbeit.

Das niedrige Gebäude unweit der Kellerei war einst ein Pferdestall gewesen. Vor zwanzig Jahren hatte man ihn zu Büroräumen umgestaltet, die Tore zur Hälfte zugemauert, Fenster eingesetzt.

Eine alte Eiche vor dem Haus schirmte mit ihren ausladenden Ästen fast den ganzen Tag über die Sonne ab. An ihr vorbei betrat Sam den einstigen Stall.

Gaylene Westmore, eine dralle Brünette, die für Empfang, Sekretariat, Postausgang und eigentlich alles zuständig war, telefonierte gerade. Das hinderte sie nicht daran, Sam Notizzettel auszuhändigen und dabei auf das obere zu deuten: die

Bestellung eines Grossisten im Nordwesten über fünf Kisten '86er Cabernet Réserve. Eine Überprüfung der Bestandsliste würde ergeben, ob diese Menge noch vorrätig war.

Sam ging den ehemaligen Stallgang entlang zur Buchhaltung, hielt sich dort nur auf, um Andy Halsted mitzuteilen, daß Claude einen Arbeiter, Johnson, entlassen hätte.

»Legen Sie mir das entsprechende Formular auf den Schreibtisch. Ich füll es selbst aus«, wies Sam den Buchhalter an, da er nur zu gut wußte, daß Claude nichts von Formularen gleich welcher Art hielt, und steuerte dann auf sein eigenes Büro am entgegengesetzten Ende zu.

Die alten handgezimmerten Balken waren nicht verkleidet worden und verliehen dem Raum etwas Rustikales. Am Fenster stand ein zerschrammter Mahagonischreibtisch, den Sam vor sieben Jahren auf dem Speicher entdeckt hatte, zusammen mit einer Daguerreotypie, die seinen Ururgroßvater George Simpson Rutledge, den ersten Rutledge auf diesem Gut, an ebendiesem Schreibtisch zeigte. »Wenn du ihn in dein Büro stellen willst, solltest du ihn vorher auffrischen lassen«, hatte Katherine gemeint.

Das hatte er natürlich nicht getan. Ihm gefielen die Kratzer und Kerben, die Tintenflecke und Brandspuren von Zigarren; sie verliehen dem Schreibtisch eine ganz persönliche Note. Das alte Foto erhielt einen Ehrenplatz in dem Regal an der Wand hinter dem Schreibtisch, zwischen dickleibigen Büchern über Weinanbau, neben einem alten Spektrofotometer, einem zerbrochenen Weinheber und einigen geeichten Glasröhrchen.

Das kratzige, alles andere als bequeme Roßhaarsofa an der anderen Wand stammte ebenfalls vom Dachboden. Es war Einkäufern vorbehalten, die Sam unsympathisch waren und die er schnell wieder loswerden wollte. Zwei aus der Bibliothek ausrangierte Ohrensessel aus dunkelrotem Leder standen auf der anderen Seite des Schreibtischs. Die Wände waren farblich abgestimmt auf den großen Teppich und mit seltenen Drucken sowie botanischen Zeichnungen von Vinifera-Rebstöcken geschmückt.

Sam hängte seinen Hut an eine moderne Skulptur, die

wohl Bacchus, den römischen Gott des Weines, darstellen sollte. Ein Stapel ausgefüllter Fragebögen und amtlicher Formulare wartete auf seine Unterschrift. Einige unterzeichnete er unverzüglich; dann setzte er sich mit dem offiziellen monatlichen Inventurbericht an den Computer, um die Zahlen zu überprüfen.

Als er nichts daran auszusetzen fand und, wieder am Schreibtisch, nach dem Stift griff, erschien Katherine.

»Da bist du ja endlich«, bemerkte sie kühl und irgendwie vorwurfsvoll. »Ich habe dich überall gesucht.«

Es kam selten vor, daß Katherine ihn suchte. »Was gibt's denn?« Er bedeutete ihr, Platz zu nehmen, aber sie blieb stehen.

»Gil hat den Baron mit seiner Frau nach Napa Valley eingeladen. Er hat zugesagt.« Wie Peitschenhiebe stieß sie die Worte aus. »Emile glaubt es Gil schuldig zu sein, sich dessen Betrieb anzusehen. Natürlich hat er vor, auch Gut Rutledge einen Besuch abzustatten.«

»Wann will er kommen?« Sam unterschrieb den Bericht.

»In zwei Wochen.«

Sam sah auf, runzelte die Stirn. »Das wäre demnach während der Marsche.«

»So sieht es aus.« Sie trat ans Fenster neben dem Sofa, stützte beide Hände auf den ziselierten Knauf ihres Stocks und sah zur alten Kellerei hinüber. »Ist dir klar, daß Emile vor allem dir auf die Finger sehen wird? Gil hat Zweifel geäußert, ob du geeignet bist, selbständig eine große Kellerei zu führen.«

»Er wäre schön dumm gewesen, wenn er sich das verkniffen hätte. Als Einstieg hat sich das doch geradezu angeboten«, erwiderte Sam trocken. »Das ganze Tal weiß, daß du Gut Rutledge leitest. Du triffst alle wichtigen Entscheidungen, während sich meine Rolle darauf beschränkt, sie in die Tat umzusetzen.«

Sie sah ihn trotzig an. »Ich erwarte von dir, daß du Emile eines Besseren belehrst.«

Sam wippte auf seinem Stuhl zurück. »Wie kann ich ihn von meinen Fähigkeiten überzeugen, Katherine, wenn mir das nicht mal dir gegenüber gelingt?«

Diese Direktheit überraschte Katherine. Daß sie selbst kein großes Zutrauen zu ihm hatte, war noch nie zur Sprache gekommen. Dabei wollte sie es auch belassen.

»Darum geht es doch gar nicht«, wehrte sie ab.

»Aber es stimmt doch«, gab Sam zurück. »Wenn du überzeugt warst, daß ich die Kellerei allein leiten kann, hättest du doch gar nicht erst mit dem Baron Kontakt aufgenommen.«

»Ich habe nie bezweifelt, daß du tüchtig bist. Als Verwalter bist du mehr als geeignet.«

»Das nennt man einen mit zuckersüßen Worten abspeisen, Katherine.« Sein Lächeln war süffisant.

»Du bist eben viel zu nachsichtig«, gab Katherine gereizt zurück.

»Zu nachsichtig.« So als grübelte er ihren Worten nach, legte er die Fingerspitzen aneinander. »Vermutlich war ich auch zu nachsichtig, als ich Dougherty das Gewehr wegnahm, anstatt es ihm über den Schädel zu hauen. Und letztes Jahr war ich wohl auch zu nachsichtig, als du nach deinem Sturz ans Bett gefesselt warst und ich einen Prozeß gegen die Kellerei Rutcliff anstrengte, um zu erreichen, daß sie nicht länger Wein unter fast haargenau dem gleichen Etikett wie dem unseren vertreibt. Du warst empört, daß ich die Klage zurückzog, nachdem Rutcliff zusagte, ihre Etiketten entscheidend zu verändern. Du warst dafür, den Prozeß durchzuziehen und Schadensersatzansprüche geltend zu machen, um ein Exempel zu statuieren, während es meiner Meinung nach überflüssig war, sich auf eine kostspielige Auseinandersetzung vor Gericht einzulassen.«

»Das wäre sinnvoll ausgegebenes Geld gewesen. Du hast dich breitschlagen lassen.«

»Das hast du damals auch behauptet.« Seine Augen funkelten mit einemmal so zornig, daß Katherine zusammenzuckte.

»Du meinst wohl, was du tust, sei das einzig Richtige, wie, Katherine?« fragte er zynisch.

»Das einzig Richtige für Gut Rutledge.« Sie verbarg ihre Enttäuschung keineswegs. »Schwächen darf man sich einfach nicht erlauben.«

Er sah sie an. »Verwechsle nicht Schwäche mit Vernunft, Katherine«, warnte er. »Der karge Boden und die ungünstige Lage von Gut Rutledge sind problematisch genug – ständig pralle Sonne und fast ständig Wind. Die Trauben sind klein, dafür haben sie die feste Schale, auf die es in diesem Klima ankommt.«

»Dessen bin ich mir voll und ganz bewußt, Jonathan.«

»Sam«, korrigierte er und brach die Beinah-Auseinandersetzung, die ja doch zu nichts führte, ab. »Paß auf, daß dir dieser Fehler nicht unterläuft, wenn der Baron da ist. Sonst meint er noch, dein Gedächtnis läßt nach.«

»Ich will diese Fusion.« Eine knappe, unmißverständliche Aussage.

»Und Gil wird alles tun, um dir zuvorzukommen«, erwiderte Sam. »Aus rein persönlichen Gründen.«

Katherine ließ sich mit der Antwort Zeit. »Aus persönlichen, aber auch aus finanziellen Gründen. Alle seine Weinberge sind infiziert mit der neuen Reblaus-Art.« Sie sprach langsam und überlegt, wie ein Computer, der seine Speicher nach einer Antwort abtastet. »Im Verlauf der nächsten vier Jahre muß er Morgen für Morgen neu bepflanzen, und dazu braucht er eine Menge Bargeld.«

»Ich dachte, das würde er durch das Erschließen neuer Märkte finanzieren.«

»Stimmt.« Ein leises Lächeln umspielte ihre Lippen. »Aber weitaus besser wäre eine Kapitalspritze von außen, mit der er einen Großteil dieser Kosten abdecken könnte. Ich frage mich, ob Emile darüber im Bilde ist. Vielleicht sollte ich ihn darauf hinweisen ... so ganz nebenbei natürlich.«

»Natürlich«, spöttelte er. »Wo wird der Baron eigentlich wohnen?«

»Gil hat ihm sein Gästehaus angeboten, aber Emile hat sich bereits in der *Auberge du Soleil* eine Suite reservieren lassen. Neutraler Boden«, sagte sie und nickte in Gedanken. »Ich muß unbedingt ihm zu Ehren eine Party geben. Am besten, wenn das Fernsehen hier ist.«

»Welches Fernsehen?« Sam verstand nicht, was sie damit meinte.

»Darüber wollte ich mich morgen mittag mit dir unterhalten. Ich habe letzte Woche mit Hugh Townsend gesprochen. Er möchte einen Film über kalifornische Weine drehen und in diesem Zusammenhang Gut Rutledge vorstellen.«

»Und du bist damit einverstanden?«

»Emile soll nicht glauben, daß Gil der einzige ist, der die Werbetrommel zu rühren versteht. Vielleicht wird der Film ja auch im Ausland ausgestrahlt«, meinte sie und hob kokett die Schulter. »jedenfalls erhöht das unseren Bekanntheitsgrad sehr viel mehr als Fotos und Artikel in Wirtschaftsblättern und Fachzeitschriften. Das Team will sich mehrere Tage hier aufhalten. Wer weiß? Vielleicht können wir ihnen dann bereits die große Neuigkeit mitteilen.« Sie ging auf die Tür zu. »Morgen um eins Mittagessen.«

Sam hätte gern gewußt, ob Kelly Douglas zum Team gehörte. Aber er fragte nicht. »Bis morgen.«

Er fixierte gedankenverloren die Tür, die sich hinter Katherine geschlossen hatte. Warum nur hatte sich die Begegnung mit Kelly Douglas so tief in sein Gedächtnis eingegraben? Etwa wegen der Diskrepanz zwischen ihrer sanften, warmen Stimme und der Spannung und Ruhelosigkeit, die von ihr ausgegangen waren? Oder wegen ihres Kampfgeistes, ihrer Intelligenz? Oder weil er hin und wieder diesen verschreckten Ausdruck in ihren Augen wahrgenommen hatte, der darauf schließen ließ, daß sie trotz ihrer zur Schau gestellten Sicherheit irgendwie verletzlich war.

Vielleicht war es ganz einfach nur dieser leidenschaftliche Kuß gewesen.

Sam hatte keine Lust, noch länger darüber nachzugrübeln, und konzentrierte sich auf seine Arbeit.

10

Regen trommelte ans Fenster, rann in Bahnen die Scheiben hinunter. Zehn Stockwerke tiefer jagte und kämpfte und wühlte sich New York noch immer durch einen weiteren Tag, Taxis zogen Wasserfontänen hinter sich her, Ungeduld manifestierte sich durch Hupkonzerte, Menschen hasteten unter Regenschirmen, zusammengefalteten Zeitungen oder barhäuptig die Bürgersteige entlang. Das Tempo, die Betriebsamkeit der Stadt erlahmten niemals.

Kelly, die das Treiben auf den Straßen verfolgt hatte, kehrte sich wieder ihrem Schreibtisch zu. Versonnen strich sie über die Walnußplatte. Sie hatte den Schreibtisch kurz vor ihrem Umzug nach New York auf einem Flohmarkt in St. Louis entdeckt. Vom Vorbesitzer als Werktisch benutzt, hatte er sich in einem erbärmlichen Zustand präsentiert: die Platte war ramponiert und mit dunklen Flecken übersät, mehrere Schubladengriffe fehlten, die Seitenteile wiesen Kratzer und Kerben auf. Die Möbelträger hatten sie verständnislos angesehen, als Kelly darauf bestand, ihn zusammen mit ihrem übrigen Mobiliar aufzuladen.

Inzwischen heimste sie bewundernde Blicke für das gute Stück ein. Kein Wunder – sie hatte in vielen Stunden Arbeit den Schreibtisch liebevoll restauriert.

Kelly nahm sich die Akte vor, in der alle verfügbaren Informationen und Artikel über Katherine Rutledge und ihr Imperium enthalten waren. Die achtseitige Zusammenfassung ließ sie fürs erste außer acht, griff zu den kopierten Zeitschriftenartikeln, Zeitungsausschnitten und Buchseiten über Weinanbau in Kalifornien sowie den Fotos älteren und neueren Datums.

Die Akte war chronologisch geordnet und begann mit George Simpson Rutledge, der während der Zeit des Goldrauschs in San Francisco als Im- und Exporteur ein Vermögen erworben hatte. 1879 kaufte er die Fünfhundert-Morgen-Ranch, die den Grundstein für Gut Rutledge bildete, und ließ dort ein Sommerhaus errichten, das in der damaligen Sprache »einer herzoglichen Residenz in Europa ebenbürtig« war. Neben der Aufzucht von Rindern, Schafen und Pferden trug er sich bereits mit dem Gedanken, mehrere Morgen Weinberge anzulegen und somit dem Beispiel anderer Talbewohner zu folgen, »aus Trauben Wein herzustellen«.

Ein später datierter Artikel besagte, daß diese Weinberge samt und sonders der Reblaus zum Opfer gefallen waren, daß Mr. Rutledge jedoch eine Neuanpflanzung ins Auge fasse, sobald man der Plage Herr geworden sei. 1899 dann die Anzeige vom Tod seiner Frau und nur wenige Monate später die Meldung, Mr. Rutledge habe seine Firma in San Francisco seinem Sohn übergeben.

1910, anläßlich seines Todes, erschien ein längerer Nachruf, in dem vermerkt war, daß er zwei Söhne, eine Tochter sowie vier Enkel hinterließ. Der nächste Artikel, 1917 veröffentlicht, berichtete ausführlich von den Feierlichkeiten aus Anlaß der Vermählung von Clayton Rutledge mit Katherine Leslie Fairchild, und nur unwesentlich später vermeldete eine Gesellschaftsspalte, daß sich die Familie Clayton Rutledge entschlossen habe, ihr Haus im Napa Valley zu ihrem ständigen Wohnsitz zu machen.

Es folgten ein Artikel über die zu erwartenden Prohibitionsgesetze und, nachdem sie in Kraft getreten waren, die Meldung, daß Gut Rutledge eine Lizenz zur Herstellung von Meßwein und medizinischem Alkohol erteilt worden war. Der nächste Artikel, sechs Jahre später, vermeldete, daß Clayton Rutledge in Frankreich bei einem Autounfall ums Leben gekommen sei und neben seiner Frau Katherine zwei Söhne, Jonathan und Gilbert, acht beziehungsweise sechs Jahre alt, zurückgelassen habe.

Kelly seufzte auf. Bisher gab es nichts, was ihr nicht längst bekannt gewesen wäre. Erst als sie die Artikel aus jüngerer Zeit durchging, fesselte eine Überschrift ihre Aufmerksamkeit:

RÄTSELHAFTER UNFALL AUF GUT RUTLEDGE
Am frühen Morgen wurde in der Kellerei von Gut Rutledge die Leiche des Verwalters Evan Dougherty von einem Arbeiter entdeckt. Es wird vermutet, daß ein kleineres Faß von der Stellage gerollt ist und das Opfer zerschmettert hat. Der Tod, so der zuständige Gerichtsmediziner, dürfte bereits in den späten Abendstunden des vorhergehenden Tages eingetreten sein. Wie andere Gutsarbeiter bestätigen, pflegte Dougherty häufig des nachts die Kellerei zu inspizieren. Augenzeugen des Unfalls, der als besonders tragisch für Doughertys hochschwangere junge Frau angesehen werden darf, gibt es nicht.

Das Pressebüro des Senders hatte sich in der Tat bemüht, alles verfügbare Material über die Rutledges zusammenzutragen. Es folgten Auszeichnungen, die Gut Rutledge in den folgenden Jahren verliehen worden waren, Lobeshymnen über verschiedene Weinjahrgänge sowie einige eher belanglose Artikel über Katherine Rutledge.

»Störe ich?« Hugh stand in der offenen Tür.

»Eigentlich ja. Nur daß mir diese Störung hochwillkommen ist.« Sie klappte den Ordner zu. »Ich habe langweilige Unterlagen studiert.«

»Was denn?« Er trat ein, ließ die Tür offen.

»Über die Familie Rutledge. Nichts Aufregendes.« Sie ließ die Akte in einer Schublade verschwinden. »Kein Hinweis auf die Querelen mit ihrem jüngsten Sohn. Darüber wird wohl mehr getratscht als geschrieben.« Sie wechselte das Thema. »Du hast doch sicher etwas auf dem Herzen. Worum geht's denn?«

»Es sind ein paar Terminänderungen nötig geworden«, sagte Hugh. »Über eine wirst du dich bestimmt freuen: Das Interview mit John Travis muß um zwei Tage verschoben werden. Das bedeutet, daß du noch zwei Tage im Napa Valley dranhängen kannst.«

»Laß uns diese zwei Tage in San Francisco verbringen, und ich bin einverstanden«, gab Kelly zurück.

»Kein Problem.«

Sue machte durch zaghaftes Klopfen auf sich aufmerksam. »Ein Gespräch für Sie, auf eins«, sagte sie. »Seinen Namen wollte er nicht nennen. Soll ich durchstellen oder sagen, Sie seien beschäftigt?«

Kelly antwortete nicht sofort. Ihre Ahnung hatte sie also nicht getrogen. Er würde wieder anrufen, jetzt, da er wußte, wo er sie erreichen konnte.

Hugh war bereits im Begriff zu gehen. »Wenn du nachmittags gegen drei Zeit hast, komm doch mal bei mir vorbei«, meinte er noch. »Bis dahin dürfte ich das Band mit der Erkennungsmusik, die für die Show in die engere Wahl kommt, vorliegen haben.«

Sie schaffte es, kurz zu nicken. »Ich nehme das Gespräch, Sue«, sagte sie dann und griff zum Hörer. »Schließen Sie bitte die Tür hinter sich.«

Sie drückte auf die Taste, meldete sich mit ihrem Namen. »Wer ist am Apparat?« fragte sie gelassen. Das Schlimmste war bereits geschehen, es gab eigentlich nichts mehr zu befürchten.

»Hallo, Miss Douglas. Hier spricht Steve Gray von United Gold Exchange. Ich wollte Ihnen ein äußerst günstiges Angebot unterbreiten.«

Als sie seine Stimme hörte, wußte sie nicht, ob sie lachen oder böse sein sollte. Sie entschloß sich für die goldene Mitte. »Steve, was für ein Zufall. Wir haben gerade heute morgen die Idee geboren, ein Exposé über die falschen Prognosen der Telebörse auszuarbeiten.« Es klickte, und die Leitung war tot. Unendlich erleichtert lehnte sich Kelly zurück.

Ein heißer Wind drang durch das offene Fenster des grünweißen Buick, der mit schleifendem Auspuff über den Silverado Trail röhrte. Unwillkürlich verglich Len Dougherty das satte Grün der gepflegten Weinberge zu seiner Rechten mit seinen eigenen, die trotz unermüdlicher Werkelei die ganze Woche über noch immer einem undurchdringlichen Dschungel ähnelten.

Hohe Pappeln säumten die Zufahrt zu den klösterlich anmutenden Gebäuden, die die Kellerei, die Probierstuben, die Verkaufs- und Büroräume von The Cloisters beherbergten. Len fuhr auf der Privatstraße weiter, die sich in Serpentinen einen Steilhang hinaufwand.

Gewaltige Rotholzbäume und immer wieder Eukalyptus und Eichen erhoben sich zu beiden Seiten der schmalen Straße. Der steinige Boden war durchsetzt mit vertrocknetem Gras, Brennesseln und tiefrotem Heidekraut.

Unweit der Bergkuppe gelangte er zu einem schmiedeeisernen Tor und hielt an. Der aufgewirbelte Staub legte sich. Er klopfte sich den Anzug ab – seinen einzigen, einen dunkelblauen Nadelstreifen, den er sich für Beccas Beerdigung zugelegt hatte.

Das Tor stand offen, bis zum Haus waren es bestimmt noch vierhundert Meter. Bereits nach wenigen Schritten war Len Dougherty in Schweiß gebadet. Leise fluchend winkelte er die Arme vom Körper ab. Mit durchgeschwitzten Sachen wollte er nicht ankommen.

Die Auffahrt wurde bald breiter, führte um einen mit Blumen umpflanzten Springbrunnen aus Marmor zum weitläufigen, relativ niedrigen Haupthaus, auf dessen rote Dachziegel die Nachmittagssonne brannte.

Dougherty wischte sich den Schweiß von Gesicht und Hals. Als er auf das Haus zusteuerte, sah er links den hohen Zaun und dahinter den Tennisplatz und immer wieder Rasenflächen und Blumen.

Neid stieg in ihm hoch. Am liebsten wäre er umgekehrt, aber er ging trotzig weiter. An der Haustür angelangt, leckte er sich die Lippen, unterdrückte das Verlangen nach einem eisgekühlten Whiskey und drückte, noch ehe er es sich anders überlegen konnte, auf den Klingelknopf.

Ein Mexikaner in schwarzer Dieneruniform öffnete ihm. »Kann ich Ihnen behilflich sein, Señor?« fragte er herablassend.

»Ich will zu Mr. Rutledge«, sagte Len hastig.

Ein skeptischer Blick aus dunklen Augen musterte ihn. »Erwartet er Sie?«

Eine weibliche Stimme aus dem Hintergrund enthob ihn einer Antwort. »Wer ist da, Luis? Wenn es Clay ist, sag ihm, sein Vater ist auf dem Krocketfeld.«

»Das Krocketfeld, ist das da drüben?« Dougherty deutete in Richtung Tennisplatz.

»Nein, *Señor*. Hinter dem Haus, unten auf dem Rasen.« Der Mexikaner gab nur zögernd Auskunft.

»Danke.« Dougherty ließ den Diener einfach stehen und ging um das Haus herum, nicht ohne sich zwischendurch erneut den Schweiß abzuwischen. Es galt, das Erscheinungsbild des Geschäftsmannes zu wahren. Es handelte sich ja schließlich um ein Geschäft, das er Rutledge vorzuschlagen hatte.

Vom Kamm aus sah er links einen Swimmingpool sowie, im Schutz von Sonnenschirmen, Liegestühle und Tische. Ein klackendes Geräusch ließ ihn an aneinanderprallende Billardkugeln denken.

Jetzt entdeckte er die wohlbekannte Gestalt von Gil Rutledge, von Kopf bis Fuß in Weiß gekleidet, auf einem ebenen, terrassierten Rasenstück am Hang. Leicht gebückt und breitbeinig stand der Hausherr da, visierte mit einem langen Schlagholz eine rote Kugel an, um sie dann durch einen aus dem Gras ragenden Drahtbogen zu *schlenzen*.

Dougherty stieg den Hang zu ihm hinunter. Als Gil Rutledge den ungebetenen Gast bemerkte, bedachte er ihn mit einem ähnlich kühlen und ungnädigen Blick, wie ihn Dougherty bereits von Katherine Rutledge geerntet hatte. Dougherty packte die Wut, aber er durfte sich jetzt keine Blöße geben.

»Tag, Mr. Rutledge.«

»Guten Tag«, kam es alles andere als freundlich zurück.

»Möglich, daß Sie sich nicht mehr an mich erinnern. Ich bin Len Dougherty.« Er lächelte verbindlich.

»Dougherty.« Gil Rutledge zwickte die Augen zusammen, öffnete sie dann wieder. »Ja. Sie waren mal Zweiter Kellermeister auf Gut Rutledge. Wenn ich mich recht erinnere, wurden Sie entlassen, weil Sie während der Arbeit getrunken hatten.«

»Nur einen Schluck gegen die Kälte«, beeilte sich Dougherty abzuwiegeln, »Sie wissen ja, wie's manchmal so geht.«

Rutledge beugte sich wieder über die rote Kugel und visierte den Winkel zum nächsten Drahtbogen an. »Wenn Sie Arbeit suchen, gehen Sie in die Verwaltung und füllen Sie die Bewerbungsunterlagen aus.«

»Es geht nicht um einen Job«, sagte Dougherty und setzte dann hinzu: »Auch wenn ich einen brauchen könnte.«

Rutledge holte aus und schickte die Kugel über das kurzgeschnittene Gras bis unmittelbar vor das nächste Tor, ging darauf zu.

Dougherty kam ihm nach. »Ich möchte Ihnen ein Geschäft vorschlagen.«

Rutledge sah ihn von der Seite her an. »Kein Interesse.« Er schubste die Kugel durch den Bogen.

»Könnte für Sie durchaus interessant sein.« Wenn doch Rutledge endlich aufhören würde, mit dieser verdammten Holzkugel herumzukicken! »Das heißt, wenn Sie drauf aus sind, Ihrer Mutter eins auszuwischen.«

Rutledge hatte bereits zu einem weiteren Schwung ausgeholt, stoppte aber jäh ab. »Katherine?« fragte er.

»Macht Sie hellhörig, wie?« sagte Dougherty grinsend. »Was hat Katherine mit Ihrem Angebot zu tun?«

»Folgendes.« Dougherty legte sich seine Worte zurecht. »Ich besitze nämlich zehn Morgen Land, das im Norden an Gut Rutledge grenzt. Zehn Morgen besten Weinbergboden. Er gehört mir, das heißt, wenn ich es irgendwie schaffe, daß sie ihn mir nicht wegnimmt. Und das ist der Punkt, wo Sie ins Spiel kommen.«

»Wie kann sie es Ihnen wegnehmen, wenn es Ihnen angeblich gehört?«

»Es gehört mir, aber ich schulde ihr fünfunddreißigtausend und hab mit meinem Weinberg dafür gebürgt. Wenn ich das Geld bis Ende Oktober nicht auftreibe, geht er an sie über. Wir wissen beide, daß er viel mehr als fünfunddreißigtausend wert ist. Wo für erstklassiges Land vierzig-, fünfzig, vielleicht sogar hunderttausend Dollar bezahlt werden.«

»Dann verkaufen Sie doch.«

»An wen denn, wenn sie das Recht hat, jedes Angebot abzulehnen?« empörte sich Dougherty. »Außerdem: Wenn ich verkaufe, habe ich kein Zuhause mehr, nichts.«

»Was schlagen Sie also vor?«

»Daß Sie mir die fünfunddreißigtausend leihen, damit ich meine Schulden bei ihr begleiche. Ich würde Ihnen jährlich aus dem Erlös meiner Trauben einen Teil zurückzahlen, und als Sicherheit hätten Sie mein Land.«

Rutledge beugte sich wieder über seine Holzkugel. »Ich bin kein Bankier. Ich bin im Weingeschäft, nicht im Geldverleih.« Ein wohlplazierter Schlag trieb die Kugel vor das nächste Tor. »Sie haben Ihre Probleme mit Katherine und ich meine.« Er folgte der Kugel.

Dougherty blieb ihm auf den Fersen. »Aber inzwischen weiß doch jeder, daß Sie beide mit diesem französischen Baron einen Vertrag abschließen wollen. In diesem Tal verbreiten sich Gerüchte sehr schnell.«

»Wenn Sie so gut Bescheid wissen, wissen Sie bestimmt auch, daß ich im Augenblick alles daran setze, dieses Ziel zu erreichen.« Er sah Dougherty nachdenklich an. »Wenn es klappt, kann ich Ihnen vielleicht helfen. Leihen würde ich Ihnen das Geld allerdings nicht. Da muß schon was für mich dabei rausspringen.«

»Wie meinen Sie das?« Dougherty erschrak.

»Die fünfunddreißigtausend wären als langfristige Pacht anzusehen. Natürlich dürften Sie weiterhin dort leben.« Je länger Gil darüber nachdachte, desto reizvoller erschien ihm der Gedanke.

Katherine würde es nicht schmecken, wenn er Doughertys Weinberg übernahm. Er kannte das Land. Bester Boden für den Anbau von Trauben. Dougherty hatte nicht übertrieben. Mit welcher Schadenfreude könnte er die Trauben aus diesem Weinberg für den neuen Wein im Rahmen des gegenseitigen Abkommens mit dem Baron verwenden! Katherine wäre darüber nicht weniger erbost als über ihre Niederlage.

Er lachte schadenfroh, als er daran dachte, wie sie reagieren würde, und schlug die Kugel durch das Doppeltor. Sie eckte an und prallte zurück.

»Wann entscheidet sich, ob Sie sich mit dem Baron einig werden?« wagte Dougherty einen erneuten Vorstoß.

»Ich hoffe, bald. Der Baron kommt heute an. Das heißt, er sollte bereits hier sein.« Er nahm nochmals Maß und trieb die Kugel durch das Doppeltor.

»Es muß bald geschehen«, warnte Dougherty. »Ich brauche das Geld bis Ende Oktober. Wenn ich es nicht von Ihnen bekomme, muß ich Ihren Vorschlag einem anderen Winzer unterbreiten.«

»Das lassen Sie tunlichst bleiben.« Es klang wie eine Drohung. »Ach ja?« Dougherty unternahm einen schwachen Versuch, Gil in die Enge zu treiben. »Und wie wollen Sie das verhindern?«

»Ganz einfach.« Gil konzentrierte sich auf den nächsten Schlag. »Ich brauche nur das Gerücht in Umlauf zu setzen, Gut Rutledge hätte dieses Land vor Jahren als Müllhalde für alle giftigen Chemikalien und Insektizide benutzt, und schon wird man die Finger davon lassen. Nicht mal Ihre Trauben wird man Ihnen abkaufen.«

»Aber das stimmt doch gar nicht.«

»Und wenn schon. Aber wem wird man glauben – Ihnen oder mir?« Die Position der Kugel zum nächsten Tor war ungünstig. Mit gerunzelten Brauen taxierte er Entfernung und Winkel.

Dougherty war wütend. Mit einer ausholenden Handbewegung wies er zum Tennisplatz, zum Swimmingpool, den großzügigen Rasenflächen und dem imposanten Haupthaus. »Fünfunddreißigtausend sind doch für Sie gar nichts. Wahrscheinlich geben Sie das allein für den Unterhalt von all dem hier aus. Warum machen Sie unsere Vereinbarung davon abhängig, ob Ihr Vertrag mit dem Baron zustande kommt oder nicht?«

Vor drei Jahren, als seine Weinberge noch nicht von der Reblaus befallen waren, hätten Gil fünfunddreißigtausend Dollar wirklich nicht viel bedeutet. Jetzt aber, wo er innerhalb der nächsten vier Jahre Weinberg für Weinberg neu anpflanzen mußte und vier Jahre vergehen würden, ehe die ersten Trauben gekeltert werden konnten, war er alles andere als gut bei Kasse. Die Banken überwachten argwöhnisch seine Transaktionen. Einem Darlehen über fünfunddreißigtausend Dollar für eine Pacht würden sie gewiß nicht zustimmen. Die Vereinbarung mit dem Baron sahen sie dagegen in einem ganz anderen Licht. Seit Gil ihnen die Einzelheiten des Vertrages dargelegt hatte, waren sie einhellig für den Abschluß. Ja, ihnen war schier das Wasser im Munde zusammengelaufen, als sie erfuhren, wie finanzkräftig der Baron war und mit welcher Summe er sich zu beteiligen gedachte. Aber bis es soweit war, würden sie unnachgiebig bleiben.

Gil schwang das Schlagholz mehrere Male zur Probe. »Die fünfunddreißigtausend für Sie sind an mein Abkommen mit dem Baron gekoppelt, weil ich sonst Ihr Land nicht brauche. Das sind meine Bedingungen.«

»Aber wenn ich das Geld nicht bis Ende Oktober ...«

»Keine Bange«, schnitt ihm Gil das Wort ab. »Der Vertrag mit dem Baron ist so gut wie unter Dach und Fach. Diesmal wird Katherine nicht gewinnen. Dafür werde ich schon sorgen.«

Dougherty nagte verunsichert an seiner Unterlippe. »Gut, dann verlaß ich mich drauf. Wenn ich Ihnen irgendwie helfen kann ...«

»... geb ich Ihnen Bescheid.« Gil drehte sich um und sah Clay die Stufen zum Pool hinunterkommen. Demnach war der Baron eingetroffen. Er schulterte sein Schlagholz und warf Dougherty einen scharfen Blick zu. »Guten Tag.«

Dougherty war entlassen. Er stieg wieder den Hang hinauf. Oben angekommen, fuhr er sich mit dem Finger in den Kragen, ehe er auf die Auffahrt an der Vorderseite des Hauses zuging.

Befriedigt sah Gil ihn von dannen ziehen. Wahrscheinlich würde er erst wieder stehenbleiben, wenn eine Bar oder eine Flasche in Sicht war.

»Wer war denn das?« Clay hatte den Vater erreicht.

»Len Dougherty.«

»Dieser Trunkenbold, dem der kleine Weinberg neben Katherine gehört?« fragte Clay ungläubig. »Was wollte er denn?«

»Er hat mir ein Geschäft vorgeschlagen.«

Clay sah seinen Vater an, erwartete eigentlich, daß Gil ebenso amüsiert grinsen würde wie er. Fehlanzeige. »Was für ein Geschäft könnte er dir schon vorschlagen?«

»Ein durchaus verlockendes.« Gil schwang das Schlagholz aus der Schulter heraus. »Hast du den Baron ins Hotel gebracht?«

Clay nickte. »Ich habe ihm deine Einladung zum Abendessen übermittelt, aber er meinte, die Reise habe ihn zu sehr ermüdet. Ihm wäre es lieber, wenn wir morgen zusammen frühstücken und anschließend die Kellerei besichtigten.«

»Klingt gut.«

»Bist du zu der Party eingeladen, die Katherine nächste Woche für den Baron gibt?«

»Ja.« Gil grinste übers ganze Gesicht.

»Ich auch. Dabei dachte ich, sie wolle verhindern, daß wir, vor allem du, jemals wieder auch nur einen Schatten auf ihre Tür werfen«, merkte er belustigt an.

»Ich habe vor, auf ihr ganzes Leben einen Schatten zu werfen.«

Clay enthielt sich einer Antwort. »Ich habe übrigens den Eindruck, daß die Baronin auf unserer Seite ist«, sagte er nach einer Weile.

»Hast du sie gesprochen?«

»Ganz kurz. Während der Baron die Formalitäten im Hotel erledigte.« Es hatte sich wie von selbst angeboten, ein paar Augenblicke allein und mit Nathalie Fougère zu plaudern.

Nachdem Clay den Kofferraum aufgeschlossen hatte, damit der Träger das Gepäck ausladen konnte, betrat er die *Auberge du Soleil,* das gediegen elegante Gasthaus zur Sonne. An dem kleinen Empfangstresen, an dem der Baron lehnte – offensichtlich erschöpft von dem langen Flug –, überzeugte er sich, daß es keine Schwierigkeiten mit der Reservierung gab, und gesellte sich dann zu Nathalie, die auf der Terrasse die Aussicht genoß.

»Sie sind bestimmt müde«, sprach er sie mit selbstauferlegter Zurückhaltung an.

Sie sah ihn an und schüttelte den Kopf. »*Non*. Ich habe im Flugzeug tief geschlafen. Im Gegensatz zu Emile.«

Sie richtete den Blick wieder über die Weinberge im Tal, zwischen denen man immer wieder, zur Abwehr von Frösten, moderne Windmühlen entdecken konnte. Keine vier Meilen entfernt erhoben sich wie eine dunkle Wand die zerklüfteten Mayacamasberge.

»Wie hübsch«, sagte sie. »Fast wie in der Provence. Wahrscheinlich wegen der Palmen und Oliven, die der Landschaft etwas vom Mittelmeercharakter verleihen.«

»Ich wußte, daß Sie diesen Eindruck haben würden.« Er sah sie vielsagend an. »Eigenartig, nicht wahr? Daß ich weiß, was Sie denken, was Sie empfinden. Manchmal ist mir, als würde ich Sie schon mein Leben lang kennen.« Er blickte zur Seite. »Wie töricht von mir.«

»Non.« Sanft berührte sie seinen Arm.

Er sah auf ihre Hand. »Ich bin sehr froh, daß Sie da sind, Nathalie.«

»Ich auch.«

»Ich nahm an, Sie würden in Frankreich bleiben.«

»Und mir die Gelegenheit entgehen lassen, Ihr Tal zu besuchen, von dem ich schon so viel gehört habe?« Ihre Stimme klang ungezwungen, aber die verhaltene Leidenschaft, die darin mitschwang, verhieß, daß er auf dem richtigen Weg war.

»Sie hätten nicht kommen sollen.« Sein Kiefer mahlte, auf seiner Stirn zeichneten sich Falten ab. »Verzeihen Sie mir, Nathalie, aber es ist verdammt schwer für mich«, sagte er gepreßt.

»Was denn?«

Ihre Blicke begegneten sich, saugten sich aneinander fest. »Die Frau zu sehen, die die Frau meiner Träume ist, die das gleiche Verlangen kennt. Nachts wach zu liegen ...«

»Clay«, hauchte sie verschämt, ohne den Blick zu senken. »Sagen Sie, daß Sie nicht auch so empfinden, und ich schwöre, daß ich nie wieder ein Wort darüber verliere.«

»Ich kann nicht«, gestand sie mit einem sehnsüchtigen Lächeln, um dann hinunter zu dem Olivenhain zu blicken. »Ich gehe abends gern spazieren. Der kleine Fluß da unten – wie friedlich es dort sein muß.«

»Das stimmt. Vor allem im Mondschein.« Damit stand das Rendezvous fest.

Hinter der westlichen Bergkette ging die Sonne unter, zeichnete rötliche Streifen an den Himmel. Durch das große Wohnzimmerfenster beobachtete Nathalie das allmähliche Schwinden des Tageslichts, so lange, bis sich die Dunkelheit über den Olivenhain legte. Erst als sie den Abendstern am Himmel ausmachte, knipste sie die Lampe neben dem Sessel an, in dem es sich ihr Mann bequem gemacht hatte. Er blickte auf, ohne sie wirklich zu sehen, murmelte automatisch ein Dankeschön und vertiefte sich, wieder einmal, in eine philosophische Abhandlung.

»Ich gehe ein wenig spazieren, Emile«, verkündete sie.

Zerstreut blickte er auf. »Es ist doch schon dunkel.«

»Dafür schön kühl.« Sie ging bereits auf die Tür zu. »Ich habe den Schlüssel. Du brauchst also nicht auf mich zu warten, falls du schon zu Bett gehen möchtest.« Als sie sich noch einmal umdrehte, sah sie, daß er sich, die Lesebrille bis zur Nasenspitze vorgeschoben, bereits wieder seiner Lektüre zugewandt hatte.

Leise zog sie die Tür hinter sich zu und trat in die laue Nacht hinaus, schlug den schmalen Pfad ein, der über den verdorrten Rasen zum Olivenhain hinunter führte.

Sie schlenderte unter den Bäumen entlang. Die Lichter aus dem Hotel blitzten von oben durch die Zweige, die sie den Blicken verbargen. Langsam näherte sie sich dem murmelnden Wasserlauf.

Ein Felsblock, dunkel und unheimlich, ragte aus dem hohen Ufergras. Mechanisch wischte Nathalie über die Kuppe und setzte sich. Soeben ging der Mond als silberne Scheibe am Himmel auf.

In der Ferne wurde eine Autotür zugeschlagen. Jenseits des Baches stieg das Gelände zu einem ebenfalls bewaldeten Hügel an. Nathalie lauschte. Nichts zu hören. Aber Clay mußte gekommen sein! Sie wußte es, genauso wie sie wußte, daß er jetzt mit seiner Auffassung von Ehrgefühl und Schicklichkeit rang.

Sie selbst stellte sich keine derartigen Fragen. Für sie stand fest, daß das Schicksal sie zusammengeführt hatte, daß es ihr bestimmt war, ihm zu begegnen. Sie hatte keine Gewissensbisse, empfand weder Scham noch Reue, sondern vielmehr Genugtuung und wohliges Erschauern.

Ein Stein kullerte den Abhang hinunter. Im Gras raschelte es. Undeutlich sah sie seine hochgewachsene Gestalt unter den Bäumen durch auf sie zukommen.

»Nathalie.« Sein Gesicht war sehr ernst. »Beinahe wäre ich nicht gekommen.«

»Und warum dann doch?«

»Weil Sie mich indirekt darum baten.«

»Sie hätten es nicht zu tun brauchen.«

»Nein.« Er schüttelte den Kopf. »Sie wissen, daß ich es nicht über mich gebracht hätte, fernzubleiben.«

»Genausowenig wie ich.«

Als er auf sie zutrat, warf sie sich ihm in die Arme. Sein Mund näherte sich ihren Lippen, zu einem Kuß, der ungestüm und heiß war und den Nathalie gierig erwiderte. Das war das Feuer und die Leidenschaft, die sie so lange, so entsetzlich lange entbehrt hatte.

Er küßte ihr Gesicht, preßte die Lippen in ihr Haar. Sie spürte den Druck seiner Hände, die über ihren Körper glitten und sie an ihn drückten.

»Heute nacht mit dir allein zu sein genügt mir nicht.« Sein Atem, seine Lippen streiften ihr Ohr. »Emile und mein Vater müssen zu einer Einigung kommen. Damit ich dich so oft wie möglich wiedersehen kann.« Er ließ seinen Mund über ihren Nacken gleiten, so daß sie wohlig erschauerte. »Falls aber Emile die Zusammenarbeit mit Katherine vorzieht …« Er brach ab und zog sie enger an sich.

»Ich glaube, das wird er nicht«, flüsterte sie beschwichtigend und strich ihm liebevoll über das Haar. »Er teilt nicht Madams Weinversessenheit. Ihm geht es ums Geschäft. Deswegen neigt er eher dazu, deinem Vater den Vorzug zu geben.«

Clay umschloß ihr Gesicht mit beiden Händen, sah sie beschwörend an. »Er muß es tun, Nathalie.« Erregung, in diesem Augenblick sogar durchaus echte, spiegelte sich in seinem Gesicht. »Es muß sein, für uns, damit wir uns wiedersehen – und zusammensein können.«

»Ich weiß.« Mit ihren Fingerspitzen fuhr sie die Konturen seines Kinns und seiner Lippen nach. »Liebe mich, Clay. Ich sehne mich danach, von dir geliebt zu werden.« Sie bot ihm ihren Mund dar, ließ sich von seinem Kuß mitreißen.

Beim Frühstück am nächsten Morgen schenkte Clay der Unterhaltung zwischen seinem Vater und dem Baron weniger Aufmerksamkeit, musterte um so mehr Nathalie verstohlen über den Tisch hinweg. Sie strahlte, ihre Augen leuchteten, sobald sich ihre Blicke wie zufällig begegneten. Kein Zweifel: Sie war verliebt. Daß ihrem Mann diese Veränderung nicht auffiel! Der alte Knabe gehörte wohl auch zu denen, die keine Ahnung von Frauen hatten.

Er beobachtete, wie sie ein Hörnchen mit Butter bestrich, und dachte noch einmal daran, wie einfach es gewesen war. Viel leichter, als er angenommen hatte. Sie war jetzt seine und seines Vaters stärkste Verbündete. Er überlegte, wann er sie wiederzusehen gedachte, was er sagen, was er tun wollte.

11

Der Ford jagte über den Highway 29, seine Scheinwerfer streiften die riesigen Eukalyptusbäume, die wie schemenhafte Wächter entlang der Straße standen. Die doppelte Gebirgskette entlang der Küste, die das Napa Valley auf seinen rund dreißig Meilen zu einem schmalen Korridor einschnürten, hoben sich nur als dunkle Umrisse gegen den sternenklaren Himmel ab.

Die Sonnenbrille ins kurzgeschnittene Haar hinaufgeschoben, saß Debbie Sullivan am Steuer des Leihwagens, neben ihr Kelly, die gedankenverloren in die Nacht starrte. Es war dunkel gewesen, als sie vor zwölf Jahren das Tal verlassen hatte, genauso dunkel wie jetzt, da sie, ihrem Schwur zum Trotz, zurückkehrte.

»Wenn ich dran denke, was bis jetzt schiefgelaufen ist, wundert es mich gar nicht, daß dein Flug über eine Stunde Verspätung hatte. Dabei hatte ich gehofft, alles würde sich ändern, wenn du erst mal da bist.«

»Soll heißen, es gab Probleme.«

»Probleme!« Debbie lachte auf. »Das kann man wohl sagen. Seit drei Tagen sind wir hier und haben noch nicht eine brauchbare MAZ. Ein voller Arbeitstag – tolle Einstellungen von der Traubenernte, mexikanische Tagelöhner mit ausdrucksstarken Gesichtern, Arbeiter, die ihre Kiepen auf bereitstehende Lastwagen entleeren, der Vorarbeiter, der genau Buch führt, wieviel jeder gepflückt hat, die vollgeladenen Laster, die Männer in der Kellerei, bis zu den Ellbogen mit Traubensaft beschmiert, die Trauben – alles.« Sie ließ das Steuer los und hob theatralisch die Hände. »Alles versaut!« Kelly zwang sich, die Erinnerung, die Debbie mit ihrer Aufzählung heraufbeschwor, zu verdrängen. »Wieso?«

»Irgendwas mit der Kamera.« Debbie seufzte. »Helle Streifen, auf jeder Kassette. Und ich bin unheimlich wütend auf mich selbst, weil Steve sich die Szenen in der Kellerei auf dem Monitor ansehen wollte, aber ich bestand darauf, das Vormittagslicht auszunutzen und im Weinberg zu filmen. Zehn, zwanzig Minuten hätte es nur gedauert, die Bänder durchlaufen zu lassen. Und wir hätten sofort und nicht erst abends gemerkt, daß mit der Kamera etwas nicht stimmt. Steve mußte deswegen gestern nach San Francisco fahren und ist erst vorhin wiedergekommen.«

»Aber jetzt ist alles in Ordnung.« Kelly erkannte die Oaksville Grocery wieder, in der sie häufig gewesen war, nur um die merkwürdigen Dinge zu bestaunen, die es dort zu kaufen gab: Trüffel, Wachteleier, Kaviar in Dosen, französische Pasteten. Sie konnte förmlich den Duft des frischen französischen Brotes riechen, sah verschwitzte Arbeiter aus den Weinbergen am Imbißstand anstehen, zwischen Touristen mit Fotoapparaten um den Hals und Frauen in Stöckelschuhen und Seidenkleidern, und vor dem Laden Mercedes und eingestaubte Kellereilastwagen, einträchtig nebeneinander geparkt.

»Ja, jetzt tut sie's wieder.« Debbie klangverärgert. »Bloß gut, daß wir zwei Tage länger bleiben. Die brauchen wir unbedingt.«

»Scheint so.« Zur Linken fiel Licht auf den Eingang der Kellerei Mondavi. Je mehr Kelly wiedererkannte, desto schwerer fiel es ihr, Debbie zuzuhören. »Wart ihr schon auf Gut Rutledge?«

»Gestern. Ich bin kurz vorbeigefahren, um Mrs. Rutledge Bescheid zu sagen, daß wir da sind.« Mrs. Rutledge – wie unpassend das klang. Für Kelly war sie Madam oder Katherine Rutledge, Namen, die der Persönlichkeit dieser Frau gerecht wurden. »Sie führte mich durch ihren Garten. Der ist übrigens als Drehort für das Interview bestens geeignet.« Sie sah Kelly spöttisch an. »Nimm gütigst Vormerkung davon, daß sie mir *kundtat,* wir wären ihr morgen mittag um halb zwei genehm. Gott sei Dank war sie einverstanden, daß wir tags darauf schon in aller Frühe antanzen, um die verschiedenen Einstellungen mit ihr im Haus, in der Kellerei, in den Weinbergen und im Garten unter Dach und Fach zu bekommen.«

»Eineinhalb Tage sind für das Interview völlig ausreichend«, meinte Kelly. »Dafür dürfte die redaktionelle Arbeit ziemlich hart werden. Katherines Kommentare sollten weitgehend erhalten bleiben.«

»Ganz meiner Meinung. Am liebsten würde ich ja eine Neunzig-Minuten-Dokumentation mit ihr abdrehen. Mal sehen, ob ich Hugh überreden kann, daß ich zwei Versionen schneide ...«, sinnierte sie, um dann unvermittelt das Thema zu wechseln. »Übrigens wird dir unsere Unterkunft gefallen. Margerie, die diese Frühstückspension führt, ist ein Schatz. Wart, bis du ihren französischen Toast probiert hast! Sie kippt Grand Marnier in den Teig.«

Kurz vor St. Helena ging Debbie vom Gas und bog in eine Seitenstraße ein. »Nur damit du's weißt: Wir sind zu einer piekfeinen Party auf Gut Rutledge eingeladen. Zu Ehren von Baron Fougère. Wir dürfen sogar filmen, nur nicht während des Essens.« Sie sah Kelly an. »Du kennst doch den Baron. Meinst du, ein kurzes Interview mit ihm über seine Eindrücke vom Napa Valley, von Gut Rutledge und so wäre drin?«

»Versuchen könnten wir's«, meinte sie nicht gerade begeistert. »Er hat allerdings etwas von einem Pedanten, und ich würde mich ärgern, wenn sich herausstellt, daß das Gespräch mit ihm nichts bringt.«

»Auch wahr.« Debbie bog in die Einfahrt eines von mächtigen Eichen und Ulmen umgebenen, im viktorianischen Stil erbauten Hauses. »Da wären wir«, verkündete sie. »Das schönste Zimmer haben wir dir vorbehalten.«

Das Bett mit seinen vier Pfosten, der Federkernmatratze und der alten, weichen Tagesdecke war hinreißend, genauso wie der Chippendalestuhl vor dem Mahagonisekretär. Das kleine Sofa vor dem Kamin trug einen leuchtend gemusterten Chintzüberzug, und die mit einem gerafften Duschvorhang umgebene geschwungene Wanne im angrenzenden Badezimmer stand auf klauenförmigen Füßen.

Kelly stellte ihr Gepäck ab und öffnete die Balkontür. Die Messinggriffe fühlten sich angenehm kühl an und schmeichelten der Hand. Kletterrosen, deren Duft die warme Luft erfüllte, rankten sich bis zu ihrer Veranda hinauf.

Trotz der Dunkelheit hielt Kelly unwillkürlich Ausschau nach ihrem Lieblingsplatz unter der auf halber Höhe stehenden verwachsenen Eiche, dachte daran, wie sie dort mit einem Buch gesessen oder auch nur geträumt oder sich ausgeweint hatte. Manchmal hatte sie auch nur den Wandel der Jahreszeiten unten im Tal verfolgt.

Mit jeder Jahreszeit hatte sich das Land, nicht aber ihr armseliges Leben verändert. Jetzt, da sie zurück war, überfiel sie instinktiv der Wunsch, wegzulaufen – sofort, solange es noch möglich war.

Auf leisen Sohlen brachte Han Li, Erster Diener auf Gut Rutledge und in der fünften Generation Amerikaner chinesischer Abstammung, eine Kanne starken Kaffees, wie er in Europa getrunken wurde, auf die Terrasse und setzte das Tablett in Reichweite von Katherine auf der Glasplatte des Tisches ab. »Wünschen Madam etwas dazu? Frisches Gebäck vielleicht?« schlug er vor.

Fragend blickte Katherine den Baron an, der dankend den Kopf schüttelte. »Ich glaube nicht, Han Li. Danke«, sagte sie und nahm die beiden kleinen Tassen vom Tablett.

Mit einer angedeuteten Verbeugung entfernte sich der Diener so lautlos, wie er gekommen war. Katherine schenkte ein, reichte Emile Fougère eine der beiden Tassen und stellte die Kanne auf das Tablett zurück.

»Ich freue mich, daß Sie heute vormittag kommen konnten, Emile«, sagte sie auf französisch, weil sie wußte, daß er sich lieber seiner Muttersprache bediente. »Ich weiß doch, daß Gil Sie in den letzten Tagen sehr beansprucht hat.«

»Er hatte mir viel zu zeigen.« Seit ihrem letzten Zusammentreffen in New York gab er sich ihr gegenüber noch zurückhaltender, ein Zeichen, daß Gil es geschafft hatte, ihre Position zu unterminieren. »Was seine Kellerei betrifft, so verfolgt er da eine höchst interessante Markt- und Verkaufsstrategie. Ein äußerst innovativer Geschäftsmann, Ihr Sohn.«

»Das ist er. Seine Erfolge sprechen dafür.« Sie war durchaus stolz auf das, was Gil erreicht hatte, eine Tatsache, die viele im Tal und ganz besonders ihren Sohn überrascht hätte. »Und vor allem freue ich mich darüber, daß sich die Qualität seiner besseren Weine mit jedem Jahr gesteigert hat, von wenigen Ausnahmen abgesehen. Aber die gesamte Region hat ja in den letzten zehn Jahren in punkto Qualität große Fortschritte gemacht. Jeder Großhändler wird Ihnen bestätigen, daß sich Weine mit dem Etikett Napa Valley gut verkaufen.« Sie nippte an ihrem Kaffee. »Erstaunlich, wenn man bedenkt, daß Napa Valley nicht einmal fünf Prozent der kalifornischen Weine insgesamt ausmacht. Und dieser Prozentsatz wird in den nächsten Jahren noch weiter sinken.«

»Aus welchem Grund?« Emile runzelte die Stirn.

»Reblausbefall. Schätzungen besagen, daß bis zu fünfundsiebzig Prozent der Weinberge hier im Tal neu angepflanzt werden müssen. Leider haben einige Weinbauern noch bis vor zwei Jahren ihre Stecklinge auf AXR-1-Unterlagen gepfropft, und die sind gegen dieses Ungeziefer nicht resistent.« AXR-1-Pfropfunterlagen waren eine Kreuzung zwischen einem Vinifera-Rebstock und amerikanischen Rupestris.

»Wie unsinnig«, entfuhr es Emile. »In Frankreich wissen wir seit langem, daß diese Pfropfunterlage nichts taugt. Leicht zu züchten, das ja, aber viel zu knorrig.«

»Vor sechzig Jahren hat sich Ihr Großvater genauso vehement dagegen ausgesprochen. Gott sei Dank habe ich seinen Rat befolgt. Auf Gut Rutledge muß nicht ein einziger Rebstock erneuert werden.« Sie schürzte in gespieltem Bedauern die Lippen. »Gil ist nicht so gut dran. Er muß seine gesamten Weinberge neu anlegen, aber das hat er Ihnen ja bestimmt erzählt.«

Emile bemühte sich, seine Unwissenheit zu verbergen. »Selbstverständlich.«

Katherine vernahm Schritte, und gleich darauf betrat Sam die Terrasse, genau zum richtigen Zeitpunkt.

»Ah, hier ist Sam«, sagte Katherine und wechselte automatisch ins Englische über. »Er wird Sie durch die Weinberge und die Kellerei führen. Das gibt Ihnen Gelegenheit, sich gegenseitig besser kennenzulernen.«

»Falls Sie Zeit haben, Baron.« Selbstbewußt begrüßte Sam den Gast, der sich erhoben hatte, mit einem Händedruck. Insgeheim war er wütend, den Fremdenführer spielen und damit Katherines Wunsch nachkommen zu müssen, den Baron mit seinen Kenntnissen zu beeindrucken.

»Diese Zeit nehme ich mir«, erklärte der Baron.

Bald darauf fuhr er mit Sam zunächst zu dem am Hang gelegenen sogenannten Sol-Weinberg, ließ sich die Berieselungsanlage zeigen, die im zweiten Jahr der Dürre installiert worden war, und die Zwergtrauben, die zu siebzig Prozent für den Wein verantwortlich waren, der als »Réserve« auf Flaschen gezogen wurde, Gut Rutledges Spitzenerzeugnis.

Am Eingang der alten Kellerei erwartete sie bereits Claude. Sam übernahm die Vorstellung und sagte dann: »Claude stammt vom Château Noir. Sein Großvater war dort *maître de chai.*«

»Das ist eine Ewigkeit her«, beeilte sich Claude einzuwerfen und wiegte stolz den Kopf.

»Ihr *grand-père* war Girard Broussard, nicht wahr?« Der Baron musterte Claude nachdenklich und neugierig zugleich.

»Richtig«, meinte Claude kurz angebunden.

Der Baron nickte versonnen. »Der Name Ihres Großvaters wird auf Château Noir hoch in Ehren gehalten.« Claudes Brust wölbte sich angesichts dieser lobenden Worte auf seinen Großvater. »Sind Sie schon lange auf Gut Rutledge?«

»Seit meinem dreizehnten Lebensjahr. Ich half Madam bei der Neuanpflanzung und kelterte später den ersten Wein.«

Da das Gespräch auf französisch geführt wurde, verstand Sam nur Bruchstücke. Ähnlich erging es ihm bei der von Claude geführten Besichtigung der Kellerei. Ob Katherine das einkalkuliert hatte?

»Ein bemerkenswerter Mann, Ihr Monsieur Broussard«, meinte der Baron, als sie anschließend ins Büro hinübergingen.

»Der beste«, bestätigte Sam. »Hier im Tal kann ihm nur André Tschelisteff das Wasser reichen. Der dürfte zwar schon neunzig sein, ist aber noch immer als Berater für verschiedene Kellereien tätig.«

»Ich habe schon von ihm gehört.«

Keinem, der sich eine Zeitlang im Napa Valley aufhielt, blieb der Name André Tschelisteff verborgen. Genau wie Katherine war er eine Institution; und wie Claude Broussard war er ein Winzer, der niemals eine eigene Kellerei besessen hatte.

Die Buchhaltung von Gut Rutledge schien den Baron mehr zu interessieren als Weinberge und Kellerei zusammen. Er studierte Umsätze, Produktionsberichte und Kostenaufstellungen, fragte immer wieder nach. Eine Stunde verging, ehe Sam ihn in sein Büro lotste, wo sie sich bei einer Tasse Kaffee über das Wetter unterhielten, über die anhaltende Trockenheit in Kalifornien und ihre Auswirkung für das Tal. Bis der Baron seine Tasse auf den Schreibtisch stellte und sich in seinem Stuhl zurücklehnte.

»Wie stehen Sie eigentlich zu dieser geplanten Zusammenarbeit zwischen Gut Rutledge und Château Noir? Ich kann mich gar nicht erinnern, Ihre Ansicht dazu gehört zu haben«, sagte er.

Auch Sam lehnte sich in seinem Sessel zurück. »Meine persönliche Meinung tut nichts zur Sache«, meinte er eher gleichgültig. »Diese Entscheidung wird zwischen Ihnen und Katherine getroffen.«

»Aber mich interessiert, was Sie davon halten«, insistierte der Baron.

Wieder versuchte Sam, der Frage auszuweichen. »Die Vorteile liegen durchaus auf der Hand.«

»Das genügt mir nicht.«

»Mag sein«, gestand ihm Sam zu, »aber diplomatischer kann ich nicht darauf antworten.«

Der Baron war hellhörig geworden. »Demnach sind Sie nicht dafür?«

Sam wippte in seinem Sessel zurück, seine Lippen wurden schmal. »Sie scheinen es darauf angelegt zu haben, mich in eine peinliche Situation zu bringen.«

»Nein. Mir liegt etwas an Ihrer Meinung.«

»Wenn dem so ist«, meinte Sam und zuckte die Schultern, »dann muß ich ehrlich gestehen, daß ich das Ganze für meinen Geschmack zu einseitig finde.«

Der Baron runzelte die Stirn. »Das verstehe ich nicht. Wieso einseitig? Die Bedingungen sind doch recht ausgewogen.«

»Auf den ersten Blick vielleicht. Aber wenn dieser Vertrag zum Abschluß kommt, sind Sie derjenige, der dabei gewinnt. Wir würden zuviel aufgeben müssen.«

»Wie das?« Der Baron zeigte sich verwirrt. »Das müssen Sie mir schon erklären.«

»Das hier ist Rutledge-Land, Baron. Jahr für Jahr verarbeiten wir unsere Trauben zu unserem Wein. Sobald aber Sie und Katherine ein Abkommen schließen, wird sich das ändern. Das heißt, wenn wir hier in Zukunft einen Spitzenwein produzieren – einen, der besser ist als der der großen Weingüter Frankreichs – selbst besser als Ihrer –, wird sich auch Château Noir die Federn dafür an den Hut stecken können.« Sam unterbrach sich kurz. »Und gelinde ausgedrückt, schmeckt mir dieser Gedanke nicht. Wenn umgekehrt die Identität von Château Noir in Frage gestellt würde, wären Sie wohl auch nicht begeistert.«

Befriedigung spiegelte sich auf dem Gesicht des Barons wider, als er sich erneut zurücklehnte und Sam nachdenklich musterte. »Wie würden Sie also entscheiden?«

»Wenn es nach mir gegangen wäre«, sagte Sam freundlich lächelnd, »hätte ich erst gar nicht Kontakt zu Ihnen aufgenommen.«

»Weiß Katherine, wie Sie zu diesem Projekt stehen?«

»Nein. Sie hat mich nie danach gefragt.«

»Das ist mir unverständlich«, erwiderte der Baron kopfschüttelnd und sah dann auf seine Armbanduhr. Es war fast eins. »Ich habe gar nicht bemerkt, daß es schon so spät ist. Dabei wollte ich rechtzeitig zurück sein, um mit meiner Frau zu Mittag zu essen. Wir haben auf unserer Reise bisher so wenig Zeit füreinander gefunden.«

»Ich bringe Sie ins Hotel.« Sam stand auf.

Nachdem er den Baron vor dessen Nobelherberge abgesetzt hatte, fuhr er sofort zum Gut zurück, um Katherine Bericht zu erstatten. Als er in die kreisförmige Auffahrt einbog, sah er den hellblauen Leihwagen, dann den Kombi, dessen zur Seite geschobene Türen den Blick auf filmisches Gerät freigaben. Das Fernsehteam war eingetroffen.

Sein erster Gedanke war, wieder wegzufahren, aber dann stieg er doch aus und ging auf das Haus zu.

Sonnenlicht drang durch die Terrassentüren am Ende der Halle, machte es schier unmöglich, die Gruppe, die dort stand, genauer zu erkennen. Trotzdem gelang es Sam, die hochgewachsene, schlanke Silhouette von Kelly Douglas auszumachen.

Betont lässig schlenderte er auf die Gruppe zu, wartete darauf, daß Kelly ihn bemerkte. Wiedersehensfreude leuchtete in ihren Augen auf, und ein Lächeln umspielte ihren Mund. Warum brauchte er sie nur anzusehen, um Erregung und Verlangen zu spüren?

Er blieb stehen, wandte sich zunächst an Katherine. »Ich habe den Baron ins Hotel zurückgebracht.« Dann drehte er sich um. »Hallo, Kelly.« Er spürte, wie die Spannung wuchs, gleichsam zwischen ihnen vibrierte.

»Sam. Wie schön, Sie wiederzusehen.« Sie reichte ihm die Hand, gab sich herzlich-höflich, mehr nicht. Ihre Abwehrmechanismen funktionierten jetzt tadellos.

»Willkommen auf Gut Rutledge.« Ein fester, kurzer Druck. Ob sie wohl bei der Berührung ihrer Hände die gleiche innere Wärme verspürt hatte?

»Danke«, sagte sie und übernahm es, ihn mit den übrigen Mitgliedern des Teams bekanntzumachen.

Etwas später fragte Sam sie: »Ist Hugh nicht mitgekommen?«

»Er wollte«, gab Kelly Auskunft, »aber dann konnte er doch nicht weg.«

»Dafür hat er uns die Restaurants im Tal aufgeschrieben, die wir unbedingt aufsuchen müssen«, mischte sich Debbie Sullivan ein. »Leider hat er uns nicht auch genug Zeit dafür eingeräumt.«

Das leise Tappen dicker Gummisohlen auf dem Marmor verkündete die Ankunft der Haushälterin Mrs. Vargas, die sich in ihrer gestärkten schwarzen Uniform wie immer ernst und steif gab. »Verzeihung, Madam, ein Telefongespräch für Sie«, sagte sie zu Katherine, »der Party-Service scheint Probleme zu haben und möchte mit Ihnen darüber sprechen.«

Katherine nickte ein wenig ungehalten. »Sam, würdest du Kelly und Miss Sullivan inzwischen durchs Haus führen?« sagte sie dann.

»Das wäre nett. Schon weil wir einige Szenen mit Mrs. Rutledge im Haus abdrehen möchten«, erklärte Debbie. »Damit der Zuschauer einen kleinen Eindruck von den Räumlichkeiten erhält.«

»Wir bauen schon mal auf der Terrasse auf«, meinte der Kameramann. »Damit wir fertig sind, bis ihr wieder da seid.«

»Gute Idee.« Debbie machte eine ausholende Handbewegung. »Sie führen«, sagte sie zu Sam.

Gehorsam ging er voraus. Kelly folgte ihm mit kaum verhohlener Neugier. Als Kind war ihr dieses Haus als das größte vorgekommen, das jemals erbaut worden war.

Es besaß Salons mit geschwungenen Louis-quinze-Sofas und kostbarem Porzellan. Mingvasen gab es zu bewundern und daneben chinesische Hundeskulpturen, Lalique-Kristall und Limoges-Porzellan. Die Wände waren in weichen Pastelltönen gehalten und mit kunstvollen Holzarbeiten und impressionistischen Bildern versehen.

Hinter zwei reich geschnitzten Türen befand sich die in Walnuß getäfelte Bibliothek, bis zur Decke mit Büchern aller Art bestückt. Romane, Sachbücher, Klassiker, Märchen. Perserteppiche bedeckten den Boden, und über dem Kaminsims hing, gleichsam als Kunstobjekt, ein alter Rebstock, knorrig und blattlos.

Das offizielle Eßzimmer war riesengroß und bestückt mit wuchtigen Mahagoni-Anrichten im charakteristischen Louis-seize-Stil. Ein dreireihiger Kristallüster hing über dem langen Tisch mit den gepolsterten Stühlen.

Im Südflügel befand sich ein Wintergarten mit tropischen Grünpflanzen sowie geschnitzten, handbemalten Möbeln und schmiedeeisernen Gegenständen, die entweder verzinkt worden waren oder mit den Jahren Patina angesetzt hatten. Außerdem gab es dort ein Musikzimmer mit einem Ebenholzflügel, einer modernen CD-Stereo-Anlage und einem alten Viktoria. Ein lichtdurchflutetes Ostzimmer zur Terrasse hinaus, das sogenannte Morgenzimmer, war bestückt mit Vasen voll frisch geschnittener Herbstblumen sowie einem kiefernfarbig lackierten Kamin.

Über die Marmortreppe in der Halle gelangte man in die geschmackvoll eingerichteten Gästezimmer.

Bis sie in den zweiten Stock des Südflügels kamen, hatte

Kelly längst aufgehört, die Zimmer zu zählen. Als jetzt Sam eine Tür rechts öffnete, hörte man Steve, den Kameramann, von unten rufen. »Bin gleich zurück«, sagte Debbie und eilte hinunter.

Zögernd betrat Kelly das Zimmer, ein völlig leeres Eckzimmer mit stumpfem Parkett und großen Fenstern an zwei Seiten, durch die das Sonnenlicht flutete. Muffig und staubig roch es hier und nach irgend etwas, das Kelly nicht gleich identifizieren konnte. »Was für ein Raum ist das?« fragte sie neugierig.

Sam lehnte noch in der Tür. »Meine Mutter benutzte ihn als Studio. Sie nannte es allerdings lieber ihr›Atelier‹«, meinte er trocken und nicht ohne Ironie.

»Richtig, Ihre Mutter war Künstlerin«, erinnerte sich Kelly und machte gleichzeitig den eigenartigen Geruch, der noch in der Luft hing, als Terpentin und Ölfarben aus. »Sie malte in Öl, nicht wahr?«

»Unter anderem. Im Laufe der Zeit hat sie wohl alles durchprobiert.« Er ließ seinen Blick umherschweifen. »Erst wollte sie ein weiblicher Dali werden, dann ein weiblicher Wyeth, dann ein weiblicher Warhol, blieb aber nie lange genug bei einem Stil, um ihn zu beherrschen. Wenn die Muse sie küßte, hielt sie sich stunden –, manchmal sogar tagelang hier auf.«

An seiner Stimme und an seinem Gesicht war abzulesen, daß er seinen Gedanken nachhing. »Sie haben ihr als Kind gewiß oft beim Malen zugesehen«, sagte Kelly.

Seine Züge verhärteten sich. »Ich durfte hier nicht rein.«

Seine Antwort, eher eine beiläufige Bemerkung, überraschte sie, und sie stellte plötzlich fest, daß er noch immer in der Tür stand und nicht über die Schwelle des Zimmers trat, das ihm als Kind verwehrt gewesen war.

»Und Ihr Vater?« fragte sie leise und dachte daran, wie oft sie sich gewünscht hatte, in diesem Haus zu leben, eine Rutledge zu sein.

»Die Weinberge nahmen ihn voll in Anspruch. Die Weinberge und die ewigen Auseinandersetzungen mit meinem Onkel.«

»Wer kümmerte sich dann um Sie?«

Lässig zuckte er die Schultern. »Meine Eltern stellten zuverlässige Kindermädchen ein, bis ich alt genug war, auf mich selbst aufzupassen.«

Mit einem Schlag drohten die Illusionen, die sich Kelly vom Leben in diesem Haus gemacht hatte, sich in Luft aufzulösen. Um zu retten, was noch zu retten war, sagte sie: »Aber Sie hatten doch Katherine – Sie hatten Ihre Großmutter.«

Sein Mund verzog sich spöttisch. »Katherine ist kaum die Idealbesetzung für eine Großmutter, die stets ein paar liebevolle Worte findet und einem einen Teller selbstgebackene Schokoladenkekse hinschiebt.« Er federte sich vom Türrahmen ab, schien offenbar zu bedauern, ihr diesen kurzen Einblick in seine Kindheit gegeben zu haben. »Können wir weitergehen?«

Kelly verstand nur zu gut, daß er weder auf ihr Mitleid noch ihre Anteilnahme aus war. »Gerne.«

Sie folgte ihm über den Flur. Weitere Zimmer, Gästesuiten, ein Spielzimmer.

Mit der Bemerkung »Das ist mein Zimmer« griff Sam nach dem letzten Türknopf.

Sie reagierte rasch und heftig – sie wollte sein Zimmer nicht sehen, nicht noch mehr über ihn erfahren. »Das ist nicht nötig. Dort drin werden wir nicht filmen«, sagte sie und fügte hastig hinzu: »Bestimmt warten sie draußen schon auf mich. Ist in der Nähe der Terrasse irgendwo eine Toilette? Ich muß mich für die Kamera zurechtmachen.«

»Ganz in der Nähe.« Er wandte sich von der Tür ab.

Sie stiegen die Treppe hinunter in die Eingangshalle, und nachdem sich Kelly ihre voluminöse Umhängetasche geangelt hatte, bat sie Sam, ihr die Toilette zu zeigen, wo sie ihr Make-up auffrischen konnte.

Als sie zehn Minuten später kameragerecht geschminkt wieder erschien – das Gesicht gepudert, die Augen mit Lidschatten betupft, ein wenig Rouge auf den Wangen, den Lippenstift nachgezogen –, war er weg, Um so besser, sagte sie sich. Das bevorstehende Interview, eigentlich alles hier auf Gut Rutledge, machte sie nervös genug. Sie brauchte keine Zuschauer, keinen einzigen. Schon gar nicht Sam Rutledge.

12

Eine Stehlampe warf ihr Licht auf den hellgelben Sessel, in dem der Baron saß; durch die Lamellen der hölzernen Fensterläden drang ein kühler Windhauch, der mit dem Duft von Olivenbäumen und gärenden Trauben erfüllt war und die Goldschnittseiten des Buches, in das Emile vertieft war, leise bewegte.

Erst als er sein Pensum, ein Kapitel von Bergsons *Denken und schöpfeisches Werden,* durchgearbeitet hatte, ließ er das Buch sinken und rekapitulierte in Gedanken nochmals, was er soeben gelesen hatte, um dann nach dem silbernen Buchzeichen in Form des Familienwappens der Fougères auf dem Tisch neben der Lampe zu greifen und es zwischen die Seiten zu schieben. Flüchtig dachte er daran, daß ihm Nathalie dieses silberne Merkzeichen vor zwei Jahren zum Geburtstag geschenkt hatte – oder war das bereits vor drei Jahren gewesen?

Er wollte sie fragen, merkte aber, daß sie nicht da war. Sie machte einen Spaziergang, wie beinahe jeden Abend, seit sie hier waren.

Er stand auf und trat auf die zur Suite gehörende Terrasse. Die Nacht hatte sich um das Hotel gesenkt und die Olivenbäume am Hang in eine undefinierbare schwarze Masse verwandelt. Es war ja auch schon spät genug. Er rieb sich die Augen und überlegte, ob er zu Bett gehen sollte, entschloß sich dann aber, auf Nathalie zu warten. Sie würde sicherlich gleich zurück sein.

Er nahm wieder in seinem Sessel Platz und griff nach dem Buch. Aber je später es wurde, desto weniger vermochte er sich auf seine Lektüre zu konzentrieren. Seine Gedanken wanderten zu Nathalie. Als er endlich hörte, wie der Schlüssel im Schloß herumgedreht wurde, tat er, als lese er.

»Ich dachte, du würdest bereits schlafen.« Sie schien erschrocken zu sein, daß er noch auf war. Doch es war der Klang ihrer Stimme, der ihn stutzig machte, die unbeschwerte Fröhlichkeit, die da mitschwang. Er legte das Buch beiseite und sah sie prüfend an. Ihre Wangen waren gerötet, ihre Augen leuchteten. Sie strahlte ihn förmlich an. Emile konnte sich nicht erinnern, wann sie ihm zum letztenmal derart glücklich vorgekommen war.

»Du scheinst einen langen Spaziergang hinter dir zu haben.«

»Aus den dunklen Schatten des Zweifels ins helle Mondlicht der Verheißung.«

Emile legte die Stirn in Falten. »Dieses Zitat ist mir nicht geläufig. Woher stammt es?«

»Aus einem dicken Buch.« Ihre Stimme schien ihn zu necken. »Viel zu dick, als daß du es auf den Schoß nehmen könntest.« Seine Verwunderung entlockte ihr ein Lächeln. »Es war der Himmel. Der nächtliche Himmel.«

»Ich wußte gar nicht, daß du dich so für die Natur begeisterst«, meinte er. »Vielleicht wäre dieser amerikanische Schriftsteller Thoreau etwas für dich. Ich besitze ein oder zwei Bücher von ihm. Sobald wir zurück sind, werde ich nachsehen.« Doch je länger er das Leuchten in ihren Augen und ihre sprühende Laune wahrnahm, desto mehr schien ihm das nicht die Antwort zu sein. »Vielleicht sollte ich mal mitkommen, allerdings nicht zu weit, wegen der vielen Klapperschlangen. Gilbert sagt, sie seien meist nachts unterwegs, vor allem in den Weinbergen, um dort Vogeleiern nachzuspüren.«

»Du hast heute mit Gilbert gesprochen?« fragte sie erstaunt. »Das hast du beim Abendessen gar nicht erwähnt.«

»Nicht heute. Vor einigen Tagen. Du tätest gut daran, Nathalie, dich bei deinen Spaziergängen nicht abseits der Wege aufzuhalten.«

Die Art, wie sie ihn anlächelte – wie eine besserwisserische Tochter ihren übervorsichtigen Vater? –, behagte ihm ganz und gar nicht. Ihre nächste Bemerkung verstärkte dieses Unbehagen noch mehr.

»Es ist spät, Emile. Du solltest längst im Bett sein.« Wie zu einem alten Mann, der seinen Schlaf braucht.

Noch lange lag er wach, sinnierte über die kleinen Veränderungen ihrem Verhalten nach, versuchte, die Ursache zu ergründen. Die seltsamsten Gedanken kamen ihm. Und obwohl er sie als unsinnig verwarf, beunruhigten sie ihn.

Der Pfad war breit und angenehm und von Eichen, Madronabäumen und Eukalyptus überschattet. Hier und da zwängte sich die Morgensonne durch die ausladenden Zweige, malte helle Flecken auf den trockenen Boden.

Die in einiger Entfernung auf einem Stativ aufgebockte Kamera fing den geradezu mystischen Effekt der sich brechenden Strahlen um Katherine ein. Steve Gibbons, ein Auge auf den Sucher gepreßt, zeigte durch seine verkrampfte Haltung an, wie überwältigend er die Einstellung fand, die er gerade abdrehte. Ihm zu Füßen hockte Rick Meers, der Tonmeister, und lauschte angestrengt den Stimmen, die über Kopfhörer zu ihm drangen.

Kelly stand im Off, so daß die Kamera sich während des Gesprächs ganz auf Katherine konzentrieren konnte. »Erzählen Sie mir etwas über diesen Weg, auf dem wir uns gerade befinden, Katherine.«

Wie eine routinierte Schauspielerin wiederholte Katherine, was sie bei der ersten Besichtigung bereits erzählt hatte. »Dieser Saumpfad ist eigentlich ein ehemaliger Reitweg, der vom Haupthaus zur Kellerei verläuft. Früher habe ich die Strecke vier- bis sechsmal am Tag zurückgelegt. Es war damals viel bequemer, die Weinberge und die Arbeit auf dem Anwesen zu Pferd zu überwachen. Häufig saß ich schon bei Tagesanbruch im Sattel, bis nach Sonnenuntergang.« Sie legte eine Pause ein, lächelte. »Zu meinem fünfundsechzigsten Geburtstag schenkte mir dann mein Sohn Jonathan einen Golferwagen und überredete mich dazu, meinen treuen alten Gaul auf die Weide zu schicken. Dabei hätten wir beide uns mit verbundenen Augen hier zurechtgefunden.«

Als sie schwieg, meldete sich Debbie mit einem kurzen »Das wär's. Kamera aus. Perfekt.« Die abgehackten Bemerkungen verrieten Kelly, wie sehr sich Debbie bemühte, vor Begeisterung nicht völlig aus dem Häuschen zu geraten. »Gehen wir in die Kellerei. Sie waren großartig«, sagte sie zu

Katherine. »Wir werden in dieser Sequenz das tolle Foto von Ihnen einblenden, auf dem Sie hoch zu Roß die Arbeit in den Weinbergen inspizieren.«

»Das hier ist doch eigentlich eine Abkürzung zur Kellerei, nicht wahr?« fragte Kelly sicherheitshalber nach und schaute auf den Lageplan des Hauses und der Kellerei und des Pfads dazwischen.

»Ja, dieser Weg ist um einiges kürzer«, erwiderte Katherine. Und kaum bogen sie um eine Kurve, erhob sich vor ihnen bereits der Backsteinbau der Kellerei.

Kelly durchfuhr es heiß und kalt. Sie wollte die Erinnerungen an diesen Ort nicht hochkommen lassen. Sie durfte nicht daran denken, mußte sie verbannen.

Sie brauchte einen Augenblick, um in dem sich nähernden Mann in Khakihosen, Arbeitshemd und verbeultem Filzhut Sam Rutledge zu erkennen.

»Guten Morgen.« Der Gruß galt ihnen allen, aber sein Blick war auf Kelly geheftet. Ein Stich durchfuhr sie, sie fühlte sich wie magisch zu ihm hingezogen.

»Ein sagenhafter Hut«, meinte sie fasziniert.

Er grinste verlegen. »Man muß sich gegen die Sonne schützen, wenn man den ganzen Tag draußen ist.« Steve und Rick kamen mit ihrer Ausrüstung angekeucht. »Aha, noch immer im Einsatz«, stellte Sam fest.

»Sie wollen einen Teil des Interviews in den Reifekellern drehen«, erklärte Katherine.

»Warum nicht?« Debbie hob die Augenbrauen. »Wir können doch unmöglich Keller *nicht* zeigen, die vor hundert Jahren von chinesischen Tagelöhnern am Hang ausgehoben wurden. Das wäre ja wie eine Dokumentation über Texas ohne Alamo.«

»Die Keller sind wirklich etwas Besonderes«, mußte Sam zugeben.

»Bud holt schon mal den Kombi mit der Ausrüstung«, meldete Steve Gibbons. Bud Rasmussen war eigentlich Beleuchter, kümmerte sich aber auch noch um alles mögliche andere. »Ich gehe davon aus, daß wir 'ne Menge zusätzliches Licht brauchen. Wenn Sie uns sagen, wo's lang geht, können wir uns ja schon mal auf den Weg machen.«

»Die Reifekeller befinden sich auf der Rückseite«, beeilte sich Kelly zu antworten. »Wenn ihr durch die Kellerei durchgeht, erspart ihr euch den Weg außen herum.«

»Richtig«, pflichtete Katherine bei. »Aber es ist wohl besser, wenn ich mitkomme.«

»Dann nichts wie los«, sagte Debbie. »Und du, Kelly – du bleibst hier und wartest auf Bud.«

»Mach ich.« Wohl oder übel blieb Kelly allein mit Sam zurück. Sie spürte ein Prickeln auf ihrer Haut. Instinktiv ging sie ein wenig auf Distanz. »Ich hatte gestern leider keine Gelegenheit mehr, mich für die Führung durchs Haus zu bedanken.«

Er sah sie von der Seite her verwunden an. Die schräg einfallenden Sonnenstrahlen ließen seine Backenknochen noch markanter hervortreten. »Woher wußten Sie, wie man von hier aus zu den Reifekellern kommt?«

Panik erfaßte sie, schärfte gleichzeitig ihre Sinne. Sie konnte den Staub in der Luft riechen, das Aroma der gärenden Säfte, den Seifenduft auf seiner Haut. Und sie spürte den blechernen Geschmack der Angst auf ihrer Zunge. Sie bemühte sich, all dem keine Beachtung zu schenken, lächelte ihn um so gekonnter ungezwungen an; Gott sei Dank ließ ihr Verstand sie nicht im Stich.

»Unsere Presseabteilung ist ungeheuer tüchtig. Wenn ich gewollt hätte, hätte sie mir anstatt eines Übersichtsplans von Gut Rutledge bestimmt auch eine Blaupause von der Kellerei und dem Haus besorgt. Wir kommen nicht unvorbereitet.«

»Wie man ja sieht.« Er schien sich damit zufriedenzugeben, und Kelly atmete erleichtert durch. Der Kombi fuhr vor, wirbelte noch mehr Staub auf. »Ihr Kollege ist da. Dann will ich Sie nicht länger aufhalten. Ich hab selbst genug zu tun.« Er wollte schon gehen, fragte dann aber noch: »Werden Sie morgen abend an der Party teilnehmen?«

»Ja. Wir sind alle eingeladen.«

»Dann bis morgen.« Er nickte ihr zu und schlenderte auf den in einiger Entfernung geparkten Jeep zu.

Die Wärme, die aus seinen Augen geleuchtet hatte, tat ihr gut. Aber sie wollte nicht zulassen, daß sie sich zu ihm hingezogen fühlte. Das war zu gefährlich. Entschlossen ging sie auf den Kombi zu.

»Hallo.« Bud Rasmussen stieg aus dem Wagen. »Wo sind die anderen?«

Noch ehe Kelly antworten konnte, war aus der Kellerei zwar unverständliches, dafür eindeutig wütendes Gezeter zu vernehmen.

»Was um alles in der Welt ...«, murmelte Bud, als bereits Debbie mit hochrotem Gesicht und hinter ihr Steve und Rick aus dem Gebäude stürmten.

»Was ist denn passiert?« wollte Kelly wissen. »Wir haben Schreie gehört.«

»Die reinste Hölle war los«, keuchte Debbie, die sich langsam von ihrem Schreck erholte. »Katherine wollte uns gerade diesem alten Kellermeister vorstellen, als der sich plötzlich in einen brüllenden Stier verwandelte und uns anschrie, wir sollten machen, daß wir fortkommen, unser Eau de Cologne würde seinen Wein ruinieren. Ich dachte schon ... o Gott, da ist er ja.« Sie brach ab, als sie den alten Mann zusammen mit Katherine aus der Kellerei kommen sah.

Claude eilte auf sie zu, das lederne Gesicht zerknirscht in Falten gelegt. »Verzeihen Sie mir. Mein Temperament ist mit mir durchgegangen. Ich hätte Sie nicht so anschreien dürfen.«

Katherine mischte sich ein. »Ich habe Claude gesagt, daß die Schuld bei mir liegt. Ich habe vergessen, Sie zu bitten, heute kein Cologne zu benutzen. Es ist zwar unwahrscheinlich, aber immerhin möglich, daß die Weine etwas von dem Duft annehmen. Deshalb dieses strenge Reglement.«

»Natürlich«, stammelte Debbie, nur unwesentlich besänftigt durch die Entschuldigung und Katherines Begründung.

»Verstehen Sie mich bitte richtig«, beeilte sich Claude zu versichern, »ich habe durchaus nichts dagegen, wenn Sie die Keller besichtigen möchten. Im Gegenteil, ich würde mich freuen, Ihnen unsere Schätze zu zeigen und eine kleine Kostprobe zu verabreichen. Bitte ...«

»Sie brauchen sich nicht zu entschuldigen, Monsieur Broussard«, fiel ihm Kelly ins Wort. »Wir verstehen Sie sehr gut, wirklich.«

»Ich hätte aber nicht gleich aus der Haut fahren dürfen«, meinte er und senkte reumütig den Kopf.

»Kommen Sie«, übernahm Katherine wieder das Kommando. »Sie können im Haus duschen. Han Li soll uns Kaffee zubereiten und ihn zusammen mit seinem köstlichen Gebäck servieren, und dann vergessen wir einfach diesen peinlichen Zwischenfall.«

Abends, als sie sich im gemütlichen Wohnzimmer ihrer Pension die MAZ ansahen, die sie dann doch noch im Keller aufgezeichnet hatten, konnten sie längst wieder darüber lachen. Kelly, die sich in die eine Ecke des Sofas gekuschelt hatte, verfolgte auf dem Bildschirm, wie Claude Broussard mit einem Holzschlegel den Spund aus einem Weinfaß schlug.

»Ein Wahnsinnstyp, dieser Kerl.« Debbie hockte im Schneidersitz auf dem Boden vor dem Fernseher. »Einmal ein zähnefletschender Grizzly und im nächsten Augenblick ein Kuschelbär. Zuerst mochte ich ihn ja nicht, aber jetzt find ich ihn klasse.«

»Nur nicht, wenn er rumbrüllt, stimmt's?« Steve gab ihr einen freundschaftlichen Klaps auf den Rücken, ehe er sich auf der Armlehne des Sofas niederließ.

»Er erinnert mich an meinen Vater«, erwiderte Debbie. »Sein Brüllen ist weitaus schlimmer als sein Beißen.«

Sie hatten in den unterirdischen Gewölben einen Standort gewählt, an dem sich zwei Gänge kreuzten. Zu beiden Seiten dieser Kalksteintunnel stapelten sich Weinfässer aus französischem Eichenholz. In gleichmäßigen Abständen montierte Lampen warfen ebensoviel Schatten, wie sie Licht verbreiteten. Vor der Kamera unterhielt sich Kelly mit Katherine und Claude Broussard, der mit Hilfe seines Weinhebers einem der Fässer eine Probe entnommen hatte.

Es war nicht ihr Auftritt, der Kellys Aufmerksamkeit für das, was auf dem Bildschirm ablief, fesselte. Es waren die Kellergewölbe – ihre Kühle, der erdige Geruch und die Erinnerungen an damals, als sie sich als kleines Mädchen so oft vor der Hitze dorthin geflüchtet und, um nicht entdeckt zu werden, in einen dunklen Winkel gedrückt hatte. Sie mußte an all die Menschen denken, die im Laufe von hundert Jahren in diesen Gewölben gearbeitet hatten und deren Geister vielleicht weiterhin dort unten herumspukten. Die unterirdischen Keller mit ihrer langen Geschichte, ihren verwirrenden Gerüchen, ihrer unheimlichen und gleichzeitig beruhigenden Stille hatten sie fasziniert. Eine Zeitlang waren sie ihr Zuflucht vor ihrer eigenen stürmischen Welt gewesen.

So wie später die Nacht ihre Zuflucht geworden war und sie seinem Jähzorn entzogen hatte. An jenem Abend zum Beispiel, als sie in der Küche gesessen und das Radio aufgedreht hatte, um den Text eines neuen Schlagers besser zu verstehen. Sie hatte nicht gehört, daß die Haustür geöffnet wurde.

»Hockst du schon wieder auf deinem fetten Hintern«, herrschte er sie wie immer, wenn er getrunken hatte, von der Schwelle zur Küche aus an.

Der Stuhl schrammte über den Boden, als sie hochfuhr und ihn anstarrte, jeder Nerv aufs äußerste gespannt. »Ich hab dich nicht kommen hören.« Eingedenk seiner unberechenbaren Launen vergewisserte sie sich, daß der Stuhl zwischen ihnen stand, wünschte, es wäre der Tisch.

»Erstaunlich, daß dich dieser Krach nicht restlos taub macht.« Er deutete auf das Radio oben auf dem Kühlschrank. »Stell das verdammte Ding leiser. Oder mach es besser ganz aus.«

Sie nahm dankbar die Gelegenheit wahr, den Abstand zwischen sich und ihm zu vergrößern, eilte zum Kühlschrank und schaltete das Radio aus. In der jäh eintretenden Stille hörte sie hinter sich das Scharren von Stuhlbeinen auf dem Linoleum und gleich darauf den Plumps, mit dem er sich auf den Sitz fallen ließ.

»Wieso steht kein Essen auf dem Tisch?«

Sie wollte ihm sagen, daß sie es schon vor zwei Stunden bereitgestellt hatte, verkniff es sich aber, um ihn nicht noch mehr zu reizen.

»Ich hab es für dich warm gehalten.« Sie griff nach einem Topflappen und öffnete die Backofentür, holte den angerichteten Teller heraus. Als sie zum Tisch kam, vermied sie es, ihn anzublicken. Sie wollte sein hämisches Gesicht nicht sehen.

Sie beugte sich über einen Stuhl und schob ihm den Teller hin. »Besteck kommt gleich.«

Sie ging bereits auf die Schublade für das Besteck zu, als er angewidert meinte: »Was soll denn dieser vertrocknete Fraß?«

Aus den Augenwinkeln konnte sie sehen, wie er mit einer ausholenden Bewegung den Teller vom Tisch fegte. Erbsen und ein Stück Hackfleischpastete flogen durch die Luft. Nur die Käse-Makkaroni klebten noch auf dem Porzellan, als der Teller krachend zerschellte.

Sie starrte auf die Bescherung am Boden.

»Ich kann dir ein Rührei machen oder eine Dose Chili wärmen«, erbot sie sich und ließ gleich darauf erschrocken eine größere, noch heiße Scherbe fallen.

»Chili oder Eier«, schimpfte er, während sie sich auf den verbrannten Finger biß und die Augen zusammenkniff, um die Tränen zurückzuhalten. »Ist das alles, was es in diesem Haus zu essen gibt? Was hast du mit dem Geld gemacht, das ich dir für Lebensmittel gegeben habe? Wohl Süßigkeiten gekauft?«

Sie sprang hoch. »Es waren nur zwanzig Dollar.«

»Na und?« sagte er boshaft. »Wo bleibt das Essen?«

»Für zwanzig Dollar bekommt man nicht viel«, protestierte sie und bückte sich, um den Abfalleimer näher heranzuziehen.

»Mir kannst du nichts vormachen«, meinte er. Sie nahm Papierservietten aus dem Plastikhalter auf dem Tisch und wischte damit den Boden ab. »Für zwanzig Dollar kriegt man mehr als Eier und eine Dose Chili.«

»Nicht sehr viel mehr«, sagte sie leise und dachte an ihre Einkaufsliste, auf der auch Nichteßbares wie Toilettenpapier und Zahncreme stand.

»Was hast du gesagt?« fragte er leise und drohend.

Sie zuckte zusammen, antwortete dann: »Ich sagte, ich könnte dir Pfannkuchen machen.«

»Und sie wie letztesmal verbrennen lassen? Nein, danke.« Unvermittelt schob er seinen Stuhl zurück. Sofort wich sie aus, kroch von ihm weg. Aber er kam nicht auf sie zu, sondern ging zum Küchenschrank.

Als sie sah, daß er im obersten Regal herumwühlte, wußte sie, was er suchte – die Whiskeyflasche, die sie vorhin gefunden und in den Ausguß geleert hatte. Verängstigt zog sie den Kopf ein und machte sich noch eifriger daran, den Boden zu säubern.

»Wo zum Teufel ist die Flasche Whiskey, die hier oben stand?« Sie erstarrte.

»Die Flasche Whiskey.« Die Augen auf den Boden geheftet, versuchte sie, ganz arglos zu erscheinen. Inzwischen hatte sie das Gröbste beseitigt, brauchte nur noch nachzuwischen. Sie warf die verbrauchten Papierservietten in den Abfalleimer und stand auf. »Bist du sicher?«

»Verdammt sicher. Hab sie selbst dort raufgestellt.« Seine Augen verengten sich. »Du hast rumgeschnüffelt, wie? Und was hast du damit angestellt?«

»Nichts. Ich wußte gar nichts davon«, log sie. »Dafür hab ich vorhin eine leere Flasche neben deinem Sessel im Wohnzimmer gefunden. Sie muß hier irgendwo im Abfall sein. Vielleicht hast du vergessen, daß du sie schon ausgetrunken hattest.«

»Von wegen. Ich bin nicht so blöd wie du. Hier oben stand eine Flasche, eine fast volle«, beharrte er, wobei er nachdrücklich zum obersten Regal des Küchenschranks deutete.

»Wenn du es sagst, muß es wohl so gewesen sein.« Sie zwang sich zu einem lässigen Schulterzucken und ging zum Spülbecken. »Wenn du sie nicht findest, kann ich dir ja stattdessen einen Kaffee machen.«

Sie hielt den Kaffeetopf unter den Wasserhahn. Als er die flache Hand auf die Resopalplatte der Anrichte klatschen ließ, fuhr sie zusammen.

»Lüg mich bloß nicht an! Ich will wissen, was du mit dieser Flasche gemacht hast!«

»Ich sagte doch schon, daß ich nichts davon weiß.« Sie drehte den Wasserhahn zu und stellte den Kaffeetopf auf die Anrichte. »Ehrlich.« Sie mußte unbedingt das Thema wechseln. »Ich hab eine Idee«, sagte sie beherzt, »wie wär's mit überbackenem Toast mit Spiegelei und Käse? Du sagst doch immer, ich mach die besten, die du je gegessen hast.«

»Ich will keinen Toast mit Ei und Käse.« Schwere Schritte, die auf sie zukamen, unterstrichen seine Worte. »Und deinen verdammten Kaffee will ich auch nicht!«

Zu spät bemerkte sie, wie er ausholte und ihr mit dem Handrücken eins drüberzog und gleichzeitig den Griff des bereits brodelnden Kaffeetopfes packte. Instinktiv duckte sie sich und riß schützend die Arme hoch.

Der schwere Topf traf ihren linken Unterarm. Ein stechender Schmerz durchfuhr sie, und sie schrie auf. Sie taumelte gegen die Anrichte neben dem Herd, dann gaben ihre Beine nach, und sie sank zu Boden. Der unsanfte Aufprall verstärkte den Schmerz noch, in ihrem Kopf dröhnte es.

»Mein Arm«, wimmerte sie. »Du hast ihn mir gebrochen.«

»Schade, daß es nicht der Hals war.«

Die höhnische Stimme war ganz nahe. Sie öffnete die Augen und sah ihn vor sich, mit verzerrtem, haßerfülltem Gesicht.

»Los, steh auf, du widerliche Schlampe.«

Sie schüttelte den Kopf. Wenn sie sich zu heftig bewegte, würde sie sich bestimmt übergeben müssen.

»Steh auf, oder du kriegst noch mehr ab.« Das war keine leere Drohung; er war bereits drauf und dran, ihr einen Fußtritt zu verpassen.

Nicht noch mehr Schmerzen. Sie ertrug es nicht länger.

So fest sie konnte, stieß sie ihm mit dem Fuß gegen den Knöchel. Er verlor das Gleichgewicht, taumelte mit einem Aufschrei an den Küchentisch. Stühle fielen krachend um. Und inmitten dieses Durcheinanders er, eine Litanei von Beschimpfungen ausstoßend.

Das war ihre Chance zu entfliehen, vielleicht die einzige, die ihr noch blieb. Sie preßte den schmerzenden Arm so gut es ging an ihren Körper und schaffte es aufzustehen, schleppte sich zur Hintertür und taumelte in die dunkle Nacht hinaus.

Unbewußt rieb sich Kelly den Unterarm, den sie sich in jener so weit zurückliegenden Nacht gebrochen hatte. Erst am folgenden Morgen war er nüchtern genug gewesen, sie ins

Krankenhaus zu bringen und versorgen zu lassen. Mit Schrecken dachte sie zurück an die qualvollen Stunden, als sie in der lauen Nacht auf den Morgen gewartet hatte.

Mit Gewalt riß sie sich jetzt von ihren Erinnerungen los und konzentrierte sich auf die Aufzeichnung des Interviews. Was vorbei war, war vorbei, nur die Gegenwart zählte.

Katherine war soeben zum Schluß gekommen, als Debbies Stimme aus dem Off zu hören war. »Einer Ihrer Leute ist bei einem rätselhaften Unfall ums Leben gekommen. Würden Sie uns dazu etwas sagen, Katherine?«

Es war nicht unüblich, daß sich der Aufnahmeleiter mit einer zusätzlichen Frage in ein Interview einschaltete. Nur daß es ausgerechnet diese Frage sein mußte, hatte Kelly überrascht. So sehr, daß sie nicht darauf geachtet hatte, wie Katherine reagierte. Jetzt, auf der MAZ, konnte sie das nachholen.

Katherine schwieg erst einmal, um dann einen eisigen Blick in Richtung Debbie zu werfen. »Das ist lange her. Beinahe sechzig Jahre.«

»Aber es geschah doch hier unten«, bohrte Debbie weiter. »Etwa hier in der Nähe?«

»Nicht weit weg«, meinte Katherine noch immer zugeknöpft. »Es war für uns alle ein tragischer Unfall.«

»Was ist damals passiert?«

»Das weiß man nicht. In der Nähe der Leiche fand man ein Faß, an dem Blut klebte. Nach Meinung des Sheriffs muß es von der Stellage auf den Mann hinuntergestürzt sein und ihn erschlagen haben. Wie Sie bereits sagten – ein rätselhafter Unfall.«

Debbie seufzte vernehmbar, als sie nochmals Katherines Antwort hörte. »Ich denke, das kann alles raus, Kelly. Kein Wunder, daß du dir verkniffen hast, sie zu diesem Zeitungsausschnitt zu befragen, den die Presseabteilung ausgegraben hat. Und ich dachte, daß vielleicht eine heiße Sache dahintersteckt. Na ja.« Sie seufzte nochmals auf, kniete sich vor den Recorder und drückte auf den Schnellvorlauf, bis zu der Szene, die Katherine diesmal im hellen Sonnenlicht vor dem Weinberg zeigte.

»Sie waren als Frau in einem Geschäft tätig, das in erster

Linie Männern vorbehalten war«, hörte sich Kelly sagen. »Sie waren Geschäftsfrau zu einer Zeit, da sich der Wirkungskreis der Frau auf das Haus beschränkte. Und doch bauten Sie Gut Rutledge auf. Wie haben Sie das geschafft? Die Hindernisse dürften gewaltig gewesen sein.«

Noch ehe sie Katherines Antwort hörte, spürte sie Gänsehaut auf ihren Armen. »Hindernisse gibt es überall«, erwiderte Katherine. »Entweder muß man sie umgehen oder überspringen oder durch sie hindurch. Wo ein Wille ist, ist auch ein Weg. Guter Wille allein genügt jedoch noch nicht; um sein Ziel zu erreichen, muß man auch bereit sein zuzupacken, hart zu arbeiten und Opfer zu bringen.«

Katherine erinnerte sich bestimmt nicht mehr, daß sie vor Jahren fast die gleichen Worte zu Kelly, damals noch ein pummeliges kleines Mädchen mit Brille und strähnigem Haar, gesagt hatte. In Kelly dagegen klangen die Worte noch immer nach. Als sie sie jetzt wieder hörte, hatte sie das Gefühl, als schließe sich der Kreis – von der Vergangenheit in die Gegenwart und von der Gegenwart zurück in die Vergangenheit.

Auf die grauen Gebäude von The Cloisters brannte die Sonne. Der Komplex, der die Kellerei und Büros beherbergte, wirkte durch seine klösterlich schlichte Konzeption um so erhabener. Len Dougherty stand im Eingang zum Hauptbüro und starrte auf den Scheck in seiner Hand. Gil Rutledge hatte ihn als Wachposten angeheuert, und er hatte dafür zu sorgen, daß die Touristen sich nicht an Orten herumtrieben, wo sie nichts zu suchen hatten. Ein lächerliches Gehalt, wenn man die Scharen bedachte, die Tag für Tag The Cloisters besuchten und für die Besichtigung pro Kopf fünf Dollar zahlten.

Dougherty faltete den Scheck sorgfältig zusammen und überlegte, wofür er ihn verwenden wollte. Vielleicht für etwas zum Anziehen oder um endlich die Telefonrechnung zu bezahlen, damit die Sperre wieder aufgehoben wurde. Auf alle Fälle wollte er einen großen Blumenstrauß für Beccas Grab besorgen. Wo sie doch Blumen immer geliebt hatte.

Das satte Schnurren eines Mercedes-Motors riß ihn aus seinen Überlegungen. Er erkannte den eleganten blaugrauen

Wagen, den Gil Rutledge wie immer schwungvoll auf den gepflasterten Parkplatz lenkte.

»Was hat er's bloß so eilig?« Dougherty beobachtete, wie der Mercedes mit quietschenden Reifen anhielt und gleich darauf Gil Rutledge ausstieg und die Tür zuknallte. Keine Frage, der Mann kochte vor Wut. Er ging allerdings nicht, wie Dougherty erwartet hatte, auf die Büros zu, sondern auf den dunkelroten Ferrari, der zwei Parkbuchten weiter abgestellt war und in den, wie Dougherty erst jetzt bemerkte, Clay Rutledge gerade einsteigen wollte.

Irgend etwas war faul. Dougherty witterte es förmlich. Noch übler war das mulmige Gefühl, daß das was mit dem Abkommen zwischen Rutledge und dem Baron zu tun hatte. Wenn dem so war, hatte er ein Recht darauf, es zu erfahren. Er trat aus dem Schatten und eilte auf die beiden zu.

»... er hat mich vor dreißig Minuten angerufen.« Gil Rutledges Stimme war heiser vor Zorn. »Warum zum Teufel hast du mir nicht gesagt, daß was schiefläuft? Du bist doch derjenige, der behauptet hat, er wüßte, was hinter verschlossenen Türen besprochen wird.«

»Ich kann es nicht glauben.« Clay Rutledge war völlig entgeistert. »Heute morgen habe ich mit Nathalie Tennis gespielt. Und sie sagte, alles sei in bester Ordnung.«

»Von wegen, verdammt noch mal!« entfuhr es Gil. Er brach ab, als er sah, daß Dougherty an der Kühlerhaube des Sportwagens herumlungerte. »Was wollen Sie?« herrschte er ihn an.

»Es geht um den Baron, richtig?« vermutete Dougherty. »Ihr Vertrag mit ihm ist geplatzt, ja? Sie hat Sie ausgebootet.«

»Das bleibt abzuwarten«, schnappte er.

»Was ist mit meinem Geld? Ich brauche es.«

»Ich werd's dem Baron sagen. Bestimmt ändert er dann seine Meinung«, meinte Gil sarkastisch. Mit einer Handbewegung scheuchte er Dougherty fort. »Verschwinden Sie doch endlich.«

Dougherty zögerte noch, dann stakste er zu seinem Buick, den er im Schatten geparkt hatte. Gil sah ihm nach, bis er wegfuhr.

»Verdammt, ich hatte ihn so gut wie sicher in der Hand«, sagte er zu Clay. Er ballte die flache Hand zu einer Faust und stieß sie wütend ins Leere.

»Weshalb hat er seine Meinung geändert? Hat er dir das verraten?« Clay konnte es noch immer nicht fassen.

»Nein, als ich danach fragte, sagte er nur, das sei eine rein geschäftliche Entscheidung. Auf eine eingehendere Antwort zu drängen, war am Telefon nicht möglich.«

»Ich fahr am besten gleich mal rüber. Vielleicht kann mir Nathalie sagen, was es damit auf sich hat.«

»Brauchst du nicht. Sie sind ausgezogen«, sagte Gil kurz angebunden. »Ich komm grade von dort.«

»Ausgezogen?«

»Ja.« Gil grinste zynisch. »Der Baron hat das Hotel angewiesen, ihm seine Post nach Gut Rutledge nachzuschicken.« Clays Schultern sackten ein. »Du machst Witze.«

»Kaum.« Er stieß das Wort angewidert aus. »Nur einer hat im Augenblick Grund zum Lachen: Katherine. Aber nicht lange, das versprech ich dir.«

»Was ist mit dieser Party heute abend?« besann sich Clay. »Du gehst doch wohl jetzt nicht mehr hin?«

Gil Rutledge lächelte teuflisch. »Die laß ich mir um nichts auf der Welt entgehen. Und du«, dabei deutete er nachdrücklich auf Clay, »wirst gefälligst auch erscheinen. Schnapp dir seine Frau. Katherine hat dem Baron das Hirn vergiftet. Stell fest, wie. Verstanden?«

»Verstanden.«

»Ich will diesen Vertrag, Clay. Und ich werd ihn bekommen. So oder so.« Damit ließ er ihn stehen.

Verwirrt blieb Clay zurück. Erst nach einer Welle spürte er hellen Zorn in sich hochsteigen. Katherine war an allem schuld! So lange er zurückdenken konnte, hatte sie ihm das Leben zur Hölle gemacht. Großer Gott, wie er diese Frau haßte!

13

Milchige Glühbirnen spannten sich als Baldachin über die Terrasse, warfen ein sanftes Licht auf schimmerndes Porzellan und funkelndes Kristall auf weißem Leinen, auf die für die mehr als fünfzig Gäste zu einem Hufeisen zusammengestellten Tische.

Im Garten flammten in genau berechneten Intervallen Gasfackeln auf, als Untermalung der Mozartmusik, die ein Streichquartett im Hintergrund spielte. Die Atmosphäre war ungezwungen, der warme Septemberabend diktierte die Kleidung: leichtes, sportliches Jackett und offener Hemdkragen für die Herren; Chiffon oder Crêpe-de-Chine für die Damen. Ebenso wie Satin, Taft und Lamé hatte man auch Brillanten, Rubine und Smaragde zu Hause gelassen und Perlen, kurzen Silberketten und Goldschmuck den Vorzug gegeben.

Die Kamera auf der Schulter, streifte Steve Gibbons unter den Gästen umher und fing Momentaufnahmen der Party ein. Kelly hielt sich dicht hinter ihm, wechselte für die Kamera ein paar Worte mit den Anwesenden, machte Debbie auf Leute aufmerksam, die sie erkannte und ihr wichtig erschienen.

Die Gäste setzten sich größtenteils aus Winzern und ihren Ehefrauen zusammen; ferner waren ein bekannter Weinkritiker erschienen, ein weltbekannter Gastronom, zwei fachkundige Journalisten und, zur Auflockerung, diese oder jene Lokalgröße. Brisanz erhielt das Fest jedoch zweifelsohne durch die Anwesenheit von Gil Rutledge und seinem Sohn, bedeutete das doch, daß sich alle Hauptdarsteller gleichzeitig auf der Bühne befanden – Katherine, Baron Fougère, Gil.

Wann immer Kelly zwischendurch Gil ins Visier nahm, sah sie ihn sichtlich locker und bestens gelaunt das Höflichkeitsprogramm zum Auftakt absolvieren, Begrüßungsküßchen tauschen, Hände schütteln, angeregt plaudern. Wie er sich vor der Kamera wohl über Katherine äußern würde? Als sie sich zu Debbie umdrehte, um mit ihr darüber zu spekulieren, stand sie unverhofft Sam gegenüber. Seine Nähe bewirkte, daß sie unwillkürlich ein Schauer überrieselte.

»Hallo«, sagte sie betont lässig. »Begrüßungszeremoniell beendet?« Er hatte vorhin, zusammen mit Katherine sowie dem Baron und dessen Frau, die ankommenden Gäste willkommen geheißen.

»Sofern nicht jemand vorhat, die Party zu sprengen, sind die letzten Gäste eingetroffen.« Er musterte sie. Ihr Seidenkleid schien geradezu aufzufordern, darüber zu streicheln, das satte Aquamarin betonte das Grün ihrer Augen. Ihr kastanienbraunes Haar war aufgesteckt, ein paar vorwitzige Strähnchen hatten sich verselbständigt.

»Sie rechnen doch wohl nicht damit, daß jemand die Party sprengt?« Die Unwahrscheinlichkeit schien sie mehr zu amüsieren als die Möglichkeit.

Er zuckte die Schultern. »Kann man nie wissen.«

Einem traute er das durchaus zu – Len Dougherty, der zwar, solange er nüchtern war, keine Schwierigkeiten machte, sobald er jedoch was getrunken hatte …

Eigenartig, daß sich Dougherty ausgerechnet auf The Cloisters als Aufpasser verdingt hatte. Vielleicht wußte Gil gar nichts davon, oder aber es hatte sich rein zufällig so ergeben.

»Haben Sie sich in letzter Zeit mal in Ihr Flugzeug gesetzt?« fragte Kelly.

»Leider nein. In den letzten Wochen bin ich nicht dazu gekommen.« Er schien sich zu freuen, daß sie ihn auf sein Hobby ansprach. »Ich hab mir aber für Sonntag vorgenommen, die Cub für ein paar Stunden zu bewegen. Ein Sitzplatz wäre noch frei, und der Blick von oben auf das Napa Valley ist unbedingt beeindruckend.«

»Das muß ich Ihnen wohl oder übel glauben«, sagte sie lachend und schüttelte den Kopf. »In Iowa, bei einer Flugschau, habe ich solch kleine Doppeldecker, wie Sie wohl einen besitzen, erlebt. Sie wirbelten herum, gingen ganz tief runter und rauschten dicht über die Maisfelder, in *Rückenlage*. Mein Magen hält ja einiges aus, aber diese Rollen und Sturzflüge würde er wohl nicht verkraften.«

»Und wenn ich Ihnen verspreche, die Flügel die ganze Zeit

über waagrecht zu halten?« Sein Ton war neckend, aber sein Blick ernst. Beunruhigend ernst.

Kelly hätte seine Einladung gern angenommen. Aber es ging nicht; sie reiste morgen ab. Warum sie ihm das nicht sagte, wußte sie nicht. »Vielleicht komme ich ein andermal darauf zurück«, meinte sie statt dessen und brachte das Thema wieder auf die Fliegerei als solche. »Tragen Sie eigentlich auch eine Schutzbrille, wenn Sie fliegen? Die Piloten damals hatten jedenfalls welche.«

Jetzt fiel ihr auch wieder ein, daß die Kapelle immer wieder die Musik aus dem Film »Die tollkühnen Männer in ihren fliegenden Kisten« gespielt hatte. Auf Sam schien sie genau zu passen.

»Auf die Schutzbrille kann man im offenen Cockpit nicht verzichten.« Seine Augen blitzten schalkhaft. »Manchmal wickle ich mir sogar einen langen weißen Schal um den Hals, wie die Fliegerasse im Ersten Weltkrieg.«

»Wirklich?« Wollte er sich über sie lustig machen?

Er nickte. »Wenn ich eine nostalgische Phase habe – oder wenn ich einen besonders attraktiven Passagier beeindrucken möchte.«

»Einen weiblichen natürlich.«

»Natürlich«, grinste Sam.

»Wahrscheinlich haben Sie schon viele weibliche Passagiere mitgenommen«, sagte Kelly und empfand im nächsten Augenblick heftige Abscheu gegen derlei Damen.

»Ehrlich gesagt, nein. Eigentlich …«, er suchte ihren Blick, »… eigentlich sind Sie die erste, die ich dazu einlade.«

Sie hätte es am liebsten überhört, weil dadurch alles nur noch schlimmer zu werden schien. Es gelang ihr, lächelnd zu antworten: »Wenn das so ist, fühle ich mich sehr geehrt.«

»Das hoffe ich doch.« Ein Ober mit einer silbernen Triangel, die er in Abständen zum Klingen brachte, ging durch die Reihen. »Ich glaube, das ist das Zeichen, sich zu Tisch zu begeben«, merkte Sam an.

»Und für uns das Zeichen, die Kamera einzupacken. Wenn Sie mich entschuldigen würden.« Sie gesellte sich zu ihren Leuten. Bei ihnen fühlte sie sich sicherer.

Ein Gesteck aus silbernen Weinblättern vor jedem Gedeck hielt die Platzkarten. Mit einiger Erleichterung nahm Kelly zur Kenntnis, daß Debbie rechts neben ihr saß. Der Austausch höflicher Belanglosigkeiten mit Leuten, die sie überhaupt nicht kannte, war nicht unbedingt ihre Stärke.

»Hinreißend«, flüsterte Debbie und nickte zu dem mit verschiedenen Traubensorten kunstvoll dekorierten silbernen Tafelaufsatz, einem von mehreren, die die Tische schmückten.

»Finde ich auch. Hugh wäre begeistert. Er hat was gegen Blumenarrangements bei Einladungen, weil, wie er sagt, ihr Duft nicht nur den Geschmack des Essens beeinträchtigt, sondern auch den des Weins, der gereicht wird.«

»Typisch Hugh.«

Kelly stimmte ihr stillschweigend zu und musterte unauffällig die Gäste, die bereits Platz genommen hatten. Rechts neben Katherine, in der Mitte der hufeisenförmigen Tafel, saß der Baron mit seiner Frau, Katherine zur Linken Sam, der Kellys Aufmerksamkeit fesselte.

Die Sonne hatte seine Haut gegerbt und sein Haar gebleicht. Seine braunen Augen waren nur eine Spur dunkler. Selbst jetzt, da er sich mit seiner Tischdame unterhielt, strahlte er eine Ruhe aus, die sie ebenso in Bann schlug, wie sie sich zu ihm hingezogen fühlte. Unvermittelt drängte es sie wegzulaufen; diese Party, dieses Haus, dieses Tal zu verlassen.

Morgen. Morgen würde sie nichts mehr davon abhalten.

Ein Kellner schenkte Debbie Wein ein und versperrte Kelly die Sicht. Jetzt trat er von links zu Kelly heran und füllte auch ihr Glas, derweil eine Heerschar weiterer Schwarzbefrackter sich um die anderen Gäste kümmerte.

Stille senkte sich über die Tische, als Katherine sich erhob. »Ich habe Sie heute abend eingeladen«, hob sie an, »um einen besonderen Gast in unserem Tal willkommen zu heißen. Seit zweihundert Jahren hat sich die Familie Fougère auf ihrem Gut im Médoc der Herstellung edler Weine verschrieben, von Weinen, die wir uns haben munden lassen, wenngleich diesem Genuß ein Beigeschmack von Neid anhaftet.« Diese Bemerkung wurde mit Schmunzeln und leisem Lachen quittiert. »Baron Emile Fougère setzt die Familientradition fort, exzellente Bordeauxweine zu keltern.« Sie griff zu ihrem Glas. »Auf Baron Fougère. Möge dies der erste von vielen Besuchen in unserem Tal sein.«

Beifälliges Raunen. Stehend erhoben alle ihr Glas, um sodann am trockenen Chardonnay zu nippen. Der Baron stand umständlich auf, bedeutete den Anwesenden, wieder Platz zu nehmen.

»Ich glaube, es ist an der Zeit«, sagte er mit einem raschen Blick zu Katherine, »bekanntzugeben, daß zwei Weindynastien – Fougère in Frankreich und Rutledge in Kalifornien – beschlossen haben, sich zusammenzutun und einen großen Wein aus Napa-Valley-Trauben zu machen.« Auf diese Worte hin hielten alle die Luft an. Der Baron hob sein Glas. »Auf Fougère und Rutledge.«

Gil Rutledge prostete ihm derart zufrieden zu, daß man den Eindruck gewann, die Mitteilung würde ihn nicht im geringsten überraschen. Der einzige Anwesende, der, wie es aussah, um Haltung bemüht war, war seltsamerweise Sam. Traf es ihn unvorbereitet? Oder hatte er die Ankündigung nicht für heute abend erwartet? Schwer zu sagen; zu rasch hatte sich seine Stirn wieder geglättet, zu beflissen nahm er lächelnd die Glückwünsche der Blondine neben sich entgegen.

»Wie werden Sie Ihren Wein nennen?« erkundigte sich der Journalist einer angesehenen Fachzeitschrift. »Steht das bereits fest, Baron?«

»Er wird Fougère-Rutledge heißen«, antwortete der Baron.

»Oder aber Rutledge-Fougère«, warf Katherine ein.

»Mit dem Drucken warten Sie wohl besser noch, Ed«, scherzte Gil Rutledge, »bis die Reihenfolge geklärt ist.«

Diese Bemerkung löste allgemeine Heiterkeit aus, obwohl Clay als einziger ahnte, daß sein Vater nicht auf die Weinetiketten anspielte, sondern auf den Vertrag als solchen. Noch war nichts schriftlich festgehalten. Und bis dahin war die Schlacht keineswegs entschieden.

Als Vorspeise wurden Muscheln in einer Zitronen-Koriander-Vinaigrette serviert. Clay versuchte, mit Nathalie Blickkontakt aufzunehmen. Vor dem Essen war es ihm nicht gelungen, ein paar private Worte mit ihr zu wechseln; der gequälte Ausdruck in ihren Augen, als sie ihn begrüßt hatte, ließ immerhin vermuten, daß die Entscheidung ihres Mannes sie überrumpelt hatte.

Was ihn dagegen stutzig machte, war, daß sie noch nicht einmal zu ihm herübergeschaut hatte. Sie mußte doch wissen, wo er saß.

Erst als die Lammedaillons mit einer Oliven-Anchovis-Sauce und überbackenen Artischocken aufgetragen wurden, warf sie ihm einen langen, flehentlichen Blick zu.

Befriedigt nahm er es zur Kenntnis. Sie würde die Party verlassen und sich mit ihm treffen. Sie würde alles tun, was er von ihr verlangte. Dieses Dummerchen liebte ihn.

Genüßlich verspeiste er sein Lammedaillon. Den Cabernet Sauvignon, einen Rutledge Réserve Privée, ließ er absichtlich beinahe unberührt, hielt sich dafür an dem eisgekühlten Château d'Yquem schadlos, dem Dessertwein schlechthin, der zum letzten Gang kredenzt wurde.

Die Gesellschaft verzog sich in den Garten, in dem jetzt eine Fünf-Mann-Kapelle für flotte Unterhaltungsmusik sorgte. Nathalie hielt sich ein wenig abseits von ihrem Mann. Clay witterte seine Chance.

Er schlenderte auf sie zu, blieb unweit von ihr stehen. »Ich muß dich sprechen«, raunte er ihr zu und tat, als lausche er der Musik. »Schau mich nicht an. Hör mir nur zu. Auf der anderen Seite des Hauses führt ein Weg in den Wald. Dort treffen wir uns.«

»Es geht nicht«, flüsterte sie ihrerseits. »Nicht heute abend.«

»Es muß heute abend sein«, beschwor er sie. »Vielleicht ist das unsere einzige Chance.« Als sie widersprechen wollte, sagte er rasch: »Wenn du mich liebst, kommst du.«

So abgedroschen das war, verfehlte es auch diesmal seine Wirkung nicht. Wie leicht sich eine Frau von ihren Gefühlen manipulieren ließ! Clay verzog sich, noch ehe sie antworten konnte.

Lächelnd blickte Katherine über die Schar ihrer Gäste. Die Ankündigung beim Essen hatte für Gesprächsstoff gesorgt, eine gewisse Spannung lag in der Luft.

»Die Überraschung ist gelungen«, flüsterte sie Emile zu. »Viele haben die Bekanntgabe erwartet, doch nur wenige mutmaßten, daß sie so bald erfolgen würde.«

»Ihr Enkel schien darüber nicht sonderlich begeistert. Sie haben allen Grund, ihm Ihr Vertrauen zu schenken.«

»So?« Katherines Erstaunen barg eine gewisse Neugier.

»Ich muß gestehen, daß ich mir anfangs über seine Fähigkeiten nicht im klaren war. Ich hielt ihn für zu weich, vermißte bei ihm Ihre starke Hand, die Kellerei zu führen. Inzwischen weiß ich, daß das ein Trugschluß war.«

»Was hat diesen Gesinnungswechsel bewirkt?« Verunsichert durch die Bestimmtheit, mit der er das gesagt hatte, sah sie ihn fragend an.

»Eine Bemerkung, die er unlängst äußerte.« Und nach einer kleinen Kunstpause: »Er sprach sich dagegen aus, einen Fougère zum Nutznießer eines erlesenen Rutledge-Weins zu machen, ohne Rücksicht darauf, ob er mich dadurch beleidigte.« Er nickte nachdenklich. »Er gehört jedenfalls nicht zu denen, die gegen ihre Überzeugung handeln.«

Katherine war sprachlos. Sie war empört, daß Sam etwas Derartiges geäußert hatte. Gleich darauf aber kamen ihr Zweifel. Sollte sie etwa Sam falsch eingeschätzt haben?

Sie dachte daran, mit welcher Unverfrorenheit er ihr vor ein paar Tagen vorgehalten hatte, sie traue ihm nichts zu. Sie hatte das als kindisch abgetan. War es das gewesen?

Dann dieser Zwischenfall mit Dougherty. Während sie gemeint hatte, das sei Sache des Sheriffs, hatte Sam die Dinge selbst in die Hand genommen. Um sich Aug in Aug mit der Gefahr als Mann zu beweisen, wie sie gemeint hatte. Konnte es nicht eher Loyalität und Verantwortungsgefühl seinen Männern gegenüber gewesen sein?

Und dieser Prozeß gegen die Kellerei Sonoma. Außer sich, daß er sich so schnell mit der Konkurrenz einigte und das Verfahren eingestellt wurde, hatte sie ihm die Vollmacht entzogen, die sie ihm nach ihrem Sturz erteilt hatte. Ihrer Ansicht nach war er einfach kein Kämpfer. Andererseits hatte er Gut Rutledge eine kostspielige und zeitraubende Gerichtsverhandlung erspart ...

Würde sie, wenn sie weiter zurückdachte, noch mehr Anlässe finden, bei denen sie Sams Handlungsweise falsch gedeutet hatte? Das Alter hatte ihrer Weitsicht nichts anhaben können. Auch nicht ihrem Verstand?

»Hören Sie das, Katherine?« raunte Emile. »An dem Abend, als ich Nathalie bat, meine Frau zu werden, tanzten wir zu dieser Melodie. Vielleicht möchte sie das jetzt auch. Ich werde mich mal nach ihr umsehen.«

Sie nickte nur, hörte seine Stimme, ohne daß seine Worte sie erreichten. Sie merkte nicht einmal, daß er ging.

Kelly strahlte, als Steve sie zum Tanzen aufforderte und sie dadurch von einem geschwätzigen Winzer erlöste.

»Gerne.« Sie nahm Steve bei der Hand, meinte mit einem aufgesetzten Lächeln zu ihrem nervtötenden Gesprächspartner: »Wenn Sie uns entschuldigen würden«, und folgte Steve auf die eigens aufgebaute Tanzfläche.

»Tolles Fest, was?« strahlte er.

»Toll.« Wahrscheinlich war sie die einzige, die sich nicht amüsierte. Debbie plauderte ausgelassen mit zwei gelifteten Texanerinnen, Rick unterhielt sich mit einem abgetakelten Rockstar, der auf betont seriös machte, und Steve wäre wohl selbst auf einem Friedhof auf seine Kosten gekommen.

Beim dritten Stück klopfte ihm Sam auf die Schulter. »Darf ich übernehmen?«

»Warum nicht?« Steve gab Kelly frei, und gleich darauf entschwebte sie in Sams Armen. Noch nie hatte sie die Gegenwart eines Menschen derart intensiv gespürt. Sie kam sich vor wie der verkrampfte, vor Schreck stumme Teenager, der sie einmal gewesen war.

»Sie sind mir doch nicht böse?« Seine Stimme war ein wohltuendes Rollen.

»Nein.« Über seine Schulter hinweg beobachtete sie die übrigen Paare auf der Tanzfläche. Sich in seinen Armen zu entspannen, war ein Ding der Unmöglichkeit. Sie spürte seinen Körper, den festen Druck seiner Hand auf ihrem Rükken, dachte an den Kuß, an das Verlangen, das er in ihr geweckt hatte und weiterhin wachhielt. Wie es wohl wäre, mit ihm zu schlafen? Wenn er sie zärtlich streichelte, wenn sie diesen Taumel von Seligkeit und Losgelöstsein erfuhr? Nein, so weit durfte es auf keinen Fall kommen.

»Sie sind so schweigsam«, sagte er.

»Es war ein langer Tag.« Kelly griff zu der erstbesten Ausrede. »Das Essen und vor allem der Wein haben mir wohl den Rest gegeben.«

Die Furchen um seinen Mund vertieften sich. »Mit anderen Worten: Sie möchten nach Hause.«

Sie sah ihn an. Nein, es war nicht der Wein. »Ich merke plötzlich, wie müde ich bin«, stammelte sie.

»Ihre Kollegen machen aber nicht den Eindruck, als wollten sie schon gehen.«

»Kann schon sein, daß sie die Nacht durchfeiern wollen«, entgegnete Kelly lächelnd.

»Wenn Sie in Ihr Hotel möchten, werde ich Sie zurückbringen.«

»Vorsicht«, warnte sie schelmisch, »ich könnte Ihr Angebot annehmen.«

»Wenn dem so ist – was halten Sie davon, wenn ich nach diesem Tanz das Auto hole?«

Kelly zögerte nicht lange. »Einverstanden.«

»Gut. Betrachten Sie das als abgemacht.« Sein Lächeln war unwiderstehlich.

Nach Nathalie Ausschau haltend, bahnte sich Emile den Weg durch das Gewühl, nickte zwischendurch dem einen oder anderen freundlich zu. Als er seine Frau allein in der weitläufigen Gartenanlage entdeckte, eilte er ihr hinterher.

»Nathalie, hörst du die Musik?« rief er ihr zu, noch ehe er sie erreicht hatte. »An unserem Verlobungsabend haben wir zu dieser Melodie getanzt. Den Titel habe ich vergessen, aber du erinnerst dich bestimmt daran.«

Sie sah blaß aus, niedergeschlagen. Unsicher fingerte sie an ihrer Perlenkette herum. »Ich … ich hab ihn auch vergessen.«

»Möchtest du wieder dazu tanzen?« fragte er in seiner gesetzten Art.

Sie schüttelte den Kopf. »Das Stück ist gleich zu Ende. Vielleicht ein andermal.« Es gelang ihr, so etwas wie ein Lächeln anzudeuten.

Ihre etwas zittrige Stimme bewog ihn, sie genauer anzusehen. »Ist etwas? Du bist so blaß.«

»Nichts. Ich habe nur Kopfschmerzen«, tat sie seine Besorgnis mit einer Handbewegung ab. »Die Party, der Lärm, die Musik, das alles ist mir zuviel geworden. Deshalb habe ich mich hierher geflüchtet.«

»Soll ich dir etwas gegen deine Kopfschmerzen bringen lassen?«

»Ich habe schon etwas eingenommen. Mach dir bitte keine Sorgen, es ist bestimmt gleich wieder vorbei. Du mußt zurück zu den Gästen«, drängte sie. »Sie sind schließlich deinetwegen gekommen.«

»Du hast recht.« Ihr Verhalten beunruhigte ihn dennoch. Auch nachdem er wieder zur Party zurückgekehrt war, drehten sich seine Gedanken weiterhin um Nathalie, verursachten ihm mehr Kummer, als er sich einzugestehen bereit war. Deshalb behielt er sie auf Distanz im Auge.

»Wenn Sie meinen Enkel sehen, richten Sie ihm bitte aus, daß ich ihn sprechen möchte«, wies Katherine einen Kellner an.

»Hat Sam mal wieder was ausgefressen, Katherine?« hörte man Gils Stimme sticheln.

Sie wandte sich um, sah sein ironisches Lächeln und den abfälligen Blick.

»Gott sei Dank ist Sam nicht wie du«, erwiderte sie kühl.

Das Blut schoß Gil ins Gesicht, ließ seine Halsader schwellen. Sichtlich um Beherrschung bemüht, nahm er rasch einen Schluck aus seinem Glas. »Deine Party wird ohne Zweifel *das* Gespräch im Tal sein. Aber noch ist nichts unterschrieben, stimmt's? Ich habe vor, mit dem Baron nachher noch ein Pläuschchen zu halten. Und wer weiß? Vielleicht hat dann das Tal sogar was zu lachen.«

»Ich bin heute nicht in der Stimmung, hintergründige Bemerkungen mit dir auszutauschen, Gil«, sagte Katherine gereizt. »Du nimmst alles gleich persönlich. Die Eifersucht zwischen dir und deinem Bruder war ebenso verhängnisvoll wie die Reblaus, die in deinen Weinbergen wütet. Einfach unerträglich. Ich hatte gehofft, du würdest Vernunft annehmen, sobald du auf eigenen Füßen stehst. Ich habe mich geirrt.« Sie fühlte sich mit einemmal schwach, hilflos – und alt. »Jonathan ist tot, und du bist noch immer voller Haß.«

»Ist das deine Rechtfertigung dafür, daß du mich rausgeschmissen hast?« fragte Gil böse.

»Du armer, verbohrter Kerl«, flüsterte Katherine nur noch und begab sich, auf ihren Stock gestützt, zur Terrasse, auf der die Tische inzwischen auseinandergeschoben und zum Teil bereits entfernt worden waren. Ganz in Gedanken versunken, hätte sie beinahe nicht bemerkt, daß Sam auf die Terrassentüren zueilte.

»Sam! Sam, ich muß dich sprechen!« rief sie ihm nach und beschleunigte ihren Schritt.

Er blieb stehen. »Ich bringe Kelly Douglas nach Hause. In etwa einer halben Stunde bin ich wieder da«, gab er zurück.

»Es wird ihr wohl nichts ausmachen, ein paar Minuten zu warten«, meinte sie ungehalten. »Komm mit rein.«

Ihr gereizter Ton veranlaßte Sam innezuhalten. Um seine angespannten Kinnladen zuckte es, als er ihr in die Halle folgte.

»Was gibt es denn so Dringendes?« begehrte er unwillkürlich auf.

»Ich habe mit Emile gesprochen …«

»… und ihr beide habt euch geeinigt. Das hab ich bereits beim Essen gehört.« Sam bemühte sich keineswegs, seinen Unmut zu zügeln. »Du hättest mich ruhig einweihen können, ehe du es an die große Glocke hängst, Katherine. Das ist das Mindeste, was ich von dir erwartet hätte.«

»Ich wollte ja. Emile und ich waren der Meinung, daß eine Ankündigung nicht …« Sie brach ab und wischte den Rest des Satzes mit einer Handbewegung beiseite. »Darüber wollte ich gar nicht mit dir sprechen. Emile hat mir vorhin gesagt, du seist dagegen, daß ein Rutledge-Wein den Namen Fougère trägt. Stimmt das?«

»Das stimmt.« Dabei wollte er es belassen, besann sich dann anders. »Offen gesagt, Katherine, ich verstehe nicht, warum zum Teufel du dich nicht dagegen vermehrst. Immer und immer wieder hast du betont, Gut Rutledge würde dereinst im selben Atemzug wie Pétrus, Mouton-Rothschild und Margaux genannt werden. Dein ganzes Leben lang hast du darauf hingearbeitet, hast dich für nichts anderes interessiert als für deine Rebstöcke, die Trauben, den Wein. Damit hat es sich jetzt.« Er schüttelte den Kopf. »Ab heute abend ist es vorbei mit Gut Rutledge. Es gibt nur noch Fougère-Rutledge oder Rutledge-Fougère.«

»Und das schmerzt dich.« Sie musterte ihn mit einem Blick, den er nicht zu deuten vermochte.

Er lachte kurz und verbittert auf. »Mein Gott, Katherine, ich bin ein Rutledge. In unseren Adern fließt nun mal Wein anstelle von Blut.« Damit ließ er sie stehen.

Sam wartete nicht an seinem Jeep auf Kelly, sondern neben einem grün lackierten Jaguar-Kabrio.

»Sieht ganz nach dem Wagen eines erfolgreichen Winzers aus«, frozzelte sie.

»Ich hol ihn immer dann raus, wenn ich Eindruck schinden will.« Er wartete, bis sie eingestiegen war, schlug die Beifahrertür zu und setzte sich hinter das Steuerrad.

»Ich bin tief beeindruckt«, versicherte Kelly.

»Gut. Wenn Sie wollen, kann ich das Verdeck zumachen.«

Sie wehrte ab. »Die Nacht ist so wunderbar. Lassen Sie es unten.« Fahrtwind und Motorenlärm würden die Unterhaltung beeinträchtigen. Und das war Kelly lieber.

Sobald sie das hell erleuchtete Haus hinter sich gelassen hatten, wurden die Sterne und der hoch am nächtlichen Himmel stehende Halbmond sichtbar. Der Sportwagen flitzte über den um diese Zeit kaum befahrenen Silverado Trail, der seitlich eindringende Luftzug übertrug das gedämpfte Röhren des Motors, wehte den Duft des Tals zu. Kelly reckte ihr Gesicht dem Fahrtwind entgegen, dachte an nichts. Fast bedauerte sie es, als Sam in die Auffahrt ihrer Frühstückspension einbog, den Motor und die Scheinwerfer ausmachte.

»Hat doch nicht lange gedauert.« Er legte den Arm um ihre Rückenlehne und sah sie an.

»Gar nicht lange.« Sie öffnete ihren Sicherheitsgurt, wollte aussteigen. »Danke fürs Bringen. Ich ...« Irgendwoher, ganz leise, wehte Musik durch die stille Nacht, wohlbekannte Klänge, die sie lange nicht mehr gehört hatte. »Spanische Gitarren«, murmelte sie.

Sam hob den Kopf, lauschte. »Wahrscheinlich aus einer Gastarbeiterunterkunft.«

»Anzunehmen«, sagte sie leise, noch immer im Bann des virtuosen Saitenspiels.

»Wie lange bleiben Sie noch?« Eigentlich hatte er das nicht fragen wollen.

»Ich reise morgen früh ab.«

»Morgen?« Seine Augenbrauen schoben sich erstaunt zusammen. »Ich dachte, Sie blieben noch ein paar Tage.«

»Die anderen ja. Sie sind noch mit Außenaufnahmen beschäftigt. Ich werde dabei nicht benötigt. Meine Arbeit ist getan.«

»Dann heißt es wohl Abschied nehmen.« Er wischte ihr die dunklen Haarsträhnen aus dem Gesicht, berührte ihren Hals, streichelte mit dem Daumen über ihr Kinn.

»Sozusagen.« Ihre Stimme war unwillkürlich beklommen. Sie sah ihn an, bemerkte, wie sich seine Augen veränderten, unergründlicher, dunkler wurden. Eine Sehnsucht überkam sie, schürte wieder ihr Verlangen. Obwohl sie sich einredete, daß das idiotisch war, griff sie nach seinem Handgelenk. »Ich muß noch packen«, gelang es ihr zu flüstern, »ich sollte lieber gehen«, aber sie machte keine Anstalten, sich ihm zu entziehen.

»Ja, das sollten Sie.« Er beugte sich über sie. Seine Hand glitt ihren Hals entlang, umfing ihr Gesicht. Sein Daumen spürte, daß ihr Puls ebenso heftig pochte wie sein eigener. Das und ihr Stillhalten waren ihm Ermutigung genug.

Ganz sacht glitt sein Mund über ihre Lippen, löste ein betörendes Gefühl aus, das ihn wärmte – und das auch sie wärmte, als sie zögernd ihren Mund auf den seinen preßte. Er begehrte mehr und nahm es sich, zog sie an sich, seine

Finger lösten die Nadeln in ihrem Haar und rissen Barrieren ein, gegen alle Vernunft.

Sam wußte nicht mehr, wann sich ihre Lippen geöffnet hatten. Er genoß das begehrliche Spiel ihrer beider Zungen, das wie ein zärtliches Tasten begonnen hatte. Dennoch blieb der Wunsch nach mehr, wie die weit weg angeschlagenen Akkorde einer spanischen Gitarre – wie ihr fordernder Mund. Und er ahnte, daß er inmitten dieses Feuers Frieden finden könnte.

Kelly wich zurück, senkte den Kopf, um seinem fragenden Blick nicht zu begegnen, kämpfte gegen den Sturm unsinnigen Begehrens an. Morgen früh reiste sie ab. Das hier würde, konnte zu nichts führen.

Sie atmete tief durch, sog den ihm eigenen warmen, erdigen Geruch ein. Ihre Hand, noch immer in sein Jackett geschoben, spürte seine Muskeln und Sehnen, seine Kraft.

»Auf Wiedersehen, Sam.« Kurz entschlossen stieg sie aus und eilte zum Haus.

Sam wartete, bis die Tür hinter ihr zufiel. Dann öffnete er die Faust, starrte auf die fünf Haarnadeln auf seiner Handfläche, um sie dann in die Hosentasche zu schieben und den Motor anzulassen.

Lange nachdem die roten Schlußlichter des Jaguars verschwunden waren, sah Katherine noch immer vom Fenster aus auf die Auffahrt hinaus. Die Party, ihre Pflichten als Gastgeberin waren vergessen; das Gespräch mit ihrem Enkel ging und ging ihr nicht aus dem Sinn. Das Feuer in ihren Augen war erloschen. Mit hängenden Schultern auf ihren Stock gestützt, bot sie den Anblick einer verwirrten alten Dame.

»Was habe ich da bloß angerichtet?« flüsterte sie in die Nacht hinaus.

Unweit der Auffahrt bewegte sich etwas. Mit einer gewissen Gleichgültigkeit spähte sie in diese Richtung, sah jetzt, daß es sich um einen Mann handelte, und erkannte schließlich Emile.

Was tat er da draußen? Warum war er nicht bei den Gästen? Verwundert beobachtete sie, wie er den alten Saumpfad unter den Bäumen einschlug.

Sie mußte mit ihm sprechen. Sie verharrte noch eine Weile am Fenster, bis sich ihr Vorsatz soweit gefestigt hatte, daß sie ihn in die Tat umsetzen wollte. Ihr Stock klopfte im Gleichtakt zu ihren Schritten auf den Boden, als sie den vorderen Salon verließ und auf die Haustür zusteuerte.

Im Freien angelangt, nahm sie die Abkürzung quer über die Auffahrt und das schmale Rasenstück zwischen Auffahrt und dem breiten Fußweg. Kaum war sie außerhalb des Lichtkreises des Hauses angelangt, versagten ihr die Augen ihren Dienst. Daß sie nachts nicht gut sah, wußte sie seit langem. Geradezu undurchdringlich erschien ihr die Dunkelheit.

Katherine überlegte, ob sie umkehren sollte. Andererseits mußte sie mit Emile sprechen, unbedingt und unverzüglich. Hatte sie nicht behauptet, sie fände sich auf diesem alten Saumpfad mit verbundenen Augen zurecht? Ihren Instinkten, ihrem Gedächtnis und ihrem Stock vertrauend, machte sich Katherine langsam und vorsichtig auf den Weg.

Die Partygeräusche von der Terrasse her verebbten allmählich, die Stille des Pfades hüllte sie ein. Zweimal meinte Katherine, vor sich etwas zu hören, blieb stehen, um zu lauschen. Beide Male mußte sie sich eingestehen, daß sie sich vom Wind, der in den Blättern rauschte, in die Irre hatte führen lassen.

Ein Stein unter ihrem Fuß rutschte weg. Sie verlor das Gleichgewicht und wäre gestürzt, wenn ihr Stock das nicht verhindert hätte.

»Närrisches altes Weib«, schalt sie sich leise. »Ohne Taschenlampe im Finstern rumzulaufen. Geschieht dir ganz recht, wenn du dir dabei das Genick brichst.«

Trotzdem ging sie weiter, noch vorsichtiger jetzt. Endlos lang kam ihr der Pfad bei Nacht vor. Hatte sie sich vielleicht verirrt? Immer wieder hielt sie inne, hoffte, daß die Dunkelheit vor ihr vom Schein der Sicherheitslampen auf dem Kellereihof durchbrochen würde.

Da blinkten sie ja bereits durch die Zweige! Katherine atmete erleichtert auf. Und gleichzeitig fragte sie sich, weshalb Emile zur Kellerei gegangen war und woher er von diesem alten Saumpfad wußte.

Hurtig und von der Beleuchtung sicher geleitet, schritt sie voran, bis sie irgendwo Stimmen vernahm.

»Emile?« rief sie fragend. Augenblicklich trat Stille ein. Diesmal konnte sich Katherine nicht getäuscht haben. »Wer ist da?« fragte sie bestimmt, erhielt jedoch keine Antwort.

Abseits des Pfades raschelte es, ohne daß sie etwas erkennen konnte. Leise und aufmerksam lauschend ging sie weiter. Irgendwie war ihr unheimlich zumute.

Endlich erreichte sie den hell erleuchteten Hof. Keine Spur von Emile. Er mußte sich in der Kellerei aufhalten. Jeden Gedanken an ihre eigenen Gespenster mißachtend, hastete Katherine auf die schweren Fachwerktüren zu.

Ein unterdrückter Fluch drang aus dem Dunkel am andern Ende des Gebäudes. Katherine sah die schwarzen Umrisse eines sich duckenden Mannes.

»Emile? Sind Sie es?« rief sie und ging auf ihn zu. Der Mann richtete sich auf, hob den Kopf. Im fahlen Schein der Sicherheitslampen war sein Gesicht deutlich zu erkennen. Überrascht blieb Katherine stehen. »Was geht hier vor?« herrschte sie ihn an.

Auf ihre Frage hin ließ der Mann den Gegenstand in seiner Hand fallen und entschwand Hals über Kopf in die Finsternis auf der Rückseite des Gebäudes.

Was hatte er fallen lassen? Sie wollte auf den Gegenstand zugehen, als sie auf der Erde, fast verschluckt von der Dunkelheit, eine große schwarze Masse bemerkte. Katherine griff sich an die Kehle.

Lieber Gott, das war ja ein menschlicher Körper!

Katherine erschauerte bei dem Anblick, Bilder tauchten vor ihr auf. Sie zwang sich, näher heranzugehen. Ein Mann, offenbar bewußtlos, lag mit dem Gesicht nach unten auf der Erde. Katherine bückte sich über ihn, berührte seine Schulter, die sich unter ihrer Hand kaum merklich bewegte.

»Emile.« Sie unterdrückte einen Schrei.

Er war nicht bewußtlos. Er war tot.

Katherine wußte es, noch ehe sie nach seinem Puls tastete. Sie sah auf. Etwas, das weitaus schlimmer war als eine grauenhafte Erinnerung, packte sie.

14

Das Hämmern, laut und eindringlich, wollte nicht aufhören. Kelly vergrub den Kopf in das Kissen. Vergebens. Schlaftrunken stöhnte sie auf, bis sie eine Stimme leise ihren Namen rufen hörte. Sie hob verstört den Kopf, strich sich die Haare aus dem Gesicht. Ihre Kontaktlinsen waren verklebt. Um sie anzufeuchten, blinkerte sie, warf einen verschwommenen Blick zum Fenster, in die perlgraue Dämmerung hinaus.

»Kelly, Menschenskind, wach endlich auf!« Wieder trommelte es an ihrer Tür. Debbie. Verschlafen sagte Kelly: »Ich komm schon.« Unwillig kroch sie aus dem Bett, zog sich auf dem Weg zur Tür ihren Morgenmantel über. Auf diese Weise geweckt zu werden, behagte ihr ganz und gar nicht.

Debbie stürmte herein. »Los, zieh dich an«, sagte sie. »Wir dürfen keine Zeit verlieren. Der Baron ist heute nacht ermordet worden.«

»Was?« Kelly war mit einemmal hellwach.

»Der Baron ist ermordet worden.« Debbie war bereits dabei, aus Kellys fertig gepacktem Koffer ein paar Kleidungsstücke herauszuziehen. »Ein Verdächtiger wurde verhaftet. Unsere Jungs sind zum Gefängnis gefahren. Ich hab mit Hugh gesprochen. Er will, daß wir eine Reportage drehen.« Sie warf ein mit Spitzen besetztes pfirsichfarbenes Seidenhemdchen und passende Unterhöschen aufs Bett.

»Wann denn? Wo denn? Warum?« Kelly zierte sich nicht lange, warf Morgenmantel und Nachthemd ab und schlüpfte in die Unterwäsche.

»Diese Nacht. Kurz nachdem du die Party verlassen hast.« Debbie zerrte einen hellen Rock und eine dunkelgelbe Bluse aus dem Koffer. »Katherine fand die Leiche unweit der Kellerei. Hat eins mit einem ›stumpfen Gegenstand‹ über den Schädel bekommen. Was das Warum angeht, mußt du wohl den fragen, der's getan hat.« Sie warf Kelly Strumpfhosen zu, stellte beige Pumps vor sie. »Ein Satelliten-Kombi ist unterwegs. Ich besorg uns Kaffee und warte im Auto auf dich.« Ihr langer Rock wirbelte bereits zur Tür hinaus.

Knapp fünf Minuten später rannte auch Kelly mit wehenden Haaren die Treppe hinunter, die schwere Leinentasche mit den Schminkutensilien über der Schulter.

Debbie erwartete sie mit bereits laufendem Motor. »Erzähl mir alles, was du weißt«, drängte Kelly, nachdem sie eingestiegen war und jetzt, einen Spiegel auf dem Schoß balancierend, routiniert ihr Make-up in Angriff nahm. »Weshalb war der Baron in der Kellerei?«

»Entweder weiß das niemand oder verrät es nicht.« Sie bog auf die Landstraße ein.

»Katherine müßte es doch wissen«, meinte Kelly und tupfte mit mattem Puder über Grundierung und Rouge. »Wenn du sagst, sie hat ihn gefunden, heißt das, sie wußte, daß er in der Kellerei war. Daß beide zufällig dorthin gingen, halte ich für ausgeschlossen.«

»Ein Punkt für dich. Aber Katherine spricht mit niemandem außer der Polizei. Ich glaube, sie hat's gesehen. Einer der Beamten hat so gut wie zugegeben, daß sie den Mann, der verhaftet wurde, identifiziert hat.«

»Um wen handelt es sich?« Sie umrandete die Konturen ihres Mundes mit einem hellroten Stift, griff dann zum Lippenpinsel, nahm sich als nächstes die Augenpartie vor.

»Sein Name ist noch nicht bekannt.«

»Bis zur offiziellen Klageerhebung dürfte es dabei bleiben. War es einer der Gäste?« Sie tuschte sich die Wimpern.

»Nein. Die Polizei hat jeden einzelnen verhört und dann nach Hause geschickt. Soviel ich weiß, wurde von den Gästen keiner verhaftet.«

»Ich frage mich, was für ein Motiv er gehabt haben könnte.« Geschickt flocht Kelly die langen Haarsträhnen zu einem französischen Zopf. »Warum sollte jemand darauf aus sein, Baron Fougère umzubringen?«

»Vielleicht war's ja nur ein Einbruch, der dann daneben ging.« Debbie zuckte lässig die Schultern.

»Raubüberfall.« Eine nicht gerade umwerfende Deutung.

»Warum nicht? Um diese Zeit halten sich Unmengen von mittellosen Gastarbeitern im Tal auf.«

»Weiß ich.« Trotzdem mußte etwas anderes dahinter stekken.

Debbie langte vor dem Rathaus an, in dem auch das Polizeirevier sowie das Gefängnis untergebracht waren. Mindestens drei weitere Fernsehteams warteten auf dem Bürgersteig, ihrem Logo nach allesamt aus der Bay Area.

Steve und Rick standen ein wenig abseits. »Gibt's was Neues?« erkundigte sich Kelly, als sie mit Debbie im Schlepptau die beiden erreichte.

»Kann man wohl sagen«, antwortete Steve und deutete in eine bestimmte Richtung.

Kelly drehte sich um und sah Linda James auf sie zukommen. Jeder Zentimeter ihres Körpers strahlte Feindseligkeit aus. »Was führt euch denn hierher?« fauchte sie. »Die Westküste ist mein Revier.«

»Wir machen eine Dokumentation über Gut Rutledge, wo sich der Mord ereignet hat.« Kelly versuchte gar nicht erst, die Rivalin zu beschwichtigen. In aller Herrgottsfrühe und noch immer ohne Zigarette und nicht mehr als einem Schluck Kaffee im Magen sah sie sich dazu nicht imstande.

»Dann haltet euch an eure Dokumentation. Ich mache die Reportage von dieser Sache hier«, beschied Linda.

»Tu du deinen Job und überlaß es uns, unseren zu erledigen«, gab Kelly zurück.

Linda warf ihr einen vernichtenden Blick zu. »Wie du meinst ... wir werden ja sehen.« Damit machte sie auf dem Absatz kehrt.

»Dieses Biest«, empörte sich Debbie. Kelly konnte ihr im stillen nur beipflichten.

Ein Jeep fuhr an den Bordstein heran. Sam stieg aus, zeigte sich verblüfft über das Aufgebot von Fernsehteams, von denen jedoch keines Notiz von ihm zu nehmen schien. Einzig Kelly hatte ihn bemerkt. Müde und erschöpft sah er aus.

»Ich hätte mir denken können, daß Sie hier sind.« Etwas Grimmiges und Hartes spiegelte sich in seinen Zügen, und die Anspannung einer langen Nacht kam in seinem gereizten Ton zum Ausdruck.

»Wie geht es Katherine?« fragte Kelly.

»Gut.«

»Und der Baronin?«

»Quetschen Sie mich bloß nicht aus, Kelly«, warnte er und deutete damit unmißverständlich an, daß er nicht gewillt war, weitere Fragen von Reportern zu beantworten. Seit der Mord an dem Baron bekannt geworden war, mußten sie wie ein Schwarm Heuschrecken über Gut Rutledge hergefallen sein.

»Ich frage, weil ich mir Sorgen mache, Sam«, sagte sie leise.

Er sah sie prüfend an, nickte dann mit einem müden Seufzer. »Der Arzt hat ihr ein Beruhigungsmittel gegeben. Das Ganze hat sie sehr mitgenommen.« Und nach einer Weile fügte er verbittert hinzu: »Hätte nicht passieren dürfen.«

Es klang wie ein Vorwurf, den er sich machte. Sie legte die Hand auf seinen Arm, das erstemal, daß sie von sich aus Kontakt zu ihm suchte. »Selbst wenn Sie dagewesen wären, Sam, hätten Sie es nicht verhindern können.«

Er wollte etwas darauf erwidern, sah sie statt dessen an, als müsse er sich in acht nehmen vor ihrem Beruf und vor ihr. Kelly wußte nicht, warum es für sie plötzlich so wichtig war, daß Sam ihr vertraute.

Schließlich sagte er: »Vielleicht doch. Vielleicht auch nicht.«

Ein brauner Wagen rangierte in einen Dienstfahrzeugen vorbehaltenen Parkplatz. Ein Mann in dunklem Anzug stieg aus. Sofort setzten sich die Reporter in Bewegung.

»Wer ist denn das?« fragte Kelly neugierig. Jetzt fiel die Morgensonne auf das Metallgestell seiner Brille. Eine braune Haarlocke hing ihm in die Stirn. Er wischte sie weg, wandte sich den Journalisten zu.

»Zelinski, der Staatsanwalt«, gab Sam Auskunft.

Zelinski. Doch nicht etwa Ollie Zelinski? Ollie war einmal ihr bester Freund, ihr einziger Freund gewesen. Schon damals hatte er davon gesprochen, daß er Jura studieren wollte.

Unwillkürlich ging sie näher, um besser zu sehen, merkte gar nicht, daß Sam mitkam, hatte nur Augen für den hochgewachsenen schlanken Mann in Anzug und Krawatte.

Er war es tatsächlich! Der aufgeschossene, schlaksige Ollie, dessen Adamsapfel beim Sprechen auf und nieder hüpfte, Ollie mit den dicken Brillengläsern, die seine Haselnußaugen noch größer und runder machten. Ollie die Eule hatte man ihn damals gerufen.

Was für ein Paar sie gewesen waren – Ollie die Eule und Lizzie der Klops, die Dicke und der Dünne, in der Schule Zielscheibe der Spötter. Zum gegenseitigen Schutz hatten sie sich zusammengetan und waren schließlich wirkliche Freunde geworden.

Ollie schien der spontanen Pressekonferenz durchaus gewachsen. Mikrophone wurden ihm vorgehalten, von allen Seiten bestürmte man ihn mit Fragen, die er teils beantwortete, teils überging.

»… des Mordes angeklagt«, sagte er eben mit seiner unerschütterlichen Baritonstimme.

»Haben Sie ihn bereits verhört?« rief ein Reporter im Hintergrund. »Hat er gesagt, warum er den Baron ermordete?«

»Jede Diskussion über das Motiv wäre zu diesem Zeitpunkt der Untersuchung reine Spekulation«, erwiderte Ollie Zelinski. »Und um Ihre erste Frage zu beantworten: Nein, ich persönlich habe nicht mit ihm gesprochen.« Sein Blick überflog die Gesichter der Reporter, auch das von Kelly.

»Hat er Familie?« kam es von Linda James.

»Er …«, Ollie unterbrach sich, sah nochmals zu Kelly, und sein Gesicht strahlte mit einemmal. Er hatte sie erkannt. Hastig sah er zu Boden. Als er den Kopf wieder hob, suchte er erneut Blickkontakt mit ihr, jetzt mit einem bekümmerten Ausdruck. Urplötzlich krampfte sich ihr Magen zusammen. »Eine Tochter, die vor Jahren von hier weggezogen ist. Soviel ich weiß, gibt es darüber hinaus keine Angehörigen.«

Irgendwo hinter ihnen zeterte eine männliche Stimme: »Stoßen Sie mich nicht so rum. Ich geh ja schon.«

»Das ist er!« rief ein Reporter und würgte damit den spitzen Entsetzensschrei in Kellys Kehle ab.

Sam jedoch hatte ihn gehört. Er sah, daß sie wie angewurzelt stehenblieb, sah ihr aschgraues Gesicht, die vor Entsetzen weit aufgerissenen Augen, als der grauhaarige Gefangene in Handschellen von drei Polizeibeamten zu einem Einsatzwagen geführt wurde.

Linda James drängelte sich an den Journalisten vorbei nach vorn und schob ihr Mikrophon zwischen den Begleitbeamten durch. »Was sagen Sie zu der Mordanklage, Mr. Dougherty?«

»Ich hab's nicht getan. Hören Sie, ich bin unschuldig!« schrie Len Dougherty den Umstehenden zu und wehrte die Hände ab, die ihn zu dem wartenden Fahrzeug zerrten. »Eine abgekartete Sache ist das. Man will mir was anhängen, was ich nicht getan habe. Ich hab noch nie jemand umgebracht, und wer so was behauptet, ist ein Lügner.«

»Können Sie das beweisen, Mr. Dougherty?« hakte Linda James nach.

»Ich ...« Seine Stimme erstarb. Einen Augenblick lang sah er aus wie ein kranker, verängstigter alter Mann. Sein Zorn und sein Kampfgeist erwachten erst wieder, als er Sam erkannte. »Diese Rutledges werden das verhindern. Sie wollen sich mein Land unter den Nagel reißen, und damit sie's kriegen, hängen sie mir diesen Mord an. Aber ich bin kein Mörder.« Jetzt hatte er Kelly entdeckt und reckte, um sie nicht aus den Augen zu verlieren, den Hals. »Sag's ihnen, Lizzie-Mädchen. Auf dich hören sie doch. Sag ihnen, daß dein alter Vater kein Mörder ist. Du weißt, daß ich unschuldig bin, Lizzie-Mädchen. Du weißt es.«

Während ihn die Beamten auf den Rücksitz des Einsatzwagens stießen, hatten sich bereits die Köpfe suchend nach diesem »Lizzie-Mädchen« umgedreht.

»Er hat dich gemeint, nicht wahr, Kelly?« stellte Linda James genüßlich fest. »Du bist Len Doughertys Tochter, ja?«

Angesichts Debbies fassungslosem Blick und Sams zu Schlitzen verengten Augen sagte Kelly erst einmal nichts. Dennoch wußte sie, daß sie jetzt, da Linda James Lunte gerochen hatte, der Wahrheit nicht entrinnen konnte. Nicht durch weitere Lügen, nicht durch weitere Ausflüchte.

»Ja.« Es klang hohl, so ausgehöhlt, wie sie sich vorkam. Keine Angst mehr, kein Zorn oder Groll mehr, nur das bleierne Gefühl des Unvermeidlichen.

Von allen Seiten bombardierte man sie mit Fragen, ein Wald von Mikrophonen baute sich vor ihr auf, Kameralinsen wurden auf sie gerichtet. Mit bitterer Ironie dachte sie daran, wie oft sie selbst zu dieser sensationslüsternen Horde gehört hatte. Jetzt nahm man sie aufs Korn.

»Wie lange haben Sie Ihren Vater nicht mehr gesehen?«

»Halten Sie ihn für schuldig?«

»Wie fühlt man sich, wenn der eigene Vater unter Mordverdacht steht?«

Sie schüttelte nur den Kopf. »Ich habe nichts mehr zu sagen«, beschwor sie die Menge. Nur weg von hier! Aber sie folgten ihr, mit Mikrophon, Kamera, Notizblock und Aufnahmegerät.

Unversehens packte sie jemand an der Schulter, ein Körper schirmte ihre linke Seite ab; ein ausgestreckter Arm zwang die Menge, sie durchzulassen, und Sams Stimme befahl: »Platz da. Lassen Sie uns vorbei.«

Ollie kam ihm zu Hilfe, und gemeinsam bahnten sie sich den Weg zu Sams Jeep.

»Bring sie von hier weg, Sam«, sagte Ollie und drückte Kelly rasch die Hand. »Tut mir leid«, raunte er ihr noch zu, ehe er sich den nacheilenden Reportern entgegenstellte.

Sam fuhr los. Wohin, war Kelly völlig gleichgültig. Sie starrte stur geradeaus, spürte weder den Seitenwind, der in den offenen Jeep drang, noch sonst etwas.

Irgendwo auf der gewundenen Straße, die in die Mayacamasberge führte, bog Sam auf einen Kiesstreifen am Rande eines von hohen Bäumen umgebenen Baches und stellte den Motor ab. Regungslos blieb Kelly sitzen.

Was für ein Vater mußte dieser Len Dougherty gewesen sein, sinnierte Sam, ständig betrunken, ständig in Schwierigkeiten. Wenn er, Sam, mit seinen eigenen Eltern, die sich kaum um ihn gekümmert und niemals zu einer Sportveranstaltung oder zu einem Gespräch mit den Lehrern erschienen waren, schon keinen Staat hatte machen können, hatte er sich zumindest nie für sie schämen müssen.

Warum zum Teufel hatte er nicht mehr auf Sicherheit geachtet? Dougherty hätte nicht weiter als fünfunddreißig Meter an die Kellerei herankommen dürfen. Dougherty hatte sich zu lange zu ruhig verhalten. Das hätte ihn stutzig machen sollen, aber seine Gedanken waren viel zuviel mit anderem beschäftigt gewesen, nicht zuletzt mit Kelly.

»Wohin hat man ihn gebracht?« unterbrach Kelly das Schweigen.

Sam antwortete nicht sofort. Andererseits war es, so gerne er es getan hätte, unmöglich, ihr das zu verschweigen. »Ins Bezirksgefängnis nach Napa.«

Sie nickte beiläufig, so als unterhielten sie sich über das Wetter. Die Farbe war in ihr Gesicht zurückgekehrt, ihre Augen funkelten. Sie hatte ihre Gefühle unter Kontrolle. Ein Zeichen der Stärke, die er bei ihr gespürt hatte und die sie für die nächste Zeit verdammt gut gebrauchen konnte.

»Was werden Sie tun?« fragte er. Wie schön sie war! Schön und einsam.

Sie deutete ein Schulterzucken an. »Weglaufen und so tun, als sei nichts geschehen, kann ich nicht. Diesmal nicht.« Ein Kardinalsvogel flatterte in den Zweigen eines Rotholzbaums, hob sich wie ein leuchtend roter Streif gegen das sattgrüne Blattwerk ab. »Er hat mir das Leben zur Hölle gemacht. Und jetzt tut er es wieder.«

»Sie sind nicht verantwortlich für das, was er getan hat.« Mitfühlend ruhten seine Augen auf ihr.

»Das nicht.« Dafür würde sie die Folgen zu spüren bekommen, wie früher auch. Sie wußte nur zu gut, wie es war, nach dem Vater beurteilt und wie er als Nichtsnutz angesehen zu werden. »Ich bin für mich selbstverantwortlich. Trotzdem …« Sie unterbrach sich, als sie merkte, daß Zorn und Groll die Oberhand zu gewinnen drohten. »Was war gestern nacht los?«

Wie oft schon hatte sie eine ähnliche Frage gestellt? Wie oft hatte sie herausfinden müssen, wie es sich mit dem neuerlichen Verstoß ihres Vaters gegen das Gesetz verhielt? So oft, daß sie allmählich geglaubt hatte, dagegen abgestumpft zu sein. Diesmal war es anders; diesmal ging es um Mord.

»Viel kann ich Ihnen nicht erzählen«, sagte Sam. »Katherine hatte beobachtet, daß Emile den alten Saumpfad zur Kellerei einschlug. Sie wollte mit ihm sprechen, deshalb ging sie ihm nach. Sie sieht inzwischen nachts sehr schlecht, und die jüngste ist sie auch nicht mehr. Zur Kellerei hat sie bestimmt länger gebraucht als Emile. Die Sicherheitsbeleuchtung der Kellerei war eingeschaltet. Sie hörte Geräusche und sah, wie sich Dougherty über Emile beugte. Als er sie bemerkte, ließ er den Schlegel fallen und rannte weg.«

»Er rannte weg.« Ihr Zopf drückte heiß und schwer auf ihren Nacken. »Wenn er unschuldig wäre, wäre er wohl nicht weggerannt.«

Geistesabwesend rieb sie sich den linken Unterarm, den ihr der Vater in seinem Jähzorn gebrochen hatte. Bei anderen Gelegenheiten hatte er sie verdroschen, ihr Gesicht entstellt, ihr ein blaues Auge beigebracht. Gewalttätigkeit – dazu war er durchaus fähig. Wenn er jemanden bei einer Rauferei getötet hätte, hätte sie das sofort geglaubt. Aber Mord? Das Wort allein klang obszön. Und so sehr sie ihn auch haßte – das traute sie ihm doch nicht zu.

»Was nun, Kelly?«

Sie atmete tief durch, schluckte ihren Groll hinunter. »Wieder in die Stadt, würde ich sagen. In die Pension.«

»Man wird schon auf Sie warten.«

»Sie meinen, die Kollegen von der Presse?« murrte sie. Sie sah in die Bäume. »Sam, so friedlich dieses Fleckchen auch ist, kann ich doch nicht ewig hier bleiben. Früher oder später muß ich mich den Tatsachen stellen und alles weitere auf mich zukommen lassen. Aber diese kleine Erholungspause war wichtig.« Sie sah ihn an. »Ich danke Ihnen dafür, Sam.«

»Keine Ursache.« Er drehte den Zündschlüssel herum, und sie fuhren schweigend in die Stadt zurück.

15

Kaum hatte Kelly das kleine Hotel betreten, stürzte Debbie auf sie zu. »Wo bist du gewesen? Hugh hat bereits mehrmals angerufen und nach dir gefragt. Er will unbedingt wissen, was los ist. Was *ist* los, Kelly?«

»Du warst doch dabei. Mein Vater steht in Verdacht, Baron Fougère ermordet zu haben.« Die unbeabsichtigte Schärfe in Kellys Stimme machte deutlich, daß sie das Gefühl hatte, doppelt auf der Hut sein zu müssen. Debbie brachte sie damit jedenfalls zum Schweigen.

Kelly begab sich geradewegs zum Telefon und wählte nach kurzer Überwindung Hughs Nummer.

»Hallo, Hugh. Ich bin's, Kelly.« Sie griff nach der Telefonschnur, nestelte daran herum und zwang sich, ganz ruhig zu klingen.

Erst nach einer lähmenden Pause antwortete er betont gelassen und beherrscht. »Kelly, schön, daß du anrufst. Dein Name sorgt für Schlagzeilen in allen Rundfunksendern.«

»Kann ich mir vorstellen.« Als Medienfrau war ihr klar, was für eine sensationelle Geschichte das abgab – ein wohlhabender französischer Baron auf einem bekannten Weingut vom Vater einer bekannten Nachrichtenmoderatorin ermordet. Eine Geschichte, mit der ein Journalist Karriere machen konnte.

»So, kannst du?« Es war keineswegs zu überhören, daß er verstimmt war. »Dann sei doch so freundlich und erkläre mir mal, was das heißen soll. Ist dieser Mann dein Vater? Ich erinnere mich genau, daß du mir erzählt hast, er sei tot.«

»Damals war es leichter zu lügen, als ganz offen zu reden.« Ob er das verstand?

»Kelly, Kelly, Kelly«, kam es milde tadelnd durch die Leitung. »Die Nachricht ist eben erst durchgesickert. Eine ganze Reihe von Leuten hier im Haus sind nicht gerade … soll ich sagen begeistert von dem, was sie sehen und hören. Ist er schuldig?«

»Anzunehmen. Ich weiß es nicht.« Ihr Herz klopfte zum Zerspringen. Sie rieb sich die Schläfe.

Durch die Leitung kam ein mitfühlender, resignierter Seufzer. »Unter diesen Umständen ist es wohl das beste, wenn du dich beurlauben läßt.«

»Nein.« Ihr Einwand kam spontan und heftig.

»Ich meine das nicht als Vorschlag, Kelly.«

»Aber ich muß arbeiten, Hugh. Ich werde verrückt, wenn ...«

»Dann bete, daß sich irgendein Desaster ereignet und diese Geschichte von der ersten Seite verdrängt«, schnappte er und fügte dann gestelzt hinzu: »Ich werde tun, was ich kann, aber ...«

Er dachte also bereits an eine Neubesetzung der Magazinshow. Kelly merkte es seiner Stimme an. Wenn das passierte, war sie erledigt; ihre Karriere, für die sie alles getan hatte und die für sie das Wichtigste war, wäre zu Ende. Ihre Kollegen – die Kamerateams, Aufnahmeleiter, Drehbuchautoren und wer noch alles waren ihre Familie, ihre Freunde. Und Hugh ... sie hatte erwartet, daß er böse und sogar wütend sein würde, aber sie hatte damit gerechnet, daß er zu ihr stehen und alle Hebel in Bewegung setzen würde, wem auch immer klarzumachen, daß die Sünden ihres Vaters nichts mit ihr zu tun hatten. Statt dessen war er drauf und dran, sie fallenzulassen. Mit dieser Beurlaubung distanzierte er sich bereits von ihr, kippte sie aus der Show.

Ein eiserner Reif legte sich ihr um Kehle und Brust. Selbst nach so langer Zeit war sie gegen Verrat und Zurückweisung nicht gefeit.

Undeutlich hörte sie Hughs Stimme. »Kelly, ich habe dich gefragt, ob Debbie in der Nähe ist.« Ja, Debbie stand im Eingang und hörte mit.

»Ich muß sie sprechen. Und du sieh zu, daß du ihr alles Material über John Travis aushändigst und dann sicherheitshalber untertauchst. Linda James lechzt förmlich danach, dich mit dieser Geschichte fertigzumachen.«

Kelly hielt Debbie den Hörer hin. »Er möchte dich sprechen.«

Sofort nachdem Debbie übernommen hatte, stieg Kelly die Treppe zu ihrem Zimmer hinauf, das sie vor wenigen Stunden so überstürzt verlassen hatte. Sie warf ihre Tasche auf das ungemachte Bett und trat ans Fenster.

Sie sah die gekrümmten Rücken der Gastarbeiter in den Weinbergen jenseits der mächtigen Eichen bei der Traubenlese. Hatte einer von ihnen letzte Nacht Gitarre gespielt? Eine Ewigkeit schien das zurückzuliegen, war wie ein Traum, genauso wie Sams leidenschaftlicher Kuß.

Sie schloß die Augen, wie um dieses urplötzliche Verlangen nach Trost und Wärme starker Arme, die sie umfangen hielten und ihr Kraft gaben, abzuwehren. Dabei war sie es so leid, sich allein durchkämpfen zu müssen. War es seit dem Tod ihrer Mutter nicht immer so gewesen? Hatte sie andererseits inzwischen nicht gelernt, sich auf niemanden zu verlassen außer auf sich selbst? Tränen schossen ihr in die Augen. Bloß nicht weinen! Das führte zu nichts. Auch das hatte sie gelernt.

Ein leises Klopfen an der Tür, dann Debbies Stimme. »Kelly, ich bin's. Darf ich reinkommen?«

Kelly schüttelte den Anflug von Selbstbemitleidung ab, reckte die Schultern. »Es ist offen.« Als der Türschnapper gedreht wurde, nahm sie bereits die Unterlagen zu John Travis aus dem Koffer. »Hugh hat mich gebeten, dir das zu geben.«

Debbie nahm das Material zögernd entgegen. »Tut mir leid, Kelly. Hugh denkt dabei an die Sendung. Eine Menge Jobs stehen auf dem Spiel.«

Was bedeutet da schon ein einzelner im Vergleich zu vielen? Nur daß es dabei um meinen Job geht. Um meine Karriere.«

»Er will doch nichts weiter, als daß du dich beurlauben läßt, Kelly. Dieser ganze Rummel kann sich in ein paar Tagen erledigt haben, und dann bist du wieder dabei. Du hast deinen Job nicht verloren.«

»Ich komm nicht zurück.« Verbissen ging sie daran, ihren Koffer zu packen.

»Es muß die Hölle für dich sein«, sagte Debbie mitfühlend. »Was hast du vor?«

Kelly hob vielsagend die Schultern. »Keine Ahnung. Hugh will, daß ich für eine Weile von der Bildfläche verschwinde.«

»Und das wirst du tun?«

Ein verlockender Gedanke, bei Gott. »So gut wie mein ganzes Leben lang hab ich mich versteckt, habe gelogen und andern was vorgemacht. Und was hat mir das eingebracht?« Wie in einer Falle kam sie sich vor, rastlos, ihr Nervenkostüm völlig zerschlissen.

»Wenn du bleibst, dann lieber nicht hier. Im Augenblick glauben alle, du besuchst deinen Vater im Gefängnis.« *Alle* bezog sich selbstredend auf die zahlreichen Reporter, die auf den Mordfall angesetzt waren. »Sobald sie merken, daß dem nicht so ist, werden sie die Pension belagern.«

Das hatte Kelly bereits bedacht. »Ich brauche den Wagen.«

Debbie klemmte sich den Papierkram unter den Arm und wühlte ihre Tasche nach dem Schlüssel durch. »Wohin willst du?«

»Weiß ich noch nicht. Erst einmal muß ich nachdenken.« Sie schloß die Finger um den Schlüsselbund, der für sie die Freiheit bedeutete. War es wirklich Freiheit?

Der Fahrtwind, der vom Geruch gärender Trauben und einem Hauch Meeresluft erfüllt war, spielte mit Sams hellbraunen Nackenhaaren. Das Gittertor, das die Hauptzufahrt zu Gut Rutledge markierte, war verschlossen, versperrte den Reportern und Kamerateams den Zutritt. Sam bog rechtzeitig auf eine nicht ausgeschilderte Nebenzufahrtsstraße ab.

Völlig erschöpft betrat er das Haus, wollte nichts weiter als sich in sein Zimmer zurückziehen, duschen und ein paar Stunden schlafen.

Auf halber Höhe der Treppe wurde er von Mrs. Vargas, der Haushälterin, aufgehalten. »Madam ist im Morgenzimmer. Sie möchte, daß Sie sie sogleich dort aufsuchen.«

Übermüdet, wie er war, wollte er gereizt aufbrausen, besann sich aber. »Sagen Sie ihr, ich komme, sobald ich geduscht und mich umgezogen habe.«

Er begab sich nach oben und über den Flur in sein Zimmer und stellte sich, nachdem er sich ausgezogen hatte, sofort im angrenzenden Badezimmer unter die Dusche. Der prickelnde Wasserstrahl, der sich über seine breiten Schultern, über Rücken und Brust, die schmalen Hüften und die muskulösen Beine ergoß, schwemmte die Mattigkeit aus seinen Knochen, spülte den Seifenschaum ab, mit dem er Arme und Oberkörper bearbeitete.

Er dachte an Kelly, an ihre Reaktion, als sie in dem Häftling ihren Vater erkannt hatte. Leichenblaß war sie geworden, hatte hilflos und verletzlich gewirkt. Sie hatte die Hände geballt, um ihrer Gefühle Herr zu werden und dem Angriff der Reporter standzuhalten. Das war unbedingt wirkungsvoller gewesen und auf betörende Art weiblicher als in Hysterie auszubrechen oder sich in einen Weinkrampf zu flüchten.

Mit einem unterdrückten Fluch hielt er das Gesicht in den Wasserstrahl, kniff die Augen zusammen. Er sah sie wieder neben sich im Jeep sitzen, das wunderschöne Haar in diesem vertrackten Zopf verborgen, der nicht minder aufreizend war wie das Wissen, daß sie unter diesen züchtigen Fernsehklamotten Seidenwäsche trug. Lieber Gott, wie gern hätte er, der schon so lange allein schlief, daß er sich daran gewöhnt hatte, und den so schnell keine Frau aus der Fassung zu bringen vermochte, sie da draußen im Jeep in die Arme geschlossen!

Er hatte es nicht getan. Weil unweigerlich mehr daraus geworden wäre. Mehr als ein Kuß. Dabei war es doch alles andere als Sex gewesen, wonach sie sich gesehnt hatte.

Noch nie war ihm das Bedürfnis bewußter geworden, einen anderen zu beschützen, auch vor sich selbst. Ein ungeahntes Gefühl. Ob er sich darüber freuen sollte, war schwer zu sagen; jedenfalls war dieses Gefühl übermächtig.

Zehn Minuten später erschien er in Khakihosen und Baumwollhemd und frisch rasiert, wenn auch noch mit feuchten Haaren, im Morgenzimmer. Katherine wirkte frisch und ausgeruht; ihr weißes Haar war sorgfältig frisiert. Nur ein Schatten unter ihren Augen verriet die schlaflose Nacht, die hinter ihr lag.

»Guten Morgen.« Sam goß sich an der Anrichte ein Glas

frisch gepreßten Orangensaft ein. »Wie geht es Nathalie?« Er setzte sich zu Katherine an den Tisch.

Mit einem süffisanten Lächeln griff Katherine zu ihrer Kaffeetasse. »Vor einer Stunde hat Clay angerufen und genau das gleiche gefragt.« Sie setzte die Tasse ab. »Sie ist noch im Bett. Mrs. Vargas hat ihr ein Frühstückstablett hinaufgebracht, aber Nathalie wollte nichts essen. Ich nehme an, sie wird einen Gutteil des Tages auf ihrem Zimmer verbringen.«

Ob aus Schuldgefühlen heraus oder aus Kummer war etwas, worüber Katherine lieber nicht laut nachdachte. Ebenso wie sie es der Polizei gegenüber vorgezogen hatte, keine Spekulationen darüber anzustellen, warum wohl Emile letzte Nacht die Kellerei aufgesucht hatte. Auch wenn sie so eine gewisse Ahnung, ja Befürchtung hegte. Aber darüber wollte sie sich ausschweigen.

»Mit Emiles Tod ist natürlich unser Abkommen hinfällig geworden. Vielleicht ist es so das Beste«, erklärte sie. »Man kann es wohl als Ironie des Schicksals bezeichnen, daß eine derart entsetzliche Tragödie auch ihr Gutes hat.«

»Kann man wohl sagen.« Er stürzte seinen Saft hinunter, starrte nachdenklich in sein Glas.

Wenn er ihr doch bloß gesagt hätte, wie sehr ihm Gut Rutledge am Herzen lag, überlegte sie. Dann hätte sie sich niemals an Emile gewandt, Emile wäre nicht hergekommen, es hätte keine Party gegeben, und Emile wäre noch am Leben. Das war die eigentliche Tragik. Da solche Überlegungen jedoch zu nichts führten, konzentrierte sich Katherine auf das, was ihr im Augenblick wichtig war.

»Hat die Polizei gesagt, wann sie gedenkt, die Absperrung aufzuheben?« erkundigte sie sich. »Sie hat das Gebiet doch gründlich abgesucht und fotografiert und bestimmt schon alle Beweismittel gesichert.«

»Es war unmöglich, jemanden zu fragen. Das Grundstück war von einer Horde Reportern umlagert«, erklärte Sam und fügte dann hinzu: »Man hat Dougherty ins Bezirksgefängnis verlegt.«

»Ich weiß. Und, wie ich im Radio gehört habe, offiziell Anklage gegen ihn erhoben.«

Er sah sie an. »Dann weißt du wohl auch über Kelly Bescheid.«

Katherine nickte. »In dem Bericht wurde groß herausgestellt, daß Dougherty ihr Vater ist.«

»Eine tapfere Frau, und eine Menge Grips hat sie auch.« Er schwenkte den Saft im Glas. »Kaum zu glauben, daß sie seine Tochter ist.«

»Grips«, sprach sie wie probehalber diesen aus ihrem Mund so eigenartig klingenden Begriff nach. »Den besaß ohne Zweifel Evan Dougherty, ihr Großvater. Auch die Intelligenz und ihr Durchsetzungsvermögen dürfte sie von ihm haben. Die grünen Augen, das rotbraune Haar ... die Ähnlichkeit hätte mir eigentlich auffallen müssen. Aber das tut wohl nichts zur Sache.«

»Nein.« Wer ihre Eltern waren, spielte keine Rolle. Eher störte ihn, daß sie sich ihm gegenüber so verschlossen gab. Ihr Vater haßte jeden, der irgendwas mit Gut Rutledge zu tun hatte. Betrachtete Kelly ihn etwa auch als Feind? Verdammt noch mal, er wollte, daß sie ihm vertraute.

»Habe ich dir schon gesagt, daß für die nächsten Tage Regen angesagt ist?« fragte Katherine.

»Das hat uns gerade noch gefehlt«, stöhnte Sam. »Dann werde ich mich wohl darum kümmern müssen, daß die Lese heute zügig vorangeht und die Trauben, die noch nicht so weit sind, genug Luft haben.«

»Tu das, Jonathan ... Sam«, verbesserte sie sich augenblicklich. »Wenn es nach dem Regen wieder sehr heiß wird, fangen die Trauben rasch an zu schimmeln.«

Sam, der sich dieser Gefahr wohl bewußt war, stand bereits auf. »Ich werde Murphy anrufen und veranlassen, daß seine Hubschrauber auf Abruf bereitstehen.«

»Hubschrauber«, begehrte Katherine auf, »wozu denn das?«

»Ist doch immerhin möglich, daß uns Mutter Natur nach den Regenfällen nicht genug Wind schickt, damit die Trauben abtrocknen. Um dem nachzuhelfen, möchte ich Hubschrauber einsetzen.«

»Also wirklich, Sam«, murmelte sie mißbilligend. »Ich

weiß ja, daß du eine Schwäche für Flugzeuge hast. Aber die Weinberge sind doch wohl nicht der richtige Ort, deinem Hobby zu frönen.«

»Das hat nichts mit meiner Leidenschaft fürs Fliegen zu tun, Katherine.«

»Halt mich bitte nicht für beschränkt.« Sie funkelte ihn wütend an. »Wenn du nicht so versessen aufs Fliegen wärst, würdest du dich nicht zu solch einem Unsinn versteigen.«

»Von wegen Unsinn.« Sam mußte sich beherrschen, um nicht aufzubrausen. »Ganz im Gegenteil. Es ist logisch und praktisch. Die rotierenden Blätter des Hubschraubers dicht über einem Weinberg erfüllen die Funktion eines riesigen Gebläses, das den Rebstöcken Luft zufächelt. Solche Einsätze bewirken eine ganze Menge, vor allem wenn das Laub ausgedünnt ist.«

»Möglich. Nur sind wir bisher auch ohne Hubschrauber ausgekommen, und ich sehe nicht ein, warum so was auf einmal nötig ist.«

»Ich schon.« Sam stand bereits am Telefon, wählte Murphys Nummer.

»Hast du nicht gehört, was ich gesagt habe?«

»Doch.« Er hielt den Hörer ans Ohr.

»Und du setzt dich einfach darüber hinweg?« empörte sie sich. »Ja. Ich habe nicht die Absicht, wie schon einmal, die Hälfte der Trauben verschimmeln zu lassen, bloß weil du die Vorteile eines neuen Verfahrens nicht anerkennen willst.«

Seine Verbohrtheit brachte Katherine in Rage. »Leg unverzüglich auf!«

»Eine Sekunde, Murphy«, sprach Sam in den Hörer, ehe er die Hand über die Sprechmuschel legte. »Soll das ein Befehl sein, Katherine?« Er sah sie trotzig an. »Wenn ja, dann nehme ich ihn nicht zur Kenntnis. *Ich* kümmere mich darum, daß die Weinberge in Schuß sind. Und wenn dir meine Vorgehensweise nicht paßt, kann ich auch nichts dran ändern.«

Die Weinberge in Schuß. Sie lauschte den Worten nach, deutete dann aufs Telefon. »Bestell meinetwegen deine Hubschrauber. Wir werden ja sehen, was sie ausrichten.«

Die High School, der kleine Laden, in dem sie ihre Kleidung erstanden hatte, die schäbige Kneipe, in der ihr Vater ständig gehockt hatte, die Restaurants, in denen sie Geschirr gespült hatte – nie schlank oder niedlich genug zum Bedienen –, an alldem fuhr Kelly langsam vorbei. Sie sperrte die Erinnerungen nicht länger aus, sondern gab sich ihnen hin, dachte daran, wie weh es getan hatte, sich nicht so adrett anziehen zu können wie die anderen, nicht so hübsch oder beliebt zu sein, keine Verabredung mit einem Jungen zu haben, sich schämen zu müssen, wer und was sie war, wer ihr Vater war und was man von ihm hielt, die Sticheleien, die abschätzigen Bemerkungen.

Aber da waren auch die gutbestückte Leihbücherei, die ihr so viele Stunden des Entrücktseins gewährt hatte, die Redaktion der Zeitung, in der ihr Artikel über die Geschichte des Weinanbaus im Napa Valley veröffentlicht worden war, das Haus, in dem ihr Englischlehrer gewohnt hatte, und ihre Freundschaft mit Ollie. Lichtblicke inmitten bedrückender Erinnerungen.

Kelly bog in die Spring Street ein, fuhr langsam die Strecke ab, die sie so oft zu Fuß gegangen war und die zum Friedhof führte. Sie parkte vor dem Eingang, nahm den Strauß langstieliger, dunkelroter Rosen vom Beifahrersitz und schritt auf das Grab ihrer Mutter zu. Gelegentlich blieb sie kurz stehen, las die in Granit und Marmor gemeißelten vertrauten Namen.

Zögernd näherte sie sich dem Grab ihrer Mutter. Eine Vase mit einem bunten Strauß Margeriten, Nelken und Schleierkraut stand vor dem Stein, der den Namen REBECCA ELLEN DOUGHERTY mit dem Zusatz MEINE GELIEBTE FRAU trug.

»Die sind wohl von *ihm*?« Wütend starrte Kelly auf die Blumen. Sie hätte sie am liebsten aus der Vase gerissen und sie in die Gegend geschleudert, um sie nicht mehr sehen zu müssen. Nur der Mutter zuliebe tat sie es nicht.

Sie bückte sich, legte die Rosen behutsam neben den Stein. »Ach, Mama.« Ihre Stimme war belegt. »Wie konnte er uns das bloß antun? Wie konnte er bloß?«

In dem Augenblick, da sie das sagte, wußte sie, was sie zu tun hatte. Nicht für ihn. Für ihre Mutter – und für sich selbst.

Ein Bild des Gouverneurs sowie das Staatswappen von Kalifornien prangten neben gerahmten Urkunden an der Wand. Der klotzige Schreibtisch war übersät mit gelben Schreibblöcken, einem wahllos aufgetürmten Haufen dicker Aktenordner, einem schwarzen Telefon und einem Foto, das zwei dunkelhaarige kleine Mädchen zeigte. Mitten auf dem ganzen Durcheinander lagen eine weiße Papiertüte und eine Schachtel und darauf ein angebissenes Roggensandwich. Der Drehstuhl ächzte, als Ollie sich erhob, um Kelly zu begrüßen, nicht ohne sich vorher noch rasch die Hände an einer Papierserviette abzuwischen.

»Machst du bereits Mittagspause?« fragte Kelly.

»Ich hab sie vorverlegt.« Er stopfte das Sandwich in die Tüte. »Hatte heute morgen keine Zeit zum Frühstücken.«

Seine Bemerkung rief Kelly den Grund ihres Hierseins ins Gedächtnis zurück. »Ich wollte dich nicht stören«, sagte sie, plötzlich verunsichert.

»Tust du auch nicht. Keineswegs.« Sein begütigendes Lächeln erinnerte ein wenig an den Jungen, der einmal ihr Freund gewesen war. »Setz dich doch, Liz. Pardon, Kelly, wie du dich neuerdings nennst.«

Sie nahm auf der Kante des lederbespannten Stuhls vor seinem Schreibtisch Platz. »Ich habe meinen Namen vor neun Jahren offiziell ändern lassen.«

»Gut siehst du aus, Kelly.« Der Drehstuhl ächzte erneut, als Ollie wieder Platz nahm.

»Danke. Ich ...« Sie suchte nach Worten, um ihre Befangenheit herunterzuspielen. »Du hast gleich gewußt, daß ich es bin, ja?«

»Deine Stimme«, sagte er achselzuckend. »Die ist unverwechselbar. Vielleicht weil ich sie so oft gehört habe.«

»Ja, wir haben viel miteinander geredet«, sagte sie versonnen. »Du ahnst gar nicht, wie oft ich an dich gedacht habe, mich gefragt habe, was aus dir geworden ist. Ich nahm an, du seist längst von hier weggezogen. Als ich dich dann heute sah, beim …« Sie beendete den Satz nicht. Dies war nicht der geeignete Zeitpunkt und auch nicht der richtige Ort, gemeinsame Erinnerungen aufzufrischen oder zu versuchen, die Jahre der Trennung zu überbrücken. »Ollie, darf ich zu ihm?«

»Das läßt sich einrichten.« Er nickte, sah sie prüfend an. »Wenn du unbedingt willst.«

»Ich will keineswegs, aber es muß sein.« Sie sah auf ihre ineinander verkrampften Hände, hob dann den Kopf. »Hat er einen Anwalt?«

»Nein. Das Gericht kann ihm einen Verteidiger zuweisen.«

»Ja, aber die Anklage lautet auf Mord.« Kelly hielt es nicht länger auf ihrem Stuhl. Sie trat ans Fenster, schlang die Arme um die Taille. »Er braucht einen guten Anwalt, Ollie. Ich weiß, daß es abwegig ist, den Staatsanwalt zu bitten, einen Verteidiger zu empfehlen, aber ich wüßte nicht, wen ich sonst fragen sollte«, sagte sie gepreßt.

Ollie schwieg eine Weile. Schließlich angelte er sich einen der gelben Notizblöcke. »Ich schreib dir ein paar Namen auf. Du kannst den Zettel einstecken.« Er kritzelte etwas auf das Blatt, riß es dann ab und hielt es ihr hin.

»Danke.« Sie stand auf, nahm es entgegen und schob es zusammengefaltet in ihre kleine Handtasche.

Er rückte seine Brille zurecht. »Ich habe mich oft gefragt, ob wir uns wohl jemals wiedersehen. Daß es unter solchen Umständen geschehen würde, habe ich allerdings, ehrlich gestanden, nie bedacht.«

»Ich auch nicht.« Kelly strich über ihre Tasche, setzte sich wieder hin. »Hat er ein Geständnis abgelegt?«

»Nein.«

»Bist du sicher …« fing sie an, unterbrach sich dann aber und schüttelte den Kopf. »Du mußt ja überzeugt sein. Sonst würdest du ihn doch nicht des Mordes beschuldigen.«

»Möchtest du die Fakten hören, Kelly?« fragte er ruhig. »Eine Augenzeugin sieht ihn am Tatort, mit der Mordwaffe in der Hand. Etwa einen halben Meter von der Leiche entfernt findet man einen Benzinkanister. Voll. Als man deinen

Vater verhaftete, entdeckte man auf seiner Hose einen Benzinfleck. Und drei weitere Kanister im Kofferraum seines Autos, außerdem eine Quittung über vier Gallonen Benzin in seiner Hosentasche. Daß er auf Gut Rutledge nicht gut zu sprechen ist, ist im Tal hinlänglich bekannt.«

»Du nimmst also an, er wollte in der Kellerei Feuer legen, aber der Baron kam ihm in die Quere, und deswegen erschlug er ihn.« Das bedeutete, daß die Tat nicht vorsätzlich begangen worden war. Irgendwie war das für sie leichter zu akzeptieren.

»Das hast du gesagt, nicht ich.« Aber er widersprach nicht.

»Verstehe. Wann kann ich ihn besuchen?«

Er sah sie eindringlich an, legte dann seinen Stift beiseite und lehnte sich in seinem Stuhl zurück. »Laß dich da nicht mit hineinziehen. Du bist ihm nichts schuldig. Halt dich also lieber da raus.« Ein klägliches Lächeln zuckte um ihren Mundwinkel. »Wäre das nicht ein gefundenes Fressen für die Revolverblätter? ›Berühmte Tochter läßt des Mordes angeklagten Vater im Stich.‹« Kelly schwieg, ehe sie, völlig sachlich jetzt, weitersprach. »Aber das ist nicht der eigentliche Grund, weshalb ich bleibe. Wenn ich mich verdrückte, wäre ich genau wie er. Und das bin ich nicht.«

»Nein, bist du nicht«, pflichtete Ollie bei und griff nach dem Telefon. »Wie schnell möchtest du deinen Vater sprechen?«

Niemals. »So schnell wie möglich.«

Ollie nahm sie beim Wort. Fünfzehn Minuten später wurde Kelly in einen kleinen, fensterlosen Raum begleitet, in dem es nach Schweiß, kaltem Rauch und abgestandener Luft stank. Kaum daß sie an dem verkratzten Bürotisch Platz genommen hatte, führte ein Aufseher in Uniform bereits ihren Vater herein, um dann an der Tür Posten zu beziehen. Als der Vater sich Kelly gegenüber auf den Holzstuhl setzte, konnte sie ihn zum erstenmal genauer in Augenschein nehmen.

Knapp sechzig, sah er gut und gern zehn Jahre älter aus. Sein Haar, einstmals voll und kastanienbraun wie ihr eigenes, war inzwischen schütter und grau meliert. Das Grün seiner Augen war verblaßt und wäßrig, geplatzte Äderchen überzogen sein fahles und kränklich wirkendes Gesicht an Wangen und Nase. Kleiner und schmächtiger schien er geworden zu sein, so als wäre er seit der Zeit, da sie ihn zuletzt gesehen hatte, geschrumpft.

»Hast du 'ne Zigarette, Lizzi-Mädchen?« Er rutschte auf seinem Stuhl herum. Bestimmt war er mehr auf Whiskey aus als auf eine Zigarette. Wie üblich.

Wortlos zündete Kelly eine Zigarette an und reichte sie ihm, zündete auch sich selbst eine an, stieß den Rauch aus.

»Ich heiße jetzt Kelly«, sagte sie verärgert.

»Kelly, so hieß deine Mutter, eh sie mich heiratete. Rebecca Ellen Kelly.« Er grinste verlegen. »Hab mich gefreut, als ich hörte, daß du dir diesen Namen zugelegt hast. Warst du an ihrem Grab?«

»Ja.«

»Erst gestern hab ich ihr ein paar Blumen gebracht.«

Sie wollte ihn anschreien, er solle sich unterstehen, von ihrer Mutter zu sprechen. Er habe kein Recht dazu. Aber sie war nicht gekommen, um sich mit ihm zu streiten.

»Ich habe eine kleine Liste von Anwälten«, erklärte sie. »Die werde ich heute nachmittag der Reihe nach aufsuchen und dafür sorgen, daß einer von ihnen deinen Fall übernimmt.«

»Nicht nötig.« Seine Hand zitterte, als er die Asche an dem schwarzen Aschenbecher abstreifte. »Ich kann mir einen Pflichtverteidiger nehmen. Wir brauchen dein Geld, um die Rutledges dran zu hindern, meinen Weinberg zu stehlen. Verschwend es also nicht für einen Anwalt.«

»Es geht hier nicht um irgend etwas Belangloses. Diesmal kommst du nicht mit einer Geldstrafe und ein paar Tagen Gefängnis davon.«

»Du glaubst wohl, das wüßte ich nicht«, raunzte er sie an.

»Ich werde einen Anwalt mit deiner Verteidigung beauftragen.« Kelly zog hastig an ihrer Zigarette, strich danach mit dem Daumennagel immer wieder über das Filtermundstück. »Der Weinberg nützt dir gar nichts im Gefängnis, und genau dort kommst du hin.«

Seine wäßrigen Augen verengten sich vorwurfsvoll. »Du glaubst also, ich hab's getan? Du glaubst, ich hätte diesen Baron umgebracht.«

Das Gesicht des Aufsichtsbeamten blieb undurchdringlich, obwohl er jedes Wort mitzubekommen schien. Was weder den Vater noch Kelly daran hinderte, sich Zurückhaltung aufzuerlegen.

»Dann sag du es mir«, forderte sie ihn kühl heraus.

»Ich war's nicht.« Er forschte in ihrem Gesicht, bis irgend etwas in ihm zu zerbrechen schien. Er senkte den Kopf, fuhr sich durch das schüttere Haar. »Du glaubst mir nicht. Keiner glaubt mir.« Er stieß ein abgehacktes Lachen aus. »Ich wette, daß sie es darauf angelegt hatte. Deswegen hat sie der Polizei gesagt, ich war's gewesen. Wenn ich im Kittchen sitze, komm ich nicht an das Geld ran, das ich brauche, damit sie mir mein Land nicht wegnimmt. Nicht mal meine Trauben kann ich ernten. Was für ein durchtriebenes Weib.« Er schüttelte so heftig den Kopf, daß die Asche seiner Zigarette auf die Tischplatte fiel. »Gerissen wie ein Fuchs und kalt wie ein Eisberg. Will sich unbedingt mein Land unter den Nagel reißen. Daß ich unschuldig bin, ist ihr völlig schnuppe.«

»Warum bist du dann weggelaufen?«

»Warum?« Er sah sie verständnislos an. »Was würdest du denn machen, wenn du über eine Leiche stolperst und jemand dich anschreit? Vielleicht dort bleiben und seelenruhig abwarten?«

»Jedenfalls nicht weglaufen. Nicht, wenn ich unschuldig wäre.«

Er fuhr sich mit dem Handrücken über den Mund, vermied es, sie anzusehen. »Na ja, bei meinen vielen Auseinandersetzungen mit den Bullen war mir nicht danach, noch länger dort rumzulungern. Deshalb haute ich schleunigst ab.« Im stillen mußte ihm Kelly wohl oder übel zugestehen, daß Flucht für ihn zur Gewohnheit geworden war. »Kleines, ich bin völlig ausgetrocknet. Hättest du vielleicht 'nen Kaugummi oder 'n bißchen Saft für mich? Schokolade wär auch nicht schlecht. Das Essen hier drin ist saumäßig.« Begehrlich stierte er auf ihre Tasche. »Du warst doch immer ein Schleckermäulchen.«

»Jetzt nicht mehr.« Himmel, welche Mengen von Schokoriegeln, überzogenen Nüssen oder Karamelbonbons hatte sie früher in ihren Taschen mit herumgeschleppt! Seine Bitte weckte aber auch eine andere Erinnerung: Er hatte sich immer mit Süßigkeiten vollgestopft, wenn sich nach einer Sauftour der Katzenjammer einstellte. »Du hast gestern getrunken, ja?« Warum bloß hatte sie Ollie nicht danach gefragt? Etwa weil sie unbewußt geahnt hatte, was er antworten würde?

Er fuhr hoch. »Zwei Gläser.«

»Doch sicher mehr als zwei.« Mein Gott, wie sie ihn verabscheute! Wie Galle stieß es ihr auf.

»Also gut, meinetwegen mehr als zwei.« Er drückte seine Zigarette aus. Alt sah er aus und schwach und kräftemäßig nicht in der Lage, die Hand zu heben, geschweige denn einen tödlichen Schlag auszuführen. »Hatte seit zwei Wochen keinen Tropfen mehr getrunken. Zwei Wochen lang keinen einzigen Tropfen, ehrlich.« Wie oft hatte Kelly das schon gehört! »Und dann ging gestern alles daneben. Ich dachte, ich krieg das Geld, um den Schuldschein, den sie hat, auszulösen. Aber sein Vertrag platzte und ...«

»Und du betrankst dich«, sagte sie angewidert. »Hast dich derart vollaufen lassen, daß du wahrscheinlich gar nicht mehr weißt, was letzte Nacht passiert ist. Möglich, daß du den Baron umgebracht hast und dich nicht mehr daran erinnerst ... genauso wie du dich nachher nie mehr daran erinnertest, wenn du mich geschlagen hattest.«

Sie wollte ihren Stuhl zurückschieben, aber blitzschnell krallten sich seine knochigen Finger in ihren Arm. Instinktiv hob Kelly die andere Hand, um den erwarteten Schlag ins Gesicht abzuwehren. Aber nachdem Dougherty zum Aufseher hinübergeschielt hatte, gab er Kelly sofort wieder frei und ging auf Abstand.

»So war es nicht«, sagte er zerknirscht. »Nicht gestern abend. An Einzelheiten erinnere ich mich zwar nur undeutlich, aber umgebracht hab ich ihn nicht. Ich war nicht so betrunken, um so was nicht mitzukriegen.«

Wenn er nicht so leise gesprochen hätte, hätte Kelly geschworen, er habe das nur wegen des Wachhabenden gesagt. »Natürlich warst du das nicht«, höhnte sie unbarmherzig. »Deswegen bist du ja auch gestolpert.«

Aufgebracht beugte er sich über den Tisch. »Nein, das war wegen dieser verdammten Benzinkanister.« Seine Augen blitzten plötzlich hinterlistig auf, und er senkte die Stimme noch mehr. »Lizzi-Mädchen, ich hatte mir doch ganz genau ausgedacht, wie ich's ihr heimzahle, ihren Landdiebstahl. Stell dir doch mal vor, was gewesen wär, wenn Madams Auslesen allesamt nach Benzin geschmeckt hätten.« Er grinste, ließ dann den Kopf bedauernd hin und her pendeln. »Wenn ich es doch bloß in die Lagerkeller geschafft hätte! Dann hätte ich nur das Benzin über die Eichenfässer schütten müssen und ein bißchen was über die Korken, und alles ... alles ... wär kaputt gewesen.«

Er hatte demnach nie vorgehabt, die Kellerei in Brand zu setzen. Sein Plan war viel heimtückischer gewesen: den gesamten Wein in den Kellern von Gut Rutledge zu verderben, Jahrgänge zu vernichten, die Jahrzehnte und noch länger dort lagerten.

»Warum denn das?« fragte sie flüsternd.

Angesichts ihrer Reaktion runzelte er verlegen die Brauen, zog abwehrend eine Schulter hoch. »Wenn sie meinen Weinberg kassiert, stehe ich ohne alles da. Ich wollte ihr klarmachen, was das für ein Gefühl ist.«

Die Luft war plötzlich zum Ersticken. Kelly konnte nicht mehr atmen. Sie mußte hier raus. Sie drückte ihre Tasche an sich und stand auf.

»Lassen Sie mich bitte vorbei«, bat sie den Beamten.

»Wohin gehst du denn?« rief ihr der Vater nach.

»Ich besorg dir einen Anwalt.«

»Sag ihm, ich bin unschuldig. Mir ging's nur um den Wein. Ich schwöre, daß ich ihn nicht umgebracht hab. Du mußt mir das glauben.«

Wie nur sollte sie ihm glauben? Wie denn?

16

Die späte Septembersonne stand über der Terrasse am Pool. Mit gleichmäßigen Zügen schwamm Gil Rutledge eine Bahn nach der anderen, bis er nach seinem täglichen Pensum von zwanzig Längen aus dem Wasser stieg.

Clay, der sich unweit des Beckenrandes aufhielt, kaute nervös an seinem Daumennagel herum, eine Unart, der er seit seiner Pubertät, als er sich seiner sexuellen Triebe bewußt geworden war, nicht mehr gefrönt hatte. Die Nerven, eine Umschreibung für »Angst«, wie Gil es deutete. Etwas, was zu zeigen sich keiner der beiden erlauben konnte.

»Auf dem Tisch steht eine Karaffe mit Martini. Gieß uns doch jedem ein Glas ein!« rief Gil seinem Sohn zu.

Während er sich abtrocknete, musterte er Clay verstohlen und stellte erleichtert fest, daß dessen Hand ruhig war. Kein Tropfen ging beim Eingießen daneben.

»Was Neues?« fragte er Clay.

»Nicht, daß ich wüßte.« Sein Martiniglas mit beiden Händen umklammernd, setzte sich Clay auf eine Stuhlkante und stützte die Ellbogen auf die Armlehnen. »Hat sich die Polizei noch mal blicken lassen?«

»Nein. Warum sollte sie?« entgegnete Gil gleichgültig und nippte erneut an seinem Glas.

Clay fuhr sich mit gespreizten Fingern durchs Haar. »Als sie gestern nacht unsere Aussage zu Protokoll nahmen, hieß es, sie würden sich melden, wenn sie zusätzliche Fragen hätten.«

»Wir haben dem, was wir ihnen bereits mitgeteilt haben, nichts mehr hinzuzufügen«, erwiderte Gil mit einer abweisenden Bewegung seines Glases und fügte dann hinzu: »Zum angenommenen Zeitpunkt von Emiles Ermordung waren wir beide zusammen. Eine Menge Leute haben uns gesehen. Außerdem hat die Polizei den Täter bereits gefaßt.«

»In den Mittagsnachrichten wurde eine kurze Sequenz mit Dougherty eingeblendet. Er behauptet, unschuldig zu sein.«

»Das behauptet auch jeder, der in San Quentin einsitzt.«

»Wie wahr.« Insgeheim bewunderte Clay die Gelassenheit seines Vaters, dessen Kaltschnäuzigkeit. Das stärkte auch ihm den Rücken.

»Ich halte es für angebracht, der trauernden Witwe morgen einen Beileidsbesuch abzustatten.« Gil hielt sein Gesicht in die Sonne. »Nach meinen Informationen scheint die liebe Nathalie Alleinerbin zu sein. Pech für Katherine, daß sie nichts Schriftliches von Emile in Händen hält. Vielleicht läßt sich Nathalie ja überreden, sich für ihr Joint-venture einen anderen Partner zu suchen.«

»Gut möglich.« Insgeheim fragte sich Clay, wie lange wohl schon die Überlegungen seines Vaters in diese Richtung zielten. Ihr stillschweigendes Abkommen jedoch – keine Fragen stellen – verbot es ihm nachzuhaken.

Eine andere Bemerkung des Vaters hatte ihn bereits stutzig gemacht. Er stand auf und schlenderte ans Ende der mit Platten belegten Terrasse. »Du sagst, sie ist die Alleinerbin.« Er sah sich um, wartete auf die Bestätigung.

»Vorausgesetzt, der Baron hat in jüngster Zeit sein Testament nicht geändert. Warum? Woran denkst du?«

»An Scheidung. Ich könnte Barbara überzeugen, daß es das beste wäre.« Nachdenklich schlürfte er seinen Martini.

»Du lebst in Gütergemeinschaft. Das kann ein verflucht teurer Spaß werden, Clay.« Gils Gesicht, seine ganze Haltung drückten Mißbilligung aus.

Clay schmunzelte lediglich. »Ich würde mit Freuden auf die Hälfte von dem, was ich jetzt habe, verzichten, wenn ich dafür Château Noir bekomme. Immerhin braucht Nathalie jemanden, der ihr hilft, das Unternehmen zu leiten.«

Gil sah ihn verblüfft an, um gleich darauf in befreites Gelächter auszubrechen. »Allmächtiger! Was für ein grandioser Gedanke!« Er ging auf Clay zu, schlug ihm auf die Schulter. »Wir sind ein verdammt gutes Team, Sohn. Ein verdammt gutes Team.«

Grinsend stießen sie an und kippten den verbliebenen Inhalt ihrer Gläser in einem Zug hinunter. Solange sie zusammenhielten, hatten sie nichts zu befürchten.

Der Mietwagen rumpelte über die ausgefahrene Spur in den unkrautüberwucherten Hof, hielt neben dem geparkten Buick. Kelly konnte es kaum fassen, daß das Haus noch heruntergekommener aussah, als sie es in Erinnerung hatte.

Die Farbe, die vor zehn Jahren bereits abblätterte, war inzwischen gänzlich verschwunden und stellte graue, vor sich hinmodernde Balken zur Schau. Das Dach war an einer Seite durchgesackt und höchstwahrscheinlich auch undicht. Staub und Schmiere lagen dick auf den Fensterscheiben, von denen eine geborsten, aber keine eingeschlagen war.

Zerbrochene Maschinenteile, alte Reifen und aller möglicher Schrott ragten aus dem hohen Unkraut um das Haus. Das Blumenbeet, das sie neben der vorderen Veranda angelegt und mit Steinen eingefaßt hatte, war gar nicht mehr auszumachen.

Der Weinberg sah auf den ersten Blick nicht viel besser aus. Erst bei genauerem Hinsehen konnte Kelly einzelne Stellen ausmachen, an denen die Stöcke zurückgeschnitten waren und eine entfernte Ähnlichkeit mit ausgerichteten Rebstockreihen aufwiesen.

Der auf Hochglanz polierte grün-weiße Buick vor dem Haus mit seinen blitzenden Chromapplikationen wirkte hier völlig fehl am Platz. Aber so war ihr Vater nun mal; sein Auto ging ihm über alles. Und wie er größten Wert auf saubere Kleidung legte, mußte auch sein Auto makellos sein. Dafür hatte sie sorgen müssen. Mit dem alten Chevy, den er damals fuhr, hatte sie ihre liebe Not gehabt, weil man auf dem dunkelblauen Lack jeden Flecken und jedes Stäubchen sah. Wie viele Stunden hatte Kelly darauf verwandt, die feuchten Schlieren wegzuwischen …

Jetzt nur noch auf die Stoßstange klettern und die Motorhaube abledern. Das T-Shirt klebte ihr auf der Haut, zeichnete die Wülste ihres Babyspecks nach. Ein Gummiband hielt ihr strähniges Haar zu einem Pferdeschwanz zusammen, Schweiß rann ihr die Brille hinunter auf die Nasenspitze.

Die Fliegentür klappte. Unwillkürlich schreckte sie zusammen. Die morgendliche Hitze und ihre Erschöpfung waren vergessen, und sie bearbeitete wieselflink und nicht ohne immer wieder zum Hauseingang zu schielen, die trocknenden Wasserflecken auf der Kühlerhaube.

Mit zusammengekniffenen Augen blieb der Vater auf der obersten Treppenstufe stehen. Sein Gesicht war aufgeschwemmt, zeugte von zu viel Whiskeygenuß am Abend zuvor. In der Hand hielt er ein Glas mit einer braunen Flüssigkeit. Nein, keinen Eistee, sondern schon wieder Whiskey.

»Ist das Auto noch nicht fertig?« schnauzte er sie an.

»Gleich.« Sie kletterte von der Kühlerhaube. Es kam ihr vor, als wäre der ganze Hof plötzlich mit Eierschalen übersät.

»Schau sich das einer mal an.« Er kam von der Veranda herunter und deutete auf die Kühlerhaube. »Überall noch Schlieren. Was zum Teufel fällt dir ein? Ich kauf dir extra eine neue Brille, und du siehst trotzdem nichts.«

»Tut mir leid.«

»Tut mir leid. Tut mir leid«, äffte er sie nach. »Immer die gleiche Leier. Ich bitt dich um einen Gefallen, und du bist zu fett und zu faul, selbst so was ordentlich zu machen.«

»Bin ja schon dabei«, versicherte sie.

»Das möcht ich dir auch geraten haben.« Er blieb neben ihr stehen. »Verflucht noch mal, paß doch auf!« explodierte er mit einemmal. »Da – überall Fingerabdrücke auf dem Chrom. Wisch sie ab!« kommandierte er, und sie gehorchte eilends. »So fahr ich doch nicht in die Stadt. Was sollen denn die Leute denken?«

Wütend unterbrach sie ihre Arbeit. »Was sie denken? Warum scherst du dich nicht darum, was sie gedacht haben mögen, als du gestern aus der Kneipe getorkelt bist? Oder beim Feuerwerk am vierten Juli, als du aus vollem Hals ›*God Bless America*‹ gegrölt und deine Flasche geschwenkt hast wie ein besoffener …« Sie schrie auf, als sein Handrücken ihr Gesicht traf.

»Werd bloß nicht frech, du Rotzgöre!« Wieder schlug er zu, härter diesmal. Sie prallte an das Auto, stieß sich den Hüftknochen am vorderen Schutzblech an. Ein lähmender Schmerz schoß ihr den Rücken hinauf. Als sie ihn abermals auf sich zukommen sah, schleuderte sie ihm aus einem Abwehrreflex heraus das feuchte Tuch ins Gesicht.

Erst verblüfft, dann fluchend riß er sich den Lederlappen vom Gesicht, derweil sie die Zeit nutzte, um sich aus der Gefahrenzone seiner strafenden Hände zu rollen. Nicht aber des Whiskeyglases. Er schmiß es ihr nach. Sie zog den Kopf ein, doch nicht schnell genug. Das Glas traf ihre Stirn.

Der Schreck überwog den Schmerz. Ungeachtet seines Gebrülls und des pochenden Brennens in Hüfte und Gesicht sprang sie davon, um sich zwischen den Weinranken zu verbergen.

Sie schleppte sich bis zur Grenzlinie, robbte unter den Drähten hindurch in das rotstengelige Manzanitadickicht auf der anderen Seite. Erst hier hielt sie inne, rang nach Luft. Das Herz klopfte ihr bis zum Hals. Vorsichtig befühlte sie ihr Gesicht. Die Backe war bereits geschwollen, und auf der Stirn hatte sich eine enteneigroße harte Beule gebildet. Aber die Haut war nicht aufgeplatzt. Sie hatte Glück gehabt. *Glück.* Bei diesem Gedanken fing sie leise und bitterlich zu weinen an.

»Komm da raus ... hast du verstanden?« schrie er plötzlich. Sie erstarrte von neuem, wischte sich dann rasch die Tränen aus dem Gesicht. »Beweg deinen Arsch hierher und mach das Auto fertig!«

Sie rührte sich nicht. »Ein Stümper bist du!« donnerte er, »nichts weiter als eine fette, faule Schlampe. Kein Wunder, daß deine Mutter gestorben ist. Es hat sie umgebracht, als sie merkte, was für ein nichtsnutziges, fettes Ding ihre Tochter ist, und deinen Anblick nicht länger ertragen konnte.«

Sie hielt sich die Ohren zu, um seine haßerfüllten Worte nicht länger hören zu müssen. Worte, die noch viel mehr weh taten als seine Fäuste.

Sie klangen noch immer nach, als Kelly aus dem Wagen stieg. Warum war sie nur hergekommen? Es wäre doch sinnvoller gewesen, sich nach einem Zimmer für die Nacht umzusehen, ehe ihr Durchreisende das letzte wegschnappten. Aber sie kannte die Antwort – sie wollte sich den Geistern, den Erinnerungen stellen, die sie noch immer bedrängten und vor denen sie ständig weggelaufen war.

Der mit Steinen durchsetzte Boden war für hohe Absätze nicht unbedingt geeignet. Kelly schaffte es trotzdem zur vorderen Veranda. Das Schloß an der Haustür war, wie bereits damals, defekt; die Tür gab auf den ersten Druck nach.

Sie betrat das stickige Wohnzimmer. Wohlbekannte Gerüche schlugen ihr entgegen – der gräßlich süßliche Duft von verschüttetem Whiskey, der beißende Gestank von getrocknetem Erbrochenen und Zigarettenkippen. Die Nachmittagssonne versuchte vergebens, die verschmierten Fensterscheiben zu durchdringen und Helligkeit zu verbreiten; sie schaffte es nicht, das Zimmer in mehr als gedämpftes Licht zu tauchen.

Auf dem Tisch neben dem Sessel des Vaters standen eine Ansammlung schmutziger Gläser, ein randvoller Aschenbecher und ein gerahmtes Foto der Mutter. Eine leere Whiskeyflasche lag auf dem Fußboden neben dem Stuhl. Weitere vermutlich darunter.

Kelly starrte das Sofa an, auf dem die Mutter gestorben war und auf dem immer noch die alte Indianerdecke lag, deren leuchtende Farben inzwischen schmuddelig geworden und verblaßt waren. Auf dem aus Stoffresten gewobenen Teppich, schoß ihr plötzlich ins Gedächtnis, hatte sie vor endloser Zeit mit ihrem Vater herumgetollt, er hatte sie gekitzelt, bis sie vor lauter Lachen keine Luft mehr bekam, und er hatte nicht weniger übermütig gelacht. Merkwürdig, daß ihr das ausgerechnet jetzt einfiel. Lachen war bisher durchaus nicht etwas gewesen, was sie mit diesem Haus, mit ihrer Kindheit, mit ihrem Vater verband.

Nachdenklich ging sie in die Küche. Im Spülbecken und auf der Anrichte stapelte sich schmutziges Geschirr. Das Linoleum auf dem Fußboden war rissig geworden und vergilbt und hatte sich von der Scheuerleiste gelöst. Und dort drüben stand der Herd, aus dessen Backröhre früher köstliche Düfte durchs Haus gezogen waren. Kuchen, Plätzchen und, Mutters Spezialität, Schokoladenkekse.

Nur noch einen kurzen Blick in ihr Zimmer, dann wollte sie gehen.

Nichts war angetastet worden. Eine dicke Staubschicht bedeckte die schäbige Frisierkommode, die sie weiß gestrichen hatte, den geblümten Überwurf auf ihrem Metallbett, das alte Radio auf ihrem Nachttisch.

Babs, ihre Puppe, lehnte am Kissen auf dem Bett. *Waa waa* machte sie, als Kelly sie hochnahm und ihr den Staub aus dem Gesichtchen pustete und sie dabei ein wenig schüttelte, damit sie die Augen öffnete. Das blaue Kleidchen, das sie trug, hatte die Mutter selbst genäht.

Kelly war sieben gewesen, als sie Babs bekommen hatte. In jenem Jahr hatten sie einen Weihnachtsbaum gehabt, und den ganzen Abend lang waren sie zusammen gewesen, Vater, Mutter und Kelly, hatten Popcorn aufgefädelt, mit Mehlkleister Papierketten geklebt, Sterne und Schneeflocken ausgeschnitten, um damit den Baum zu dekorieren und zu guter Letzt die Spitze mit einem riesigen Stern aus Aluminiumfolie zu krönen. Der Vater hatte von dem Popcorn genascht, und die Mutter hatte ihm deshalb einen scherzhaften Klaps verpaßt. Am darauffolgenden Morgen hatte Babs unter dem Baum gesessen.

Kelly drückte die Wange in das verstaubte, blonde Puppenhaar und schloß die Augen. Die Erinnerung an all das war unerwartet lebendig geworden, überwältigte sie. Gedankenverloren wiegte sie die Puppe sanft hin und her.

Das Geräusch eines vorfahrenden Autos riß Kelly aus ihren Träumereien. Vermutlich die Polizei, mit einem Durchsuchungsbefehl, um weiteres Beweismaterial gegen den Vater sicherzustellen. Sie eilte ins Wohnzimmer zurück, schob die verschlissenen Vorhänge beiseite und sah gerade noch, wie Sam Rutledge aus seinem Jeep kletterte. Sie erschrak. Was alles würde er noch über ihre Herkunft in Erfahrung bringen? Was mußte er von ihr denken?

Sie war eher als er an der Tür, hielt sie ihm auf.

»Ich habe Sie hier vermutet.« Seine braunen Augen sahen sie voller Wärme an.

»Ich wollte mich hier umsehen.« Verunsichert und alles andere als erfreut über den Besuch drückte sie die Puppe fester an sich.

Er gab sich damit zufrieden. »Ich habe mich vorhin mit Oliver Zelinski unterhalten und von ihm erfahren, daß Sie bei Ihrem Vater waren.«

Sie sah sich wieder in dem engen Besuchszimmer, Aug in Aug mit dem Vater. »Er haßt Katherine. Bis heute ahnte ich nicht, wie sehr.«

»Ich weiß.« Er kam näher, strich der Puppe über das Nylonhaar. »Das ist bestimmt Ihre Puppe.«

»Ich konnte sie damals nicht mitnehmen, weil in dem Koffer kein Platz mehr war.« Sie trat beiseite, wie um ihn aufzufordern näherzutreten, ging dann aber sogleich auf Konfrontationskurs. »Sie haben mich noch gar nicht gefragt, warum ich Ihnen die Unwahrheit über mich gesagt habe.«

Er sah sich im Zimmer um, richtete seinen Blick dann wieder auf sie. »Weil ich mir denken konnte, warum.«

»So hat es hier nicht immer ausgesehen. Solange meine Mutter noch lebte, war alles blitzblank und gemütlich. Nach ihrem Tod habe ich mich um das Haus gekümmert, aber ...«

»Wie alt waren Sie gleich wieder, als sie starb?«

»Acht. Das war nicht gelogen«, sagte sie und wandte sich ab. »Sie hat auch gern gebacken. Damals duftete es immer wunderbar im Haus.« Unwillkürlich schlang Kelly die Arme um die Puppe und ließ den Blick durch das Wohnzimmer streifen, über das alte Sofa, die Fenster, die Lampe, sah nicht den jetzigen Zustand, sondern wie es hier früher einmal ausgesehen hatte. »Mama hatte die Angewohnheit, von einem Fenster zum andern zu gehen, um ihn abzupassen, wenn er nach Hause kam. Manchmal durfte ich noch aufbleiben und mich mit meiner Decke und dem Kopfkissen aufs Sofa legen. Wenn er vorfuhr, scheuchte sie mich ins Bett und ermahnte mich, dort zu bleiben, ›weil Daddy sich nicht wohl fühlt‹.«

Mehr als ihren Worten lauschte Sam ihrer Stimme, die ihn an einen ruhig dahinziehenden Fluß denken ließ, mit einer spiegelglatten Oberfläche, die nicht verriet, wie stark die Strömung darunter war. Ein Fluß, der über ihn hinwegschwappte und ihn mitriß. Auf gleiche Weise, wie sie jetzt in die Vergangenheit zurückgeschwemmt wurde. Schmal und einsam sah sie aus, wie sie mit ihrer Puppe im Arm dastand.

»Er trank schon damals«, sprach sie weiter. »Vielleicht nicht so viel und nicht so oft, aber immerhin. Ich verstand erst gar nicht, was Mama meinte, wenn sie sagte, er fühle sich nicht wohl. Ich weiß nur, daß es mir zuwider war, wenn er mit diesem eigenartig riechenden Atem und hochrotem Kopf nach Hause kam, mit schleppender Stimme redete, sich liebevoll und zärtlich gab und gleich darauf fuchsteufelswild wurde. Mama bat und beschwor ihn, das Trinken aufzugeben. Immer wieder versprach er es ihr. Bis zum nächsten Vollrausch.«

Sie ging zum Sofa hinüber, fuhr mit der Hand über die Rückenlehne. Sam beobachtete sie schweigend. Es drängte ihn, sie aus diesem verdreckten stinkenden Loch herauszuholen, und andererseits ahnte er, wie wichtig es für sie war, hier zu sein.

»Manchmal holten Mama und ich ihn ab, vor allem am Zahltag«, hob Kelly wieder an, den Blick ins Leere gerichtet. »Wahrscheinlich, um ihn davon abzuhalten, mit den Kumpels einen zu heben. Einige Male war er darüber sehr erbost und warf Mama vor, sie traue ihm nicht und spioniere ihm nach.« Sie sah Sam an. »Damals arbeitete er auf Gut Rutledge.«

»Was erklärt, wie Sie über den Lageplan der Kellerei Bescheid wissen konnten.«

»Ja.«

Ihre dunklen, schwarzgrünen Augen hielten seinem Blick stand. Was sich hinter ihnen verbarg, blieb ihm allerdings ein Rätsel. Unwillkürlich verwünschte er seine Eltern und Katherine, weil sie ihn nicht mit Liebe umgeben, sondern ihn sich selbst überlassen hatten. Andernfalls hätte er vielleicht nachempfinden können, was in Kelly vorging.

»Als ich älter war, mußte ich dafür sorgen, daß er schnurstracks nach Hause kam«, erzählte sie weiter. »Es hat Spaß gemacht, ihn ganz allein abzuholen und huckepack zum Auto zu reiten und auf dem Nachhauseweg mit ihm zu plaudern.« Sie unterbrach sich, runzelte nachdenklich die Stirn. »Aber manchmal vergaß ich meinen Auftrag, und wir landeten in einer verräucherten, lauten Kneipe, und ich merkte, wie er nach und nach völlig anders wurde.«

Ein Schatten senkte sich über ihr Gesicht. Sie schien sich jedoch wieder zu fangen, lächelte.

»Zum Gut bin ich wahnsinnig gern gegangen. Die Kellerei und die Kühlkeller haben mich magisch angezogen. Wenn niemand schaute, schlüpfte ich hinein und wanderte drin herum.« Sie schaute ihn sinnend an. »Ein paarmal hab ich Sie gesehen.«

»Tatsächlich?« Daß Dougherty früher in der Kellerei gearbeitet hatte, wußte Sam, aber mehr über ihn oder seine Familie nicht.

»Ich bin froh, daß Sie sich nicht an mich erinnern«, meinte Kelly und setzte die Puppe auf das Sofa. »Ich war ausgesprochen häßlich. Ein großes, dickes Mädchen mit strähnigen Haaren und Brille.« Sie schüttelte den Kopf und lachte leise auf. »Warum um alles in der Welt erzähle ich Ihnen so viel über mich?«

»Vielleicht weil es an der Zeit ist, darüber zu sprechen.« Die eine Hand an der Hüfte, den Daumen der anderen in die Gesäßtasche seiner Khakihose geklemmt, musterte er sie ruhig. Nichts Herausforderndes ging von ihm aus, vielmehr strahlte er in sich ruhende Stärke und Männlichkeit aus. Seine Augen verrieten nicht Mitleid, sondern den Wunsch zuzuhören, an ihrer Vergangenheit teilzuhaben. Niemand hatte je etwas mit ihr teilen wollen, Unangenehmes schon gar nicht. Kelly war völlig überrumpelt, ihre Gefühle drohten sie zu überwältigen. Sie mußte sie unbedingt im Zaum halten, dünnhäutig wie sie war.

»Erzählen Sie weiter, Kelly«, beschwor Sam sie zu seiner eigenen Überraschung.

»Viel gibt es da nicht mehr zu erzählen.« Hastig sammelte sie die schmutzigen Gläser auf dem Tisch ein, derart automatisch, daß Sam mutmaßte, sie habe dies bereits unzählige Male getan und suche jetzt ein Ventil, um ihre Anspannung abzubauen. »Nach dem Tod meiner Mutter trank er noch mehr. Ich versuchte ihn davon abzuhalten, holte ihn von der Arbeit ab. Oder ich blieb auf, ging von einem Fenster zum anderen, erschrak, wenn das Telefon klingelte. Ich leerte die Flaschen, die ich entdeckte, machte alles so wie sie. Aber es war nicht das gleiche.«

Sie trug die Gläser in die Küche, setzte sie auf der Anrichte ab und sah zum Fenster hinaus. »Zum Trinken hat er immer einen Grund gefunden«, murmelte sie. Sam, der ihr gefolgt war, fiel erst jetzt auf, daß sie von Dougherty niemals als Daddy oder Vater sprach, sondern immer nur von *ihm*. »Er trank, weil Mama gestorben war. Er trank, weil er sich elend oder weil er sich wohl fühlte. Bei Hitze trank er zur Erfrischung, und bei Kälte, um sich aufzuwärmen. Wir hatten niemals Geld, weil alles durch seine Kehle floß. Und wenn er blau war, wurde er sehr leicht handgreiflich.«

»Er hat Sie geschlagen.« Sam sah sie scharf an.

Sie zuckte gleichgültig die Schultern. »Hin und wieder. Meistens konnte ich mich rechtzeitig in Sicherheit bringen.« Sie strich sich über den Arm, als erinnerte sie sich vergangener Schmerzen.

»Wenn er dann wieder zur Besinnung kam, tat es ihm leid. Er flehte mich an, ihm zu verzeihen, nicht nachtragend zu sein. Es würde nie mehr vorkommen, er würde aufhören zu trinken. Fast war es, als lebte ich mit zwei ganz verschiedenen Menschen zusammen. Wenn er nüchtern war, benahm er sich wie ein Vater, fragte, ob ich meine Hausaufgaben erledigt hätte und warum ich so spät aus der Schule gekommen sei und wieso ich so viel Zeit mit diesem jungen Zelinski verbringe. Wenn er aber betrunken war, war es ratsamer, einen Bogen um ihn zu machen. Und wenn er eine Frau mitbrachte, verzog ich mich erst recht.« Kelly starrte zur Zimmerdecke, unterdrückte den aufsteigenden Ekel. »Bei diesen dünnen Wänden …«

Sie wollte nicht darüber sprechen, was sie damals mit angehört hatte, dieses Keuchen und Stöhnen, die quietschenden Betten und die obszönen Ausdrücke. Lange Zeit hatte sie den Geschlechtsakt als widerlich und abscheulich empfunden.

»Einmal hat er tatsächlich sechs Monate und zwölf Tage ohne Alkohol durchgehalten.« Kellys Ungezwungenheit klang aufgesetzt. »›Diesmal ist's mir ernst, wart's nur ab‹, sagte er, und ich glaubte ihm, weil ich ihm glauben wollte.« Ihre Stimme wurde immer belegter, ohne daß sie etwas dagegen tun konnte. »Ich redete mir ein, daß er mit der Trinkerei aufhören würde, wenn er mich wirklich liebte. Aber er trank weiter. Und schlug mich weiter. Ich haßte ihn. Mein Gott, wie sehr ich ihn haßte!«

Ihre Stimme bebte vor Schmerz und Wut. Sie hatte ihren Vater geliebt, aber er hatte diese Zuneigung nicht erwidert. Sam wußte nur zu gut, wie man sich fühlte, wenn man sich unerwünscht und ungeliebt vorkam.

Seine Gegenwart wurde Kelly erst wieder bewußt, als sie seine Hand auf ihrer Schulter spürte. Sie fuhr herum. »Was haben Sie eigentlich hier zu suchen?« begehrte sie auf. »Warum sind Sie hergekommen?«

Sanft, unendlich zärtlich strich er ihr über die Wange. »Weil ich dich nicht allein lassen wollte.« Wie gern hätte sie geglaubt, was sie in seinen Augen las! Aber dieser Schutzmechanismus, den sie sich zugelegt hatte, zwang sie, sich ihm zu entziehen. Seine Hände legten sich wohltuend warm auf ihre Arme. »Du wolltest nicht allein sein, nicht wahr?«

»Niemand will allein sein«, erwiderte sie, »das heißt, er vielleicht schon, solange er eine Flasche bei sich hat.«

»Denk nicht an ihn, Kelly.« Der Druck seiner Hände wurde stärker. Er zog sie an sich, schloß sie in die Arme. »Denk an mich.« Sein Mund berührte ihre Stirn, den Augenwinkel, die Wange. »Genau hier.« Sein Atem streifte ihre Lippen. »Genau jetzt.« Er küßte sie flüchtig. »Nur an mich.«

Anteilnahme. Kelly hatte nicht gewußt, daß der Kuß eines Mannes Trost spenden, mehr als Liebevolles und Zärtliches zum Ausdruck bringen konnte. Sein Mund wirkte besänftigend und wärmend, und seine Hände streichelten die Verkrampfung weg. Seine Lippen, die über ihr Gesicht glitten, waren nicht fordernd und um so verstehender.

Es wurde leicht, unglaublich leicht, alles zu vergessen und nur an ihn zu denken. Seine Wärme und seine Kraft verschmolzen zu einem einheitlichen Ganzen. Kelly lehnte sich an ihn, flüsterte seinen Namen, bot ihm ihren Mund.

Sam verlor beinahe die Beherrschung, als er merkte, wie sich ihr Körper an ihn schmiegte. Und obwohl er sich vor Augen hielt, Kelly suche Trost, nicht Leidenschaft, preßte er sie an sich, um sie spüren zu lassen, was aufrichtige Verbundenheit bedeuten konnte.

All seine guten Vorsätze schwanden, als ihre Hände seinen Kopf nach unten zogen und ihre Lippen kühn nach mehr verlangten. Eine Hitzewelle fuhr durch seinen Körper.

Seine Hände glitten über ihren Nacken, über ihre pochende Halsschlagader. Er fühlte das seidenweiche Gewebe ihrer Bluse und die überzogenen Knöpfe, die er jetzt öffnete, um darunter ein seidenes Hemdchen zu ertasten.

Wieder küßte er ihren Mund, spürte ihr kurzes Aufkeuchen, als er mit der Hand über das seidene Nichts und die darunter verborgenen kleinen Brüste glitt, deren Spitzen sich verhärteten.

Sam hielt inne, blickte Kelly fragend an. Ihre Augen waren dunkel und verschleiert, verrieten den gleichen Hunger, der auch ihn quälte.

Ihre Hände umschlossen sein Gesicht, zwangen seinen Mund wieder auf den ihren. Was an Widerstand noch in ihm tobte, schwand zusehends und je mehr sie seine Zärtlichkeiten auf ihre Weise erwiderte, sich ihm preisgab. Seine Hände glitten über ihren Körper; alles an ihr wollte er berühren und ihr Zittern als Antwort spüren.

Unvermittelt entzog sie sich ihm. »Bitte nicht. Nicht hier«, keuchte sie abwehrend. Es klang wie ein Schluchzen.

Sam gab sie frei. Mit einem Schlag wurde ihm die verwahrloste Umgebung, in der sie sich befanden, wieder bewußt und auch sein Vorsatz, sich zu beherrschen und nichts zu fordern.

»Nein«, sagte er ruhig. »Nicht hier. Nicht jetzt.«

Mit großen Augen, die noch immer das geweckte Verlangen, aber auch Verunsicherung widerspiegelten, sah sie ihn an. Sam starrte auf den feuchten Abdruck seines Mundes auf ihrem Hemdchen und den Umriß der aufgerichteten Brustwarze darunter. Ahnte sie, daß das ein Versprechen für die Zukunft war? »Aber geschehen wird es«, sagte er. »Du weißt so gut wie ich, daß wir es beide wollen.«

Behutsam, wenngleich ein wenig hastig, knüpfte er ihr die Bluse wieder zu. Kelly ließ es wortlos geschehen.

Sie begehrte ihn. Sie wollte nicht nur seine Arme spüren, nicht nur ein paar heiße Küsse tauschen, nicht nur getröstet werden. Auch wenn ihr das gutgetan hatte. Sie wollte mit ihm schlafen. Sie begehrte ihn mehr als jeden anderen Mann. Sie brauchte nur seine Hände anzusehen, seine breite Brust und den durchtrainierten Körper, um sich auszumalen, wie es sein mochte, wenn sie ihn liebkoste und von ihm liebkost wurde und sich mit ihm in leidenschaftlicher Umarmung vereinte. Und doch war das alles verrückt, idiotisch. Sie konnte sich nicht leisten, sich solchen Gedanken hinzugeben. Ihre Welt war am Zusammenbrechen, das Aus für ihre Karriere war eingeläutet, ihr sorgfältig aufgebautes, hart erarbeitetes Image wurde von der Vergangenheit überschattet, durch ihren Vater zerstört. Daran hatte sie zu denken. Nicht an Sam.

Sie bemühte sich, wieder normal zu atmen, und stopfte sich die Bluse in den Rockbund.

»Du hattest doch nicht etwa vor, hier zu übernachten?«

Kelly hob den Kopf, nestelte verlegen an ihrem Zopf herum, um einzelne Strähnen, die sich verselbständigt hatten, festzuklemmen. »Nein.«

»Dann brechen wir jetzt auf.« Er streckte ihr die Hand entgegen. »Du hast hier nichts mehr verloren.«

Nur einen Augenblick zögerte sie, ehe sie die dargebotene Hand ergriff und sich von Sam hinausführen ließ. Sie hatte ganz vergessen, wie schön es war, sich einfach nur an der Hand zu halten, und bedauerte es direkt, als sie zu ihrem Auto kamen. Dabei wollte sie doch gar nicht, daß Sam sie derart in seinen Bann zog und das fast vom ersten Augenblick an, als sie sich begegnet waren.

Die Sonne und die frische Luft taten gut. Kelly legte schützend die Hand über die Augen, wandte sich Sam zu, der mit dem Rücken zur Sonne stand, so daß sein markantes Gesicht dunkler und welcher wirkte. Der Himmel war blau, wolkenlos, und es war, als zögen sich die Weinberge um sie herum ins Unendliche.

»Wie lange hast du vor zu bleiben?« Mit leiser Stimme durchbrach er den Zauber.

»Solange ich Lust habe. Ich bin offiziell vom Sender beurlaubt.« Sie tat, als nehme sie dies gelassen hin.

»Was heißt das, ›offiziell‹?«

»Das heißt, daß in den nächsten Tagen darüber verhandelt werden dürfte, meinen Vertrag aufzulösen, damit eine andere meine Sendung übernehmen kann.«

»Warum denn?« Er war sichtlich empört. »Was hast du dir denn zuschulden kommen lassen?«

»Ich habe, und das ist schlechthin unverzeihlich, für Schlagzeilen der übelsten Sorte gesorgt. Ab sofort wird mein Name automatisch mit einem Mord in Verbindung gebracht«, Meinte sie ironisch, ohne jedoch ihre Betroffenheit und Verbitterung ganz verbergen zu können.

»Aber du hast doch nichts damit zu tun. Was dein Vater angestellt hat, kann man doch nicht dir vorwerfen.«

Kelly konnte sich nicht erinnern, daß sich je jemand darüber aufgeregt hätte, daß ihr Unrecht geschah. Sam tat es. Irgendwie machte das alles leichter.

»Nicht, was er getan hat. Sondern weil ich für die Öffentlichkeit die Tochter eines Mörders bin. Das schafft automatisch Vorurteile, und der Sender kann es sich nicht leisten, daß Charakter und Integrität der Moderatorin eines neuen Magazins in Frage gestellt werden. Das ist alles.«

»Man wird es vergessen.« Sein Trotz wirkte geradezu rührend. »Mit der Zeit, ja«, pflichtete Kelly bei, »aber das dauert eine Weile. Der Prozeß steht noch aus, und die Medien geben sich nicht so schnell zufrieden. Der Prozeß, nebenbei bemerkt, dürfte sich in die Länge ziehen: Er hat nicht vor, sich schuldig zu bekennen. Er schwört, daß er es nicht war.«

»Glaubst du ihm?« Sein Tonfall verriet, daß er anderer Meinung war.

Sie sah zu den wild wuchernden Rebstöcken hinüber und dachte daran, wie sie hoch auf den Schultern des Vaters durch die Rebstockreihen geritten war und er ihre Beine festgehalten hatte, damit sie nicht hinunterfiel.

»Es geht nicht darum, ob ich ihm glaube«, sagte sie versonnen. »Eher darum, daß ich nicht glauben möchte, er könnte einen Menschen umbringen.«

»Ich weiß.«

Diese beiden Worte warfen sie beinahe um. Plötzlich fühlte sie sich müde, so schrecklich müde von der Anstrengung, auf ein Ziel hinzuarbeiten, müde vom Kampf, die Ketten der Vergangenheit abzuschütteln. Tränen brannten in ihren Augen. Nein, bloß nicht weinen! Sie verabscheute Schwäche.

»Wo wirst du übernachten?« Sams Frage brachte sie Gott sei Dank wieder auf nächstliegendere Gedanken.

»In irgendeinem Motel. Wahrscheinlich in Napa oder Vallejo.«

»Sie werden dich ausfindig machen.«

»Kann schon sein.«

»Möchtest du das?«

»Nein.«

»Dann komm mit aufs Gut. Ich stelle Posten am Tor auf, um die Presse abzuwimmeln. Keiner wird dich belästigen, und das Haus hat eine Menge leerer Räumlichkeiten.« Für Sam waren selbst die erlesen möblierten Zimmer leere Räume.

Kelly schüttelte den Kopf. »Lieber nicht. So würde ich mich nur weiterhin verstecken.«

»Nicht verstecken, nur dich ein wenig am Rande anstatt im Mittelpunkt des Medienrummels aufhalten.«

Er lächelte so unwiderstehlich, daß sie schließlich nachgab. »Also gut, ich komme mit.«

»Es gibt eine Seitenzufahrt. Weißt du noch, wo?«

»Ich denke schon.«

»Dann fahre ich jetzt hinter dir her.«

Der Jeep im Rückspiegel hätte sie nachdenklich stimmen sollen. Statt dessen fand sie es beruhigend, nicht allein zu sein. Als sie vor dem Haus vorfuhr, fragte sie sich, wie Katherine es wohl aufnehmen würde, wenn sie erfuhr, daß Sam sie eingeladen hatte, über Nacht auf Gut Rutledge zu bleiben.

Katherine verzog keine Miene, sondern wies die Haushälterin an, Miss Douglas in die Rosenholzsuite im Südflügel zu begleiten. »Um sieben wird zu Abend gegessen. Sie werden sich bestimmt frisch machen wollen, aber Sie müssen sich nicht umziehen. Bei uns geht es eher zwanglos zu.«

»Vielen Dank.« Sie lächelte Sam kurz zu und folgte Mrs. Vargas die Marmortreppe hinauf.

Zum Essen erschien sie in weißer Bluse und einem braunseidenen langen Hosenrock. Die allgegenwärtige Mrs. Vargas führte sie in einen kleinen, an das offizielle Eßzimmer grenzenden Salon, in dem Katherine bereits an einem kleinen Tisch wartete, der zu Kellys Verblüffung lediglich für zwei gedeckt war.

»Nathalie leistet uns heute abend nicht Gesellschaft«, sagte sie zur Erklärung. »Sie speist auf ihrem Zimmer.«

Die Baronin. Kelly hatte ganz vergessen, daß sie ebenfalls hier wohnte. »Und Sam?«

»Der dürfte noch in der Kellerei sein.« Katherine entfaltete ihre Serviette. »Es gab Schwierigkeiten mit zwei Fotografen, die sich auf das Anwesen geschlichen haben. Außerdem ist die Polizei da und befragt verschiedene Arbeiter, die auf dem Gut leben. Sam dürfte noch eine Weile alle Hände voll zu tun haben.«

»Ach so.« Kelly nahm auf dem anderen Stuhl Platz und beschäftigte sich angelegentlich mit ihrer Serviette.

Der Tod des Barons wurde mit keinem Wort erwähnt, und schon gar nicht die Rolle, die Kellys Vater dabei gespielt hatte. Als perfekte Gastgeberin hielt sich Katherine an unverfängliche Themen, verstand es, Banales wie beispielsweise ein Gespräch über das Wetter dadurch interessant zu machen, daß sie den Auswirkungen der Dürre in Kalifornien die Probleme gegenüberstellte, die ein Zuviel an Regen für die Traubenlese nach sich ziehen konnten. Kelly war heilfroh über diese Art Konversation. Einer anspruchsvolleren wäre sie heute bestimmt nicht gewachsen gewesen.

Schon bald nach dem Essen entschuldigte sie sich und suchte ihr Zimmer auf, kuschelte sich in ihrem Bett unter die Chintzdecke und versuchte, weder an Sam noch an ihren Vater zu denken.

17

Eine Schlafbrille aus rosa Satin lag auf dem Nachttisch neben Katherines Bett. Sie hatte sie beim Aufwachen lange vor Tagesanbruch abgelegt.

Verstört und beunruhigt verfolgte sie vom Bett aus, wie die Morgensonne durch die duftigen Gardinen am Ostfenster drang. Ihre Finger glitten nervös über die Seiten des Buchs auf ihrem Schoß, das sie genauso wenig beachtete wie die überflüssigerweise brennende Lampe auf dem Nachttisch.

Ein Klopfen an der Tür unterbrach ihre Gedanken. Hastig klappte sie das Buch zu und schob es unter die dicken Kissen in ihrem Rücken, strich ebenso hastig über die Daunendecke, um jedwede Spuren der unruhigen Nacht, die hinter ihr lag, zu vertuschen.

Zu guter Letzt knipste sie die Lampe aus. »Kommen Sie herein, Mrs. Vargas!« rief sie.

Als die Haushälterin mit dem Frühstückstablett eintrat, auf dem wie immer in einem silbernen, mit zerstampftem Eis gefüllten Behälter ein Glas frisch gepreßter Orangensaft stand, eine Kanne Kaffee sowie eine Tasse mit Untertasse und eine kleine Schale Pflaumen – etwas, was Katherine nur heimlich zu sich nahm –, lehnte sich die Dame des Hauses in die Kissen zurück und stopfte sich die Daunendecke um die Mitte.

»Guten Morgen, Madam.« Mrs. Vargas ging geradewegs auf das Bett zu und setzte das Tablett auf Katherines Schoß ab.

»Guten Morgen.« Katherine nahm die Serviette entgegen, die ihr die Haushälterin reichte. »Wie geht es Madame Fougère heute morgen?«

»Schwer zu sagen, Madam.« Mrs. Vargas räumte den Krug Wasser und das Glas, beides am Abend zuvor fürsorglich hingestellt, vom Nachttisch.

»Wie das?« Katherine sah sie scharf an. »Sie haben ihr doch heute morgen Kaffee aufs Zimmer serviert?«

»Sie wies ihn zurück.«

»Haben Sie ihn stehen lassen?«

»Die Tür war versperrt, Madam.«

Stille trat ein, und dann konnte die verblüffte Mrs. Vargas gerade noch rechtzeitig das Tablett in Sicherheit bringen, bevor Katherine ungestüm die Bettdecke zurückschlug und sich aus dem Bett schwang.

»Wo ist mein Morgenmantel?« Ihre dunkelblauen Augen blitzten erregt.

»Über dem Stuhl, Madam.« Die Haushälterin, die sich mit dem Tablett abmühte, konnte lediglich in Richtung Stuhl nikken. »Was haben Sie denn vor, Madam?« fragte sie, als Katherine bereits in die Ärmel des gesteppten Morgenrocks fuhr.

»Diesem Unsinn ein Ende zu bereiten.« Katherine schlüpfte in ihre flachen Pantoffeln und wandte sich zur Tür. »Bringen Sie ihr ihr Tablett«, ordnete sie noch an.

»Ja, Madam.« Mrs. Vargas sah sich suchend um, stellte Katherines Tablett dann einfach aufs Bett und eilte hinterher.

Katherine ging schnurstracks zu der Suite hinüber, in der sie Nathalie untergebracht hatte, und klopfte zweimal kräftig an die Tür.

»Nathalie? Ich bin es, Katherine. Öffnen Sie mir unverzüglich.« Das war ein eindeutiger Befehl.

Fast unmittelbar darauf hörte man durch die Tür ein leises Scharren und dann das Zurückschnappen der Sperre.

»Sie können hereinkommen«, hauchte eine erstickte Stimme.

In dem Zimmer, das Katherine betrat, herrschte eine heillose Unordnung. Unberührtes Essen, offene Koffer, überall verstreute Kleidungsstücke, ein Abendkleid, das achtlos zu Boden geworfen worden war. Durch die geschlossenen Damastvorhänge drang nur wenig Licht. Katherine öffnete sie, wandte sich dann an die Haushälterin.

»Bringen Sie das Tablett und nehmen Sie diese hier mit«, sagte sie mühsam beherrscht. »Und anschließend räumen Sie hier auf.«

Erst als Mrs. Vargas das Frühstückstablett hingestellt und die anderen mitgenommen und die Tür hinter sich zugezogen hatte, richtete Katherine den Blick auf die Frau in dem langen cremefarbenen Nachthemd am anderen Ende des Zimmers, die sich fröstelnd Schultern und Arme rieb. Ihr dunkles Haar war zerzaust, in ihrem Gesicht stand Verzweiflung geschrieben, die Augen waren verquollen vom vielen Weinen. Unter Katherines forschenden Augen wandte sie sich ab.

»Sie können sich nicht in diesem Zimmer vergraben, Nathalie«, sagte Katherine vorwurfsvoll, und als Nathalie zusammenzuckte, fuhr sie ungerührt fort: »Das hat doch keinen Sinn.«

»Das verstehen Sie nicht«, flüsterte Nathalie abwehrend.

»Ich habe zwar auch meinen geliebten Mann verloren, aber ich maße mir keineswegs an, den Schmerz zu begreifen, den Sie über Emiles Tod empfinden müssen.« Katherines Tonfall war nachdrücklich, aber nicht unfreundlich. »Sie müssen jedoch darüber hinwegkommen und sich den Aufgaben und Verpflichtungen stellen, die jetzt auf Sie zukommen.«

»Ich kann nicht«, wimmerte Nathalie.

»So hart das klingen mag, aber es wird Ihnen nichts anderes übrigbleiben. Sehen Sie sich nur diesen Berg Briefe und Telegramme an. Ihr Anwalt in Paris hat bereits fünfmal angerufen. Entscheidungen müssen gefällt, Papiere unterschrieben, tausend Dinge erledigt werden. Und außerdem«, sagte sie nach einer kleinen Pause mitfühlend, »müssen Sie langsam an die Beerdigung denken.«

»O Gott!« Nathalie schlug sich die Hand vor den Mund, um ihren Aufschrei zu unterdrücken.

»Nathalie, Sie können es sich nicht leisten, mit allem zu warten, bis Sie sich dazu in der Lage fühlen. Sie müssen Ihr Leben und die Leitung einer Kellerei in die Hand nehmen.«

»Ich versteh nichts von Wein.«

»Dann werden Sie es eben lernen. Wie ich«, sagte Katherine mit Nachdruck. »Emile hat Ihnen ein Vermächtnis hinterlassen. Wenn Sie je etwas für ihn übrighatten, werden Sie dafür sorgen, daß die Tradition von Château Noir gewahrt bleibt.« Als Nathalie schwieg, wandte sich Katherine zum Gehen. »Ich erwarte Sie noch vor zwölf unten«, sagte sie noch.

Kelly wachte ungewöhnlich spät auf. Der Kaffee, den man ihr in die Sitzecke in ihrem Zimmer gestellt hatte, war bereits kalt und der Orangensaft abgestanden. Mit einem Seufzer des Bedauerns nahm sie das Tablett und trug es hinunter.

An der Treppe begegnete ihr Mrs. Vargas. Sie nahm Kelly das Tablett ab, sagte, nachdem sie mit einem Blick die Lage erfaßt hatte: »Frischer Kaffee und Saft stehen im Morgenzimmer bereit. Hier entlang bitte.«

Die Haushälterin ging Kelly in ein lichtdurchflutetes, im französischen Landhausstil eingerichtetes Zimmer voraus und deutete dort auf die silberne Kaffeekanne und die Saftkaraffe auf der Anrichte. »Bedienen Sie sich bitte«, sagte sie steif. »Auf dem Tisch finden Sie ein Körbchen mit Croissants und verschiedene Marmeladen. Madam hat bereits gefrühstückt. Möchten Sie vielleicht ein Omelett? Oder Eier im Glas?«

»Etwas Toast, wenn Sie haben. Am liebsten Vollkorn.«

»Selbstverständlich.« Die Haushälterin zog sich zurück.

Kelly goß sich ein Glas Saft ein, stellte es auf dem Glastisch ab, um sich Kaffee zu holen. In diesem Augenblick betrat Sam das Zimmer. Er musterte sie, wie sie rank und schlank in ihren jägergrünen Hosen und dem gerippten Baumwollpullover an der Anrichte stand, stellte etwas enttäuscht fest, daß ihr schimmerndes Haar mit einer goldenen Spange im Nacken zusammengehalten war. Nur für den Bruchteil einer Sekunde gab er sich der Illusion hin, der einzige Grund für ihr Hiersein wäre der, mit ihm zusammen zu sein.

Als sie sich umdrehte, nahm er den Hut ab und schlenzte ihn auf einen Stuhlsitz. »Guten Morgen«, sagte er gutgelaunt. »Eben erst aufgestanden?«

»Muß ich zu meiner Schande gestehen.« Stuhlbeine scharrten, als sie sich an den Tisch setzte. »Im Gegensatz zu dir, wie es den Anschein hat«, meinte sie und war hingerissen von seinem Schwung, der verriet, daß er den Morgen im Freien verbracht hatte. Wenn sie näher an ihn heranrückte, würde sie bestimmt den Duft von Sonne und frischer Luft einatmen können. »Du bist bestimmt schon eine Weile auf.«

»Etwa seit Tagesanbruch.« Er ließ sich auf einen Stuhl sinken, stützte die Arme auf den Tisch und hielt die dampfende Kaffeetasse mit beiden Händen fest. Wie beneidenswert lokker er war! »Ich hatte in den Weinbergen zu tun. Regen ist angesagt, und deshalb wollte ich mich überzeugen, daß das Blattwerk ausreichend zurückgeschnitten ist und Luft an die Trauben kann. Sonst fangen sie womöglich an zu schimmeln. Was zur Folge hätte, daß wir vor der Maische die verwertbaren Beeren mühsam einzeln abzupfen müßten. Das ist uns vor zwei Jahren passiert, und, glaub mir, es war alles andere als lustig.«

»Hat dir niemand gesagt, daß heute Sonntag ist? Ein Tag, der zum Ausspannen gedacht ist?« meinte Kelly mit schalkhaftem Tadel.

»Schon. Nur wissen das die Trauben nicht, und Mutter Natur nimmt keine Rücksicht darauf.« Er lächelte sie an.

»Mag sein.« Sie bemerkte, daß sein Blick auf ihrem Mund ruhte, spürte ihn fast körperlich.

»Du siehst ausgeruht aus. Hast du gut geschlafen?« fragte er.

»Wunderbar.«

»Gut, wenn das wenigstens einer von uns behaupten kann.« Sein Blick machte deutlich, daß er ihretwegen keine Ruhe gefunden hatte – und daß er noch längst nicht mit ihr fertig war.

Kein Zweifel – er fühlte sich zu ihr hingezogen, wie das umgekehrt auch der Fall war. Mehr gestand sich Kelly, zumindest im Augenblick, nicht ein. Zu viele Probleme, zuviel Ungewisses stürmten auf sie ein, sie konnte keine zusätzlichen Komplikationen brauchen.

»Ja, Katherine erwähnte gestern beim Abendessen, daß sich jemand von der Presse Zutritt auf das Anwesen verschafft hat.« Sie schielte auf die Sonntagszeitung auf dem

Tisch, sah auf der ersten Seite ein Foto von sich sowie ein weiteres, das sie auf die Entfernung nicht erkennen konnte. »Was wird denn so geschrieben?« fragte sie neugierig und beklommen zugleich.

»Das Übliche. Wenn du es unbedingt lesen möchtest, wart wenigstens bis nach dem Kaffee.«

Die Haushälterin erschien mit dem gewünschten Toast. Kelly nahm sich eine Scheibe, knabberte lustlos daran herum.

»Und was steht für heute auf dem Programm?« Sams Frage wirkte wie ein Versuch, zur Normalität zurückzukehren.

»Was für ein Programm?« Sie brach eine Ecke von dem Brot ab. »Vor zwei Tagen noch wäre jede Minute genau verplant gewesen. Jetzt habe ich nichts als freie Zeit und nicht viel, womit ich sie ausfüllen kann.« Ohne sich dessen bewußt zu werden, zerlegte sie den Toast in lauter kleine Krümel. »Einen Anwalt habe ich bereits besorgt, einen gewissen John MacSwayne. Soll ein guter Verteidiger sein.«

»Das hab ich auch schon gehört«, nickte Sam, sichtbar enttäuscht, daß das Gespräch diese Wende nahm.

»Er muß noch im Gefängnis vorsprechen, damit die Sache amtlich ist. Das wollte er bis zu unserem nächsten Termin am Dienstag erledigen«, fügte sie hinzu, ohne recht zu wissen, was sie sagte und zu wem. »Nach unserem Gespräch war er überzeugt, die Anklage abschwächen zu können. Er meinte, Ollie könne unmöglich auf vorsätzlichen Mord plädieren.« Sie bemerkte den Berg Krümel auf ihrem Teller und streifte verlegen die Überbleibsel von den Fingern. »Sobald ich mich nochmals mit ihm getroffen habe, besteht für mich kein Grund, noch länger hierzubleiben. Alles weitere läßt sich telefonisch regeln.«

»Wohin also?«

»Zurück nach New York.«

Er setzte seine Tasse an den Mund. »Was willst du dort machen?«

»Eine ganze Menge.«

»Nenne mir zwei Gründe.« Er schwächte die Herausforderung dadurch ab, daß er sie anlächelte.

»Zum einen kann ich mich darum kümmern, daß ich meinen Job behalte«, erwiderte Kelly, um dann etwas sarkastisch hinzuzufügen: »Abwesenheit verschafft einem beim Fernsehen nur selten mehr Zuneigung. ›Aus den Augen, aus dem Sinn‹ ist schon eher der Fall. Wenn ich da bin, kann ich wenigstens über meine Situation diskutieren. Das über die Entfernung hinweg zu versuchen dürfte schwer, wenn nicht gar unmöglich sein.«

»Einverstanden. Und der zweite?«

»Seit ich in New York bin, beteilige ich mich an einer Aktion zugunsten mißhandelter Kinder, das heißt, ich treibe Spenden auf und leiste Öffentlichkeitsarbeit. Ab sofort könnte ich mich noch mehr dafür engagieren. Diese armen Kinder brauchen wirklich jede Hilfe, die sie bekommen können.«

Seine Augen waren dunkel vor Mitgefühl, fast schwarz. Unendlich weich sagte er: »Das ist wahr. Du aber auch.«

Kelly kämpfte mit den Tränen. Sein Verständnis war schier überwältigend. »Wenn ich nur einem helfen kann«, sagte sie heiser, »wenn ich nur ein einziges vor einer ähnlichen körperlichen und seelischen Mißhandlung bewahren kann, wie ich sie erfahren habe, ist das schon viel.« Sie brach ab. »Jedenfalls«, sagte sie, nachdem sie tief durchgeatmet hatte, »gibt es neben diesen beiden Gründen noch einen weiteren: einen Schaukelstuhl, den ich auf einem Flohmarkt erstanden habe und von dessen mindestens zwanzig Farbschichten ich erst die Hälfte abgelöst habe.«

»Das kann warten. Alles kann ein paar Tage warten. Du brauchst noch nicht gleich zu fahren.«

Sie schüttelte den Kopf. »Ich muß etwas tun.« Und damit Sam sie nicht mißverstand, fügte sie noch rasch hinzu: »Nicht wegen des Geldes. Ich habe genug gespart, um mich eine Zeitlang über Wasser halten und dazu noch die Anwaltskosten bezahlen zu können.«

»Sieh es einfach als Urlaub an«, schlug Sam vor. »Tu das, wozu du Lust hast. Laß Gras über alles wachsen.«

Auch wenn das einleuchtend klang, zögerte Kelly. »Ich weiß nicht.«

»Ich möchte, daß du hierbleibst, Kelly.«

Der Tonfall seiner Stimme verriet, daß er mehr als das von ihr wollte. Sie war verwirrt angesichts ihrer eigenen Sehnsüchte, die dadurch geweckt wurden.

»Ich bin noch nicht soweit, Sam«, sagte sie ausweichend. »Ich bin noch nicht bereit für dich.«

»Ich wohl auch noch nicht. Aber was ändert das? Nichts.«

»Sollte es aber.«

»Vielleicht. Vielleicht ließe sich auch einiges ändern. Vielleicht genügt es schon, einfach ja dazu zu sagen.«

»Das glaube ich nicht.«

»Nein? Dann glaube dies: Im Augenblick brauche ich dich hier bei mir. Und ich glaube, du brauchst es, bei mir zu sein.«

»Nein«, widersprach sie energisch.

»Streite es ab, soviel du willst, Kelly. Aber zwischen uns beiden geht es nicht um ob, sondern um *wann*.« Er schob die Kaffeetasse beiseite und stand auf. »So gern ich dieses Gespräch fortsetzen würde, ich muß wieder raus und mich um meine Leute kümmern.« Er blieb neben ihr stehen, strich ihr über die Wange. »Bis später also.«

»Bis später«, erwiderte sie leise. Erst als er längst weg war, fing sie sich wieder. Sie griff nach der Zeitung.

Der Tod des Barons füllte nicht nur die erste Seite, sondern zwei weitere im Innenteil. Drei ausführliche Artikel. Der erste schilderte den mutmaßlichen Tathergang und die Festnahme ihres Vaters; der zweite beschäftigte sich eingehend mit der Person des Barons Emile Fougère und zitierte unter anderm Gil Rutledge: »Die Welt hat einen bedeutenden Winzer und ehrenwerten Menschen verloren.«

Obwohl es im letzten Bericht hauptsächlich um ihren Vater ging, war ihm ein Foto von Kelly vorangestellt, und drei kurze Absätze schilderten ihren Werdegang beim Fernsehen. Alles in allem eine sachliche Abhandlung, aufgelockert durch Kommentare von Leuten, die recht gut über Dougherty und seine Missetaten Bescheid wußten und damit bewiesen, daß man in Kleinstädten über ein langes Gedächtnis verfügt.

Kelly legte die Zeitung beiseite. Sam hatte recht gehabt: Es war in etwa das, was sie erwartet hatte. Morgen würde bereits weniger darüber drinstehen, eine kurze Spalte, irgendwo versteckt auf einer Innenseite.

Sie hörte, wie leichtgewichtige Schritte zögernd auf das Morgenzimmer zukamen, und gleich darauf sah sie Nathalie Fougère eintreten, in einem schlichten schwarzen Gewand. Außer ihrem Ehering trug sie keinen Schmuck. Ihr schwarzes Haar war zu einem Knoten aufgesteckt, und obwohl sie sich bemüht hatte, ihre Blässe und geschwollenen Augenpartien zu überschminken, bot sie einen Mitleid erregenden Anblick. Als sie Kelly erkannte, spiegelten sich Verblüffung und Entsetzen auf ihrem Gesicht wider.

»Sie sind die Fernsehjournalistin.« Ihre Stimme war eine qualvolle Anklage.

»Ich war«, berichtigte Kelly, wurde aber sofort unterbrochen.

»Wie sind Sie hier hereingekommen?«

»Ich wohne hier, als Sams Gast.« Und weil sie es unerträglich fand, ihr Gegenüber in dem Glauben zu belassen, sie wäre lediglich Fernsehreporterin, fügte sie hinzu: »Baronin, Sie wissen bestimmt, daß ich Leonard Doughertys Tochter bin.«

Nathalie kräuselte verständnislos die Stirn. »Ich weiß nicht, wovon Sie sprechen.«

Beschämung. Kelly schämte sich, obwohl sie genau wußte, daß sie keinen Grund dazu hatte. »Er steht im Verdacht, Ihren Mann ermordet zu haben.«

Nathalie wurde blaß. »Ich weiß, daß man jemanden verhaftet hat. Wenn man mir seinen Namen verraten hätte …«

Keine Hysterie, keine Beschimpfungen, kein Tränenausbruch, nur ein dumpfer, stummer Schmerz, den Kelly unerträglich fand. Der Gedanke, es sei ein Fehler, länger hierzubleiben, wurde zur Gewißheit.

»Es tut mir leid, Baronin. Meine Anwesenheit kann für Sie nur lästig sein. Es ist wohl besser, wenn ich gehe.«

Noch ehe sie die Tür erreicht hatte, hob Nathalie die Hand. »Nein, bitte nicht.«

In diesem Augenblick trat Katherine ein. Sie erfaßte die Situation sofort. »Nathalie, wie nett, daß Sie sich zu uns Gesellen. Sie erinnern sich doch bestimmt an Kelly Douglas.«

»Vormals Dougherty«, ergänzte Kelly selbstbewußt. »Ich habe ihr gesagt, wer ich bin.«

Katherine zeigte sich nicht im geringsten überrascht, lächelte nachsichtig. »Kelly ist wegen ihres Vaters bedauerlicherweise zur Zielscheibe der Nachrichtenpresse geworden. Sam schlug deshalb vor, daß sie sich bei uns zurückzieht, und ich stimmte dem zu.«

»Und ich bin Ihnen dafür sehr dankbar, auch wenn ich es unter den gegebenen Umständen für das beste halte, abzureisen.«

»Unsinn.« Katherines Antwort kam wie aus der Pistole geschossen, und sie hätte wohl weitergesprochen, wenn sich Nathalie nicht eingemischt hätte.

»Sie brauchen doch nicht abzureisen«, sagte sie sanft.

»Das ist sehr freundlich«, wehrte Kelly ab, »aber mein Aufenthalt erinnert Sie doch nur immer wieder an all das Schreckliche, was geschehen ist.«

Die Baronin schien erstaunt. »Wie können Sie mich an etwas erinnern, was ich niemals zu vergessen vermag? Jeder Atemzug ist erfüllt vom Schmerz um Emiles Tod. Ihre Gegenwart kann das nicht schlimmer machen; andererseits würde es mir leid tun, wenn ich der Grund für Ihre Abreise wäre.«

»Nathalie hat recht«, pflichtete Katherine bei. »Sie bleiben, und von Abreise wird einfach nicht mehr gesprochen.«

Katherines Entschiedenheit machte weitere Ausflüchte unmöglich. Kelly mußte sich wohl oder übel fügen. Unter dem Vorwand, einen Brief schreiben zu müssen, zog sie sich auf ihr Zimmer zurück, wo sie in dem unbestimmten Gefühl, in eine Falle gegangen zu sein, die Zeit bis zum Mittagessen mit Nichtstun totschlug.

Eine unheilverkündende Wolkenbank ballte sich im Westen zusammen. Noch stand die Sonne hoch am Himmel, doch durch die Terrassentüren des Salons beobachtete Katherine die aufziehenden Regenwolken, die nicht weniger düster waren als ihre Stimmung. Noch waren sie weit weg, dürften sich vielleicht gar nicht über dem Tal entladen. Würde ihr möglicherweise auch etwas anderes erspart bleiben?

Du wirst alt, redete sie sich ein. Du siehst Dinge, die gar nicht da sind. Gespenster. Ob Nathalie neuerdings auch Gespenster sah? Sie dachte an Emiles Witwe, die jetzt von der Bibliothek aus mit Gott und der Welt telefonierte und tausend Einzelheiten zu bedenken, so viele wichtige Angelegenheiten wahrzunehmen hatte, die ihr allesamt schrecklich unwichtig vorkommen mochten, die sie aber erledigen mußte, genau wie sie seinerzeit.

Mit einemmal war ihr, als bekäme sie keine Luft mehr. Sie riß die Glastüren auf und trat auf die Terrasse. Als sie ein Planschen hörte, ging sie dem Geräusch nach und sah Kelly Douglas mit kräftigen ausholenden Bewegungen den Swimmingpool durchpflügen. Ein Wettlauf gegen die Dämonen, argwöhnte Katherine, und Erschöpfung war die Belohnung. Sie hatte sich damals in die Arbeit gestürzt, bis sie zu müde war, etwas zu denken oder zu empfinden.

Sie sah zu, wie Kelly unvermindert zügig drei weitere Längen schwamm, ehe sie aus dem Becken stieg – eine hochgewachsene, gertenschlanke Frau, von deren Armen und Beinen das Wasser perlte, deren Schultern und Brustkasten sich von der Anstrengung hoben und senkten und deren goldfarbener Badeanzug mit der Sonne um die Wette leuchtete. Jetzt strich sie sich ihr langes Haar zurück.

Das Klingeln der Türglocke drang an Katherines Ohr. Verdutzt drehte sie sich um. Sie erwartete keinen Besuch. Wer mochte das sein?

Neugierig begab sie sich in die Halle. Mrs. Vargas öffnete bereits die Haustür. Katherine erschrak, als sie ihren Sohn Gil erkannte und mitbekam, daß er nach Nathalie fragte. Sein Sohn Clay schien ihn zu begleiten.

»Lassen Sie sie eintreten, Mrs. Vargas«, gab sie Anweisung und durchquerte die Halle, wobei ihr Stock bei jedem Schritt auf dem Marmorboden auftippte.

Als sie vor ihrem Sohn stand, fiel ihr auf, wie gesetzt und

zurückhaltend er sich gab. »Du willst Nathalie besuchen? Findest du das klug?«

Eine Augenbraue schob sich kaum merklich in die Höhe. »Ich würde sagen, höflich. Wir möchten ihr unsere Anteilnahme ausdrücken und unsere Unterstützung anbieten.«

»Natürlich.«

»Wie geht es der Baronin?« fragte Clay.

»Sie hat den ersten Schock überwunden«, gab Katherine Auskunft. »Das weitere wird die Zeit heilen.«

»Würdest du ihr Bescheid sagen, daß wir hier sind?« bat Gil, bemüht, seine Animosität Katherine gegenüber sorgfältig zu verbergen. Sie hätte ihm am liebsten gesagt, daß dazu keinerlei Grund bestehe, aber auch das würde er ihr nicht abnehmen.

»Sie ist in der Bibliothek.« Sie stützte sich schwer auf ihren Stock, ehe sie sich umdrehte und vorausging und dabei den ihr folgenden Schritten lauschte, einem Paar schneller und fester, einem Paar langsamer und bedachter. Und doch waren sie sich in gewisser Weise ähnlich.

Wie der Vater, so der Sohn? Nein, Gil war keineswegs nach seinem Vater geraten, ihrem geliebten Clayton. Diesen Ehrgeiz, diese Entschlossenheit hatte Gil von ihr und, neben Schlauheit und List, wiederum an seinen Sohn weitergegeben. Jeder verfügte über Charaktereigenschaften, die sich hätten positiv auswirken können, wenn sie nicht ausgeufert wären. Oder hatte Gil etwa recht, und die Schuld lag bei ihr?

Mit einem matten Seufzer blieb Katherine vor der Bibliothek stehen, um dann leise anzuklopfen und die Tür zu öffnen. Nathalie saß im ledernen Ohrensessel am nicht entzündeten Kamin, so als sehnte sie sich nach Wärme. Blaß und erschöpft starrte sie vor sich hin, schenkte den Fax-Mitteilungen in ihrer Hand keinerlei Beachtung.

»Nathalie.« Von der Schwelle aus sah Katherine, wie die Frau erschrocken den Kopf wandte. »Sie haben Besuch.«

»Besuch?« Unsicher stand sie auf, erschrak noch mehr, als sie Clay und Gil Rutledge erblickte. Das Blut schoß ihr in die Wangen. »Ich ...« Sie raschelte mit den Papieren, fuhr sich über die Lippen, griff sich an den Hals. »Bitte lassen Sie sie nähertreten.«

Katherine gab die Tür frei, zog sich aber nicht sofort zurück, sondern beobachtete heimlich, wie Gil als erster auf Nathalie zuging und ihre beiden Hände ergriff, die er mit anteilnehmenden Worten an die Brust drückte. Nathalie indes schien nur Augen für Clay zu haben.

Nicht ohne absichtlich die Tür zur Bibliothek offenzulassen, begab sich Katherine ins angrenzende Musikzimmer, nahm auf der harten Klavierbank Platz und ließ eine Hand über das polierte schwarze Holz des Flügels gleiten.

Sie lächelte, als sie an den Klavierunterricht ihrer beiden Söhne zurückdachte. Seit Jahren hatte niemand mehr gespielt, bestimmt war der Flügel grauenhaft verstimmt. Jonathan hätte das nichts ausgemacht; der arme Junge hatte überhaupt kein musikalisches Gehör besessen und gar nicht gemerkt, wenn er einen falschen Ton anschlug. Um so musikalischer hatte sich Gil gezeigt, dem das Klavierspielen einfach zugeflogen war.

»Möchten Madam vielleicht Tee und etwas Gebäck?« Die Stimme der Haushälterin scheuchte Katherine in ihren Erinnerungen auf.

»Ja, das wäre nett.« Mit einer ungeduldigen Geste schickte sie Mrs. Vargas fort, ließ dann die Hand auf ihren Schoß sinken. Dorthin, wo damals ihre Finger verzweifelt ihr Kleid zusammengehalten hatten.

Wieder verdunkelte sich ihr Blick, wieder war Katherine verstört, zeichneten sich Besorgnis und Verwirrung auf ihrem Gesicht ab. Sie wünschte sich nichts sehnlicher, als diese Zweifel ein für allemal auszuräumen. Sie hätte sie zur Rede stellen sollen, befürchtete aber andererseits, nicht in der Lage zu sein zwischen wahr und unwahr zu unterscheiden.

Sie haßte das Älterwerden. Sie haßte diesen Körper, auf den sie sich nicht mehr verlassen konnte, diesen Verstand, der ständig abdriftete, diese Augen, die in die Gegenwart schauten und doch zuweilen Bilder aus der Vergangenheit aufflackern ließen.

Gedämpfte Stimmen drangen aus der Bibliothek. Katherine konnte die von Gil deutlich heraushören. Gleich darauf vernahm sie Schritte auf dem Flur. Auch das war Gil. Selbst nach all den Jahren erkannte sie seinen raschen, entschlossenen Gang. Er hatte es immer eilig gehabt, wollte immer so schnell wie möglich sein Ziel erreichen.

Die Schritte kamen näher. Suchte er sie etwa? In freudiger Erwartung stand Katherine auf, rief, als er in Höhe der Tür anlangte, ebenso erwartungsvoll: »Gil?«

Er blieb stehen. Der gereizte Blick, den er ihr zuwarf, machte ihre Hoffnungen zunichte. »Was dagegen, wenn ich das Telefon im großen Salon benutze? Ich muß einen wichtigen Anruf erledigen.«

»Einen wichtigen Anruf?« fragte sie argwöhnisch und fügte sarkastisch hinzu: »Wie günstig für Nathalie und Clay.«

Als sie sah, daß sich Flecken der Erregung auf seinen Wangen malten, wußte sie, daß sie richtig vermutet hatte. Sein angeblich wichtiger Anruf war nichts weiter als ein Vorwand, Clay und Nathalie alleinzulassen. Dieses Wissen behagte ihr gar nicht. Sie wandte sich ab, als Gils Schritte im Flur verhallten.

Nathalie hatte Clay den Rücken zugekehrt und stand am Kamin, den Kopf gesenkt, den Blick in die vom Feuer geschwärzte Höhlung gerichtet. Sie hatte sich mit einem inneren Panzer umgeben, der es Clay erschwerte, zu erkennen, was in ihr vorging. Er konnte nur hoffen, daß dieser Panzer so dünn war, wie es den Anschein hatte.

»Nathalie.« Er kam einen Schritt näher.

Sie ließ ihn mit einem heiseren »Du hättest nicht kommen sollen« innehalten.

»Ich konnte nicht anders. Dich mit deinem Kummer alleinzulassen war mir unerträglich. Ich …«

»Er wußte es.« Sie schien ihm gar nicht zuzuhören. Bestürzt schwieg er, fragte sich, ob er sie vielleicht mißverstanden hatte. Sie warf ihm einen gequälten Blick zu. »Er muß es gewußt haben. Weshalb wäre er uns sonst gefolgt?«

»Das habe ich mich auch immer wieder gefragt.« Er kam näher. »Wir müssen uns wohl damit abfinden, daß wir niemals eine Antwort darauf erhalten werden.« Seine Hände strichen sanft über ihre Finger. Sie zuckte unter seiner Berührung zusammen, ließ sie jedoch zu, und Clay wußte, daß er nichts zu befürchten hatte. »Ich hatte mir gewünscht, daß wir frei wären. Ich wollte, daß wir zusammen sind. Aber nicht so. Nicht unter solchen Umständen.« Er neigte den Kopf und streifte mit den Lippen über ihr Haar. »Ich liebe dich mehr als mein Leben. Wenn du mich jetzt haßt, könnte ich das nicht ertragen.«

Sie wandte sich zu ihm um, sank stöhnend an seine Brust. Liebevoll hielt er sie umfangen, drückte sie nicht an sich. Noch nicht. Später, wenn er sicher sein konnte, daß sie ihm keine Vorwürfe machte, würde er die Fusion zur Sprache bringen.

Zögernd betrat Kelly von der Terrasse her den großen Salon. Angenehm kühl war es hier. Sie schob sich die Sonnenbrille ins Haar, sah sich nach Katherine um. Niemand zu sehen.

Stimmen drangen aus der Eingangshalle. Auf nackten Sohlen ging Kelly ihnen nach. Noch ehe sie an der Tür war, tauchte Mrs. Vargas auf und zeigte sich offensichtlich erstaunt, daß sich jemand im Salon aufhielt.

»Wünschen Sie etwas, Miss?« Sie musterte Kelly, die sich in einen kurzen Frotteemantel gewickelt hatte, von Kopf bis Fuß.

»Eigentlich nicht.« Sie hatte den Eindruck, daß die Haushälterin ihren Aufzug in dieser Umgebung mißbilligte. »Ich suche Katherine.«

»Ich glaube, Madam ist im Musikzimmer. Wenn Sie …«

»Nein«, fiel ihr Kelly ins Wort. »Ich wollte nur wissen, wann heute abend gegessen wird.«

»Um sieben, Miss.«

»Vielen Dank.« Sie ließ die Haushälterin stehen und erreichte die Tür in dem Augenblick, als Katherine erschien.

»Hat Ihnen das Schwimmen Spaß gemacht?« Frage, Tonfall und Lächeln entsprachen ganz der vollendeten Gastgeberin.

Kelly bejahte kurz, fand dann, das sei nicht genug. »Ich

trainiere regelmäßig, nur bin ich hier bisher nicht dazu gekommen. Schwimmen war genau das Richtige für mich.« Aber Katherine schien ihr gar nicht zuzuhören, sondern vielmehr den gedämpften Stimmen in der Halle zu lauschen. »Ist jemand gekommen?« fragte Kelly und raffte die Revers ihres Bademantels zusammen.

»Gil und Clay verabschieden sich eben«, erwiderte Katherine. »Sie haben Nathalie einen Beileidsbesuch abgestattet.«

Man hörte, wie die Haustür geöffnet wurde. Kelly drängte es, einen Blick auf die Abziehenden zu erhaschen, deren Besuch ihr in Anbetracht der alles andere als freundschaftlichen Beziehung zwischen Katherine und ihrem Sohn eigenartig vorkam. Beide Männer hatten das Haus bereits verlassen. Clay drehte sich nochmals zu der Baronin um, die an der offenen Tür stand. Er sagte etwas, strich ihr dann zärtlich über die Wange. Eine Geste, die Kelly eindeutig als intim wertete. Sie warf Katherine einen verständnislosen Blick zu.

»Vermutlich Clays Art, Anteilnahme zu bekunden«, bemerkte Katherine spitz und bestätigte damit Kellys Vermutung.

Clay und Nathalie Fougère verband demnach mehr als nur eine Bekanntschaft. Dabei hatte ihre Trauer um Emiles Tod durchaus echt gewirkt. Nachdenklich stieg Kelly die Treppe hinauf.

18

Sam durchquerte mit langen Schritten die Halle und eilte die Treppe hinauf. Eine erfrischende Dusche und Kelly waren alles, was er im Sinn hatte, wobei die Dusche eher nebensächlich war. Seit heute morgen hatte er das Ende des Tages und den Anbruch der Nacht herbeigesehnt. Endlich war es soweit, wenn auch ein wenig später als geplant.

Oben an der Treppe angelangt, lief er über den Flur auf sein Zimmer zu, blieb unwillkürlich vor Kellys Tür stehen, zögerte einen Augenblick und klopfte dann an.

»Herein.« Die dicke Türfüllung dämpfte ihre Stimme. Er drehte den Türknopf herum und trat ein. Bis auf die Stehlampe in der kleinen Sitzecke lag das Zimmer im Dunkeln.

Kelly stand am Fenster. Hell hob sich ihr Gesicht von der dunklen Nacht draußen ab. Sie trug einen seidenen Morgenmantel und hatte das Haar bereits wieder zu diesem schrecklichen Zopf geflochten. Sam ließ die Tür zufallen und ging auf sie zu.

»Stehst du immer im Finstern herum?«

»Nicht immer.« Heute allerdings verspürte sie das Bedürfnis, sich in den Schatten zu verlieren, sich in der Dunkelheit zu verstecken und sich von ihr beschützt zu wissen … wie so oft, wenn ihr Vater betrunken gewesen war und herumgetobt hatte.

Sie sah Sam auf sich zukommen, dicht neben ihr stehenbleiben. Zu dicht. Sie sollte mehr Licht machen. Aber noch nicht gleich. Nicht sofort.

»Tut mir leid, daß ich's zum Abendessen nicht geschafft habe«, sagte er leise. Sie spürte seinen Blick auf ihr ruhen. »Ich hatte es fest vor, aber ständig kam was dazwischen. Ein guter Gastgeber bin ich wohl nicht.«

»Das würde ich nicht sagen. Immerhin haben wir heute morgen zusammen Kaffee getrunken.« Lässig. Ganz ungezwungen und locker bleiben. Nicht einfach, wenn einem die

Gegenwart des anderen derart unter die Haut geht, allein schon mit seinem Geruch nach Erde und Sonne und Männlichkeit.

»Stimmt.« Sam parierte im gleichen Tonfall. »Und was hast du tagsüber getrieben?«

Kelly legte die Hand auf die kühle Fensterscheibe. »Ich bin geschwommen, habe ein bißchen Sonne getankt und nachgedacht.«

»Worüber?« Sie war ihm den ganzen Tag über nicht aus dem Kopf gegangen. Verhielt es sich umgekehrt vielleicht ähnlich?

»Über alles mögliche. Vor allem über meinen Job.« Sie lehnte die Stirn ans Fenster. »Ich darf ihn nicht verlieren. Nicht nachdem ich so hart dafür gearbeitet habe. Irgendwie muß ich das verhindern, irgendwie muß ich sie dazu bringen oder überzeugen, daß der Rausschmiß ungerechtfertigt ist.«

»Greifst du den Ereignissen nicht vor? Man hat dir doch noch gar nicht gekündigt.«

»Eine Beurlaubung kommt dem schon sehr nahe«, beharrte sie. »Wenn ich jetzt nicht kämpfe, bin ich meinen Job los. Deswegen muß ich mir eine Strategie zurechtlegen.«

»Und die wäre?«

Sie zog einen Flunsch. »Das weiß ich noch nicht«, gab sie kleinlaut zu. »Ich könnte mich mit meiner Geschichte an die Medien wenden und versuchen, eine breite Öffentlichkeit auf meine Situation aufmerksam zu machen. Nur, wie kann ich jemandem veranschaulichen, was es heißt, bei einem Trunkenbold aufzuwachsen, der sich an einem Kind vergreift?«

»Als du mir davon erzähltest, konnte ich mir jedenfalls ein recht klares Bild davon machen, was das für dich bedeutet haben muß«, meinte er.

»Du hast ja darüber hinaus das Haus gesehen, den Dreck und die Flaschen. Wahrscheinlich war das eindringlicher als meine Schilderung. Ich bin nicht gut, wenn es darum geht, Gefühle zu Papier zu bringen, Sam. Ich weiß das, weil ich es vorhin versucht habe. Es ging nicht.« Sie trat vom Fenster zurück, ohne die Hand von der Scheibe zu nehmen. »Ein frustrierendes Unterfangen.«

»Vielleicht bist du zu kritisch«, meinte Sam. »Kann ich nicht mal lesen, was du geschrieben hast?«

»Das geht nur, wenn du gut im Zusammensetzen von Papierschnipseln bist. Ich habe alles zerrissen und in den Papierkorb geworfen.«

»So schlecht kann es doch nicht gewesen sein.« Er schien drauf und dran zu sein, sich den Papierkorb vorzunehmen.

»Jedenfalls nicht gut genug. Mein Medium ist das Fernsehen, nicht die Presse. Meine Botschaft kommt rüber, wenn ich Bilder die Hälfte der Geschichte erzählen lassen kann.«

»Dann nutze das Fernsehen.«

»Es gibt keine Bilder, die die aufgestaute Wut und den Haß und den Schmerz in mir sichtbar machen können«, entgegnete sie. Das Eingeständnis ihres Unvermögens schlug jetzt in Aggression um. »Kann ich mir etwa eine Kamera in den Kopf pflanzen, damit sie zeigt, daß meine frühesten Erinnerungen die sind, mitten in der Nacht von einem gräßlichen Lärm aufgeschreckt zu werden – von zuknallenden Türen, von wütendem Herumbrüllen, vom Zerschlagen von Geschirr und von Flaschen, die durch das Zimmer gefeuert werden? Wie zeigt man die Angst und das Entsetzen eines Kindes, das sich in seinem dunklen Zimmer im Bett verkriecht und sich vor dem fürchtet, was draußen vor sich geht?«

»Kelly, ich weiß, daß es die Hölle für dich war.« Sie schreckte vor seiner Hand zurück, aber seine bewegte Stimme tat ihr gut.

»So kann man es wohl nennen«, sagte sie ruhig, wenngleich nicht ohne Bitterkeit. Sie sah wieder zum Fenster hinaus. »Habe ich dir davon erzählt, als er mich zum erstenmal schlug und ich zum erstenmal begriff, wie gemein er sein konnte?«

»Nein. Nein, hast du nicht.«

»Ich weiß es noch so genau, als ob es in mein Gedächtnis eingebrannt wäre«, sinnierte sie. »Ich besuchte damals die Vorschule. Meine Mama hatte mir ein gelbes Kleid genäht, mein Sonnenscheinkleidchen, nannte sie es, und ich war schrecklich aufgeregt, als sie mir erlaubte, es in die Schule anzuziehen. Stolz stapfte ich, das pummelige kleine Mädchen, in meinem Sonnenscheinkleidchen los. Ich fand mich einfach umwerfend, aber die älteren Kinder im Bus waren ganz anderer Meinung. Sie lachten mich aus und sagten, ich sähe aus wie eine dicke, kleine Butterkugel. Auf dem Heimweg hänselten sie mich noch mehr. In Tränen aufgelöst kam ich nach Hause. Mama wollte wissen, warum, und ich erzählte es ihr.«

»Tut mir ja so leid, mein Kleines.« Liebevolle Hände wischten ihr die Tränen ab. »Vergiß einfach, was diese Jungs gesagt haben. Sie haben sich nur einen Spaß daraus gemacht, dich zu necken. Das ist ein hübsches Kleidchen, und du siehst entzückend darin aus.«

»Eine dicke Butterkugel haben sie mich genannt«, schluchzte sie auf.

»Von wegen. Du bist mein kleines Sonnenscheinmädchen.« Sie drückte sie an sich, hob sie hoch und trug sie zum Sofa. »Jetzt bleibst du hier schön sitzen, und ich bringe dir ein paar Schokoladenplätzchen, einverstanden?«

»Einverstanden.« Aber ihre Stimme zitterte und ihr Kinn bebte.

Die Mutter ging in die Küche. Eine weitere Träne tropfte. Sie schniefte hörbar, als der Vater aus dem Schlafzimmer auftauchte, das T-Shirt unordentlich in den Hosenbund gestopft.

»Was ist los?« Er sah sie an, schwankte ein wenig. »Heulst du vielleicht?«

Ein erneuter Tränenstrom war die Antwort, und dann kam es stockend: »Die Jungs im Bus haben mich ausgelacht und verspottet.«

»Hast du ihnen nicht gesagt, sie sollen das bleiben lassen?«

»Doch, aber sie haben nicht drauf gehört.«

»Dann hättest du ihnen eins aufs Maul geben sollen.«

»Die sind doch viel zu groß«, sagte sie.

»Das ist keine Entschuldigung.« Er stellte sie auf den Boden, kniete sich dann dicht vor sie hin und sah sie an. Sein Atem roch merkwürdig. »Also los. Ich zeig dir, wie man kämpft. Nimm die Hände hoch – so.«

Sie sah auf seine erhobenen Fäuste und schüttelte den Kopf. »Aber ich mag nicht kämpfen, Daddy.«

»Du wirst aber. Und jetzt tu, was ich sage. Halt deine Fäuste hoch – so –, und wenn ich versuche, dich zu treffen, schlägst du meine Hand weg.«

Sie bemühte sich, seine Anweisungen zu befolgen, aber als seine Hand auf ihr Gesicht zukam, war sie nicht schnell genug, und er streifte unsanft ihre Backe.

»Du mußt fixer sein, Lizzie-Mädchen.« Wieder schoß seine Hand gegen ihre Backe. Ein stechender Schmerz durchfuhr sie.

»Aua!« Sie hielt sich die malträtierte Stelle.

»Los doch, wehr dich. Schlag mich. Nur zu.«

»Nein, ich mag nicht«, sagte sie wieder und immer verstörter und verschreckter.

»Du wehrst dich jetzt, oder ich bombardiere dich mit Schlägen.« Erst prallte die eine, dann die andere Faust an ihr Kinn. Als sie schützend die Arme hochriß, erntete sie einen Hieb in den Magen. Sie schrie auf und krümmte sich, hielt sich den Bauch. Sofort war seine Hand wieder in ihrem Gesicht.

»Aufhören!« schrie sie verzweifelt und wütend zugleich.

»Aha, kommst langsam in Fahrt, wie?« stachelte er sie an und grinste verschlagen. »Dann wehr dich doch.«

Wieder traf er sie, härter als zuvor. Sie fiel rückwärts aufs Sofa. Tränen kullerten über ihr Gesicht.

Die Mutter stürzte aus der Küche. »Um Gottes willen, Len. Was tust du denn da?«

»Er hat mich geschlagen, Mama«, schluchzte sie.

»War nur ein kleiner Klaps. Ich zeig ihr, wie man kämpft.«

»Sie ist doch noch so klein, Len.« Sie hob sie hoch und enteilte mit ihr in die Sicherheit ihres Zimmers.

»Warum hat mich Daddy geschlagen?« weinte sie. »Was habe ich denn Schlimmes getan?«

»Gar nichts hast du getan, mein Schatz. Manchmal ...« Die Mutter drückte sie an sich, legte ihr Kinn auf ihren Kopf. »Manchmal vergißt Daddy, wie stark er ist. Er wollte dir nicht weh tun.«

»Was hab ich denn Schlimmes getan?« wiederholte Kelly leise. »Wenn man klein ist, versteht man nicht. Man ist nur bestürzt und hat ein schlechtes Gewissen, wenn man grundlos angeschnauzt wird, und erst recht, wenn alltägliche Grobheit in Sadismus umschlägt. Wie oft hat mich meine Mutter vor ihm beschützt!« Sie schüttelte sich. »Und dann starb sie und ließ mich mit ihm allein. Nur um zu überleben, mußte ich so schnell wie möglich erwachsen werden. Eine Jugend habe ich so gut wie nicht gehabt. Ich war ein Kind und gleich darauf fast erwachsen. Erwachsen und verängstigt. Nicht nur seinetwegen«, fügte sie rasch hinzu. »Ich hatte ebenso viel Angst davor, jemand könnte herausbekommen, wie mein Leben wirklich aussah. Deshalb dachte ich mir alles mögliche aus, wenn mich jemand auf meine blauen Flecke oder meine geschwollenen Augen ansprach. Weil ich mich so maßlos schämte.«

»Schämte!« entfuhr es Sam. »Du hattest überhaupt keinen Grund, dich zu schämen oder schuldig zu fühlen. Du hast doch nichts angestellt. Er war es, der dich geschlagen und so übel zugerichtet hat.«

»Wie kann ich dir das nur begreiflich machen?« Irritiert schüttelte sie den Kopf. »Wenn du ständig gesagt bekommst, du seist schuld an dem und dem, glaubst du es am Ende. Du denkst, daß du irgend etwas angestellt hast. Das ist das Heimtückische daran. Es geht nicht nur um die Prügel, sondern auch um den seelischen Schaden, den du davonträgst. Und das läßt sich nicht filmen.«

Dougherty. Sam hatte noch nie jemanden derart verabscheut.

»Heute«, nahm Kelly den Faden wieder auf, »habe ich lange darüber nachgedacht, ob ich mich als Gast in verschiedenen Talkshows bewerbe. Das Dumme ist nur, daß meine Geschichte nicht brutal genug ist. Ich wurde weder sexuell mißhandelt, noch hat er mich zum Krüppel geschlagen. Das einzige, was meine Geschichte interessant macht, ist der Umstand, daß ihm ein Mord zur Last gelegt wird. Aber selbst wenn ich die Talkshows machte – was würde mir das einbringen? Eine Menge Publicity und neben dem Stempel des mißhandelten Kindes den der Tochter eines Mörders. Bestimmt nicht die Garantie, daß ich meinen Job behalte.«

»Wäre es denn wirklich so schlimm, wenn du darauf verzichten müßtest?«

Kelly sah ihn verblüfft an. Daß er so etwas überhaupt fragen konnte! »Das Fernsehen ist mein Leben. Alle meine Freunde sind beim Fernsehen.« Das überaus kurze Telefongespräch mit Debbie am Nachmittag fiel ihr ein; sie hatte Debbie angerufen, um ihr zu sagen, wo sie zu erreichen war, und auch weil sie mit jemandem sprechen wollte, der verstand, welch schicksalsschwere Folgen die jüngsten Ereignisse auf ihre Karriere hatten, der ein wenig Anteil nahm, sich möglicherweise empörte über die Art, wie man mit ihr umsprang. Aber Debbie war höflich-distanziert geblieben, wie Hugh, als die Medien über sie hergefallen waren. Bei dem Gedanken an dieses Gespräch mußte Kelly schlucken. »Ein Job im Hauptprogramm ist immer mein Traum gewesen.«

»Bestimmt nicht dein einziger«, merkte Sam beiläufig an.

Nein. Sie hatte einmal davon geträumt, ein hübsches Haus und Kinder zu haben und einen Mann, der sie lieben und beschützen würde. Aber das war lange her, stammte aus einer Zeit, da ihre Vorstellungen vom Leben noch romantisch verklärt gewesen waren.

»Eigentlich nicht. Höchstens kindliche Phantasien«, behauptete sie und blickte wieder zum Fenster hinaus. »Der Regen läßt noch immer auf sich warten.«

Ein Rascheln, Stoff, der gegen Stoff rieb, als Sam sich an den Fensterrahmen lehnte. »Wenn er kommt, sind wir gerüstet«, sagte er und tat ihr damit bewußt den Gefallen, auf ein weniger emotionell befrachtetes Thema auszuweichen. »Das heißt, so gut das möglich ist. Die Luft kann ungehindert um die Trauben zirkulieren, und zudem sind die Hubschrauber einsatzbereit.«

»Die Hubschrauber?«

»Um über den Weinbergen die Luft aufzuwirbeln«, erklärte Sam. »Dann besteht nämlich die Hoffnung, daß die Trauben so kurz vor der Lese nicht zuviel Feuchtigkeit aufnehmen und dadurch an Aroma einbüßen.«

»Vielleicht regnet es ja gar nicht«, sagte Kelly beschwörend, ohne recht zu begreifen, warum ihr Sams Sorgen so nahegingen.

Er schmunzelte, daß seine weißen Zähne in der Dunkelheit aufblitzten. »Vielleicht nicht, aber ein Winzer lernt, die Probleme, auf die er Einfluß nehmen kann, zu bewältigen, und sich auf die, die er nicht ändern kann, einzustellen und das Beste daraus zu machen.«

»Weise Worte.« Sie enthielten eine für sie bestimmte Botschaft. »Aber es steht nur ein einziger Jahrgang auf dem Spiel, nicht die Weinberge als solche.«

»Kelly, das Leben hat schon so manchen gezwungen umzusatteln. Vielleicht findest du ein neues Betätigungsfeld, das dir zusagt, vielleicht sogar Menschen, die du lieber hast.«

»Vielleicht.« Sie fühlte sich von Dunkelheit umgeben, ausweglos gefangen in sich selbst.

»Kelly?« Es war, als bohrte sich die Wärme seiner Stimme durch die schützende Hülle um sie herum. »Ja, Sam?« flüsterte sie.

Aber Sam versagte die Stimme. Er wollte zum Ausdruck bringen, wie sehr er sich wünschte, die Nacht mit ihr zu verbringen. Statt dessen strich er ihr stumm über die Wange.

Kelly schloß angesichts dieser verhaltenen Geste, die so viel Zärtlichkeit ausdrückte, die Augen, atmete seine Nähe, seine Wärme und Stärke, die ihr verhießen, wenigstens heute nacht nicht allein zu sein. Heute nacht sehnte sie sich danach zu erfahren, wie es war, von kräftigen Armen umfangen, wie es war, geliebt zu werden.

Von dieser Sehnsucht getrieben, fuhr sie die Konturen seiner stoppligen Kinnpartie nach, während Sams Hand über ihren Nacken auf ihre Schulter und von dort ihren Arm entlang glitt. Er griff nach ihrem Handgelenk, hob es hoch, tastete über ihre Handfläche, bis sich ihre Fingerspitzen berührten.

Elektrisierende Stöße jagten durch sie hindurch. War das etwa Verlangen? Sie wußte nur, daß sie mehr begehrte. Sehr viel mehr.

»Sam.«

»Nicht«, sagte er aus einem Wissen heraus, von dem er nichts geahnt hatte. »Sag nichts. Denk an gar nichts.«

»Ich will ja gar nicht denken«, kam es flüsternd zurück.

»Dann sag mir, was du willst.« Seine Finger verhakten sich mit ihren. »Das?« Seine andere Hand glitt über ihren Hals und langsam hinunter zu ihren Brüsten. Kellys Puls war in Aufruhr, ihre Sinne, ihr Atem, alles. »Oder vielleicht das?«

Seine Hand wagte sich zu ihrer Taille, zog Kelly näher zu sich heran. Dann war sein Atem in ihrem Haar, flüsterte an ihrer Schläfe, streifte ihre Wange. Der Schmerz in ihrem Inneren wurde blindwütig und urgewaltig. Warum küßte er sie nicht? Sie sehnte sich doch danach. Trotzdem machte sie keine Anstalten, ihn in seinem Tun zu unterbrechen, gab sich seinen feinfühligen Fingerspitzen hin, seinem Atem auf ihrer Haut, der Aussicht auf mehr. Nur nichts überstürzen. Sie hatten Zeit für alles, und sie wollte alles, jede Berührung, jedes Flüstern und jede Sekunde dieser Nacht.

Seide, wo immer er sie berührte … der Ärmel ihres Morgenrocks, ihre Haut, ihr Haar. Trotz ihrer elenden Kindheit war sie Seide. Heiße Seide. Sam konnte nicht genug bekommen. Er begehrte sie, und nicht nur, weil er seit langer Zeit keine Frau mehr gehabt hatte. Es war mehr als das, mehr als körperliche Sinnlichkeit. Weitaus mehr.

Er ließ von ihr ab, umfaßte ihren Nacken, hob ihr Kinn und blickte ihr in die Augen. »Willst du auch, was ich will, Kelly?« fragte er heiser. »Willst du es wirklich?«

Er streifte ihr den Morgenrock von den Schultern. Kelly überrann ein leiser Schauer. Er nahm sie bei der Hand, zog sie, rückwärts zum Bett gehend, mit sich.

Er legte sein Hemd ab. Endlich seine behaarte Brust, seinen muskulösen Körper berühren, seine Kraft, seine Stärke spüren! Ihre Lippen fanden sich.

Ein heißer, hungriger Kuß, der nie gekannte Wollust weckte. Sie brauchte ihn, in sich, damit sie in der Vereinigung mit ihm ein neuer Mensch wurde. Sie schmiegte sich an ihn, strich ihm immer wieder über den Rücken, wollte alles erforschen, wie auch er alles von ihr erforschen sollte.

Es geschah rasch. Nicht rasch genug, aber dennoch zu rasch. Alles an ihr kennenzulernen und zu genießen, verlangte es Sam, stürmisch und ungeduldig jetzt. Ihr Körper preßte sich auffordernd an ihn. Eine Aufforderung, der er nur allzu gern nachkam.

Die Dunkelheit hüllte sie ein wie ein Kokon, zu dem die Welt keinen Zutritt hatte. Nichts war zu hören außer ihrem keuchenden Atem und dem Hämmern seines Pulses. Ihre Finger nestelten an seinem Hosenbund; Sam zuckte unter der Berührung zusammen. Bald darauf entledigte er sich dessen, was er noch am Leibe trug, und sah dann zu, wie Kelly die schmalen Träger ihres Nachthemds abstreifte und es zu Boden fallen ließ. Nackt stand sie vor ihm, ein langbeiniges, schlankes Wunschbild im matten Schein der Lampe.

Sam verschlang sie mit den Augen. Sein Blick blieb an ihrem Zopf haften, der ihr über die Schulter fiel. »Laß mich machen«, sagte er mit belegter Stimme und kam auf sie zu, um ihr geschickt das Haar zu entflechten und dann seine Hände darin zu vergraben. Langsam zog er eine einzelne Strähne zwischen Daumen und Zeigefinger hindurch. Diese wiedererwachte Sanftheit und Zärtlichkeit nach der schier zügellosen Begierde, die vorhin von ihnen Besitz ergriffen hatte, kam unerwartet und lustvoll schmerzlich. Kelly meinte, keine Luft mehr zu bekommen.

»Warum versteckst du es immer?« Wieder fuhr ihr Sam durchs Haar, streifte es mit seinem Atem.

»Weil das praktisch ist und seriöser wirkt.«

»Aber offen ist es wunderschön.«

Kelly spürte die Küsse, die er ihr übers Haar hauchte. Sein Mund tastete sich hinunter auf ihre Schulter, seine Hände strichen über ihre Arme, die Hüften, die Taille, die Brüste.

Eng umschlungen sanken sie aufs Bett. Sein leidenschaftlicher Kuß weckte neue Sehnsüchte. Seine Zunge umspielte ihre Brustwarzen, umschloß sie mit seinen Lippen. Ihr Körper bäumte sich wollüstig auf, ihre Finger wühlten sich in sein Haar. Sie spürte ein Ziehen, den Druck, der abwechselnd und in Übereinstimmung mit den Bewegungen seines

Mundes zunahm und abflachte, immer wieder, bis sie meinte, vor Glück weinen zu müssen.

Das Licht der Stehlampe fiel auf ihre geschlossenen Lider. Seine Haut fühlte sich heiß und feucht an, verströmte den intensiven Geruch nach Mann. Sie hielt ihn ganz fest, schon weil sie ahnte, daß ihr Zusammensein, selbst wenn es ewig währte, dennoch viel zu früh enden würde.

Längst hatte sich Sam über seine Bedenken hinweggesetzt, ob es richtig war, sich rückhaltlos auf das, was sie ihm darbot, einzulassen. Ihre auffordernden Hände und ihr Körper, der ihm auf seine Art verriet, daß sie ihn ebenso begehrte wie er sie, hatten ihn alles vergessen lassen. Sein Mund erstickte ihren überraschten Aufschrei, als er in sie eindrang.

Es war, als schlage ein loderndes Feuer über ihm zusammen. Er hatte gewußt, daß es so sein würde – losgelöst von allem, grenzenlos, nichts und niemand außer ihnen, der Erfüllung entgegen.

Noch immer verbreitete die Lampe ihr schummriges Licht. Wohlig entspannt lag Sam im Durcheinander von Armen und Beinen, kostete es aus, Kellys weichen, von Leidenschaft erhitzten Körper an seinem zu spüren.

Er ahnte, daß es ihm schwerfallen würde, seine Gefühle wieder in ihr enges, dunkles Gefängnis zu sperren. Träge wie eine Katze streichelte er Kellys kleine Brüste. »Vor dieser Nacht hätte ich gesagt, daß ich auf vollbusige Frauen stehe. Du bist schuld, daß ich meine Meinung geändert habe.«

»Ach, wirklich?« Sie rieb ihre Wange an seiner Schulter, hob dann den Kopf.

»Wirklich.« Sam sah sie an. Sein Lächeln schwand. »Wie machst du das nur?« Er fuhr die Konturen ihres Mundes nach.

»Was denn?« Ihre feuchten Lippen schnappten nach seinem Finger.

»Daß du mir das Gefühl gibst, stark zu sein, und mich entkräftet zurückläßt. Daß du mich auspumpst und mit einer Berührung wieder anfüllst.« Er zog sie an sich und labte sich an dem, was sein Finger bereits erforscht hatte. An Schlaf dachte keiner der beiden.

Kelly drehte sich auf die andere Seite. Das Bett neben ihr war leer, das Laken kühl. Sam mußte schon vor einer Weile gegangen sein. Sie setzte sich auf, rieb sich den Schlaf aus den Augen. Und wenn schon. Sie war gewöhnt, allein aufzuwachen. Sie zog die Knie an, stützte das Kinn darauf.

Ein energisches Klopfen an der Tür ließ sie zusammenfahren. »Wer ist da?« rief sie mit einem erschrockenen Blick auf ihr Nachthemd, das als ein Häufchen Seide auf dem Fußboden lag. Das dünne Laken würde wohl kaum ihre Nacktheit verbergen.

»Mrs. Vargas. Ich bringe Ihnen Kaffee und Saft.«

Kelly griff nach der Tagesdecke und drapierte sie um sich. »Kommen Sie herein.«

Geräuschlos trat die Haushälterin mit einem Tablett ein. »Soll ich es dorthin stellen?« fragte sie und deutete mit dem Kopf zur Sitzecke hinüber.

»Bitte«, sagte Kelly verlegen. Noch verlegener wäre sie wohl nur gewesen, wenn Sam bei ihr im Bett gelegen hätte.

Sobald die Haushälterin gegangen war, stand Kelly auf und warf sich ihren Morgenrock über. Graue Wolken waren aufgezogen, aber der Regen ließ weiterhin auf sich warten.

Der köstliche Duft von frisch gebrühtem Kaffee breitete sich aus, als Kelly sich eine Tasse voll einschenkte. Jetzt, da sie sie an die Lippen setzte, erinnerte sie sich undeutlich, daß sie Sams warmen Mund gespürt und er gesagt hatte: »Ich muß gehen.« Hatte er auch ihre Wange gestreichelt? Oder hatte sie das nur geträumt? Möglicherweise hatte sie auch nur geträumt, daß er noch gesagt hatte: »Wenn du aufgestanden bist, dann komm in mein Büro. Bis dahin ist der Kaffee fertig.« Nein, das konnte unmöglich ein Traum gewesen sein. Sam hatte sich nicht wortlos verdrückt und dadurch die gemeinsame Nacht abgewertet. Kelly setzte die Tasse wieder ab. Ihren ersten Kaffee heute wollte sie zusammen mit Sam genießen.

Diesmal brach sie alle Rekorde, was rasches Duschen und Anziehen betraf. Es gelang ihr sogar, völlig unbeobachtet das Haus zu verlassen.

Von den Eingangsstufen aus warf sie einen Blick zu den

regenschwangeren Wolken hinauf. Kein Lüftchen regte sich. Von irgendwoher, nicht weit entfernt, drang das Geräusch eines Hubschraubers an ihr Ohr.

Kelly ging die Auffahrt hinunter. Als sie den Saumpfad entdeckte, die Abkürzung zur Kellerei und Sams Büro, schlug sie ihn kurz entschlossen ein.

Dicht an dicht standen hier die Bäume, hielten mit ihren verschlungenen Ästen weitgehend das Licht ab, das durch die Wolkendecke bereits gedämpft war und das Gefühl verstärkte, allein auf weiter Flur zu sein. Wieviel dunkler, wieviel schwarzer mußte es hier in der Nacht der Party gewesen sein.

Die Party ... Was mochte den Baron bewogen haben, zur Kellerei zu gehen, auf diesem Weg? Wollte er lediglich für eine Weile dem ganzen Spektakel entfliehen? Durchaus denkbar. Kelly hatte ihn nur zweimal getroffen und jedesmal den Eindruck gewonnen, Baron Fougère mache sich nichts aus Festivitäten und ziehe die Gesellschaft seiner Bücher vor. Warum hatte er sich dann nicht in die Bibliothek zurückgezogen? Dort hätte er seine Ruhe gehabt, und die Atmosphäre hätte ihm auch mehr zugesagt als dieser dunkle Pfad.

Es sei denn, irgend etwas hatte ihn umgetrieben. Unwillkürlich mußte Kelly an den kurzen Zärtlichkeitsaustausch zwischen der Baronin und Clay Rutledge denken, dessen Zeuge sie geworden war. Hatte der Baron Ähnliches beobachtet? Etwas, das den Verdacht in ihm aufkeimen ließ, seine Frau habe ein Verhältnis mit einem anderen Mann? Das wäre durchaus ein Grund, der ihn bewogen haben könnte, einen dunklen Waldweg einzuschlagen, um dann bei der Kellerei aufzutauchen und dort mit ihrem Vater zusammenzuprallen. Purer Zufall, weiter nichts?

Fragen über Fragen. Seufzend schüttelte Kelly den Kopf. So viele Fragen hatte sie sich in den letzten zehn Jahren gestellt und zu beantworten versucht, daß ihr das zu einer Gewohnheit geworden war, von der sie nicht so schnell loskam. Schon gar nicht, wenn es um ihren Vater ging und sie mit hineingezogen wurde.

Jetzt sah sie die Kellerei bereits vor sich liegen, deren Ziegelmauern ohne die belebende Sonne düster und eintönig wirkten. Um so deutlicher hob sich, am Ende des Baus, das gelbe Band ab, mit dem die Polizei den Tatort abgesperrt hatte. Seltsam, daß es noch nicht entfernt worden war. Zumal es gar nichts zu sehen gab; alle Beweismittel waren längst sichergestellt. Trotzdem drängte es sie, sich dort einmal umzusehen.

Überall die Abdrücke von Fußspuren. Eine schwache Umrandung deutete die Stelle an, wo man die Leiche gefunden hatte. Zwei weitere Markierungen ließen den Schluß zu, daß an der einen die Mordwaffe und an der anderen der Benzinkanister aufgefunden worden war, den der Vater hatte fallen lassen.

Kelly mußte wieder an den kurzen und unerfreulichen Besuch bei ihrem Vater denken. Verängstigt und verwirrt war er gewesen, hatte sich hinter seinem poltrigen Gehabe versteckt. Vermutlich war er in der fraglichen Nacht ebenso verängstigt wie betrunken gewesen und hatte, als ihn der Baron überraschte, in einem Anfall von Panik auf ihn eingeschlagen.

Warum aber mit einem Schlegel? Warum nicht mit den Benzinkanistern? Und wenn er vorgehabt hatte, den Wein, der in den Kellern lagerte, zu ruinieren – was hatte er dann an dieser Stelle zu suchen gehabt? Der Eingang zu den Lagerräumen befand sich auf der Rückseite des Kellereigebäudes. Kelly runzelte die Stirn und sah hinauf zu den oben auf dem Gebäude zur Sicherung des Geländes angebrachten Scheinwerfern. Warum hatte sich der Vater aus dieser so hell erleuchteten Richtung anschleichen wollen? War er zu betrunken gewesen, um das zu registrieren? Oder so betrunken, daß es ihm egal war?

Eine kleine Seitentür zur Kellerei öffnete sich, und der stämmige alte Claude Broussard tauchte auf, beäugte kurz die gelbe Absperrung, ehe er den Blick auf Kelly heftete.

»Hallo.« Sie ging auf ihn zu.

Sofort winkte er verärgert ab, und sein runzliges Gesicht verfinsterte sich. »Reporter haben hier nichts zu suchen! Das ist Hausfriedensbruch! Verschwinden Sie augenblicklich!«

Wieder einmal fühlte sich Kelly bemüßigt, ihre Anwesenheit zu erklären. »Monsieur Broussard, ich bin Leonard Doughertys Tochter.«

»Sie?« Seine Augen verengten sich mißtrauisch.

»Ich. Gewiß haben Sie mein Bild im Fernsehen oder in den Zeitungsberichten über den Tod des Barons gesehen.«

»Für derlei Schmierereien hab ich nichts übrig.« Er kam näher, musterte sie skeptisch. »Ich weiß, daß er eine Tochter hatte. Ein großes, plumpes Ding mit Brille.«

»Das sich immer in die Kellerei schlich«, ergänzte Kelly. »Sie haben mich einmal erwischt.«

»Ich weiß.« Er nickte bedächtig, schien sich zu erinnern.

»Ich hatte wahnsinnige Angst, Sie würden mich verprügeln.«

Der alte Claude schüttelte den Kopf. »Ich würde niemals ein Kind schlagen.« Dann schmunzelte er. »Ich hab Sie meinen Wein probieren lassen.«

»Richtig.« Es fiel ihr wieder ein. »Ich dachte, er würde wie Traubensaft schmecken, dabei war er ziemlich sauer.«

»Nicht sauer«, wies er sie zurecht. »Der Wein war jung, zog einem vielleicht ein bißchen den Mund zusammen.«

»Mehr als ein bißchen, wenn ich mich recht erinnere«, sagte Kelly lächelnd.

Auch Claude Broussard lächelte, dann aber wurde er unvermittelt ernst. »Ihr Vater war kein guter Mensch. Er hatte angefangen, während der Arbeit zu trinken. Und das konnte ich nicht dulden. Ich mußte ihn entlassen.«

»Ich weiß.« Kelly senkte den Kopf. Wie demütigend war es für sie gewesen, als sie ihn damals abholen wollte und erfuhr, daß man ihn rausgeschmissen hatte! Sturzbetrunken war er anderntags nach Hause gekommen. Und als er endlich wieder nüchtern war, hatte er ihr weismachen wollen, er sei es leid, von den Rutledges wie ein Sklave behandelt zu werden, und habe deshalb gekündigt. Dabei hatte sie doch gewußt, wie es sich in Wirklichkeit verhielt. »Er war ständig betrunken«, gab sie gegen ihren Willen zu. »Und ständig hat es Schwierigkeiten mit ihm gegeben.«

»Gehen wir weg von hier.« Seine lederne Hand legte sich

auf ihren Arm, führte sie fort vom Ort des Verbrechens. »Hier ist nicht gut sein.«

Gerührt blickte Kelly in sein zerfurchtes Gesicht. »Wie alt sind Sie eigentlich?« Schon als kleines Mädchen war er ihr uralt vorgekommen.

Er blieb stehen, reckte die breiten Schultern. »Ist das so wichtig?« Ihre Frage hatte ihn sichtlich gekränkt.

Kelly versuchte ihn zu beschwichtigen. »Reine Neugier, weiter nichts.«

Stolz blickte er sie an. »Ich stehe im siebten Jahrzehnt. Mein *grand-père* war bis zu seinem vierundachtzigsten Lebensjahr hier auf Gut Rutledge der *maître de chai*. Seine letzten Jahre waren gute Jahre, und die Weine waren große Weine. Die jungen Leute von heute mit ihren akademischen Titeln, ihren Teströhrchen und ihren Meßinstrumenten – was verstehen die schon davon, wie man gute Weine macht? Alt ...«, wiederholte er verächtlich. »Wie mein *grand-père* habe auch ich noch viele gute Jahre vor mir. Ich bin noch längst nicht bereit, mich in den Ruhestand schicken zu lassen.«

»Darauf wollte ich doch gar nicht hinaus.«

»Non?« Er blitzte sie herausfordernd an, wandte dann, noch immer gereizt, den Blick ab. »Weshalb sind Sie eigentlich hergekommen?«

»Um Sam zu besuchen.«

»Er ist vor etwa fünf Minuten weggefahren.«

»Weggefahren?« Enttäuschung. Kelly war nicht darauf gefaßt gewesen, wie schmerzhaft sie sie empfand. Sie sah zum Büro hinüber, bemerkte, daß der Jeep nicht davor parkte. »Wissen Sie, wohin er gefahren ist?«

»Nein.«

»Dann muß ich mich wohl gedulden, bis er zurück ist«, sagte sie tapfer und machte sich auf den Rückweg.

19

Durch die Äste konnte Kelly bereits den silbergrauen Bronco vor dem Hause ausmachen, und nachdem sie den Saumpfad verlassen hatte, auch die anderen Fahrzeuge, die entlang der Auffahrt prakten – einen Streifenwagen, eine Limousine und Sams Jeep.

Irgend etwas stimmte nicht. Sie fühlte ein Prickeln auf ihrer Haut; ihre Nerven waren urplötzlich zum Zerreißen gespannt. Nach einer Schrecksekunde eilte sie auf die Eingangstür zu. Als sie sie öffnete, hörte sie Katherine sagen: »Im Haus ist sie nicht. Vielleicht ist sie irgendwo unterwegs.«

Zwei uniformierte Beamte sowie Ollie Zelinski, ferner der mit der Verteidigung beauftragte John MacSwayne und dazu Sam standen am Füße der Marmortreppe und blickten Katherine entgegen. John MacSwayne war ein Anwalt um die Vierzig, mit leicht ergrauten Schläfen und von mittlerer Statur. Sein Gesicht wies diese väterlichen Züge auf, die jedem das Bild eines Mannes vermitteln, der sich schon mit vielen Übeltätern herumgeschlagen hat, ohne jemals den Glauben an ihren guten Kern zu verlieren. Beim Zuschlagen der Haustür wandten er und alle anderen sich nach Kelly um.

»Suchen Sie mich?« Unheil ahnend, ging sie langsam auf die Gruppe zu. Sams grimmiges Gesicht und der mühsam zurückgehaltene Zorn in seinen Augen sprachen für sich.

»Dein Vater ist ausgebrochen«, informierte er sie. »Ich hab's im Radio gehört und wollte dir Bescheid sagen. Als ich herkam, fuhren bereits Zelinski und die anderen vor.«

»Wann?« fragte sie tonlos.

Sie wußte genau, was das bedeutete: eine großangelegte Fahndung mit Straßensperren, Suchtrupps und Hubschraubern. Die Art Sensationsstory, die die Medien scharenweise auf Trab brachte. Von neuem würde ihr Name breitgetreten werden, zu einem Zeitpunkt, da das Interesse der Öffentlichkeit bereits nachgelassen hatte.

»Etwa bei Tagesanbruch«, sagte Ollie. Sein Blick verriet Mitgefühl.

»Wie denn? Wie konnte das passieren?« Kelly trat einen Schritt zurück, lehnte unbewußt den Trost ab, den ihr Sam durch seine Nähe anzubieten schien. Wenn er sie berührte, verlor sie womöglich die Beherrschung. Keiner sollte merken, was in ihr vorging. Wie um den Aufruhr, der in ihr tobte, zu verbergen, preßte sie die Arme um die Taille.

»Er hat sich krank gestellt. Der diensttuende Aufseher ist neu und hat sich täuschen lassen. Wir sind dabei, die Einzelheiten zu klären.« Ollie rückte sich die Brille zurecht, wie immer, wenn er nervös war.

Kelly nahm es nicht weiter zur Kenntnis. »Warum bist du hier?« wollte sie wissen. »Doch nicht nur, um mir das zu sagen.«

Ollie sah sie unbehaglich an. »Das hätte nicht passieren dürfen. Seine Verhaftung hat dir schon genug Scherereien bereitet. Ich wollte dich wissen lassen, wie leid mir das alles tut.« Er schwieg. »Hast du eine Ahnung, wo er sich aufhalten könnte?« fragte er.

»Habt ihr euch in der nächstgelegenen Bar umgesehen oder in einem der Spirituosenläden?« Das klang verbittert.

»Halten Sie es für möglich, daß er hier auftaucht? Oder zur Bay Area will? Nach Oakland oder San Francisco?« mischte sich einer der Beamten ein.

Erwartungsvolles Schweigen. »Keine Ahnung.« Sie schüttelte nachdrücklich den Kopf, strich die Haarsträhnen, die ihr ins Gesicht gefallen waren, zurück. »Keine Ahnung, wo er hin will oder was er vorhat. In einer Stadt kann er mit Sicherheit leichter untertauchen, aber ich weiß nicht, ob er an so was denkt.«

»Und in den Bergen?« fragte der andere Streifenbeamte. »Mag Ihr Vater die freie Natur? Ist er Jäger?«

»Nein. Trinken ist sein einziges Hobby.«

»Wie steht's mit Freunden?«

»Ich bin vor zehn Jahren von hier weggegangen, kenne also seine Freunde nicht. Ich weiß nicht mal, ob er welche hat. Da müssen Sie schon in den Bars nachfragen, in denen er sich rumzutreiben pflegt.«

Fragen über Fragen, auf die sie keine Antwort geben konnte und die ihr langsam auf die Nerven gingen. »Wenn ich irgendwas wüßte«, platzte sie schließlich heraus, »würde ich Ihnen das doch sagen. Ich bin genauso daran interessiert wie Sie, daß er gefaßt wird. Je länger er draußen ist, desto länger zieht sich diese Sache hin ...« Beschämt, die Beherrschung verloren zu haben, brach sie ab.

»Schon gut«, beschwichtigte Ollie. »Tut mir leid, Kelly, daß wir dich damit belästigt haben, aber es ging nicht anders. Sollte dir noch was einfallen, was wichtig sein könnte ...«

»... rufe ich dich an«, versprach sie.

Ollie und die beiden Beamten wandten sich zum Gehen; MacSwayne, der sich die ganze Zeit über mit der Rolle des aufmerksamen Zuhörers begnügt hatte, blieb.

»Ich möchte zu dieser unseligen Situation nur noch eins hinzufügen, Miss Kelly«, sagte er. »Falls Ihr Vater mit Ihnen Kontakt aufnimmt ...«

»Das wird er nicht tun«, fiel ihm Kelly ins Wort. »Er weiß gar nicht, wo ich bin.«

»Leider doch.« Seine Brauen schoben sich zu einer stummen Entschuldigung zusammen. »Ich habe ihm gesagt, daß Sie hier sind.«

Sam fluchte unterdrückt. »War das verdammt noch mal nötig? Dazu bestand nicht die geringste Veranlassung!« fuhr er MacSwayne an.

»Ich hielt es für angebracht.« Der Anwalt zuckte die Schultern, wie um anzudeuten, daß der Fehler nun mal gemacht war und es keinen Zweck hatte, darüber zu streiten. »Als ich Dougherty im Gefängnis besuchte, regte er sich furchtbar über die Rutledges auf, besonders über Sie, Mr. Rutledge. Er warf Ihnen alles mögliche vor, und ich dachte, er würde vielleicht seine Meinung ändern, wenn er wüßte, daß seine Tochter bei Ihnen wohnt.«

»Und hat's was gebracht?« Sams Frage triefte vor Zynismus und Skepsis.

»Leider nicht. Er meinte, Sie hätten wohl die Absicht, seine Tochter gegen ihn aufzustacheln. Paranoia ist ja häufig eine Folge von Alkoholismus«, erklärte MacSwayne und wandte sich wieder an Kelly. »Und das ist ein Punkt, über den ich noch mit Ihnen sprechen wollte.«

Er zog sie beiseite, um sich mit ihr unter vier Augen zu unterhalten. Kelly konnte sich überhaupt nicht vorstellen, was er mit einer Unterredung über die Trinkgewohnheiten ihres Vaters bezweckte.

»Sollte sich Ihr Vater doch melden«, sprach MacSwayne in vertraulichem Ton auf sie ein, »dann tun Sie ihr Möglichstes, um ihn dazu zu bewegen, sich zu stellen.«

»Er würde nicht auf mich hören.«

»Versuchen Sie's. Es wäre nur zu seinem Vorteil«, beschwor er sie. »Als er am Morgen nach dem Mord verhaftet wurde, lag der Alkoholgehalt in seinem Blut beträchtlich über dem vertretbaren Grenzwert. Er gibt zu, getrunken zu haben. Gut möglich, daß er zu betrunken war, um zu merken, was er tat. Ich kann auf verminderte Schuldfähigkeit plädieren, mit der Aussicht, die Anklage auf Totschlag im Affekt zu drücken. Aber nur, wenn er sich stellt und wir ihn gegen Kaution freibekommen, mit der Auflage, daß er sich einer Entziehungskur unterwirft. Wir müssen klarmachen, daß Alkoholismus eine Krankheit ist und Ihr Vater ein Opfer.«

»Sprechen Sie mir nicht von Opfern!« Kellys Stimme bebte vor Zorn. »*Ich* war das Opfer! *Ich* mußte mit ihm und seinen Lügen zusammenleben. *Ich* wurde geprügelt, wenn er betrunken war. *Ich* bin diejenige, die dafür bezahlt hat. Und die noch heute dafür bezahlt!« Tränen schossen ihr in die Augen. Sie lief weg, ließ den Anwalt stehen.

Sam wollte ihr nacheilen, aber MacSwayne hielt ihn zurück.

»Lassen Sie sie allein. Ich habe sie wohl verärgert. Dabei glaubte ich, sie hätte die Trinkerei ihres Vaters inzwischen als eine Krankheit akzeptiert, die sie weder verursacht hat, noch heilen kann.« Nachdenklich sah er Sam an. »Wenn ich Ihnen einen Rat geben darf: Bringen Sie sie dazu, an einer Therapie teilzunehmen, die eigens für Erwachsene bestimmt ist, deren Eltern Alkoholiker sind oder waren. Kelly fängt langsam an, sich mit ihren Gefühlen auseinanderzusetzen und die über die Jahre hinweg aufgestauten Aggressionen herauszulassen. Das ist immerhin ein Schritt in die richtige Richtung.«

Kelly hatte sich in die Bibliothek geflüchtet. Als sie hörte, daß sich jemand näherte, wischte sie sich hastig die Tränen ab. Sie drehte sich nicht um, als Sam eintrat, sondern blieb bei dem Ledersessel stehen, die eine Hand auf dessen Rückenlehne gelegt. »Kelly?«

Erst als sie den warmen Druck auf ihren Armen spürte, entfernte sie sich von dem Sessel. »Alles in Ordnung.« Ihre Finger tasteten über den Lampenschirm. »Aber eine Zigarette könnte ich gebrauchen. Du hast nicht zufällig eine bei dir? Meine sind oben.«

»Nein. Hab ich nicht.«

»Schon gut.« Sie knipste die Lampe an. »Ich wundere mich sowieso schon, daß ich bei all der Aufregung nicht viel mehr rauche.«

Sie griff nach der Fernbedienung auf dem Tischchen neben der Lampe und schaltete den Fernsehapparat ein.

»Kelly, was deinen Vater angeht ...«, hob Sam an.

Sie hob die Hand, um ihm das Wort abzuschneiden, starrte gebannt auf den Bildschirm. »Nachrichten. Vielleicht haben sie ihn gefaßt.« Sie ließ sich in einen Sessel fallen und lauschte, nach vorn gebeugt, aufmerksam dem Bericht des Kommentators.

Der Bericht beinhaltete die Richtigstellung einer früheren Mitteilung, der zufolge der Verdächtigte an Bord einer Fähre nach San Francisco gesichtet worden sei, was sich aber inzwischen als Irrtum herausgestellt habe. Der Ausbruch aus dem Gefängnis wurde nochmals durchgekaut und darüber hinaus alles, was über den Mordfall bekannt war.

»Wie wär's mit einem Kaffee?« schlug Sam vor, als der Sender sein normales Programm wieder aufnahm.

Kelly schüttelte den Kopf. »Ich bleibe lieber hier und warte, ob sich was Neues ergibt.«

Sie verbrachte den Rest des Tages und einen Großteil des Abends vor dem Fernseher, sprang von Programm zu Programm, verglich die Berichterstattung des einen Senders mit der eines anderen. Immer wieder hieß es, die Polizei bleibe bei ihrer Meinung, der Flüchtige müsse sich weiterhin irgendwo im Napa Valley aufhalten. Man sah Suchtrupps verlassene Gebäude durchkämmen, Hubschrauberpatrouillen, Polizisten, die an Straßensperren Kofferräume öffneten und Ausweise kontrollierten, und endlose Autoschlangen auf den Schnellstraßen. Ordnungshüter wurden interviewt genauso wie verängstigte Bewohner einsamer Gegenden, Leute auf der Straße und Touristen. Nichts wurde ausgelassen.

Jede Sondersendung begann unweigerlich mit in etwa folgendem Wortlaut: »Der Vater der bekannten Nachrichtensprecherin Kelly Douglas, der im Verdacht steht, Baron Emile Fougère ermordet zu haben, ist weiterhin flüchtig ...« und blendete ein Bild von Kelly ein, entweder ein offizielles oder aus einer Sendung oder einen Schnappschuß, der sie vor dem Gefängnis von St. Helena zeigte.

Am nächsten Tag regnete es noch immer nicht, und Leonard Dougherty war noch immer flüchtig. Am frühen Vormittag umzingelte ein Polizeiaufgebot einen kleinen Weinberg im Carneros-Bezirk, wo man Dougherty vermutete. Ein Fernsehteam bot den Zuschauern vom Hubschrauber aus den Blick auf eine nicht zu identifizierende Gestalt, die unter den knorrigen Rebstöcken kauerte. Zwanzig spannungsgeladene Minuten später ergab sich der Mann.

Kelly sah sofort, daß es sich nicht um ihren Vater handelte. Das schwarze Haar und die dunkle Haut wiesen ihn eher als Mexikaner aus. Der Reporter vor Ort kam zu der gleichen Schlußfolgerung. Zum Vergleich wurde für die Zuschauer ein Fahndungsfoto von Dougherty eingeblendet.

Die Mittagsnachrichten meldeten zum einen, daß es sich bei dem im Weinberg dingfest gemachten Mann um einen illegalen Einwanderer handle, zum anderen, daß sich heute morgen, in einem abseits gelegenen Haus im Stag's-Leap-Bezirk, jemand gewaltsam Zutritt verschafft habe, allem Anschein nach ohne etwas zu entwenden. Inzwischen ließ die Polizei verlautbaren, Dougherty sei es möglicherweise gelungen, die Gegend zu verlassen; die Fahndung werde ausgedehnt.

Am späten Nachmittag begann es zu regnen. Tiefhängende Wolken hüllten die Kämme und Gipfel der beiden Gebirgszüge ein. Die Abendnachrichten zeigten Reporter, die unter tropfenden Schirmen mit den neuesten Neuigkeiten von der Menschenjagd aufwarteten und Vermutungen anstellten.

NBC brachte eine Reportage, die noch vor Einsetzen des Regens abgedreht worden war. Als der Nachrichtensprecher auf den Beitrag überleitete, ahnte Kelly zwar, daß sie nicht ungeschoren davonkommen würde, war aber völlig perplex, als zum Auftakt des Beitrags Linda James, ihre Feindin und Rivalin, vor der Bruchbude ihres Vaters stand und den Zuschauern eröffnete, dies sei das Haus, in dem Kelly Douglas als Kind gelebt hatte.

Jetzt ging Linda James die Treppe hoch und machte die Tür auf. Ein perfekter Umschnitt, und sie betrat das Wohnzimmer.

Großer Gott! Kellys Hand fuhr zum Mund, um den Aufschrei zu ersticken. Da war ihre Puppe, in Großaufnahme, die einsam auf der schmuddeligen Couch saß. Die verwahrloste Küche und das verklebte Geschirr in der Spüle und auf der Anrichte, die verschimmelten Reste im Kühlschrank. Warum bloß hatte sie nicht aufgeräumt?

Linda James, auf einem Bett sitzend, auf Kellys Bett, mit dem Finger über die verstaubte Frisierkommode fahrend, über das gußeiserne Bettgestell, aus dem Fenster blickend …

Die Zweieinhalb-Minuten-Reportage endete im Freien. »Es ist uns nicht gelungen«, schloß Linda James bedauernd, »von Kelly Douglas eine Stellungnahme einzuholen, obwohl sie sich noch in der Gegend aufhalten soll. Wahrscheinlich, um über den neuesten Stand der Dinge auf dem laufenden zu bleiben. Zweifelsohne mit gemischten Gefühlen. Linda James, Napa Valley.«

Aus professioneller Sicht ein guter Beitrag, wie Kelly zugeben mußte. Was nichts daran änderte, daß sie sich an den Pranger gestellt fühlte. Ihr Privatleben vor den Augen der

Öffentlichkeit ausgebreitet und darin herumgewühlt! Fassungslos stürmte sie aus der Bibliothek. Das sollte nicht noch einmal passieren!

Sie prallte fast mit Sam zusammen, der völlig durchnäßt das Haus betreten hatte.

»Der Regen hat sich in einen regelrechten Wolkenbruch verwandelt«, sagte er und verzog den Mund zu einer Grimasse.

»Sieht ganz danach aus.« Sie ging auf die Treppe zu.

»Warte, ich komme mit. Ich brauch eine Dusche und was Trockenes zum Anziehen.« Nebeneinander stiegen sie die Stufen hinauf. »Irgendwas in den Abendnachrichten?«

»Nichts Neues. Er hält sich noch immer versteckt.«

Sam seufzte. »Tut mir leid. Ich hatte wirklich damit gerechnet, daß sie ihn eher schnappen.«

»Ich auch.«

Vor ihrer Zimmertür blieb er stehen. »Alles in Ordnung mit dir?«

Hatte sie sich jemals *in Ordnung* gefühlt? »Ich pack es schon«, sagte sie.

»Bestimmt«, lächelte er. »Bis nachher also.« Er ging weiter.

Kaum hatte Kelly ihr Zimmer betreten, angelte sie sich ihre Tasche und den Regenmantel und eilte wieder hinunter.

Eine Viertelstunde später ließ der Leihwagen das Wasser in der ausgefahrenen Spur hoch aufspritzen, um dann vor Kellys einstigem Zuhause anzuhalten. Der Regen hatte die ungeschützten Holzwände fast schwarz gefärbt und die Fensterscheiben in dunkel glänzende Spiegel verwandelt.

Es gelang ihr, die Haustür zu erreichen, ohne in allzu tiefe Pfützen zu treten. Das Wohnzimmer war stockdunkel. Erst als sie die Deckenbeleuchtung anknipste, wurde es ein wenig heller. Kelly zog den Mantel aus und sah sich um. Zuerst der Abfall.

Die Plastiksäcke im Unterbau des Spülbeckens kamen ihr wie gerufen. Im ersten landete der Inhalt des Kühlschranks und des Mülleimers, in den zweiten leerte sie den Papierkorb und stopfte die herumliegenden leeren Schachteln, in den dritten und in einen vierten kamen Asche, leere Flaschen, alte Zeitschriften und Zeitungen und was sonst noch nach Abfall aussah.

Als nächstes nahm sie sich den Abwasch vor, kratzte die Essensreste von den Tellern, weichte das Geschirr ein, bearbeitete es mit der Bürste, spülte nach, trocknete ab. Sie schrubbte den Küchentisch, das Bord und die Anrichte, machte Küchen- und Eisschrank von innen und außen sauber.

Als sie damit fertig war, schleppte sie die Müllsäcke, zu denen sich ein halbvoller fünfter gesellt hatte, ins Wohnzimmer. Da der Regen inzwischen nachgelassen hatte, brachte Kelly die Säcke kurzentschlossen ins Freie, hievte sie dann auf die Ladefläche eines verrosteten Anhängers unweit des Schuppens. Morgen wollte sie wiederkommen und sie irgendwie beseitigen. Und das Unkraut dazu – sofern es zu regnen aufhörte.

Blieben noch die Möbel abzustauben, die Böden zu fegen und zu wischen, das Badezimmer sauberzumachen. Sie ging zurück, ließ die Haustür offen, um gründlich durchzulüften.

Als sie den letzten Knopf ihres Regenmantels öffnete, hörte sie etwas klappern, wie Besteck. Kelly zog den Mantel aus, warf ihn über einen Stuhl und ging in die Küche.

Wie angewurzelt blieb sie stehen, als sie auf einem der Küchenstühle ihren Vater sitzen sah, der sich seelenruhig Frühstücksflocken aus einer Büchse in den Mund schaufelte. Sein schütteres Haar klebte ihm am Kopf, aber seine Kleidung war trocken.

Ihr Zorn, neuerdings, wie es den Anschein hatte, auf Abruf bereit, flammte wieder auf. »Was hast du hier zu suchen?«

»Was zu essen.« Er verleibte sich eine weitere Handvoll Knusperflocken ein, kaute geräuschvoll. »Kalte Wiener, Käse und Cracker, zwei Riegel Schokolade und ein paar Kekse – mehr hab ich in den letzten beiden Tagen nicht gegessen … Du hast wohl ein bißchen Ordnung gemacht? Sieht prima aus.« Er langte wieder in die Büchse. »Wie wär's mit Kaffee für uns beide? Ich bin auf die Knochen durchgefroren in diesem Regen. Brauchte 'ne Weile, bis ich festgestellt hab, daß du allein bist. Denk dran, ich nehm viel Zucker in meinen Kaffee.«

Kelly hätte ihm am liebsten die Büchse aus der Hand geschlagen. Statt dessen ging sie zur Spüle hinüber und füllte den alten elektrischen Kaffeetopf mit Wasser. »Warum bist du hergekommen?«

»Um mir was zum Essen zu holen, trockene Kleidung, Decken und was ich sonst noch so brauchen kann.«

Sie tat Kaffee in den Einsatz, klappte den Deckel zu und schloß den Topf an der Steckdose an der Wand an. »Warum bist du aus dem Gefängnis ausgebrochen?«

»Soll ich vielleicht drauf warten, daß man mich für etwas verurteilt, was ich nicht getan habe? Von wegen.«

Frühstücksflocken raschelten. »Ich mußte raus, mir ein bißchen Geld beschaffen und verhindern, daß diese Rutledges mein Land kassieren. Verdammt schlau von ihnen, mir so was anzuhängen ... Diese Trauben, die hätten gestern geerntet werden müssen. Jetzt verschimmeln sie womöglich, und ich krieg keinen Penny mehr dafür.« Er mampfte weiter. »Lizzie-Mädchen, du mußt mir helfen. Ich brauch Geld, um es dieser alten Hexe zurückzuzahlen.«

»Stell dich, dann helf ich dir.« Kelly stierte auf einen Kratzer an der Schranktür. »Du hast mal was von fünfunddreißigtausend Dollar erwähnt. Ich hab sie. Stell dich der Polizei, und ich löse den Schuldschein aus, und das Land gehört ein für allemal dir.«

»Das haben dir die Rutledges eingeredet, wie?«

Kelly fuhr herum. »Nein. Das ist ganz allein meine Sache.« Sie erntete einen mißtrauischen Blick. »Wenn du dich stellst, komme ich mit. Ich fahr dich sogar hin.«

»Nein. Ich geh nicht ins Gefängnis zurück.«

»Früher oder später werden sie dich doch erwischen.«

»Werden sie nicht. Nicht, wenn du mir hilfst.«

»Dir helfen? Wie denn?« Der Kaffeetopf hinter ihr begann zu gurgeln.

»Indem du dich heimlich mit mir triffst und mich mit Proviant und was sonst noch versorgst.«

Sie meinte ihren Ohren nicht zu trauen. »Du willst mich

zur Komplizin machen? Ich soll einem entsprungenen Häftling Handlangerdienste leisten?«

»Verdammt, ich bin unschuldig!« Er starrte sie an. »Deine Mutter hätte das für mich getan, keine Frage. Sie hätte mir geholfen. Und sie wär dafür, daß du mir hilfst.«

»Laß Mama aus dem Spiel!« schrie sie gequält auf und krallte die Hände in die Rückenlehne des vor ihr stehenden Stuhls. »Ich kann's nicht ertragen, wie du von ihr sprichst. Wie sehr du sie geliebt hast. Wie sehr sie dir fehlt. Du hast sie auf dem Gewissen. Ebensogut hättest du sie auch erwürgen können.« Tränen verschleierten ihr den Blick. »Ich hab dir gesagt, daß sie krank ist und einen Arzt braucht. Du wolltest nichts davon hören, hattest angeblich kein Geld, um den Arzt zu bezahlen. ›Ist nur 'ne Sommergrippe‹, hast du behauptet. Aber Geld für Whiskey war immer da, stimmt's? Du bist abgehauen und hast mich mit ihr allein gelassen. Und ich wußte nicht, wie ich ihr helfen sollte! Ich wußte einfach nicht weiter!«

Nur mit Mühe gelang es Kelly, ihr Schluchzen zu unterdrücken. Völlig ausgepumpt fühlte sie sich. Sie holte tief Luft. Der Vater hatte die Ellbogen aufgestützt, den leicht gesenkten Kopf abgewandt. Der Kaffeetopf gurgelte und seufzte abwechselnd und immer schneller, schien sich dem schmerzhaften Hämmern ihres Herzens anzupassen. Kelly wäre am liebsten weggelaufen, aber sie konnte nicht. Sie mußte dies hier zu Ende bringen.

»Derart betrunken kamst du damals nach Hause, daß du noch vor der Tür zusammengeklappt bist. Sie hatte aufbleiben wollen, deinetwegen, aber sie war zu krank und zu schwach. Sie lag auf dem Sofa, und ich schlief auf dem Fußboden neben ihr, und als ich aufwachte … war sie tot.«

»Ich weiß.« Er faltete die zitternden Hände. »Ich hab sie im Stich gelassen. Gott ist mein Zeuge, daß ich sie geliebt habe, aber ein guter Ehemann war ich wohl nicht«, sagte er zerknirscht, und seine Augen schimmerten glasig. »Und auch kein besonders guter Vater.«

»Kein besonders guter Vater? Himmel, das dürfte die Untertreibung des Jahrhunderts sein!« höhnte Kelly. »Den Arm hast du mir gebrochen, immer und immer wieder hast du mich geschlagen, hast mich nachts alleine gelassen. Ängste habe ich ausgestanden, du würdest nicht mehr wiederkommen, und noch viel größere Ängste, *daß* du wiederkommst. In Wahrheit hab ich nie einen Vater gehabt.«

»Der Whiskey war dran schuld«, sagte er kleinlaut.

»Warum hast du dann nicht mit der Trinkerei aufgehört?«

»Das verstehst du nicht. Deine Mama, die hat das verstanden.«

Selbstmitleid. Wie oft hatte sie das aus seiner Stimme herausgehört? So oft, daß sie es nicht mehr ertragen konnte. »Dann erklär es mir.«

»Weil ich schwach bin. Weil ich nie fertiggebracht hab, so stark zu sein wie deine Mama. Oder wie du.« Er starrte auf seine Hände. »Der Whiskey gab mir Selbstvertrauen. Ich konnte große Reden schwingen, daß ich eines Tages meinen eigenen Wein machen würde, einen Wein, der genauso gut sein würde wie alle anderen im Tal. Und wenn ich dann wieder zu mir kam, wußte ich, daß das unmöglich war. Weil mir einfach das Zeug dazu fehlte.«

Kelly sah auf ihn hinunter, auf das struppige, sich lichtende Haar, auf schlaffe, vom Alkohol gelblich gefärbte, vorzeitig gealterte Haut. Breite und muskulöse Schultern hatte er einst besessen, jetzt waren sie knöchern und eingefallen. Und diesem gebrochenen alten Mann hetzte die Polizei hinterher, mit Hubschraubern, Hunden und durchgeladenen Gewehren …

»Dieses Land war das einzige, worauf ich stolz sein konnte«, fuhr er mit rauher Stimme fort. »Deswegen kann ich nicht zulassen, daß diese Rutledges es mir wegnehmen.« Flehentlich sah er sie an. »Verstehst du das nicht? Ohne meinen Grund und Boden bin ich doch ein Niemand.«

Kelly holte zwei frisch gespülte Tassen aus dem Schrank und schenkte Kaffee ein. Ihre Gedanken jagten sich.

All diese Jahre, die bestimmt waren von Qualen, Wut und … Angst. Jahre, die von Haß und Sehnsüchten und Entbehrungen geprägt waren. Sie mußte endgültig einen Schlußstrich ziehen, sich definitiv von ihm lossagen.

Sie tat drei Teelöffel Zucker in seine Tasse, stellte sie vor ihn hin, setzte sich dann ihm gegenüber an den Tisch. »Trink. Der Kaffee wird dich aufwärmen.« Er griff mit beiden Händen nach der Tasse, schlürfte die heiße Flüssigkeit. »Du kannst nicht ewig weglaufen«, sagte sie. »Ich habe gestern mit MacSwayne gesprochen. Er will dir helfen, aber nur, wenn du dich stellst.«

»Mir helfen, hinter Gitter zu kommen, meinst du wohl«, knurrte der Vater. »Die Rutledges haben mir das absichtlich in die Schuhe geschoben. Mein Wort steht gegen ihr Wort, und wer sollte mir schon glauben?«

»Aber wenn du unschuldig bist ...«

»*Wenn.*« Ein abgehacktes bitteres Lachen. »Da haben wir's. Selbst du glaubst mir nicht. Meine eigene Tochter denkt, ich hätte diesen Mann umgebracht.«

Ihm glauben setzte Vertrauen voraus, und so lange Kelly zurückdenken konnte, hatte er ihr Vertrauen mißbraucht. Sie seufzte erschöpft auf. »Dann beantworte mir doch ein paar Fragen.«

»Was für Fragen?« Auch sein Blick war mißtrauisch.

»Du hast gesagt, daß es dir darum ging, den Rutledge-Wein zu verderben.« Kelly legte eine Hand über ihren dampfenden Kaffee, drehte nachdenklich die Tasse. »Wenn du in die Lagerkeller wolltest – was hast du dann an der Ecke des Kellereigebäudes zu suchen gehabt?«

»Ich hatte Stimmen gehört. Ich wußte, im Haus war eine Party zugange, und befürchtete, sie könnte sich verlagern. Daß sie vielleicht vorhatte, eine Besichtigung der Keller zu veranstalten. Ich wollte mich vergewissern und mein Vorhaben gegebenenfalls verschieben.«

Das hörte sich einleuchtend an. »Was hast du beobachtet?« fragte sie.

»Erst mal nichts. Bis dieser Mann antorkelte und zusammenbrach.«

»Das hast du mir noch gar nicht gesagt.« Es regnete wieder heftiger, trommelte auf das Dach. »Du sagtest, der Mann habe bereits dort gelegen.«

»Als ich hinkam, lag er ja da«, beharrte er trotzig.

Spitzfindigkeiten. Nur Politikern und Behörden gestand man derart feine sprachliche Unterschiede zu. »Also gut. Und was hast du davor mitbekommen?«

»Nichts. Hab ich doch schon gesagt. Nichts außer Stimmen, Leute, die miteinander redeten.«

»Worüber?«

Er pustete über seinen Kaffee, trank einen Schluck. »Weiß ich nicht. Konnt's nicht verstehen.« Ihre Fragerei schien ihm lästig zu sein. »Ich würd mich sowieso nicht dran erinnern. Ich hatte getrunken.«

»Wie viele Stimmen hast du unterschieden? Zwei, drei, vier oder mehr?«

»Verdammt, wie soll ich das noch wissen!« Mißmutig ging er zur Anrichte und schenkte sich Kaffee nach.

»Denk doch mal nach.«

Er dachte lange nach. »Zwei. Vielleicht drei«, sagte er endlich. »Genau kann ich's nicht sagen.«

»Waren sie männlich? Oder weiblich? Oder beides?«

»Die eine gehörte mit Sicherheit einem Mann.« Er kicherte verschmitzt, weil ihm noch rechtzeitig eingefallen war, daß es sich bei dem Opfer um einen Mann handelte.

»Und die andere? Oder die anderen?«

»Weiß ich nicht.« Er schaute sich im Kühlschrank nach etwas Eßbarem um, angelte sich dann eine Dose Pfirsiche aus dem Küchenschrank. »Eine war ziemlich laut, ich würde sagen aufgeregt oder wütend, und gehörte eindeutig zu einem Mann.« Er durchwühlte die Schublade nach einem Büchsenöffner. »Für mich waren's eher Männer, aber ... jetzt bin ich mir nicht mehr so sicher. Eine davon könnte auch eine Frau gewesen sein.«

Das mochte zutreffen, oder aber es war ein geschickter Schachzug, um ihr weiszumachen, es sei noch jemand dort gewesen. Kelly rieb sich die Stirn. Die Kopfschmerzen, die sich im Laufe des Tages gemeldet hatten, äußerten sich jetzt durch unaufhörliches Pochen.

»Als du zu der Leiche kamst, hast du da noch jemanden gesehen?«

Mit einer Gabel bewaffnet, setzte sich der Vater wieder an

den Tisch und machte sich über die Pfirsiche her. »Nur die große Katherine Rutledge höchstpersönlich, die mich anstarrte, als wär ich der letzte Dreck. Wer sagt denn, daß sie nicht diejenige ist, die den Kerl erledigt hat?«

Eine absurde Vorstellung. Mit ihren neunzig Jahren war Katherine zwar noch immer eine Frau, die einen das Fürchten lehren konnte, aber sie besaß weder die Statur noch die Kraft, einem wesentlich größeren Mann den Schädel einzuschlagen.

»Und davor hast du nichts gesehen oder gehört?«

»Nicht, daß ich wüßte.« Er spießte einen Pfirsichschnitz auf.

»Keine Schritte?« bohrte Kelly weiter. »Niemanden, der weggerannt ist, oder etwas Ähnliches?«

»Wie oft soll ich dir noch sagen, daß ich das nicht genau weiß?« entgegnete er ärgerlich und frustriert zugleich. »Soll ich einfach behaupten, ich hätt' was gehört? Verdammt noch mal, ich weiß doch genau, daß eine nichtrichtige Antwort genügt, *eine einzige* nur, und schon glaubt man mir überhaupt nichts mehr.«

Schweigen lastete im Raum. Der Regen peitschte an die Fensterscheiben. Kelly wußte nicht weiter und vor allem nicht, ob das, was der Vater von sich gegeben hatte, der Wahrheit entsprach.

Dougherty erhob sich. »Ich muß ein bißchen Proviant zusammenpacken.« Er machte sich daran, die Dosen aus dem Küchenregal in einer Plastiktüte zu verstauen.

»Wo willst du hin?« Die Polizei kämmte die Gegend durch; ein sicheres Versteck gab es eigentlich nicht.

»Warum? Damit du mir die Bullen auf den Hals hetzt?« höhnte er in altbekannter Manier. Aber es stimmte ja: Sie würde die Polizei informieren. Er mußte es ihr vom Gesicht abgelesen haben. »Ich wußte, daß diese Rutledges dich gegen mich aufhetzen.«

»Hör endlich auf, die Rutledges in den Schmutz zu ziehen!« Erregt sprang sie auf, ballte die Fäuste. »Immer schiebst du die Schuld auf andere. Du ganz allein hast dir das doch eingebrockt. Kein Wort glaube ich dir von dem, was du mir erzählst! Du hast mich viel zu oft belogen!«

Er senkte den Kopf. »Ich hol mir was zum Anziehen«, nuschelte er.

Ein leises Grollen mischte sich in das Rauschen des Regens. Donner konnte es nicht sein; dazu war das Geräusch zu monoton, obwohl es zunehmend lauter wurde. Ein Auto?

»Ich glaube, da kommt jemand«, raunte Kelly ihrem Vater zu und stürzte an die noch immer offene Haustür. Ein Fahrzeug schob sich neben ihren Leihwagen. In dem Augenblick, da sie die Hintertür zufallen hörte, erlosch das grelle Scheinwerferlicht. Dunkelheit. Stille, nur das Rauschen des Regens.

Allmählich konnte Kelly die Umrisse des Fahrzeugs erkennen. Sams Jeep. Ihre Anspannung ließ nach, um gleich danach wieder von ihr Besitz zu ergreifen. Barhäuptig hastete Sam durch Regen und Pfützen auf sie zu und an ihr vorbei ins Wohnzimmer.

»Du hättest Bescheid sagen können, wohin du fährst«, sagte er ungehalten und schlenkerte die Arme, um das Wasser abzuschütteln.

»Daran hab ich gar nicht gedacht«, gestand Kelly und fragte dann erstaunt: »Wieso hast du mich hier vermutet?«

»Hab ich gar nicht, sondern einfach hier angefangen zu suchen.« Er stemmte die Hände in die Hüften und atmete tief durch. »Würdest du mir verraten, was dich nochmals hierhergetrieben hat?«

»Ich wollte aufräumen.« Eigentlich sollte sie ihm erzählen, daß ihr Vater dagewesen war und daß sie mit ihm gesprochen hatte. Aber aus irgendeinem idiotischen, völlig abwegigen Gefühl von Loyalität heraus schienen ihr die Worte im Hals steckenzubleiben. »Im Fernsehen haben sie das Haus gezeigt. Ein Kamerateam war hier drin … wie ein Schweinestall hat es ausgesehen.« Sie ließ ihre Blicke wandern. Das Wohnzimmer wirkte zwar noch immer schäbig, aber zumindest aufgeräumt. »Ich wollte ein wenig Ordnung schaffen, falls weitere Fernsehleute auftauchen.«

»Das werden sie nicht. Ich sorge dafür, daß das Gelände bewacht wird. Tut mir leid, daß ich nicht eher daran gedacht habe«, sagte er, schon wieder freundlicher. »Also dann? Fertig zum Gehen?«

»Ich muß noch staubwischen. Ich ...«

»Das kann morgen einer von unseren Leuten erledigen.« Er deutete auf den Stuhl. »Zieh dir den Mantel an. Ich mach inzwischen das Licht in der Küche aus.«

Siedendheiß fielen ihr die Kaffeetassen und die Büchse mit den Frühstücksflocken auf dem Tisch ein. »Laß nur. Ich mach das schon.« Sie eilte in die Küche.

Die verräterischen Hinweise darauf, daß sie nicht allein gewesen war, konnte sie allerdings nicht mehr beseitigen. Sam war ihr gefolgt und sah erstaunt mit an, wie sie die Tassen im Abwaschbecken versenkte.

»Wer war denn hier?« Ein böser Verdacht stieg in ihm hoch. »Doch nicht dein Vater?«

Sie holte tief Luft. »Doch.«

»Wann? Wie lange ist das her?«

»Er verließ das Haus durch die Hintertür, als du kamst.«

Mit einem unterdrückten Fluch riß Sam die Tür auf. Dougherty war längst abgetaucht. Er schmiß die Tür wieder zu. »Warum in Dreiteufelsnamen hast du ihn nicht zurückgehalten?« fuhr er Kelly an und hastete ins Wohnzimmer zurück.

»Wie denn?« schnappte sie und zog die Schnur des Kaffeetopfs aus der Steckdose. »Sollte ich ihn vielleicht in den Schwitzkasten nehmen und warten, bis du da bist? Ich wußte nicht mal, daß du es warst, der da vorfuhr.«

Sie kam ihm nach und sah, wie er zu dem alten Telefon mit der Wählscheibe griff, das auf dem Tisch neben dem Sessel ihres Vaters stand. Sollte Sam doch selbst herausfinden, daß es außer Betrieb war! Als er kein Leerzeichen bekam, warf er den Hörer auf die Gabel zurück.

»Das muß gemeldet werden, Kelly.«

Noch nie hatte sie eine solche Härte in seinem Gesicht, in seinen Augen, um seine Kinnpartie, in seiner ganzen Haltung bemerkt. »Ich weiß.«

Resolut drückte er ihr ihren Regenmantel in die Hand, packte sie am Arm und drängte sie zur Haustür hinaus. Der strömende Regen kühlte ihr erhitztes Gesicht.

»Warum hast du mir nicht sofort gesagt, daß er da war?« Er schien sich die Frage abzuringen, blickte stur geradeaus.

»Ich wußte nicht, wie«, sagte sie kleinlaut.

»Du wußtest nicht, wie? Als du mich sahst, hättest du mir nur zuzurufen brauchen, daß er durch die Hintertür gerannt ist. Vielleicht hätte ich ihn noch erwischt.« Er ließ sie los und hielt ihr die Tür ihres Wagens auf. »Ich dachte, du wolltest, daß er gefaßt wird. Daß die Sache ein Ende hat.«

»Will ich auch.« Sie sah ihn an. Der Regen bildete eine Wand zwischen ihnen, rann über ihre Gesichter.

»Warum hast du dich dann erst mal darüber ausgeschwiegen?

Wolltest du das für dich behalten?«

»Natürlich nicht!«

»Wo ist er hin?«

»Das wollte er mir nicht sagen.«

»Hast du beobachtet, in welche Richtung er gelaufen ist?«

»Nein. Ich habe nachgesehen, wer da kommt. Und dann hörte ich die Hintertür zufallen.«

»Was hat er dir erzählt, Kelly? Die Polizei wird dich bestimmt danach fragen.«

Ihr Kinn fing an zu zittern. Um es zu verbergen, senkte sie den Kopf, spürte den Regen die Nase hinuntertropfen. »Er hat gesagt, daß er mir kein besonders guter Vater war. Und daß er Baron Fougère nicht umgebracht hat, und daß da noch jemand am Tatort war.«

»Und du hast ihm das abgenommen?« Sein Sarkasmus ließ sie zurückschrecken. »Hast du vergessen, wie er mit dir umgesprungen ist? Was dich das gekostet hat?«

»Hab ich nicht. Und ich werde es auch niemals vergessen.«

Sie setzte sich ans Steuer und entriß ihm die Wagentür. Der Motor sprang sofort an. Sie sah noch, wie Sam in seinen Jeep stieg. Dann schnitten sich ihre Scheinwerferkegel durch den Regen, warfen ihr Licht auf den holprigen Weg.

Tränen vermischten sich mit den Regenspuren auf ihren Wangen. Sie wischte sich übers Gesicht, trat das Gaspedal durch. Sie konnte nicht sagen, wovor sie diesmal weglief: vor der Vergangenheit oder der Gegenwart.

20

Bis auf die Haut durchnäßt, rannte Kelly ins Haus und geradewegs die Treppe hinauf. Als sie auf halber Höhe war, ging nochmals die Eingangstür. Es war Sam, mit einem Funktelefon in der Hand.

»Kelly, so warte doch!« Die Schärfe in seiner Stimme bewirkte lediglich, daß sie ihre Schritte beschleunigte.

Jeweils zwei Stufen auf einmal nehmend, eilte Sam hinterher und erreichte ihr Zimmer gerade noch rechtzeitig, um die sich bereits wieder schließende Tür abzufangen und aufzustoßen. Als er eintrat, wich Kelly zurück. Er kam näher, sah die Angst, die in ihren Augen flackerte. Was war bloß in sie gefahren? Verärgert, wenn nicht gar wütend warf er das Telefon auf ein Stuhlpolster.

»Kelly, wir müssen miteinander reden«, sagte er so ruhig wie möglich und auf räumlichen Abstand bedacht.

»Nicht jetzt. Ich bin naß und friere. Ich muß mir erst trockene Sachen anziehen. Du doch bestimmt auch.« Sie hatte die Arme über der Brust gekreuzt, ihre Hände umfaßten die Schultern, mehr zum Schutz, als um sich warm zu halten.

»Doch, jetzt«, beharrte Sam. »Ich habe dich gestern abend im Stich gelassen. Das soll nicht noch einmal vorkommen.«

»Worauf willst du hinaus? Daß ich mich entschuldige? Also meinetwegen: Es tut mir leid, daß ich dir seinen Besuch verschwiegen habe. Warum ich es tat, weiß ich nicht. Ich war durcheinander, verstehst du? Erklären kann ich dir das nicht.« Sie wandte sich sichtlich erregt ab. »Ich kann es ja nicht einmal mir selbst erklären.«

»Demnach hat er dir nichts angetan? Auch nicht bedroht?«

»Nein.« Kelly schüttelte den Kopf, warf ihn dann zurück und starrte mit zusammengepreßten Lippen zur Zimmerdecke. »Wir haben miteinander geredet. Ich wollte ihn dazu bringen, daß er sich der Polizei stellt, aber das war völlig zwecklos.« Sie senkte den Kopf und seufzte tief. »Er behauptete weiterhin steif und fest, er sei unschuldig, und sagte, er würde sich nicht für etwas, was er nicht getan hat, einsperren lassen.« Sie warf Sam einen wütenden Blick zu. »Frag mich jetzt bitte nicht, ob ich ihm das abnehme. Ich weiß doch wohl am besten, wie oft er schon gelogen hat. Nur ... was ist, wenn er diesmal wirklich die Wahrheit sagt?«

»Kelly.« Jetzt kam er doch einen Schritt näher.

Sofort wandte sie sich ab. »Himmel, warum belästige ich dich mit all dem? Das hat doch mit dir nichts zu tun. Überhaupt nichts.«

»Ich denke, doch.«

Sie fuhr herum, mit blitzenden Augen. »Kannst du mich nicht in Ruhe lassen, Sam? Einfach in Ruhe lassen? Ich brauche dein Mitleid nicht. Ich habe es nicht nötig, mich von dir oder wem auch immer bemitleiden zu lassen.«

Ihr Zorn stachelte seinen Groll an. »Nur damit du's weißt, Kelly, von Mitleid kann keine Rede sein. Verdammt noch mal, ich mach mir Sorgen um dich!«

»Warum solltest du?« fragte sie alles andere als überzeugt.

Sam sah sie grimmig an. »Hast du schon mal daran gedacht, daß ich mich vielleicht in dich verliebt haben könnte?« Sie starrte ihn entgeistert an, die Farbe wich aus ihrem Gesicht. »Wie ich sehe, wirft dich diese Möglichkeit geradezu um«, murmelte er.

»Du kannst dir über deine Gefühle gar nicht im klaren sein. Dazu kennen wir uns viel zu kurz.«

»Wie lange dauert es denn, um sich zu verlieben?« fragte Sam herausfordernd. »Einen Tag? Eine Woche? Einen Monat? Zwei? Welcher Zeitrahmen ist dafür vorgesehen?«

»Weiß ich nicht. Ich denke nur ...«

Wieder wollte sie sich abwenden, aber noch einmal ließ Sam das nicht zu. Mit zwei Schritten war er bei ihr, packte sie am Handgelenk und riß sie herum.

»Erzähl mir nicht, was du denkst. Verrat mir lieber, wie es um deine Gefühle bestellt ist.«

Zwei Augenpaare starrten sich an, zwei Dickschädel standen sich gegenüber. »Was ich fühle, willst du wissen?«

schleuderte sie ihm entgegen. »Daß ich nichts mit dir zu tun haben will. Daß es ein Fehler war, mich mit dir einzulassen. Was immer zwischen uns ist, es führt zu nichts.«

»Meinst du? Dann schlage ich vor, wir machen das Beste daraus, solange es andauert.« Er zog sie an sich und fuhr ihr durch das nasse Haar, beugte ihr den Kopf nach hinten und preßte seinen Mund auf ihre Lippen.

Kelly versuchte ihn wegzudrücken und klammerte sich doch gleichzeitig schutzsuchend an ihn, lehnte sich auf gegen die Kraft seiner Arme und suchte seine hungrigen Lippen. Sie wollte den Kampf mit ihm aufnehmen, auch wenn das bedeutete, sich selbst zu bekämpfen. Nie war eine Schlacht leichter oder mit mehr Befriedigung verloren worden.

Von Wut und Frust getrieben, preßte Sam immer wieder seinen Mund auf den ihren. Zumindest heute nacht wollte er ihr beweisen, daß das, was sie verband, etwas Besonderes war, etwas Einzigartiges, etwas, das echt war. Sie sollte an nichts denken, an niemanden außer ihn.

Ihre Erwiderung, endlich, war uneingeschränkte Hingabe. Ihre Lippen wurden weich, ohne sich besiegt zu geben, teilten sich, ohne sich ihm auszuliefern. Er erstickte den leisen, hilflosen Aufschrei, der sich ihrer Kehle entrang. Donner grollte, Blitze zuckten vor den Fenstern, aber der Sturm tobte in ihrem Innern, riß sie mit sich fort.

Ihre Hände zerrten an seinem Hemd. Sam streifte die nassen Kleider ab, sowohl seine wie auch ihre, ohne Rücksicht darauf, ob etwas zerriß. Heißhungrig drängte er sie zum Bett, warf sich über sie, bedeckte ihr Gesicht mit Küssen, während seine Hände in rastloser Gier alles an ihr zu berühren und zu erforschen suchten.

Mit nie gekannter Erregung warf sich Kelly auf ihn, tastete mit brennenden Lippen seinen Körper ab. Es war ihr nicht genug. Sie setzte sich auf ihn, keuchte vor Leidenschaft, als Sam ihre Hüften umklammerte und in sie eindrang, sie erfüllte.

Sie warf den Kopf zurück, ihr Körper bäumte sich unter der Anspannung und angesichts des Wunderbaren auf. Obwohl ihr Unterbewußtsein ihr vorhielt, daß sie sich eigentlich gar nicht in ihn verlieben und von ihm abhängig sein wollte, glitten ihre Hände über seine Brust, beugte sie sich über seine Lippen.

Mit geschlossenen Augen ließ sie sich von ihm dorthin entführen, wo die Wirklichkeit in den Hintergrund rückt und Liebe mehr ist als nur ein Wort.

Die letzten Schauer vererbten. Halb über Sam ausgestreckt, bewegte sich Kellys auf seine Brust gebetteter Kopf im Rhythmus seines gleichmäßiger werdenden Atems. Auch sie atmete bereits wieder ruhiger, spürte gleichzeitig und erneut dieses Gefühl des Unbehagens in sich erwachen, trotz seiner beruhigenden Hand, die sanft über ihr feuchtes Haar strich.

»Wie fühlst du dich?« murmelte Sam, und der Klang seiner Stimme, das dumpfe Rollen in seiner Brust vibrierte an ihrem Ohr.

»Zufrieden«, gestand Kelly ein. »Eigentlich rundum zufrieden.« Eine Weile vernahm man nichts als das leise Trommeln des Regens gegen die Fensterscheiben. Sam schien sich mit ihrer Antwort zu begnügen.

»Außer?« hakte er jetzt doch nach. »Mir ist, als hätte ich das herausgehört.«

»Sich streicheln und küssen und miteinander schlafen. Mag sein, daß das bereits alles ist«, sagte sie. Die zärtliche Hand stockte in der Bewegung. Kelly stützte sich auf den Ellbogen, strich sich das Haar zurück, las Betroffenheit und Widerspruch in seinen Augen. »Vielleicht muß man sich mit solchen Äußerlichkeiten zufriedengeben«, meinte sie leise.

»Sprich dich ruhig aus.« Behutsam rollte Sam sie auf den Rücken, beugte sich über sie. »Was mich betrifft, will ich ja gar nicht abstreiten, daß ich deinen Körper liebe. Deine Brüste.« Er liebkoste eine. »Ich liebe es, wenn du deine langen Beine um mich schlingst.« Seine Hand glitt von ihrer Hüfte zu ihrem Schenkel. »Ich brauche dich nur anzusehen, um dich zu begehren. Aber jetzt kommt das Entscheidende: Die Frau in diesem Körper liebe ich noch mehr.«

Seine Augen, seine Stimme, sein Gesicht verrieten, daß er

meinte, was er sagte. »Wie kannst du dir so sicher sein?« fragte Kelly stirnrunzelnd.

Zärtlich legte er den Finger auf die kleine Einbuchtung zwischen ihren Brauen und lächelte wehmütig. »Wie kannst du nur daran zweifeln?«

»Ganz einfach. Sam, vorige Woche ist mein Leben aus den Fugen geraten. Ich weiß nicht, ob ich noch einen Job habe oder was aus meiner Karriere wird, und dann kommst du daher.« Sie strich ihm über die Konturen seines Kinns, das so viel von der ihm eigenen Energie und Kraft verriet. »Vielleicht habe ich bei dir lediglich Schutz gesucht. Und das allein genügt nicht als Basis für eine Beziehung. Ich muß mein Leben in Ordnung bringen, Sam. Klare Verhältnisse schaffen.«

»Dann tu's doch.« Ohne den Blick von ihr abzuwenden, drückte er ihr einen Kuß auf die Handfläche. »Solange du mich dabei nicht vergißt.«

»Das dürfte so gut wie unmöglich sein«, lächelte Kelly. Wie konnte sie diesen drahtigen Körper, der sich an sie schmiegte, vergessen?

»Dann ist's ja gut. Du solltest aber noch etwas wissen.«

»Was denn?«

»Ich möchte Kinder haben und versuchen, ihnen ein liebevolleres Zuhause zu bieten als das, das meine Eltern mir geboten haben. Und ich wünsche mir dich als Mutter meiner Kinder. Ich möchte, daß du zu mir gehörst, genauso wie ich zu dir gehören möchte. Sorg also dafür, daß du mir in deinem Leben einen Platz einräumst.« Eine Augenbraue wölbte sich leise warnend.

Kelly überlief ein leiser Schauer. »Du machst mir direkt angst.«

Flüchtig küßte er ihre Lippen. »Das beruht auf Gegenseitigkeit, denn auch du jagst mir verdammt noch mal Angst ein.« Er rollte sich von ihr weg, stand auf.

»Du erwartest doch nicht etwa, daß ich dir das abnehme?« Kelly setzte sich auf.

Ihre Kleider lagen als durchnäßte Häufchen auf dem Boden. Sam griff danach, warf Kelly einen Blick zu. »Aber gewiß doch. Ich habe mich noch nie mit Haut und Haar jemandem ausgeliefert. Wollte mich niemals auf Gedeih und Verderb mit einer Frau einlassen. Wenn man nicht zuviel verlangt oder erwartet, kann man auch nicht enttäuscht werden. Bisher bin ich damit ganz gut zurechtgekommen.« Er brach ab, sah sie unverwandt an. »Vielleicht sind wir beide uns in dieser Hinsicht ähnlich. Ich wollte mich gar nicht mit dir einlassen, habe das immer weit von mir gewiesen. Ich war derart beschäftigt, gegen meine Gefühle anzukämpfen, daß ich mich in dich verliebt ... und dir die Macht gegeben habe, mich zu verletzen.« Wieder hielt Sam inne. »Sei also nett zu mir«, sagte er dann verlegen lächelnd.

Kelly war derart überwältigt, wie er ihr seine Gefühle offenbart und sich als verletzbar gezeigt hatte, daß sie nicht reagieren konnte. Sam Rutledge und verletzlich – das schien ein Widerspruch zu sein. Und dennoch wurde ihr warm ums Herz, durchströmte sie das Gefühl, daß alles gut war, wie es war.

Sam schaffte die nassen Sachen ins Bad, wo er erst einmal verblüfft das Sammelsurium von Kosmetika auf der Ablage neben dem Waschbecken zur Kenntnis nahm. Make-up, Bürsten, Haarspray, Kämme, Lotions, alles säuberlich nebeneinander. Er roch am Deckel einer Reinigungscreme. Ja, das war Kelly: frisch, seidig, weiblich-duftig.

Von den nassen Kleidungsstücken tropfte es an seinen Schenkel. Sam schmiß alles in die Badewanne. Sollte Mrs. Vargas am nächsten Morgen doch denken, was sie wollte! Als er ein Stückchen zerrissene Spitze in dem nassen Haufen entdeckte, schmunzelte er. Was immer die Haushälterin daraus schließen würde – sie lag damit richtig. Er angelte sich ein Handtuch und ging ins Zimmer zurück.

Kelly war keineswegs überrascht, als am nächsten Morgen Ollie Zelinski mit einem Fahndungsleiter zu einer Befragung erschien. Vorsorglich hatte sie bereits genau aufgeschrieben, was sich abends zuvor ereignet hatte. Nur das rein Persönliche hatte sie weggelassen – das Gespräch über den Tod der Mutter und die Rechtfertigung des Vaters für seine Trinkerei. Kurz bevor sich Sam auf eine Tasse Kaffee zu ihr gesellt hatte, war sie mit ihrer Niederschrift fertig geworden.

»Was dagegen, wenn ich dabei bin?« fragte Sam, nachdem Mrs. Vargas Ollie und den Lieutenant ins Morgenzimmer geführt hatte.

»Nein«, antwortete der Lieutenant, ein beleibter Mann namens Lew Harris, der übermüdet wirkte. »Im Gegenteil. Ich hab bestimmt auch ein paar Fragen an Sie.«

»Kaffee ist in der Kanne«, sagte Sam. »Bedienen Sie sich.«

Der Lieutenant kam der Aufforderung nach, während Ollie sofort Platz nahm. »Tut mir leid«, meinte er zu Kelly.

»Es muß sein, ich weiß. Ich bin lange genug Reporterin und kenne die Gepflogenheiten der Polizei.« Daß Ollie nicht gekommen war, um seine Anteilnahme zu beweisen oder moralischen Beistand anzubieten, lag für sie auf der Hand. Sie waren einmal Freunde gewesen, und sie ahnte, daß er darauf baute, sie würde ihm entgegenkommen und Einzelheiten preisgeben, die sie nicht unbedingt bereit war, anderen gegenüber zu offenbaren. Er tat nur seine Pflicht. Sie respektierte das.

»Hier.« Sie schob ihm ihren Bericht zu. »Damit ich nichts auslasse, habe ich alles aufgeschrieben: was er gesagt und was er gegessen hat, was er anhatte, als er ging – alles, was ich irgendwie für wichtig hielt.«

Ollie überflog die Seiten, reichte sie dann an den Lieutenant weiter. Automatisch griff Harris in die Brusttasche seines Hemdes und zog eine Lesebrille heraus.

»Die Augen sind das zweite, was schlappmacht«, grinste er in die kleine Runde und schlug sich gleich danach auf seinen Schmerbauch. »Das erste ist die Taille.«

Ein uralter Witz, der Kelly dennoch ein Schmunzeln entlockte, ehe sie gespannt verfolgte, wie sich Harris in die Aufzeichnungen vertiefte, um dann, nach Beendigung der Lektüre, die einzelnen Blätter auf der Tischplatte ordentlich zu einem Häufchen zusammenzustoßen und Ollie von der Seite her einen Blick zuzuwerfen.

»Jetzt können Sie sich zumindest ausrechnen, wie sich Dougherty verteidigen wird«, sagte er. »Er wird behaupten, daß ein anderer am Tatort war und sich mit Fougère angelegt hat.«

»Wäre das so abwegig?« fragte Kelly.

»Abwegig? Nein. Unwahrscheinlich? So gut wie. Ob ich überrascht bin, daß er so was behauptet? Das einzige, was mich überrascht, ist, daß er keine noch so vage Beschreibung dieser angeblich dritten Person abgibt.«

Irgendwann während der Nacht hatte es zu regnen aufgehört. Durch die aufgerissene Wolkendecke drang ein Keil Sonnenlicht ins Morgenzimmer. Das Knattern eines Hubschraubers war zu hören, von einem der vielen, die über die Weinberge des Guts hinweg flogen und die Luft aufwirbelten, damit die nassen Trauben rasch wieder trockneten.

»Sie halten ihn demnach für schuldig«, sagte Kelly.

Sie brauchte nicht lange auf die Antwort zu warten. »In der Tat«, bekräftigte der Lieutenant, um gleich darauf verlegen hinzuzufügen: »Tut mir leid. Ich weiß, daß er ihr Vater ist, aber das ist nun mal meine Meinung.«

»Lew war an den Ermittlungen nach der Ermordung des Barons beteiligt«, erklärte Ollie.

»Verstehe«, murmelte Kelly.

Sam rückte unruhig auf seinem Stuhl herum. »Kelly kann nicht glauben, daß ihr Vater zu einem Mord fähig ist. Das fällt wohl jeder Tochter schwer, egal, um welche Art von Vater es sich dabei handelt.«

»Zumindest habe ich weiterhin den einen oder anderen Zweifel«, meinte Kelly, die sehr wohl wußte, daß sie damit allein dastand.

»Miss Douglas, was Ihren Vater betrifft, haben wir Motiv, Anlaß und die sprichwörtliche rauchende Kanone.« Unter Zuhilfenahme seiner Finger gab Harris seinen Behauptungen Nachdruck und erläuterte die letzte. »Die Mordwaffe, die er in der Hand hielt und die seine Fingerabdrücke trägt.«

»Waren noch andere Fingerabdrücke drauf?«

»Natürlich.«

»Haben Sie sie identifiziert?«

»Alle, bis auf einen«, gab Ollie Auskunft. »Die beiden anderen stammen von Gutsarbeitern. Der Schlegel ist sozusagen ihr Handwerkszeug.«

»Wäre es denn so völlig aus der Luft gegriffen, wenn der dritte zu dem gehörte, der tatsächlich Baron Fougère umgebracht hat?« fragte Kelly, mehr um die anderen zu verunsichern.

»Kelly, wir haben erdrückende Beweise gegen deinen Vater«, hob Ollie geduldig an.

»Alles nur Indizien. Ihr habt eine Zeugin, die ihn mit der Mordwaffe neben der Leiche gesehen hat. Aber niemand hat mit angesehen, wie er den Mord beging. Euer sogenanntes Motiv beruht auf der Annahme, daß Baron Fougère ihn bei einem Akt vorsätzlicher Zerstörung von Eigentum ertappt hat. Was vermuten läßt, daß er überrascht war. Wenn dem so ist – warum hat er dann dem Baron nicht eins mit einem der Benzinkanister, die er bei sich hatte, versetzt? Warum hat er sie erst abgestellt und nach einem Schlegel gegriffen?«

»Vielleicht hatte Fougère den Schlegel an sich genommen. Er vernahm ein Geräusch und griff sicherheitshalber danach«, spekulierte der Lieutenant. »Und die beiden kämpften darum. Ihr Vater entwand Fougère das Gerät und ging damit auf den Baron los.«

»Oder aber ein Dritter war anwesend. Jemand, der sich mit dem Baron herumstritt und ihn dann erschlug.« Immer trotziger klammerte sich Kelly an die Version ihres Vaters. »Haben Sie feststellen können, wo sich jeder einzelne Gast zur angenommenen Tatzeit aufhielt? Hatte sich jemand von der Terrasse entfernt?«

»Du und ich waren bereits weg«, machte Sam sie aufmerksam. »Ich habe dich nach Hause gebracht.«

»Aber ich kann nicht beschwören, daß du zur Tatzeit mit mir zusammen warst«, gab sie zurück. »Ich weiß nicht, wann wir die Party verließen. Ich trug keine Uhr, und in meinem Hotelzimmer habe ich auch nicht nachgesehen, wie spät es ist. Du hättest anstatt nach Hause ebensogut zur Kellerei fahren, dem Baron begegnen, dich mit ihm streiten und ihn schließlich umbringen können.«

»Angelst du nach Strohhalmen?« murrte Sam. »Welchen Grund sollte ich dafür gehabt haben?«

Sie kannte einen und war entschlossen, ihn zur Sprache zu bringen. »Denk doch mal nach. Als Baron Fougère vor dem Essen davon sprach, daß Fougère und Rutledge für Kalifornien gemeinsame Pläne hätten, schienst du über diese Absicht nicht sonderlich glücklich zu sein.«

»Sie kam völlig unerwartet«, sagte er mit undurchdringlichem Gesicht. »Ich wußte, daß etwas in der Art im Gespräch war, aber daß es bereits zu einer Einigung gekommen war, darüber war ich nicht informiert.«

»Und nicht glücklich darüber«, wiederholte Kelly.

»Nicht unbedingt, nein«, meinte er kurz angebunden, um dann, wie aus der Pistole geschossen, zu fragen: »Was zum Teufel soll das, Kelly?«

»Ich versuche, etwas zu begründen.« Sie richtete den Blick wieder auf Ollie und den Lieutenant. »Andere könnten ebenfalls ihre Gründe gehabt haben, dem Baron den Tod zu wünschen, um daraus irgendwie Profit zu schlagen. Aber es ist wohl einfacher, den Mord einem notorischen Trinker anzulasten, stimmt's?«

Ollie nahm Zuflucht zur Diplomatie. »Über seine Schuld oder Unschuld hat das Gericht zu entscheiden.«

»Erst wenn alle Zweifel ausgeräumt sind«, gab sie zu bedenken. »Und im Augenblick habe ich noch Grund zu zweifeln.«

»Tut mir leid, wenn dem so ist, Kelly«, sagte Ollie und stand auf. »Lew, ich glaube, das wär's dann wohl.«

»Richtig.« Der Lieutenant hörte sich direkt erleichtert an und sammelte eilends seine Unterlagen zusammen.

»Ich bringe dich hinaus.« Kelly bedauerte bereits wieder einiges von dem, was sie gesagt hatte. Zusammen mit Sam begleitete sie die Hüter des Gesetzes in die Halle. »Nichts für ungut«, sagte sie und reichte Ollie mehr zur Versöhnung als zum Abschied die Hand.

»Schon in Ordnung.« Sein Händedruck war herzlich.

»Ich finde, einer muß doch den Part des Advocatus diaboli übernehmen«, entschuldigte sie sich für die Rolle, auf die sie sich versteift hatte.

»Warum nicht den des Teufels Tochter?« entgegnete Ollie lächelnd.

»Danke. Ich hätte wissen müssen, daß du Verständnis dafür hast.« Sie erwiderte sein Lächeln, wie erlöst darüber, daß sie ihren Jugendfreund nicht verstimmt hatte.

Auch Sam verabschiedete sich, schloß dann die Tür. Als er sich umdrehte, sah er Kelly reglos und bereits tief in Gedanken versunken in der Halle stehen. Und obwohl sie sich nicht bewegte, ging eine geballte Energie von ihr aus, vibrierend und das Haus mit Leben erfüllend.

»Was dagegen, mir zu erklären, was das alles bedeuten soll?«

»Was?« Sie krauste die Stirn, warf ihm einen ungeduldigen Blick zu. »Du nimmst mir doch hoffentlich nicht übel, daß ich dir unterstellt habe, als Täter in Frage zu kommen. Damit wollte ich lediglich deutlich machen, daß andere ebenfalls sowohl ein Motiv wie auch die Gelegenheit dafür gehabt haben können. Daß du den Baron umgebracht hast, habe ich nicht eine Sekunde lang geglaubt.«

»Mich stört weitaus mehr, daß du langsam anfängst zu glauben, dein Vater sei unschuldig. Damit wirst du Schiffbruch erleiden, Kelly«, warnte er.

»Es geht nicht darum, daß ich es *glaube,* sondern daß ich herausfinde, ob er das ist oder nicht. Für mich selbst, um wirklich überzeugt zu sein. Bis jetzt ist mir so vieles noch unklar.«

»Wie läßt sich das ändern? Etwa durch ein Geständnis?«

»Ich weiß nicht.« Frustriert und gleichzeitig verärgert hob sie die Hände. »Ich weiß nur, daß das, was man gegen ihn vorbringt, alles andere als hieb- und stichfest ist.«

»Du hast ihm einen Verteidiger besorgt. Das ist sein Job. Nicht deiner.«

»Hast du dir jemals die Abbildung der Justitia genau angesehen, Sam?« fragte sie, und um ihren Mund zuckte es spöttisch. »Nicht nur, daß ihre Augen verbunden sind. Die Waagschalen sind auch nicht auf gleicher Höhe. Wir wissen doch beide, daß er, wenn er sich rechtfertigen muß, eine miserable Figur machen wird. Und wenn man mich in den Zeugenstand ruft, werde ich sagen müssen, daß er, sobald er getrunken hatte, gewalttätig wurde. Welches Gericht wird glauben, daß ein solcher Mann unschuldig ist, selbst wenn er es ist?«

»Was wirst du also aussagen?« Seine Augen hatten sich verengt.

»Daß er ein schrecklicher Vater war und nicht viel taugt, daß ich aber dagegen bin, ihn allein deswegen zu verurteilen. Wenn er ins Gefängnis muß, dann nur, wenn er sich eines Verbrechens schuldig gemacht hat. Ist das denn so schwer zu begreifen?« Es war ihr deutlich anzumerken, wie erregt sie war.

»Nein. Schwer zu begreifen ist eher, wie du das beweisen willst. Und warum du meinst, diejenige sein zu müssen, die das tut«, parierte er mit ebensolcher Schärfe.

»Wer denn sonst? Und der einzige Weg, irgend etwas zu beweisen, ist der, alle anderen Möglichkeiten auszuschalten. Der einzige Weg, der mir einfällt, ist, immer wieder Fragen aufzuwerfen.«

Katherine stand oben an der Treppe. »Fragen aufzuwerfen worüber?« Eine zarte Hand glitt das Geländer entlang, als die Dame des Hauses die Stufen hinunterkam.

»Darüber, wer Baron Fougère umgebracht haben könnte.« Kelly wandte sich Katherine zu und hatte ihre Gefühle wieder ganz unter Kontrolle.

Diese Antwort ließ Katherine auf halber Höhe der Treppe jählings innehalten. »Was für ein Unsinn! So schmerzvoll es für Sie sein mag, das zu akzeptieren, aber es war Ihr Vater.«

»Er bleibt dabei, daß er es nicht getan hat. Er sagt, jemand sei mit dem Baron zusammen gewesen und hätte sich mit ihm gestritten.«

In Katherines Gesicht zuckte es. Aber ihre Stimme war glasklar. »Das ist doch völlig abwegig.«

»Das wollen mir alle weismachen.« Kelly war immerhin noch streitsüchtig genug, um es darauf anzulegen, Katherine zu irgendeiner Reaktion herauszufordern. »Wenn er es aber nicht war – wer dann? Ein Rutledge vielleicht?«

Katherine erstarrte. »Ich hoffe, Sie erwarten keine Antwort auf eine derart absurde Frage.«

»Bist du jetzt zufrieden, Kelly?« raunte Sam.

Mit einemmal ergriffen Verwirrung und Verunsicherung wieder Besitz von ihr. Was um alles in der Welt war nur in sie gefahren? Sie schüttelte den Kopf, seufzte tief. »Ich weiß nicht, was mit mir los ist. Sam hat recht. Ich muß mich bei Ihnen entschuldigen.«

»Nicht doch.« Katherine berührte Kellys Arm. »Die letzten Tage haben Sie nervlich sehr mitgenommen. In derartigen Situationen neigen wir alle dazu, aus reiner Verzweiflung heraus etwas Falsches zu tun oder zu sagen.«

Ob Katherine wußte, daß Verzweiflung ungeheuer stimulierend sein konnte? Sie, Kelly, wußte es jedenfalls. Alles hing davon ab, was sich in den nächsten Tagen ereignen würde. Ihr Job, möglicherweise sogar ihre gesamte weitere Zukunft. Sie konnte nicht einfach ruhig dasitzen und abwarten. Sie mußte etwas unternehmen.

21

Ein Windstoß hob Kellys Rocksaum, als sie am Straßenrand aus dem Auto stieg und erst einmal mit ihren Absätzen auf dem kleinen schottrigen Erdwall einsackte, bis sie festeren Boden unter den Füßen hatte. Das Zufallen der Fahrertür durchbrach die friedliche Stille über dem Weinberg.

Durch ihre große Sonnenbrille entdeckte sie Sam mit seinem alten braunen Filzhut mitten in den Reben. Sie beugte sich durch das offene Seitenfenster ihres Autos und hupte. Einmal, zweimal. Als Sam sich zu ihr umdrehte, winkte sie ihm zu, stapfte dann über den flachen Bewässerungsgraben zum Ende der Reihe hinüber, in der er sich aufhielt. Dort blieb sie stehen. Festen Schritts, die Arme schlenkernd, kam er auf sie zu.

»Hallo«, schallte ihr seine Stimme warm und voll entgegen. »Gibt's was Neues?«

»Nein. Er treibt sich noch immer irgendwo rum.« Ihr Vater war ein heikles Thema zwischen ihnen geworden. Kelly wechselte auf ein harmloseres über. »Was machen die Trauben? Sind hoffentlich abgetrocknet.«

»Die, die ich mir angesehen habe, scheinen es zu sein.« Er hob einen Ast, unter dem eine dicke Dolde dunkelblauer Beeren sichtbar wurde, bohrte sich mit dem Finger zum Stamm durch, um zu prüfen, ob dort noch Spuren von Feuchtigkeit auszumachen waren, zumal die Beeren derart dicht an dicht saßen, daß ein Vordringen der Luft bis zum Stamm unmöglich schien. Jetzt pflückte Sam eine Beere ab und zerrieb sie zwischen Daumen und Zeigefinger, um die Klebrigkeit des Saftes und damit den Zuckergehalt festzustellen.

»Dieser Weinberg sollte in ein paar Tagen abgeerntet werden können.« Die von Wind und Wetter geprägten Fältchen um seine Augen vertieften sich, als er über die Rebstockreihen hinwegblickte.

»Was bedeutet, daß die Marsche beginnt und du noch mehr zu tun haben wirst.«

»Auf jeden Fall mehr als mir zur Zeit lieb ist.« Seine Augen leuchteten warm und innig. »Kostprobe gefällig?«

Ohne ihre Antwort abzuwarten, pflückte Sam eine weitere Beere ab und hielt sie ihr an die Lippen, unterstrich die sinnliche Geste durch einen so vielsagenden Blick, daß Kellys Puls unwillkürlich zu rasen anfing. Gehorsam öffnete sie den Mund, ließ sich, derweil Sams saftbeschmierter Finger auf ihrer Unterlippe verweilte, die Frucht zwischen die Zähne schieben.

»Mmmm, gut«, murmelte sie, als sie den Saft mitsamt der Schale schluckte und dann nach seinem Finger schnappte, um ihn abzulecken. Auch seinem Daumen erwies sie diese Aufmerksamkeit, unschuldig wie ein Kind, das einen Löffel ableckt. Erst als sie ihm in die Augen sah, bekam die harmlose Geste eine sinnlichere Bedeutung. Zu ihrer eigenen Verwunderung empfand Kelly darüber weder Schuldgefühle noch Bedauern.

»Du Teufelsweib«, sagte Sam liebevoll lächelnd. »Bist du hergefahren, um mir den Kopf zu verdrehen?«

»Das war ein unbewußter Hintergedanke«, gestand Kelly ein und drückte ihm, ehe sie seine Hand losließ, nochmals einen Kuß auf die Finger.

»Und was ist der eigentliche Grund deines Besuchs?«

»Ich konnte nicht länger im Haus herumsitzen und nichts weiter tun als im Fernsehen die Berichterstattungen zu verfolgen.« Nichtstun war für sie das schlimmste, auch wenn Sam das nicht verstehen konnte oder wollte.

»Eigentlich hatte ich bereits gestern damit gerechnet, daß sie ihn erwischen«, meinte Sam. »Sehr weit kann er unmöglich gekommen sein. Wenigstens nicht zu Fuß. Obwohl das Gelände im Osten schwer zugänglich ist, hat man vor, es heute Zentimeter um Zentimeter abzusuchen. Vielleicht stöbern sie ihn auf.«

»Vielleicht.« Kelly holte tief Luft und atmete dann langsam aus. »Ich bin hergekommen, damit du nicht durchdrehst, wenn du zu Hause feststellst, daß ich nicht da bin. Keine Sorge, ich komme wieder, du brauchst also nicht nach mir zu suchen. Abgemacht?«

»Abgemacht.«

»Dann bis bald.« Sie schickte sich bereits an, zu ihrem Auto zurückzugehen.

»Du hast gar nicht gesagt, was du vorhast!« rief Sam ihr nach.

Kelly wandte sich um und zwang sich zu einem Lachen. »Das möchtest du wohl gern wissen, wie?« Winkend hastete sie die letzten Meter auf ihr Auto zu, drückte im Geist die Daumen, daß er sie nicht bedrängen möge, präziser Auskunft zu geben. Sie wollte sich nicht gezwungen sehen, zu einer Notlüge greifen zu müssen. »Melde dich, wenn du zurück bist!«

»Mach ich!« Sie stieg in den Leihwagen, winkte ihm beim Wegfahren nochmals zu.

Keine Meile vom Gut entfernt geriet Kelly in die erste Straßensperre. Die Autoschlange war kurz. Als nach etwa fünf Minuten zwei Uniformierte von beiden Seiten auf ihr Auto zukamen, unterdrückte sie ihre Nervosität, griff nach den bereits auf dem Beifahrersitz deponierten Wagenpapieren und ihrem New Yorker Führerschein.

Einer der Beamten, ein hochgewachsener Mann mit undurchdringlicher Miene und Sonnenbrille, die seine Augen verbargen, blieb an der Fahrerseite stehen. Unaufgefordert reichte ihm Kelly die Dokumente.

Er nahm sie an sich. »Öffnen Sie bitte den Kofferraum.«

Während der zweite Uniformierte sie durch das hintere Seitenfenster im Auge behielt, klappte Kelly das Handschuhfach auf und betätigte den Hebel, der den Kofferraum entriegelte.

»Sie sind Kelly Douglas?« fragte der erste Beamte mit Blick auf Kellys Führerschein.

»Ja.« Es war nicht anzunehmen, daß er ihren Namen nicht kannte oder nicht wußte, daß sie die Tochter des entlaufenen Häftlings war.

»Nehmen Sie bitte Ihre Sonnenbrille ab.«

Mit flatternden Nerven kam Kelly der Aufforderung nach. Wieviel Zeit sich der Beamte ließ, ihr Gesicht mit dem Foto auf dem Führerschein zu vergleichen!

»Wohin fahren Sie, Miss Douglas?« Die Frage wurde in einem ruhigen Ton gestellt, aber dennoch nicht ohne Argwohn.

»Zur Kellerei The Cloisters«, erwiderte sie und bemühte sich, die Hände lässig am Lenkrad zu belassen anstatt es krampfhaft festzuhalten. »Ich habe eine Verabredung mit dem Besitzer, Mr. Gil Rutledge.«

Die Beamten schwiegen, während sie über ihre Antwort nachsannen. Kelly konnte nur hoffen, daß er zur Überprüfung ihrer Behauptung nicht auf The Cloisters anrief. Dort wurde nämlich keine Kelly Douglas erwartet, sondern eine gewisse Elizabeth Dugan.

Der Deckel des Kofferraums wurde so heftig zugeklappt, daß die Karosserie ins Wippen geriet. Durch den Rückspiegel beobachtete Kelly, wie der zweite Uniformierte dem ersten andeutete, daß ihm nichts Verdächtiges aufgefallen sei.

»Sie können weiterfahren, Miss Douglas.« Der Beamte händigte ihr wieder die Papiere aus.

»Danke.« Sie legte die Dokumente auf den Beifahrersitz und fuhr an, bekam durch den Rückspiegel noch mit, daß sich die beiden Männer unterhielten und daraufhin der eine zum Streifenwagen ging, wahrscheinlich in der Absicht, über Funk mit seinem Vorgesetzten Kontakt aufzunehmen und zu meiden, daß sie hier vorbeigekommen sei – für den Fall, daß ihre Verabredung auf The Cloisters ein Vorwand war und sie in Wirklichkeit vorhatte, sich mit ihrem Vater zu treffen.

Bei der nächsten Straßensperre hatte Kelly den Eindruck, sie werde bereits erwartet. Ihre Ausweispapiere wurden lediglich zur Kenntnis genommen, das Auto nur flüchtig inspiziert. Eine Minute vor dem verabredeten Treffen erreichte sie The Cloisters.

Im Gegensatz zu dem nüchternen Äußeren des klösterlich anmutenden Gebäudes, in dem die Verwaltung der Kellerei untergebracht war, bot das Innere durchaus einen Hauch von Luxus, der noch deutlicher zum Ausdruck kam, als Kelly das geräumige Chefbüro betrat, in dem Gil Rutledge residierte.

Ein Perserteppich in gedeckten Burgunder-, Gold- und Blautönen lag auf dem gefliesten Boden. Ein antiker Gobelin schmückte neben alten Gemälden mit Szenen aus dem Weinberg die eine Wand, während quer dazu, vom Fußboden bis zur Decke, eine Fensterflucht verlief, durch die man auf einen wellenförmig ansteigenden Weinberg sah. Davor stand ein wuchtiger antiker Schreibtisch, an dem, in einem hochlehnigen, fast wie ein Thron wirkenden geschnitzten Stuhl, Gil Rutledge saß.

»Miss Dugan.« Mit dem ihm eigenen charmanten Lächeln kam er um den Schreibtisch herum. »Wenn ich mich recht erinnere, sagte mir Mrs. Darcy, daß Sie aus Sacramento sind, vom Gesundheitsministerium. Richtig?«

»Nein. Um ehrlich zu sein, komme ich nicht von irgendeiner Behörde, und mein Name ist auch nicht Elizabeth Dugan.« Sie nahm die Sonnenbrille ab. »Ich bin Kelly Douglas.«

»Natürlich! Jetzt erkenne ich Sie wieder.« Sein Lächeln schwand, machte verblüffter Neugier Platz.

»Es tut mir leid, daß ich Ihre Sekretärin angeschwindelt habe. Ich wußte nicht, ob man mich andernfalls vorlassen würde, und außerdem wollte ich nicht, daß mein Name in irgendeinem Terminkalender auftaucht und einer Ihrer Angestellten womöglich der Presse einen Wink gibt. Ich nehme doch an, daß Ihnen ebensowenig wie mir an einer Meute von Reportern auf Ihrem Grundstück gelegen ist.«

»Das stimmt. Bitte nehmen Sie doch Platz.« Er deutete auf zwei geschnitzte, gepolsterte Stühle und ließ sich selbst wieder hinter seinem Schreibtisch nieder. »Was kann ich für Sie tun?« Noch ehe sie antworten konnte, hob er bereits die Hand. »Wenn es sich um den noch ausstehenden Lohn für Ihren Vater handelt, muß ich Ihnen leider sagen, daß die Abrechnung nicht vor Ende der Woche erfolgen kann. Ich nehme an, daß es keine rechtlichen Probleme gibt, wenn das Geld an Sie ausbezahlt wird, aber ich werde mich sicherheitshalber erkundigen.«

Ihr Vater hatte hier gearbeitet? Kelly ließ sich nicht anmerken, wie überrascht sie war. Als sie ihn im Gefängnis besucht hatte, hatte er zwar etwas von einem Job in einer Kellerei erwähnt, aber keinen Namen. Und in der Presse war auch nichts Genaueres erwähnt worden.

»Wenn ich mich recht erinnere, war er als Aufseher bei Ihnen angestellt«, sagte sie.

»Die Bezeichnung ist ein wenig irreführend. Wie ich schon

der Polizei sagte, spielte er so etwas wie Kindermädchen für Touristen, um sie davon abzuhalten, auf Kellereigelände herumzuspazieren, das für die Öffentlichkeit nicht zugänglich ist«, erklärte er. »Unseren Unterlagen zufolge gab es keinerlei Probleme mit ihm. Soweit mir bekannt ist, war er im Dienst stets nüchtern. Jedenfalls hat es seinetwegen niemals Anlaß zu Beschwerden gegeben.« Er stieß einen tiefen Seufzer aus. »Was die nachfolgenden Ereignisse in einem um so tragischeren Licht erscheinen läßt.«

»Da haben Sie wohl recht.« Sie suchte nach etwas, wo sie einhaken konnte. »Sie waren doch auch auf der Party damals, nicht wahr?« fragte sie, um Zeit zum Überlegen zu gewinnen, ohne daß das Gespräch stockte.

»Ja. Zusammen mit Clay. Wir hatten eigentlich gar nicht mit einer Einladung gerechnet. Es ist ja kein Geheimnis, daß Katherine und ich seit Jahren nicht gut aufeinander zu sprechen sind. Wahrscheinlich war es eine höfliche Geste. Immerhin ist Baron Fougère ursprünglich auf mein Bestreben hin ins Tal gekommen. Demnach gebot es der Anstand, meinen Namen auf die Gästeliste zu setzen. Möglich, daß sie mit meiner Absage gerechnet hat. Genau deswegen bin ich hingegangen.« Sein Grinsen erinnerte ein wenig an das eines unverschämten kleinen Jungen.

»Soweit mir bekannt ist, konkurrierten Sie und Katherine um den Abschluß eines Fusions-Vertrags mit Baron Fougère, ja? Da dürfte Sie seine Absichtserklärung beim Abendessen ganz schön erstaunt haben.«

»Nicht im mindesten. Emile hatte mich noch am Nachmittag angerufen und mir seine Entscheidung mitgeteilt. Die Bekanntgabe, daß eine Einigung erzielt worden sel, hatte ich erwartet. Um so bedauerlicher, daß keine Zeit mehr blieb für einen schriftlichen Vertrag. Sein tragischer Tod ...«

»Demnach ist jetzt alles wieder offen?«

»Theoretisch ja.« Lässig zuckte er die Schultern. »Die endgültige Entscheidung liegt wohl bei seiner Witwe. Sie kann sich aussuchen, ob sie in Emiles Sinn verfahren will.« Er brach ab, lächelte mitfühlend. »Das Ganze ist bestimmt schrecklich für Sie.«

»Ja«, sagte Kelly und nickte zustimmend. »Vor allem, weil ich ebenfalls auf der Party war, aber aufbrach, bevor ... Sie blieben länger, nicht wahr?«

»Ja. Clay und ich wollten längst gehen. Eigentlich waren Sie es, Miss Douglas, die uns unseren Entschluß leichtermachte.« Seine Augen strahlten sie über den Schreibtisch hinweg an. »Mein Stolz ließ es nicht zu, als erster zu verschwinden. Als Sie sich dann verabschiedeten, gab es auch für uns keinen Grund mehr, länger zu verweilen. Clay und ich leiteten also den Rückzug ein, sagten überall auf Wiedersehen. So was kann eine Weile dauern, wenn man mehr oder weniger alle Anwesenden kennt. Ich weiß noch, daß ich ein Weilchen mit den Fergusons plauderte, über ein Krocketturnier, das wir demnächst in Meadowwood austragen«, fügte er als Erläuterung hinzu. »Und daß ich die Baronin im Rosengarten entdeckte, allein. Wir wollten uns sozusagen zu ihr vorarbeiten. Gelegenheit, nach Emile Ausschau zu halten, hatten wir noch gar nicht gehabt. Wir unterhielten uns gerade mit Clyde Williams und seiner Frau, als wir Polizeisirenen hörten. Das war der erste Hinweis darauf, daß etwas passiert war.«

Trotz der Namen der Gäste, die er erwähnt hatte, war sein Alibi für die Todeszeit sein Sohn, und umgekehrt ebenfalls. Äußerst praktisch, wie Kelly fand, unter Umständen sogar äußerst verdächtig. Verdächtig allemal.

»Und kurz danach erfuhren Sie, daß der Baron umgebracht worden war. Hat die Polizei durchblicken lassen, wer als Täter in Frage kommt?«

»Vermutungen wurden nicht geäußert. Aber einer meiner Freunde ist bei der Polizei, und der sagte mir, alles deute auf Leonard Dougherty hin.« Nachdenklich lehnte er sich zurück und betrachtete den Silberpokal auf seinem Schreibtisch. »Eigenartig, hab ich damals noch überlegt, daß bei beiden Todesfällen auf Gut Rutledge jeweils ein Dougherty beteiligt ist. Abgesehen natürlich vom frühzeitigen Hinscheiden meines Bruders, der laut gerichtsmedizinischem Befund an einem Aneurysma gestorben ist.«

»Ich habe erst am darauffolgenden Morgen vom Tod des Barons erfahren.« Vorsichtig steuerte Kelly das Gespräch auf den ihr wichtigen Punkt zurück, aus dem unbestimmten Gefühl heraus, daß da noch etwas war, etwas, das ihr unbedingt wieder einfallen mußte.

»Bestimmt ein entsetzlicher Schock für Sie, vor allem in Ihrer Position«, meinte Gil mitfühlend.

»Manchmal ist mir, als drehte sich noch immer alles in meinem Kopf«, gab sie zu und dachte krampfhaft nach, wie sie das Gespräch in Gang halten konnte.

»Das glaube ich gerne.«

»Sie wissen bestimmt, daß er Stein und Bein schwört, den Baron nicht umgebracht zu haben. Er ist überzeugt, daß Katherine ihm das angehängt hat, um ihn daran zu hindern, das Geld aufzutreiben, das er ihr schuldet. Er hat ihr als Sicherheit seine zehn Morgen Land überschrieben, und wenn er nicht zahlt, gehören sie ihr.«

Geld! Das war es. Ihr Vater hatte gesagt, jemand wolle ihm ein Darlehen geben, um Katherine auszuzahlen, aber sein Vertrag sei geplatzt, und deshalb habe er, Dougherty, sich in jener Nacht betrunken. Hatte er damit das Darlehen gemeint, das geplatzt war, oder Gil Rutledges Abkommen mit Baron Fougère?

Auf gut Glück sagte sie: »Er hatte fest damit gerechnet, daß Sie ihm das Geld geben, das er Katherine schuldet.«

»Hat er das gesagt?« Gil Rutledge bemühte sich nach Kräften, den Erstaunten zu spielen. Wenn er es dabei belassen hätte, hätte sie ihm vielleicht geglaubt. Aber er lachte nervös auf. »Er hat mich zwar gefragt, ob er sich von mir eine geradezu phantastische Summe borgen könnte, aber selbst wenn ich Geldverleiher wäre, hätte ich das weit von mir gewiesen. Verstehen Sie mich bitte nicht falsch, aber ein Geschäft mit Ihrem Vater wäre mir viel zu riskant. Kann sein. daß ich ihn mit einem nichtssagenden ›Ich denk drüber nach‹ abgespeist habe, aber ich versichere ihnen, daß ich nicht im Traum daran gedacht habe, ihm auch nur zehn Cent zu leihen. Tut mir leid, wenn er sich falsche Hoffnungen gemacht hat.«

»Andererseits müßte es doch für Sie eine Genugtuung sein, wenn Katherine nicht an dieses Land herankäme.«

»Wenn sie drauf angewiesen wäre und ich es ihr für fünfunddreißigtausend hätte abjagen können, wäre das eine Überlegung wert gewesen. Aber rein zur Genugtuung war mir der Preis zu hoch.«

Er hatte genau die Summe erwähnt, die ihr Vater brauchte. Weshalb wußte er so genau Bescheid, wenn er nicht ernsthaft über ein Darlehen nachgedacht hatte? Vielleicht hatte er sogar schon zugestimmt und dann einen Rückzieher gemacht, als der Baron mit Katherine handelseinig geworden war.

»Ein teurer Spaß.« Kelly wußte nicht mehr weiter. Was hatte der Vater bloß noch erwähnt?

»In der Tat. Wie ich schon sagte, hat sich Ihr Vater nur etwas eingebildet.«

Ein Gedanke schoß ihr durch den Kopf. »Er hat mir erzählt, daß er in der Nacht, als die Party stattfand, zur Kellerei gegangen ist, um über die Fässer in den Reifekellern Benzin zu gießen, damit es in das Holz einzieht und auf diese Weise den Wein verdirbt.«

»Mein Gott, was für ein teuflischer Racheakt. Ich wußte gar nicht, daß Ihr Vater zu solch abstrusen Ideen fähig ist.«

»Vorausgesetzt, die Idee stammte von ihm ...« – Kelly hielt der Wirkung wegen absichtlich inne – »... und nicht von Ihnen.« Gil Rutledges Gesicht verfinsterte sich. Er wurde heftig. »Wollen Sie mir damit unterstellen, daß ich ihn angestiftet habe?!«

»Haben Sie das nicht?«

»Das hat doch Katherine ausgeheckt, oder?« Er war aufgesprungen, rote Flecken zeichneten sich auf seinem Gesicht ab, die Adern an seinem Hals traten hervor. »Dieses scheinheilige Luder! Das soll ihr noch leid tun, meinen Namen in einen Mordfall reinzuziehen. Wenn sie glaubt, sie könne mich ruinieren und meine Chance zunichte machen, mit Fougères Witwe einen Vertrag abzuschließen, soll sie sich das lieber noch mal überlegen.« Dann brach es aus ihm heraus: »Ich weiß doch ganz genau, was sich in Wirklichkeit hinter der Legende um Madam verbirgt. Ich weiß um die Geheimnisse, die sie all die Jahre über im Weinarchiv hinter Schloß und Riegel hält. Ich weiß Bescheid über den Unfall, der kein Unfall war. Wenn sie jetzt so was vorhat, dann, bei Gott, schwärze ich den

Namen von Madam und ihren Weinen ein für allemal an!« Er ließ die Faust auf die Schreibtischplatte niedersausen, daß Kelly zusammenzuckte. »Und jetzt verschwinden Sie! Gehen Sie, ehe ich Sie rausschmeiße!«

Kelly ließ sich nicht zweimal auffordern und verließ schleunigst das Büro. Der tobende Gil Rutledge jagte ihr mehr Angst ein, als sie sich eingestehen wollte.

Hinter seinem Schreibtisch rang Gil Rutledge um Fassung. Noch immer heftig schnaufend, griff er sich mit zittrigen Händen an den Kopf, umspannte dann den Nacken. Als er sich einigermaßen beruhigt hatte, hob er den Telefonhörer ab und tippte Clays Nebenstelle ein.

»Katherine will uns in den Mordfall hineinziehen«, sagte er ohne Umschweife, als sich Clay meldete.

»Mein Gott, hat sie ...«

»Bis jetzt versucht sie erst einmal, uns mit Dougherty in Verbindung zu bringen. Du mußt ab sofort Fougères Witwe unter Druck setzen. Und halt sie verdammt noch mal von Katherine fern. Ich trau ihr nicht. Ich trau keiner der beiden.« Er knallte den Hörer hin und starrte durch die Fensterscheiben.

Auf dem Rückweg zum Gut ließ Kelly die Szene immer wieder vor ihrem inneren Auge ablaufen und versuchte, die obskuren Behauptungen – Beschuldigungen vielmehr –, die Gil Rutledge vom Stapel gelassen hatte, zu ergründen.

Ich weiß doch ganz genau, was sich in Wirklichkeit hinter der Legende um Madam verbirgt. Was berichtete die Legende, die sich um Katherine Rutledge rankte? Daß sie den gemeinsam mit ihrem inzwischen verstorbenen Mann geträumten Traum, in Kalifornien einen Wein anzubauen und zu keltern, der sich mit den edelsten französischen Tropfen messen konnte, in die Tat umgesetzt hatte. Daß sie zu einer Zeit, da andere im Napa Valley ihre Weinberge einebneten, um entweder auf hartschalige Trauben für den Export oder auf Walnuß- oder Pflaumenbäume auszuweichen, all ihre Weinberge neu angelegt hatte. Daß sie die Kellerei während der Prohibition nicht stillgelegt, sondern Meßwein und Alkohol für medizinische Zwecke hergestellt hatte. Daß sie die Erinnerung an ihren Mann wachgehalten hatte. Daß sie das sich gesetzte Ziel erreicht hatte; die Weine von Gut Rutledge wurden von Fachleuten mit den besten Bordeaux-Jahrgängen verglichen.

Das berichtete die Legende, und Gil behauptete nun, das entspreche nicht der Wahrheit. Nichts davon oder nur Teile? Wahrscheinlich nur zum Teil. Zu vieles war dokumentierte Tatsache: Die Weinberge waren neu bepflanzt worden; Experten hatten ihr Urteil über Rutledge-Weine veröffentlicht; Katherine hatte sich für die Kellerei aufgeopfert; sie hatte Meßwein und medizinischen Alkohol verkauft. Wo verbarg sich die Lüge?

Kelly nahm sich den nächsten Punkt vor. *Ich weiß um die Geheimnisse, die sie all die Jahre über im Weinarchiv hinter Schloß und Riegel hält.* Damit spielte er wohl auf das Gewölbe an, in dem sich eine vollständige Kollektion der Weine befand, die Gut Rutledge im Laufe der Zeit gekeltert hatte. *Geheimnis* hieß, daß sich dort etwas verbarg; *Geheimnisse* deutete auf mehr als nur einen Gegenstand hin und *über* all diese Jahre, daß das, was immer es war, schon vor einer ganzen Weile dorthin gebracht worden war. Was mochte das sein? Kelly kannte das Weinarchiv, in dem sich, in Stellagen, die fast bis zur Decke reichten, Flasche an Flasche reihte. Kein Versteck für einen größeren Gegenstand. Oder etwa doch?

Der letzte Punkt war eindeutiger. *Ich weiß Bescheid über den Unfall, der kein Unfall war.* Kelly vermutete, daß Gil auf die beiden Unfälle angespielt hatte, die auch ihr bekannt waren. Katherines Ehemann Clayton Rutledge war bei einem Autounfall in Frankreich ums Leben gekommen und Kellys Großvater Evan Dougherty bei einem merkwürdigen Vorfall, der sich in der Kellerei ereignet hatte. Wenn einer davon kein Unfall war, dann war er vorsätzlich verursacht worden. Auf welchen der beiden Vorfälle bezog sich das? Und wer hatte ihn begangen? Katherine?

Warum zermarterte sie sich deswegen den Kopf? Das hatte doch weder etwas mit ihrem Vater noch mit dem Tod des Barons zu tun. Wirklich nicht? Es hatte zweifelsohne etwas mit Katherine zu tun, und Katherine war diejenige, die gesehen hatte, wie sich Kellys Vater über die Leiche von Baron Fougère beugte.

Unter Umgehung der zaunbewehrten Hauptzufahrt zum Gut fuhr Kelly über die Nebenstraße geradewegs zur Kellerei. Das Weinarchiv war ihr einziger Anhaltspunkt. Unter den Madronabäumen stellte sie den Wagen ab.

Die Mitarbeiterin am Empfang hielt sich nicht in ihrem Bereich auf, als Kelly das Bürogebäude betrat. Nach kurzer Überwindung trat sie zu dem an der Wand hinter dem Schreibtisch angebrachten schmalen Metallschrank, in dem, übersichtlich an Haken aufgereiht, Ersatzschlüssel für die zahllosen Schlösser auf dem Gut hingen, auch der für das Weinarchiv. Kelly nahm ihn an sich und verließ unauffällig das Büro.

Sie ging um das Kellereigebäude herum, bis sie bei den Reifekellern anlangte, und betrat die kühlen Gewölbe. Um sie herum herrschte Stille, eine Stille, die fast unheimlich war. Lampen zogen sich die handbehauenen Gänge entlang, an deren Wänden sich die bauchigen Umrisse der Reifefässer und die Stellagen mit den kleineren Fässern abzeichneten.

In der Stille klangen Kellys Schritte um so lauter, als sie jetzt auf die mit einem verschnörkelten R verzierte schmiedeeiserne Gittertür zuging, hinter der sich das Weinarchiv mit den in Regalen gelagerten Flaschen befand.

Der Schlüssel paßte, und gleich drauf ließ sich die Tür in den gutgeölten Angeln lautlos aufdrücken. Kelly trat ein, zog die Tür wieder hinter sich zu, sah sich in dem langen, schmalen unterirdischen Raum um. Hunderte von Flaschen lagerten an der hinteren Wand, stapelten sich vom Fußboden bis zum Bogenansatz des Deckengewölbes. Ansonsten, abgesehen von einem kleinen Holztisch und einem Stuhl sowie leeren Gestellen für kommende Jahrgänge und einer stabilen Trittleiter, gab es nichts zu sehen.

Ein Rundgang erbrachte, daß die Wände massiv waren. Kein verborgenes Verlies, keinerlei Versteck. Mit einem leisen Seufzer überflog Kelly nochmals die Ansammlung von Flaschen. Wenn in diesem Raum etwas versteckt worden war, mußte es sich um etwas Kleines handeln. Etwa irgendwelche Dokumente oder Papiere? Nein, das wäre zu riskant. Gut und gern ein halbes Dutzend Arbeiter hatten immer mal wieder hier zu tun, ganz zu schweigen davon, daß Besuchern gewöhnlich auch die Kollektion von Weinen vorgeführt wurde.

Warum überhaupt etwas hier verstecken? Der Raum war ausschließlich Weinen vorbehalten, die aus der Kellerei des Guts stammten. Falls man zwischen den Flaschen etwas anderes fand, würde das unweigerlich Verdacht erregen.

Und doch mußte etwas versteckt worden sein. Wenn ich hier etwas verstecken wollte, überlegte Kelly, wo würde ich es hintun? Doch nicht zwischen die Flaschen. Die wurden immer wieder herausgezogen, um einen Blick auf das Etikett werfen zu können. *In* eine Flasche? Genau.

»All diese Jahre hinter Schloß und Riegel«, murmelte Kelly Gils Andeutung nach. »Wie viele Jahre? Dreißig? Vierzig? Fünfzig?«

Sie versuchte, sich an bestimmte Daten zu erinnern. Katherine hatte Clayton Rutledge gegen Ende des Ersten Weltkriegs geheiratet, und Gil hatte Anfang der sechziger Jahre Gut Rutledge verlassen. Dazwischen lag eine Zeitspanne von etwa vierzig Jahren.

Kelly nahm sich die Weine vor, die Ende des Ersten Weltkriegs abgefüllt worden waren, zog eine Flasche nach der anderen heraus, um sich zu überzeugen, daß sie Wein enthielten. Als sie zu den zwanziger Jahren kam, der Ära der Prohibition, verlangsamte sich ihr Arbeitstempo. Ein Verdacht keimte in ihr auf.

Einem Impuls folgend, wandte sie sich dem Ende der zwanziger Jahre zu, der Zeit *nach* Clayton. Sie zog eine Flasche heraus, sah sie sich genauer an. Eigentlich unterschied sie sich in nichts von den anderen. War dem wirklich so? Es gab nur eine Möglichkeit, das festzustellen.

Sie nahm die Flasche mit an den Tisch, entkorkte sie, schnupperte naserümpfend am Inhalt. Der beißende Essiggeruch verriet, daß der Wein umgekippt war. Sie nahm sich eine weitere Flasche vor, mit dem gleichen Ergebnis. Wenn ihre

Vermutungen nun doch falsch waren? Sollte sie etwa alle Flaschen öffnen, nur um eine bestimmte ausfindig zu machen?

Nur noch eine. Nur noch eine letzte wollte sie überprüfen.

Der Lederriemen schnitt ihr in die Schulter, das Gewicht der beiden Flaschen, die Kelly in ihrer Tasche verstaut hatte, zog ihn nach unten. Um jedwedes verräterische Aneinanderstoßen zu vermeiden, hielt sie die Tasche eng an sich gepreßt. Als sie das Haus betrat, sah sie am anderen Ende der Halle die Haushälterin von draußen hereinkommen.

»Mrs. Vargas«, rief Kelly ihr zu, »wo ist Katherine?«

Die Frau blieb stehen. »Madam speist auf der Terrasse.«

»Ist Nathalie bei ihr?«

»Madam Fougère hatte bereits eine andere Verabredung.«

»Und Sam?« Kelly eilte durch die Halle.

»Ist draußen, Miss. Möchten Sie sich mit zu ihnen setzen?«

»Ja, aber nicht zum Mittagessen. Würden Sie bitte ein paar Weingläser hinausbringen?«

»Wie Sie wünschen.«

Sam stand auf, als Kelly auf die Terrasse hinaustrat. »Ich hab mich schon gefragt, wo du bleibst.«

»Ich habe dir doch gesagt, daß ich wiederkomme.« Sie setzte sich, hob vorsichtig die Tasche auf ihren Schoß.

»Sie haben hoffentlich etwas Vergnügliches unternommen.« Katherine lächelte liebenswürdig und schob sich einen Happen Lachspastete auf die Gabel.

»Es war ein reichlich anstrengender Vormittag.«

»Was hast du getrieben?« Sams Blick verriet mäßige Neugier.

Zum genau richtigen Zeitpunkt erschien die Haushälterin mit den Weingläsern, um die Kelly gebeten hatte. Als sie Katherines fragend gerunzelte Stirn sah, beeilte sie sich zu sagen: »Miss Douglas bat darum.«

»Ich fand, wir sollten zum Mittagessen Wein trinken«, erklärte Kelly und zog die Flaschen aus ihrer Tasche. »Ich war noch schnell in den Kellern und hab die hier geholt.« Sie stellte sie auf den Tisch, wobei sie darauf achtete, daß Katherine die Etiketten erkennen konnte.

Die Farbe wich aus dem Gesicht der alten Dame. »Ihre

Wahl war alles andere als glücklich. Nehmen Sie sie weg, Mrs. Vargas.«

»Nein«, widersprach Kelly ruhig, aber bestimmt, und legte die Hand um einen der beiden Flaschenhälse. »Ich bin der Meinung, wir sollten diesen Wein probieren. Sam, wärst du so nett, sie zu öffnen?«

»Ich habe nicht die Absicht, ihn zu trinken. Es besteht also kein Grund, diese Flasche zu öffnen«, sagte Katherine scharf. »Ich kenne die Rutledge-Weine ebensogut wie meine eigenen Kinder. Dieser spezielle Jahrgang ist schon vor Jahren umgekippt.«

Sam besah sich das Etikett. »Katherine hat recht, Kelly. Das hier ist ein Rotweinverschnitt, den man hätte trinken müssen, solange er jung war. Ähnlich wie ein Beaujolais hält er sich nur sehr kurz. Der hier dürfte längst zu Essig geworden sein.«

»Machen wir die Flasche trotzdem auf und warten wir ab. Was ist schon dabei?« meinte Kelly. »Wenn er nicht gut ist, lassen wir ihn eben stehen.«

»Das ist doch Unsinn«, beharrte Katherine, deren Haltung sich verkrampft hatte.

»Keineswegs, Katherine. Ich habe durchaus meine Gründe dafür.« Kelly sah Katherine durchdringend an. »Sie wissen das so gut wie ich.«

Sam sah von einer zur anderen. »Was soll denn das heißen?«

»Möchten Sie ihn aufklären, oder soll ich es tun?« fragte Kelly. Und als Katherine fast unmerklich den Kopf schüttelte, fuhr sie fort: »Es hat mit der Prohibition zu tun, Sam, und einer Semesterarbeit, die ich vor Jahren in der High School über die Geschichte der Weinindustrie im Napa Valley schrieb. Sie war so gut, daß die hiesige Zeitung sie abdruckte. Um die Arbeit zu schreiben, befragte ich Leute, die diese Zeit selbst erlebt hatten. Sie erzählten mir alle möglichen Geschichten über Alkoholschmuggler und deren Arbeitsweisen, von halsbrecherischen Nachtfahrten bis zum Transport von Weinkanistern in Särgen. Die Kellereien, die daran beteiligt waren, mußten sich zudem etwas einfallen lassen, um den Aufsichtsorganen gegenüber ihren Schwund an Lagerbeständen zu rechtfertigen. Da wurde dann zum Beispiel behauptet, wegen eines geplatzten Schlauchs seien hundert Gallonen Wein ausgelaufen, oder ein Feuer habe ein paar Fässer zerstört, und manchmal ... manchmal verfuhr man so, daß man Fässer mit gefärbtem Wasser füllte, damit sie voll klangen, wenn ein Kontrollbeamter dagegen klopfte. Wenn du diese Flasche öffnest, Sam, wirst du merken, daß sie gefärbtes Wasser enthält.«

»Stimmt das, Katherine?« Seine Augen hatten sich zu Schlitzen verengt.

»Ja«, kam es nur unwesentlich lauter als ein Flüstern. Sie war blaß, ihre jetzt wäßrig blauen Augen glänzten qualvoll. Irgendwie gelang es ihr, den Kopf gereckt zu halten, aber sie sah alt aus, sehr alt. »Wie ...« Ihre Stimme erstarb.

»Wie ich dahinterkam?« vollendete Kelly die Frage. »Ich habe mich heute morgen mit Ihrem Sohn unterhalten. Auch über den sogenannten Unfall weiß ich Bescheid.«

»Es *war* ein Unfall.« Eine ädrige Hand fuhr hoch, schmale Finger ballten sich zu einer Faust. »Das müssen Sie glauben. Evans Tod war ein schrecklicher, tragischer Unfall.«

Evan. Ihr Großvater. Kelly sah auf ihre eigenen Hände hinunter. »Vielleicht sollten Sie mir Ihre Version von dem, was damals geschah, erzählen?«

»Das ist so lange her. So unendlich lange.« Katherine schüttelte kraftlos den Kopf. »Ich wußte nicht, daß unser Wein illegal verkauft wurde ... nicht bis zu jener Nacht.«

Ihre Stimme wurde monoton und spröde. »Evan Dougherty war unser Gutsverwalter. Ihm unterstand alles – die Buchführung, die Einstellung von Personal, die Käufe und Verkäufe, alles. Solange Clayton noch lebte, erstattete Evan ihm Bericht. Danach mir.« Sie ließ die Hand auf ihren Schoß sinken. »Gibt es eigentlich ein Foto von ihm?«

»Ich habe nie eins gesehen.«

»Evan war ein gutaussehender Mann, der etwas von einem arroganten Draufgänger an sich hatte, ein Muskelpaket, vor Selbstbewußtsein strotzend. Daß er auch äußerst gerissen war, steht außer Frage. Als die Prohibition in Kraft trat, muß es für ihn ein leichtes gewesen sein, gutseigenen Wein auf dem schwarzen Markt zu verkaufen und sein eigenmächtiges Handeln durch falsche Einträge in den Büchern zu vertuschen. Selbst heute kann ich nicht sagen, ob er seine dunklen Geschäfte schon vor unserer Reise nach Frankreich einfädelte oder erst irgendwann während der mehr als zwei Jahre, die Clayton und ich dort verbrachten. Als ich mit Girard Broussard und seinem Enkel Claude zurückkam, kümmerte ich mich ausschließlich um die neuen Weinberge. Die Auseinandersetzungen zwischen Evan und Monsieur Broussard interessierten mich weniger; ich ließ es dabei bewenden, Claudes Großvater anzuweisen, alles Geschäftliche weiterhin Evan zu überlassen. Ich fand das so am besten. Claudes Großvater sprach kaum Englisch. Wie also sollte er mit Inspektoren und Formalitäten klarkommen? Und warum auch, wenn Evan sich darauf verstand?«

Katherine seufzte. »Ich habe nie in Frage gestellt, was er in der Kellerei tat. Zwar wunderte ich mich über so manches, beispielsweise über die Unmengen von Trauben, die wir von anderen Winzern aufkauften, aber ich hielt mich lieber von ihm fern. Er hatte früher schon anzügliche Bemerkungen gemacht, und was er nicht laut aussprach, verrieten seine Blikke. Evan Dougherty gehörte zu dieser Sorte Mann. Als die Kinderfrau meiner Söhne schwanger wurde und ich erfuhr, daß er der Vater war, war ich aufs äußerste empört und bestand darauf, daß er sie heiratete. Was er auch tat, ohne daß das seinem Hang, jedem Rockzipfel nachzustellen, groß Abbruch getan hätte. Für ihn schienen Frauen dazusein, um erobert zu werden.« Ihre Stimme vererbte im Nichts, ihr Blick war auf einen fernen Punkt in der Vergangenheit gerichtet.

Sam stellte die Weinflasche auf den Tisch. »Was geschah in jener Nacht, Katherine?«

Gleichzeitig mit dieser Frage verschoben sich die Fronten; die Auseinandersetzung fand nicht länger zwischen Kelly und Katherine statt, sondern vielmehr zwischen Sam und Katherine.

»In jener Nacht?« Sie warf ihm einen leeren Blick zu, starrte ihn eine Weile an, wurde sich bewußt, daß Sam sich nicht so einfach abspeisen lassen, sondern auf der vollen Wahrheit bestehen würde. »Es war schon spät. Ich unternahm einen Spaziergang. Ich kam mir verloren und einsam vor, mutlos. Es war bisher immer genug Geld dagewesen, ich hatte nie darauf achten müssen, was ich ausgab. Aber nach dem Börsenkrach war mir kaum noch etwas geblieben. Das erste Jahr danach war hart. Ich kämpfte dagegen an. Ich wollte es nicht wahrhaben, aber in jener Nacht wurde mir wohl endlich bewußt, daß ich auf das schmale Einkommen, das das Gut erwirtschaftete, angewiesen sein würde.«

Eine Wolke schob sich vor die Sonne, warf ihren Schatten über die Terrasse. »Als ich Claude durch die Dunkelheit nach Hause eilen sah, überfiel mich der Wunsch nach Gesellschaft, selbst der eines kleinen Jungen. Ich rief ihm hinterher, fragte ihn, warum er sich noch so spät draußen herumtreibe. Er sagte, er sei spazierengegangen, aber er kam mir verstört vor, ungewöhnlich schweigsam. Vielleicht ist irgend etwas in der Schule schiefgegangen, überlegte ich und fragte ihn, was ihn bedrücke. Zunächst wollte er nicht mit der Sprache herausrücken, aber dann erzählte er, daß er beobachtet habe, wie Evan Wein aus den Kellern auf seinen Lastwagen lud. Und das sei ihm doch eigenartig vorgekommen. Ich weiß noch, daß er sagte: ›Sollte Monsieur Dougherty das tun?‹ Ich suchte nach einem plausiblen Grund, warum Evan mitten in der Nacht und ohne daß ihm unsere Arbeiter zur Hand gingen, Wein auflud, fand aber keinen. Ich sagte Claude nur, er solle nach Hause zu seinem Großvater gehen und sich keine Gedanken machen; ich würde Evan zur Rede stellen. Ich fand ihn schließlich in den Kellern, das heißt, erst hörte ich ihn pfeifen, und dann sah ich ihn. Mit Weinkrügen beladen …«

»Was haben Sie damit vor?« Katherine baute sich mitten im Gang zwischen den gestapelten Fässern auf.

»Sieh einer an.« Sein Mund verzog sich zu diesem ihm eigenen lasziven, anzüglichen Lächeln, und seine grünen Augen musterten sie ungeniert. Obwohl es in den unterirdischen Kellergewölben kühl war, überlief es sie heiß. »Wenn das nicht die Witwe persönlich ist, noch dazu ganz allein. Haben sich wohl einsam gefühlt, wie?«

»Ich habe Sie etwas gefragt.«

»Reichlich frisch hier unten. Sie hätten sich was Wärmeres anziehen sollen als diese dünne Bluse.« Er stellte die Krüge auf die Erde. »Nehmen Sie lieber meine Jacke, sonst holen Sie sich noch den Tod.«

Er schlüpfte aus seiner Jacke, wobei sich der Stoff seines karierten Hemds spannte und Katherine, so sehr sie sich bemühte, dem keine Beachtung zu schenken, die Konturen seines muskulösen Brustkastens erahnen konnte. »Ich brauche Ihre Jacke nicht«, erwiderte Katherine betont kühl und mit eisigem Blick.

Evan ließ sich dadurch keineswegs beeindrucken, ging auf sie zu. »Doch, brauchen Sie.« Katherine wich keinen Zentimeter zurück, in der fälschlichen Annahme, andernfalls ihre Autorität zu untergraben. »Na, kommen Sie schon. Lassen Sie sich das Ding um die Schultern hängen, dann wird Ihnen gleich wärmer.«

Als er Anstalten machte, ihr die Jacke umzulegen, drängte es sie, sich seiner Nähe zu entziehen. Sie beherrschte sich aber und ließ es geschehen, daß er sie in die Jacke hüllte, die die Wärme seines Körpers und seinen aufreizend männlichen Geruch verströmte. Katherine glaubte ersticken zu müssen, als er die Revers aneinanderzerrte.

»So. Ist das nicht besser?« Die Jacke verschlossen haltend, berührte er mit dem Daumen die Spitze ihres Kinns, strich dann leicht darüber.

Katherines Gesicht blieb undurchdringlich. »Ich möchte wissen, was Sie mit diesen Krügen und dem Wein auf Ihrem Lastwagen vorhaben«, sagte sie schneidend, ohne sich von ihm ablenken oder aus der Fassung bringen zu lassen.

»Verkaufen selbstverständlich.« Verschlagen grinsend, studierte er nachdenklich ihr Gesicht.

»An wen?«

»Einen Kunden in San Francisco.« Genüßlich strich er ihr über die Wange. »Ahnte ich's doch, daß sich Ihre Haut samtweich anfühlt. Überall vermutlich.«

Diesmal schlug sie seine Hand weg. »An was für einen Kunden in San Francisco?«

Er grinste erneut. »An seinen Namen kann ich mich nicht erinnern.«

»Das ist gegen das Gesetz! Einfach meinen Wein zu nehmen und ihn auf dem Schwarzmarkt zu verhökern! Ich hätte es mir denken können!« Sie war außer sich.

»Na, na, das braucht Sie doch nicht zu bekümmern«, wiegelte er schmeichlerisch ab. »Sie haben schon genug am Hals. Sie arbeiten viel zu viel. Ja, ich weiß, ist ein gutes Rezept gegen Einsamkeit. Noch schlimmer muß es nachts sein, wenn kein Mann Sie im Arm hält. Bestimmt eine Qual für Sie.«

Er wollte ihr die Hände auf die Schultern legen. »Lassen Sie das!« fauchte Katherine und wich zurück. »Sie haben mich in Schwarzmarktgeschäfte hineingezogen. Ist Ihnen klar, was passiert, wenn man Sie erwischt?«

»Zerbrechen Sie sich darüber nicht Ihr hübsches Köpfchen. Dazu wird's nicht kommen. Nicht nach so langer Zeit.«

»Nach so langer Zeit?« In ihren Zorn mischte sich die Angst vor den Folgen, die auch ihr durch seine Aktivitäten drohten. Katherine erschrak, nicht vor ihm, sondern bei dem Gedanken an das, was passieren konnte. »Ist Ihnen bewußt, daß man mir, wenn man Sie erwischt, meine Erlaubnis, Wein zu keltern, entzieht und die Kellerei beschlagnahmt und ich mit leeren Händen dastehe?«

»Ich paß doch auf.« Er trat dicht an sie heran. »Ich verspreche Ihnen, daß ich aufpasse«, sagte er mit honigsüßer Stimme. »Wissen Sie das denn nicht? Weshalb hat das Gut Ihrer Meinung nach in den letzten Jahren einen Gewinn erwirtschaftet? Doch keinesfalls durch den Verkauf dieses Kirchenweins. Nein, ich habe schon dafür gesorgt, daß Sie Ihren Anteil an meinen Geschäften erhalten.«

»Sie müssen damit aufhören. Das Risiko ist zu groß.« Sie wich noch einen Schritt zurück, stieß dabei an die Weinfässer.

»Sie machen sich Sorgen um mich. Find ich richtig nett.« Er stemmte die Hände gegen die Eichenfässer, rahmte Katherine mit seinen gestreckten Armen ein. »Ich find vieles an Ihnen nett.«

Mit der flachen Hand hielt ihn Katherine auf Abstand.

»Ich mache mir keine Sorgen um Sie«, brauste sie erneut auf. »Ich mache mir Sorgen um mich!«

»Ihre Augen sehen aus wie heiße blaue Flammen. Ich wußte ja, daß unter dieser Eisschicht ein Feuer glüht.« Seine leicht gewölbte flache Hand näherte sich ihrem Gesicht.

Sie versuchte, den Kopf abzuwenden. Ohne Erfolg. »Hören Sie auf. Lassen Sie mich in Ruhe.« Sie wollte ihn zurückstoßen, von sich weg, aber er schob einfach den anderen Arm hinter ihren Rücken.

»Du willst ja gar nicht, daß ich dich in Ruhe lasse, stimmt's?« raunte er ihr zu.

»Doch!« Sie warf den Kopf zurück und bemerkte augenblicklich ihren Fehler, denn seine Hand packte zu, und er beugte sich über ihr Gesicht.

Sie wehrte sich, aber er fiel über ihre zusammengepreßten Lippen her, erst knabbernd und dann gierig, ohne auf das Trommeln ihrer Hände und ihren angespannten Körper, der sich zu befreien suchte, zu achten. Als sie wild um sich zu schlagen begann, lachte er nur kehlig auf.

»Bist eine kleine Wildkatze, wie? Die schnurren immer am lautesten. Laß mich's mal hören.« Mühelos drückte er ihr die Hände zusammen, und sein Mund machte sich an ihrem Hals zu schaffen, an ihrem klopfenden Puls.

Hilflos aufstöhnend, schloß Katherine die Augen. Wie sie ihn haßte, verachtete, verabscheute, diesen Mann, der die Erinnerung an die Zeit weckte, da sie und Clayton sich geliebt hatten und Claytons Mund über ihr Gesicht und ihren Hals geglitten war und seine Hände sie eng an sich gedrückt hielten, um ihr zu verdeutlichen, wie innig ein Mann und eine Frau verschmelzen konnten. Sie sehnte sich danach, all das erneut zu erfahren, das Fieber und die Begierde, den Schmerz, der sich in unbeschreibliche Wonne verwandeln konnte.

Sie nahm gar nicht wahr, daß sich ihre Finger in sein Hemd gekrallt hatten, ihn festhielten. Sie nahm nicht wahr, daß ihr Körper sich an ihn schmiegte. Nichts mehr nahm sie wahr, bis sie den kalten Windhauch auf ihrem Busen spürte, ehe sich seine derbe Hand darauf legte.

»Nicht!« Sie kämpfte mit allen ihr zur Verfügung stehenden Mitteln, um sich zu befreien. »Lassen Sie mich los! Hören Sie? Lassen Sie mich los!«

»Sie haben Madam gehört.« Die Stimme eines Knaben, der versuchte, wie ein Mann zu klingen.

»Claude!« Als sie ihn dort stehen sah, einen für sein Alter hochaufgeschossenen, strammen Jungen mit unerbittlicher Miene, schluchzte Katherine vor Erleichterung förmlich auf.

Evan warf einen Blick über die Schulter. »Dein Schoßhündchen ist dir mal wieder nachgelaufen. Meinst du nicht, du solltest ihn lieber nach Hause schicken?« Dann wandte er sich wieder zu ihr. »Er ist noch zu jung, um das zu verstehen.« Er drückte seinen Unterleib an sie, damit sie seine harte Rute durch den Stoff hindurch fühlte. »Na, hau schon ab, Bürschchen«, sagte er, ohne Katherine aus den Augen zu lassen. »Die Dame braucht deine Hilfe nicht.«

Katherine war zunächst völlig perplex, wie kaltblütig Evan Claude abzuwimmeln suchte, faßte sich dann aber. »Und Sie brauche ich schon gar nicht.« Wieder bemühte sie sich freizukommen, was Evan nur mit einem höhnischen Auflachen quittierte.

Mit einemmal war Claude da, warf sich dazwischen und versuchte, Evan von ihr zu drängen. Evan drehte sich um, stieß einmal zu, worauf Claude rückwärts taumelte und unsanft auf dem harten Kellerboden landete. Noch ehe Katherine weglaufen konnte, hatte er ihr Handgelenk umklammert.

»Verschwinde«, herrschte er Claude an. »Oder ich schick dich mit eingezogenem Schwanz nach Hause.« Lachend sah er zu, wie sich Claude mit bitterbösem Gesicht aufrappelte. »So, jetzt sind wir ganz unter uns.« Er zog Katherine wieder an sich, lächelte. »Ein bißchen Panik ist ganz natürlich. Du hast lang warten müssen. Ich werd's behutsam angehen lassen.«

»Nein!« Wie einen Schrei stieß sie das Wort aus und ruderte verzweifelt mit den Armen.

Dann ein dumpfes, berstendes Geräusch, und er hielt inne, starrte sie ungläubig an, ehe er die Augen verdrehte und zusammenbrach. Claudes Blick, den er Katherine zuwarf, verriet blankes Entsetzen.

»Claude schlug ihn nieder«, erklärte Katherine, »um mich zu verteidigen. Er hatte nicht vorgehabt, ihn umzubringen. Es war ein schrecklicher Unfall, und ich wußte, daß ich etwas tun mußte, damit es wirklich nach einem Unfall aussah.«

»Warum?« Wie um besser zu verstehen, beugte sich Sam vor. »Hättest du nicht die Polizei rufen können?«

»Und mich dem Skandal einer Untersuchung aussetzen?« Katherine schüttelte den Kopf. »Wie hätte ich mich rechtfertigen sollen, noch so spät in die Keller hinuntergegangen zu sein? Etwa damit, daß ich Evan zur Rede stellen wollte – um diese Uhrzeit? Wir wissen doch beide, was die Leute von so etwas halten. Auch heute noch, und damals erst recht. Und hätte ich vielleicht riskieren sollen, daß die Polizei von seinen Schmuggelgeschäften erfährt? Das hätte bedeutet, alles zu verlieren. Und Claude … Claude war erst sechzehn. Sein Leben wäre ruiniert gewesen.«

»Deshalb haben Sie ein Faß von der Stellage gerollt und das Ganze als Unfall getarnt«, folgerte Kelly und mußte unwillkürlich an ihren Vater denken. Ob Katherine auch nur einen Gedanken an andere verschwendet hatte, deren Leben durch ihre Handlungsweise eine völlig andere Wende genommen hatte? Weil Evan tot war, hatte Len Dougherty als vaterloses Kind aufwachsen müssen und Kelly selbst hatte nie ihren Großvater kennengelernt.

»Ja, das tat ich. Sein Tod sollte wie ein Unfall aussehen.« Katherine nickte versonnen. Sie sah jetzt erschöpft aus. »Als ich fertig war und mich umdrehte, sah ich in Gils kalte, vorwurfsvolle Augen.« Sie rieb sich die Arme, als fröstelte sie bei der Erinnerung daran. »Ich habe nie herausbekommen, wie er dorthin gelangt ist. Er hat sich immer einen Spaß daraus gemacht, sich unbemerkt anzuschleichen. Vielleicht verhielt es sich in jener Nacht nicht anders. Erzählt hat er es mir nie.« Verlegen und wie um Verständnis bittend, sah sie Kelly über den Tisch hinweg an. »Evans Tod war ein Unfall.«

»Ja«, pflichtete Kelly ihr leise bei und bedauerte längst, sich jemals in den Kopf gesetzt zu haben, die Wahrheit über die Legende um Katherine Rutledge zu ergründen.

»Wenn Sie mich entschuldigen wollen«, murmelte Katherine und griff nach ihrem Stock. »Ich bin sehr müde und sollte mich wohl eine Weile hinlegen.«

Sam sprang eilfertig hinzu, stützte Katherines Arm und half ihr beim Aufstehen. Eine Geste der Verbundenheit, die Kelly noch nie bei ihm beobachtet hatte. »Geht's?« fragte er leise.

Ihr weißer Kopf reckte sich, ein farbloser Schatten seines einstigen Selbstbewußtseins. »Aber ja.«

Wozu das alles? überlegte Kelly. Wo sie doch im Grunde keinen Schritt weitergekommen war, um die Schuld oder Unschuld ihres Vaters zu beweisen. »Katherine.« Sie wartete, bis die alte Dame sich umdrehte. »Ich habe Sie niemals danach gefragt ... haben Sie in der Nacht, als die Party stattfand, noch jemanden bei der Kellerei gesehen?«

»Noch jemanden?« Sie warf Kelly einen gequälten Blick zu.

Oder war es Angst? »Sie haben noch jemanden gesehen, nicht wahr?«

Ihr Blick wurde trüb. »Als ich mich überzeugen wollte, ob Emile noch lebte, sah ich auf und erblickte nur ein Gespenst. Einen kleinen Jungen mit kalten, vorwurfsvollen Augen. Er löste sich vor meinen Augen auf.«

Katherine ging langsam auf die Terrassentüren zu. »War diese Frage nötig?« sagte Sam, als er zum Tisch zurückkam.

Das flüchtige Zucken ihrer Schultern war kaum als Antwort zu werten. »Glaubst du, es war Gil, den sie in jener Nacht gesehen hat?«

»Ich glaube, sie hat genau das gesehen, was sie sagte. Ein Gespenst.«

Es klang sehr bestimmt. Das Dumme war nur, daß Kelly nicht an Gespenster glaubte.

22

Die getäfelten Wände der Bibliothek glänzten in der Morgensonne, die durch die Fenster flutete. Kelly schlenderte ziellos im Raum hin und her, als plötzlich der leise Summton des Telefons die Stille unterbrach. Sie schenkte dem keine Beachtung; Mrs. Vargas oder Katherine würden bestimmt abheben.

Ein Seufzer der Entmutigung entrang sich ihr. Nichts hatte sie erreicht gestern. Obwohl das eigentlich nicht ganz zutraf. Immerhin war sie hinter Familiengeheimnisse gekommen, auch wenn die sie unnötig belasteten.

»Ein Anruf für Sie, Miss Douglas.« Die leisefüßige Haushälterin stand an der Tür.

»Danke, Mrs. Vargas.« Kelly ging zum Schreibtisch und nahm den Hörer ab. »Kelly Douglas.«

»Kelly. Hier ist Hugh.«

»Hugh.« Tausend Dinge, über die nachzudenken sich Kelly verboten hatte, schossen ihr durch den Kopf. »Wie geht es denn so? Und Debbies Interview mit John Travis? Wie ist es gelaufen?«

»Bestens. Der Grund, weshalb ich anrufe ...«

»Ja?«

»Du solltest dich schleunigst mit deinem Agenten in Verbindung setzen, Kelly. Es geht um die bevorstehenden Verhandlungen, und meines Wissens möchte er sich vorher mit dir besprechen.«

»Was für Verhandlungen?« In dem Bewußtsein, bereits die Antwort zu kennen, reckte Kelly unwillkürlich das Kinn.

»Kelly.« Hugh seufzte tadelnd und bedauernd zugleich. »Das brauche ich dir doch wohl nicht im einzelnen zu erklären.«

»Doch.«

Auf eine lange Pause folgte ein weiterer tiefer Seufzer. »Lieber Gott. ›Rasch, bringt mir einen Becher Wein, damit ich meinen Verstand benetze und etwas Spritziges von mir gebe‹«, murmelte Hugh.

»Laß Spritziges beiseite, Hugh, versuch's mit Tatsachen.«

»Ich dachte, die lägen auf der Hand, Kelly.«

»Tun sie. Wie man in Iowa zu sagen pflegt, so klar und deutlich wie ein Messingknopf in einem Hundeohr«, erwiderte Kelly schnippisch. »Man will meine Show umbesetzen, richtig?« Sie wartete Hughs Bestätigung gar nicht erst ab. »Du kannst ihnen von mir ausrichten, daß ich mich dagegen wehren werde, lauthals und vehement, bis zum Schluß. Mein Vater hat mir genug Scherereien gemacht. Seinetwegen auch noch auf meinen Job und meine Karriere zu verzichten, werde ich nicht zulassen.«

»Kelly, nimm's doch nicht so persönlich.«

»Tut mir leid, Hugh, aber ich nehme das sehr persönlich.«

»Versteh doch. Dein Image, deine Glaubwürdigkeit sind durch die Ereignisse arg ramponiert worden.«

»Das weiß ich nur zu gut. Und außerdem weiß ich, daß sich so etwas in Ordnung bringen läßt.«

»Wie denn?« In seiner Stimme schwang Skepsis mit.

»Vielleicht sollte man weniger Zeit dafür verschwenden, sich nach einem Ersatz für mich umzusehen, und statt dessen einen Weg suchen, die Dinge zurechtzurücken. Ich bin bei weitem nicht die einzige, die körperlich und seelisch unter einem Trunkenbold von Vater zu leiden hatte. Vielleicht könnte ich einige bekannte Persönlichkeiten interviewen, die eine ähnliche Vorgeschichte haben und denen es gelungen ist, den Makel des versoffenen Vaters vergessen zu lassen. Durch die Geschichte des Betreffenden könnte auch die öffentliche Meinung über mich beeinflußt werden. Hugh, es muß doch etwas geben, was man tun kann!«

»Möglicherweise«, murmelte er schon weniger skeptisch, eher nachdenklich.

»Jedenfalls werde ich meinen Agenten anrufen – und eine PR-Firma anheuern, damit sie sich daranmacht, den Schaden mehr oder weniger einzugrenzen und zu beheben. Wenn die Verantwortlichen beim Sender mit mir darüber sprechen wollen, bin ich dazu bereit. Aber zu nichts anderem.«

»Verstehe.«

»Das hoffe ich, Hugh. Ich hoffe es.« Sie legte auf, verspürte ein unwiderstehliches Bedürfnis nach frischer Luft.

Sie eilte in die Halle, riß die Terrassentüren weit auf und trat ins Freie, aus dem Schatten des Hauses heraus in die wärmende Sonne. Der schrille Heulton einer Sirene durchschnitt den friedlichen Morgen. Nur nicht daran denken, daß das etwas mit dem Vater zu tun haben könnte!

Sie betrat den dichten Rasen, der jeden ihrer Schritte unhörbar machte. Auf halbem Weg zu der betonierten Einfassung, die sich um das abschüssige Gelände zog, drangen Stimmen an ihr Ohr, die aus dem Rosengarten zu kommen schienen. Sie ging ihnen nach und entdeckte schließlich Nathalie Fougère – in den Armen von Clay Rutledge.

Jäh riß sich die Baronin jetzt von ihm los und schlug nach ihm, wehrte sich gegen seine Umarmung. Clay sagte etwas, worauf Nathalie wie abwehrend den Kopf schüttelte und, nachdem sie sich befreit hatte, auf die Terrasse zu hastete, ohne Kelly zu bemerken. Clay wandte sich verärgert ab und eilte auf kürzestem Weg durch den Garten.

Nur wenige Meter trennten die beiden Frauen, als Nathalie Kellys Anwesenheit wahrnahm. Erschrocken starrte sie sie an, warf einen raschen Blick zum Rosengarten zurück. Alles Blut war aus ihrem Gesicht gewichen.

»Sie haben uns gesehen«, flüsterte sie stockend.

»Ja, Sie und Clay. Eigentlich überrascht mich das keineswegs. Ich hatte die ganze Zeit über den Verdacht, daß Sie ein Verhältnis mit ihm haben.« Nathalie wurde zusehends verlegener und schuldbewußter und wagte nicht, Kelly anzusehen.

»Es ist nicht so, wie Sie denken. Es ist vorbei. Ich kann es nicht ertragen, daß er mir auch nur noch einmal zu nahe kommt.« Sie schüttelte sich angewidert. Es wirkte durchaus echt. »Ich habe es ihm gesagt, aber er weigert sich, mich anzuhören.«

»Als Ihr Mann umgebracht wurde, hielten Sie sich ebenfalls im Rosengarten auf. Stimmt das?« sagte Kelly aufs Geratewohl. »Sie haben die Party verlassen, um sich mit Clay zu treffen.«

»Wir waren zusammen, ja.« Sie rieb sich nervös den Unterarm.

»Und Emile ist Ihnen nachgegangen, ja?«

Nathalie warf ihr einen gehetzten Blick zu, ohne ihre Frage zu beantworten. Das war auch gar nicht nötig. »Ich wünschte, ich wäre ihm nie begegnet. Es war ein Fehler«, sagte sie endlich.

»Was ist geschehen? Hat Ihr Mann Sie beide zusammen überrascht?« fragte Kelly leise, aber unerbittlich weiter. »Hat es eine Auseinandersetzung gegeben? Einen Kampf? Ist Clay auf ihn losgegangen?«

»Nein. Nein!«

»Sie war verängstigt, Sam.« Kelly saß auf der breiten Brüstung der Betonumrandung hoch über dem Tal. Die untergehende Sonne brach sich an den Kämmen der westlichen Gebirgskette.

»Verängstigt weswegen?« fragte Sam, der neben Kelly stand, den einen Fuß auf die Brüstung gestützt, die Arme um das angewinkelte Knie geschlungen.

»Das weiß ich nicht.« Sie spielte mit den Gesteinsbröckchen, die auf der Brüstung herumlagen. »Vielleicht fürchtet sie sich vor Clay, weil er den Baron getötet hat. Vielleicht hat sie Angst, weil sie es getan hat. Vielleicht schreckt sie aber auch nur der Gedanke, es könnte publik werden, daß sie ihren Mann betrogen hat. Möglicherweise tut ihr das aufrichtig leid.« Kelly hob den Kopf. »Wer weiß, aus welchem Grund? Sam, irgendwer lügt, soviel steht fest. Sie will mit Clay zusammengewesen sein, und Gil behauptet genau das gleiche. Wenn nun Clay zum Zeitpunkt des Mordes mit keinem der beiden zusammen war? Und wenn ja: wer kann das beweisen?«

»Du jedenfalls nicht. Erzähl der Polizei, was du rausgefunden hast, und laß sie dem nachgehen. Das ist deren Sache.«

»Großartig. Mit dem Gewürz Sex und Ehebruch eine Geschichte aufpeppen, die bereits für genug Gesprächsstoff gesorgt hat«, konterte Kelly. »Was soll ich denn der Polizei erzählen? Daß Nathalie Fougère mir gegenüber ein Verhältnis mit Clay Rutledge zugegeben hat, daß sie sich in der besagten Nacht zu einem heimlichen Stelldichein wegschlich und Emile ihr nachspionierte? Sie braucht das nur abzustreiten, und Clay hat bereits ein Alibi. Mein Wort gegen das ihre. Beweisen kann ich gar nichts.«

Sam ging nicht darauf ein. »Die Polizei«, sagte er statt dessen, »glaubt zu wissen, wo sich dein Vater versteckt hält: in einer Schlucht unweit der alten Bale-Mühle. Ein Ranger entdeckte das Lager, nachdem ein Tourist gemeldet hatte, er habe dort Rauch aufsteigen sehen.«

»Woher hast du das? Die Nachrichten brachten nichts davon.«

»Von einem Ranger, den ich heute nachmittag traf. Ein reichlich unzugängliches Gelände da drüben. Man will versuchen, es abzusperren und ihn in die Enge zu treiben. Auch Hunde haben sie unterdessen dorthin gebracht, damit sie die Witterung von seinem Lager aufnehmen.«

»Sind sie sicher, daß er es ist?«

»Man hat einen Plastikmüllsack mit ein paar Konserven gefunden und ein Hemd, das sich mit deiner Beschreibung deckt. Anscheinend ist er Hals über Kopf getürmt, als er den Ranger kommen hörte. Mit ein bißchen Glück sollten sie ihn bis morgen aufgespürt haben.«

Eine etwas mildere Ausdrucksweise für »wieder hinter Gittern haben«. Mit einer Mordanklage am Hals. Kelly blickte nach Norden, wo sich der Kegel des Mount St. Helena gegen den Himmel abhob.

»Du solltest froh darüber sein«, sagte Sam betont kühl, sehr sachlich.

»Bin ich auch.« War sie es?

»Klingt aber nicht so.«

»Ich atme erst auf, wenn es wirklich soweit ist. Bis dahin« – Kelly schüttelte sich die Schmutzpartikel von den Fingern – »bleibt weiterhin ungeklärt, ob er schuldig ist oder nicht. Und wer hier lügt und warum. Ich muß mir etwas einfallen lassen, um die Wahrheit ans Licht zu bringen.«

»Laß es bleiben, Kelly.«

»Und die Hände in den Schoß legen? Sam, vielleicht ist er unschuldig.«

»Oder auch nicht.« Er nahm das Bein von der Brüstung, richtete sich auf. »Das herauszufinden ist nicht deine Sache.«

»Aber außer mir kümmert sich doch niemand darum. Man hat ihn doch längst als schuldig abgestempelt.«

»Das ist noch lange kein Grund, sich einzumischen. Ich will nicht, daß du da mit hineingezogen wirst.«

»Warum nicht?« Kelly sprang auf. Seine Worte wirkten wie eine kalte Dusche. »Nur weil er ein Säufer und Unruhestifter ist?«

»Das hast du gesagt, nicht ich. Was ist denn dabei, Kelly, wenn er für etwas ins Gefängnis geht, was er nicht getan hat?« sagte Sam herausfordernd. »Nach allem, was er dir angetan hat, verdient er, was immer man ihm aufbrummt. Du hast nichts damit zu tun. Halt dich da raus.«

»Ich kann nicht. Es geht um meinen Vater!« begehrte Kelly auf.

Ein finsterer, durchdringender Blick traf sie. »Das ist das erstemal, daß du ihn so nennst.«

»Na und? Das tut doch nichts zur Sache.«

»Sollte es aber. Kelly, du solltest doch am besten wissen, daß er es nicht wert ist. Laß es bleiben.«

»Ich kann nicht.« Sie wollte an ihm vorbei, aber er versperrte ihr den Weg.

»Warum?« bedrängte er sie. »Glaubst du vielleicht, er würde dir irgendwie dankbar sein, wenn du beweisen kannst, daß er unschuldig ist? Sobald er auf freiem Fuß wäre, würde er sich besaufen. Ist dir das nicht klar? Oder meinst du, wenn du tust, was du vorhast, würde er dich endlich lieben?«

Die Tränen schossen Kelly in die Augen. Sie stieß Sam beiseite, stürzte davon. Den ganzen Rückweg über kämpfte sie dagegen an, nicht loszuheulen, jeder Atemzug verursachte ein Brennen in ihren Lungen. Alles in ihr war in Aufruhr. Kaum hatte sie die Halle betreten, hastete sie zur Bibliothek hinüber.

Sie kramte in den Schreibtischschubladen herum, bis sie

das Telefonbuch fand. Sie schlug den Buchstaben R auf und fuhr mit dem Finger die Namen entlang, bis sie den gesuchten gefunden hatte. Sie griff zum Telefon, tippte die Nummer ein und wartete.

»Ich möchte Mr. Gil Rutledge sprechen«, erklärte sie der Stimme am anderen Ende der Leitung.

»Wer ist am Apparat, bitte?«

»Miss Douglas.« Sie setzte sich auf die Kante des Schreibtischs, wartete wieder.

Endlich meldete sich Gil Rutledge. »Ja, Miss Douglas. Was gibt's denn? Bitte fassen Sie sich kurz. Ich habe Gäste.«

»Ich werde mich sehr kurz fassen, Mr. Rutledge.« Kelly behielt einen geschäftlich-neutralen Ton bei, ließ sich nicht anmerken, wie es in ihr brodelte. »Zunächst einmal möchte ich klarstellen, daß Katherine nichts von diesem Anruf weiß. Was ich mit Ihnen zu besprechen habe, ist eine rein persönliche Angelegenheit zwischen Ihnen und mir.«

»Worum handelt es sich?« fragte er barsch.

»Ich weiß, daß Sie zum Zeitpunkt des Mordes nicht mit Ihrem Sohn zusammen waren. Wenn mein Vater das ausbaden soll, ist es nur angemessen, daß er dafür eine Entschädigung erhält.«

»Was sagen Sie da?«

»Im Augenblick sage ich nichts, zu niemanden. Das kann sich allerdings ändern.«

Seine Stimme erstarb zu einem Zischeln. »Das ist Erpressung!«

»Ein häßliches Wort, Mr. Rutledge. Ich würde eher sagen: eine geschäftliche Vereinbarung. Denken Sie darüber nach. Wir sprechen uns wieder.« Sie legte auf. Ihr Unmut war mit einemmal verflogen. Spielerisch glitten ihre Finger über das Telefon. »Einen, der gelogen hat, hab ich festgenagelt, Sam«, flüsterte sie. »Als nächstes finde ich die Wahrheit heraus. Es muß sein.«

Sie hatte zu lange in einem Gespinst von Unwahrheiten gelebt. Gelogen wegen der blauen Flecken, die ihr der Vater beigebracht, wegen des Arms, den er ihr gebrochen hatte. Ganz zu schweigen von der ewigen Lügerei ihres Vaters. Sie mußte herausbekommen, ob er sie jetzt erneut belog. Sie mußte sich Klarheit darüber verschaffen, ob er schuldig war oder unschuldig, weil das die einzige Möglichkeit für sie war, nicht länger Opfer, sondern endlich frei zu sein.

Sie tat es für sich, nicht für ihren Vater. Nur wie sie das Sam begreiflich machen sollte, wußte sie nicht. Es tat weh, daß er nicht verstehen wollte, viel mehr weh als sie sich einzugestehen erlaubte.

Es war spät, als Sam an diesem Abend die Treppe hochstieg, um schlafenzugehen. Er hatte unten gesessen und gehofft, Kelly würde sich zu ihm gesellen und das Kriegsbeil begraben. Wo er doch so felsenfest überzeugt gewesen war, sie würde, wenn sie über alles nachdachte, einsehen, daß er sie lediglich vor einer weiteren Enttäuschung bewahren wollte! Sie erwartete sich einfach zuviel von Dougherty, sehnte sich nach etwas, was dieser Kerl ihr nicht geben konnte.

In Höhe ihrer Tür blieb er mitten auf dem Flur stehen. Wenn es nicht zu diesem Streit gekommen wäre, wäre er jetzt da drin bei ihr. Eigentlich war das noch immer möglich. Er brauchte nur an diese Tür zu klopfen.

Nein. Er war nicht bereit, auch nur ein einziges Wort von dem, was er gesagt hatte, zurückzunehmen. Es stimmte doch, daß Dougherty sie immer wieder gequält hatte. Sie sollte endlich begreifen, daß sich ihr Vater in keiner Art und Weise geändert hatte und sich auch niemals ändern würde. Dieser Kerl war ein notorischer Lügner und Trunkenbold. Höchste Zeit, daß sie sich das klarmachte.

Mit raumgreifendem Schritt steuerte Sam auf sein eigenes Zimmer zu.

23

Etwa ein Dutzend Gepäckstücke, von schwarzglänzenden Lederkoffern bis zu solchen aus blumendurchwirktem Gobelin, standen neben der Haustür auf dem Marmorfußboden, als Kelly am nächsten Morgen die Treppe hinunterkam.

»Guten Morgen.« Das wohlbekannte Auftippen von Katherines Stock begleitete den Gruß.

»Guten Morgen.« Kelly deutete auf das Gepäck. »Wie ich sehe, reist Nathalie ab.«

»Ja. In einer guten Stunde wird sie ein Wagen abholen. Der Gerichtsmediziner hat die sterblichen Überreste von Emile zur Bestattung freigegeben«, erklärte Katherine. »Nathalie will den Sarg zum Flughafen begleiten und dann über New York nach Frankreich zurückfliegen.«

»Verstehe.« In Wirklichkeit hatte Kelly ganz und gar nicht damit gerechnet, daß Nathalie schon so bald abreisen würde.

»Würden Sie mir den Gefallen tun, in die Kellerei hinüberzulaufen und Sam Bescheid zu sagen? In den Büros wird gerade eine neue Telefonanlage installiert; deshalb ist die Leitung außer Betrieb. Sam möchte sich bestimmt von Nathalie verabschieden.«

»Aber gerne«, sagte Kelly, auch wenn ihr bei dem Gedanken, Sam gegenüberzutreten, reichlich flau wurde. Das konnte aber auch ein Zeichen dafür sein, wie sehr sie sich nach ihm sehnte.

Beim Hinausgehen wurde ihr klar, daß es auch für sie an der Zeit war aufzubrechen. Nicht das Tal, aber zumindest Gut Rutledge zu verlassen. Sam brachte kein Verständnis auf für das, was sie tat, er billigte es nicht einmal. Wenn sie weiterhin hier wohnte, würde es nur noch mehr Auseinandersetzungen geben. Zwischen ihnen würde es sowieso bald aus sein – war es da nicht besser, den Zeitpunkt ihrer Abreise selbst zu bestimmen?

Als Kelly die Stelle erreichte, wo der alte Saumpfad abzweigte, schlug hinter ihr eine Autotür zu. Sie drehte sich um und erkannte Gil Rutledge. Leger gekleidet in blaue Hosen und Polohemd, die silberne Löwenmähne sorgfältig gekämmt, sah er aus wie das blühende Leben selbst.

Der Anruf gestern abend schien seine Wirkung nicht verfehlt zu haben. Weshalb sollte er sonst hier sein? Genau das hatte sie bezweckt, auch wenn sie nicht erwartet hatte, daß er sie schon so bald aufsuchen würde.

Er hob grüßend die Hand und kam mit einem unbefangenen Lächeln auf sie zu. »Na, unterwegs zu einem Morgenspaziergang, Miss Douglas?«

»Ich muß rüber in die Kellerei.« Kelly konzentrierte sich darauf, ihre Gedanken zu ordnen. Jetzt kam es darauf an, einen kühlen Kopf zu bewahren.

»Ich habe über unser Telefongespräch gestern abend nachgedacht. Es wird Zeit, daß wir uns einmal unterhalten.«

»Einverstanden. Wann?«

»Sofort.«

»Wie ich schon sagte, muß ich rüber in die Kellerei. Sie können gern mitkommen oder warten, bis ich zurück bin.«

»Ich komme mit.«

Durch ein Achselzucken gab ihm Kelly zu verstehen, daß sie seine Entscheidung nicht sonderlich störte. Gemeinsam schlugen sie den Pfad ein, zunächst ohne ein Wort zu wechseln.

»Sie erstaunen mich, Mr. Rutledge«, meinte Kelly nach einer Weile.

»Ach ja?« Sein Lächeln war nachsichtig und aufreizend zugleich.

»Ja. Ein Geschäftsmann wie Sie sollte wissen, daß es unklug ist, sich anmerken zu lassen, wie sehr er darauf erpicht ist, ein Geschäft unter Dach und Fach zu bringen. Das ist ein Zeichen von Schwäche.«

»Vielleicht habe ich beschlossen, mich auf keinerlei Geschäfte mit Ihnen einzulassen.«

»Das liegt ganz bei Ihnen.« Eine Spannung, eine Art Erregung zerrte an ihren Nerven.

»Vielleicht bin ich der Meinung, daß Sie nur bluffen und versuchen wollen, mich irgendwie zu ködern.«

»Etwas habe ich ja schon erreicht.« Kelly beobachtete ein Eichhörnchen, das von Ast zu Ast huschte. »Sie sind gekommen.«

»Ich habe heute morgen herumtelefoniert, Miss Douglas, und soweit ich in Erfahrung bringen konnte, laufen Sie Gefahr, Ihren Job zu verlieren.«

»Keine Sorge, Mr. Rutledge. Ich verfüge noch immer über gute Beziehungen im Medienbetrieb.«

»Und ich habe meine Anwälte, die auf Verleumdungen spezialisiert sind. Ich an Ihrer Stelle würde mich hüten, falsche Behauptungen in Umlauf zu setzen.«

»Sie wären durchaus nicht falsch«, versicherte Kelly, wobei sie ebenso süffisant lächelte wie er.

Er blieb stehen. »Beweisen Sie das.«

Spöttisch tadelnd schüttelte Kelly den Kopf. »So läuft das nicht, Mr. Rutledge. Wenn mein Vater verurteilt wird, steht ihm eine sehr lange Gefängnisstrafe bevor.«

»Ich lasse mich niemals auf ein Geschäft ein, ehe ich nicht weiß, was dabei für mich rausspringt *und* was mein Partner zu bieten hat. Ganz im Vertrauen, Miss Douglas, ich glaube nicht, daß das in Ihrem Fall mehr ist als eine Menge heiße Luft.«

»Genug, um Sie zu versengen.« Kelly ging gemächlich weiter, so daß auch er sich wohl oder übel wieder in Bewegung setzte.

Sein Gesichtsausdruck war ernst geworden. »Ich finde das nicht witzig.«

»Das hatte ich auch nicht erwartet.« Sie hörte ein Auto die Auffahrt entlangkommen, konnte es aber durch die dichten Bäume hindurch nicht sehen.

»Es wäre wohl besser, wenn Sie sich deutlicher ausdrückten.«

»Was möchten Sie denn hören? Etwas über das Verhältnis der Baronin mit Ihrem Sohn? Daß sie die Party verließ, um sich mit ihm zu treffen? Leider scheint Baron Fougère Verdacht geschöpft zu haben, denn er ging ihr nach.«

»Reine Spekulation.«

»Von wegen. Es ist mehr als das, Mr. Rutledge. Das ist eine Tatsache.«

»Für mich eher Zeitverschwendung. Wenn Sie nichts Besseres anzubieten haben ...«

»Habe ich.« Sie näherten sich der Biegung des Pfades. Die Kellerei war nicht mehr weit weg. »Was würden Sie sagen, wenn ich einen Zeugen hätte?«

»Katherine?«

Sam kletterte aus dem Jeep und sah nachdenklich zu dem Mercedes hinüber, der in der Auffahrt parkte. Mit gekräuselter Stirn eilte er die Stufen zur Haustür hinauf. Als er die Halle betrat, kam Katherine gerade die Treppe hinunter.

»Sam.« Ein freudiges Lächeln umspielte ihren Mund. »Wie schön. Kelly hat dir demnach Bescheid gesagt.«

»Kelly?« Sam blieb stehen. Die Falten auf seiner Stirn vertieften sich. »Ich hab sie nicht gesehen.«

»Wirklich nicht? Vor zehn Minuten habe ich sie zur Kellerei geschickt. Vielleicht hat sie den Saumpfad genommen, und ihr habt euch verpaßt. Sie sollte dir ausrichten, daß Nathalie uns heute vormittag verläßt.«

»Deswegen also ist Gil hier?« Und mit einem Blick auf das Gepäck neben der Tür: »Bringt er sie zum Flughafen?«

»Gil?« Katherine schien verblüfft. »Wie kommst du darauf, daß er hier ist?«

»Sein Mercedes steht draußen.«

»Merkwürdig.« Sie kam näher. »Er hat gar nicht geläutet. Vielleicht ist er mit Kelly zusammen.«

Das war eigentlich die einzige plausible Erklärung. »Dieses verflixte Weib«, knurrte Sam und ballte die Hand um den Zündschlüssel herum zur Faust. »Ich hab ihr gesagt, sie soll sich da raushalten und aufhören, alle Welt mit Fragen zu bestürmen.«

»Fragen? Zu Emiles Tod? Glaubst du, das hat sie mit Gil vor?«

»Anzunehmen.« Verärgert machte Sam auf dem Absatz kehrt. »Ich fahr zurück zur Kellerei und seh nach, ob sie dort ist. Ich muß mit ihr reden.«

»Warte. Ich komme mit.«

»Warum?« Die Tür halb geöffnet, blieb er stehen. Seine Augen verengten sich, als er Katherines verstörtes Gesicht sah.

»Weil …« Sie brach ab und bedeutete ihm ungeduldig, sich zu beeilen.

»Verdammt, Katherine, hast du in der Nacht damals noch jemanden gesehen?« herrschte er sie unvermittelt an. »Gil vielleicht?«

»Ich … kann schon sein«, kam es zögernd, verunsichert.

Fluchend riß Sam die Tür weit auf und stürmte hinaus.

»Katherine?« wiederholte Kelly Gils Frage und schüttelte den Kopf. »Katherine sagt, sie habe Dougherty gesehen, also meinen Vater … und das Gespenst eines kleinen Jungen mit kalten, vorwurfsvollen Augen.«

Seine Haltung wurde ein wenig hölzerner. »Wer ist dann dieser geheimnisvolle Zeuge?« wollte er wissen.

»Erwähnte ich eigentlich schon, daß ich meinen Vater vor seiner Flucht im Gefängnis aufgesucht habe?« Sie folgten der Biegung des Pfades. Am Ende des Tunnels, den die Bäume bildeten, erblickte man die von der Sonne beschienenen Backsteinmauern der Kellerei. »Natürlich haben wir über die Ereignisse in jener Nacht gesprochen. Er erzählte mir, er habe Stimmen gehört von Leuten, die sich stritten. Er schlich sich das Gebäude entlang, um nachzusehen, was los war.«

»Ihr Vater will so was mitbekommen haben?«

Kelly überhörte geflissentlich den abfälligen Ton, in dem diese Frage gestellt worden war. »Gewiß, er war betrunken, und deshalb fällt es ihm wohl auch schwer, sich zu erinnern, was er beobachtet hat.«

»Ach, und damit wollen Sie jetzt hausieren gehen?« entgegnete Gil Rutledge höhnisch. »Sie haben nichts in der Hand, Miss Douglas. Sie wissen so gut wie ich, daß kein Gericht der Welt meinen Sohn aufgrund der Zeugenaussage eines Betrunkenen des Mordes verurteilen wird.«

Clay. Sie mußte sich beherrschen, um das unversehens

aufsteigende Gefühl des Triumphes zu unterdrücken. Gils Erscheinen heute morgen war für sie bereits der Beweis, daß ihr Vater unschuldig war. Sie hatte es nur noch hören wollen. Unwirklich ging sie schneller.

»Man würde ihn aber verurteilen, wenn eindeutige Beweise vorlägen, nicht wahr, Mr. Rutledge?«

»Was für Beweise?« stieß er durch die Zähne aus.

»Nicht so voreilig, Mr. Rutledge. Erst einmal sollten Sie mir zeigen, was Sie zu bieten haben.«

»Wieviel?«

»Ich bin nicht habgierig.« Sie hatten den Pfad verlassen. Bis zur Kellerei war es nur noch ein Katzensprung. »Lassen Sie hören.«

Er blieb stehen. »Mehr als zwanzigtausend in bar kann ich nicht aufbringen.«

Kelly sah ihn an. »Ihr Sohn ist Ihnen aber nicht besonders viel wert.«

»Später. Später kann ich Ihnen mehr geben.«

»Ratenzahlung also. Nicht übel.« Kelly nickte bedächtig. Sie hatte die Hand am Drücker. Sie sah, wie Gil Rutledge die Adern schwollen. Auf einen weiteren Wutanfall von ihm war sie keinesfalls erpicht. »Ich sag Ihnen was.«

»Nein. Jetzt sag ich Ihnen mal was.« Als sie Anstalten machte, ihn stehenzulassen, packte er sie am Handgelenk. »Der Beweis. Was für ein Beweis?«

»Sobald ich das Geld habe, erhalten Sie den Beweis.«

Hoffentlich konnte sie bis zu ihrer nächsten Unterredung mit Gil Rutledge Ollie dazu bringen, eine Fangschaltung zu installieren. Auch wenn eine Bandaufzeichnung bei Gericht nicht unbedingt zulässig war, würde sie doch die Unschuld ihres Vaters aufzeigen.

»Damit geb ich mich nicht zufrieden.«

»Schade.« Kelly bewegte ihr Handgelenk. »Das ist alles, was Sie im Augenblick bekommen können.«

»Von wegen.«

»Lassen Sie meinen Arm los«, befahl sie kühl. »Sie tun mir weh, und dagegen habe ich etwas.«

»Ich werd noch mehr als Ihren verdammten Arm in die

Zange nehmen, wenn Sie mir nicht sagen, was zum Teufel Sie haben.« Er drehte ihr das Handgelenk um.

»Laß sie los!«

Verblüfft starrte Kelly den stämmigen Claude Broussard an. Der Griff um ihr Handgelenk lockerte sich dennoch nicht.

»Miss Douglas und ich haben etwas rein Privates zu besprechen. Du störst nur. Also geh schon.« Mit einer Kopfbewegung bedeutete er Claude zu verschwinden.

»Erst wenn du sie losgelassen hast.«

»Hör zu, du verschrobener alter Mann ...«

»Alt?« wetterte Claude. »Ich und alt? Ich? Claude Broussard?« Auf französisch machte er lauthals seiner Empörung Luft und kam näher.

Kelly sah nur den Holzschlegel, den Claude wie eine Waffe in der Hand hielt, nahm den Jeep, der auf den Hof einbog und auf sie zusteuerte, gar nicht wahr. Stimmen – ihr Vater hatte wütende Stimmen gehört, aber nichts verstehen können. Konnte er auch nicht, wie Kelly ihm zubilligen mußte – weil die Auseinandersetzung auf französisch stattgefunden hatte.

Der Schlegel. Laut Ollie stammten zwei der Fingerabdrücke von Gutsarbeitern. Wenn einer davon der von Claude war – großer Gott, dann hatte sie den Beweis! Der Motor des Jeeps verstummte; Stille legte sich über den Hof.

»Sie«, flüsterte Kelly, um dann die Stimme zu heben und Claude in die Augen zu sehen. »Sie waren es, der sich in der Mordnacht mit dem Baron herumgestritten hat. Stimmt das, Claude?«

»Was?« fragte Gil entgeistert und ließ Kelly unwillkürlich los.

»War es nicht so, Claude?« bedrängte Kelly den alten Mann, der sich, das Gesicht aschgrau, nur noch mit Mühe auf den Beinen hielt. Aus dem Augenwinkel bekam sie mit, daß zwei Gestalten näherkamen – offenbar Sam und Katherine –, aber sie wandte den Blick nicht von Claude ab.

»Er sagte ... ich sei zu alt.« Seine dunklen Augen verrieten Verwirrung, Zerknirschung, ja sogar Schmerz. »Er sagte, er würde meinen Posten einem jüngeren geben. Er wollte mich nicht anhören. Ich versuchte …«

»Sie haben ihn umgebracht, ja?« fragte Kelly leise und beschwörend und darauf bedacht, ihn zu einem Geständnis zu bewegen.

»Er sagte, das sei bereits beschlossene Sache. Und ich solle ihn nicht länger aufhalten. Er wollte mich beiseite schieben, und da …« Die Worte blieben ihm im Hals stecken.

Kelly half nach. »Und da schlugen Sie zu?«

Er nickte, wandte sich dann an Katherine. »Madam, es war ein Unfall. Ich wollte nicht so fest zuschlagen. Ich …«

»Sprich nicht weiter, Claude.« Sie stellte sich neben ihn, legte die Hand auf seinen Arm und sah zu ihm auf. »Kein Wort mehr, Claude, bis ich einen Anwalt für dich besorgt habe«, sagte sie in einem Ton, der keinen Widerspruch duldete.

Es war vorbei. Kelly spürte, wie ihre Anspannung wich und Erleichterung Platz machte. Sie wandte sich Sam zu, ihre Blicke trafen sich. Die Stille zwischen ihnen schien endlos, wurde immer bedrückender.

»Sieht aus, als hätte dein Vater die Wahrheit gesagt«, meinte Sam schließlich. »Er ist unschuldig. Dieses eine Mal zumindest.«

»Ich mußte mir Gewißheit verschaffen, Sam. Ich erwarte nicht, daß du das verstehst, aber ich konnte nicht noch weitere Lügen hinnehmen.« Sie schickte sich an, zum Bürogebäude hinüberzugehen. »Ich verständige jetzt die Polizei.«

»Kelly.« Wie um sie zurückzuhalten, streckte er die Hand aus. »Im Radio haben sie vorhin durchgegeben, dein Vater sei gefaßt worden.«

»Ist alles in Ordnung mit ihm?« Skeptisch sah sie ihn an, weil sie meinte, aus seiner Stimme etwas anderes herausgehört zu haben.

»Abgesehen davon, daß er verdreckt und müde ist und sich beim Herumkriechen im Gestrüpp ein paar Kratzer eingehandelt hat, geht es ihm gut.«

»Ich werde wohl mit ihm sprechen und ihn über das hier informieren müssen«, meinte sie. »Und mich darum kümmern, daß er auf freien Fuß gesetzt wird.«

»Es besteht keinerlei Veranlassung für dich, ihn aufzusuchen, Kelly«, gab Sam zu bedenken. »Die Polizei wird ihn zwangsläufig entlassen. Die Formalitäten kann MacSwayne erledigen. Du brauchst nicht eigens hinzufahren.«

»Doch, ich muß.« Ohne ein weiteres Wort ging sie.

»Er wird sich nicht bei dir bedanken, Kelly!«, rief Sam ihr noch nach. Daß sie es nicht einsehen wollte! Daß sie sich das antun mußte, um selbst dahinterzukommen!

Innerhalb von Minuten war die Polizei zur Stelle und nahm Claude fest. Gleich nachdem Sam seine Zeugenaussage zu Protokoll gegeben hatte, machte er sich auf die Suche nach Kelly. Wenn er sie schon nicht überzeugen konnte, daß es völlig überflüssig war, den Vater aufzusuchen und sich persönlich für seine Entlassung einzusetzen, dann würde er eben mitkommen. Allein wollte er sie das nicht durchstehen lassen.

Aber es war zu spät. Sie war bereits fort.

Sam erreichte seinen Jeep, als der Einsatzwagen der Polizei, mit Claude auf dem Rücksitz, anfuhr. Katherine und Gil starrten dem Fahrzeug nach, schienen von Sam keine Notiz zu nehmen.

Gil hatte sich noch immer nicht von seiner Verblüffung erholt. »Der alte Claude war's also«, murmelte er. »Und ich dachte immer, Clay ...« Er brach ab, biß sich auf die Lippen.

»Wir sind schon so ein Gespann, Gil.« Katherine sah ihn verständnisvoll und traurig an. »Ich glaubte, du ... Ich dachte, ich hätte dich dort gesehen.«

Sein Mund verzog sich keineswegs amüsiert. »Hast du auch. Ich wollte Clay warnen, daß Emile ihm gefolgt war. Ich nahm die Abkürzung durch den Wald, um Clay noch vor Emile zu erreichen. Aber ich hab mich verlaufen. Als ich schließlich zur Kellerei kam, fand ich dich dort ... neben Emiles Leiche.«

Bei der Erinnerung daran, daß Clay da lediglich gesagt hatte, »Emile ist tot«, schüttelte Gil den Kopf. Clay war vor Schreck ganz blaß gewesen, und er hatte, ohne weitere Fragen zu stellen, daraus geschlossen, daß sein Sohn für die Tat verantwortlich war. Beinahe hätte er aufgelacht, als ihm bewußt wurde, daß wiederum Clay möglicherweise geargwöhnt hatte, sein Vater habe den Mord begangen.

Er faßte sich und sah Katherine mit verhohlenem Argwohn an. »Wenn du glaubtest, mich gesehen zu haben, warum hast du das dann der Polizei gegenüber nicht erwähnt?«

»Warum hast du ihnen nichts von Clay gesagt?«

»Er ist mein Sohn.«

»Eben.«

In seinem Gesicht zuckte es, ehe er ihr mit einem verschämten Lächeln zunickte und dann wie selbstverständlich den alten Saumpfad entlang zu seinem Auto zurückging.

»Bring mich nach Hause, Sam«, sagte Katherine. Das Alter und der Kummer forderten ihren Tribut.

Schweigend half er ihr auf den Beifahrersitz, nahm hinter dem Lenkrad Platz. Der Zündschlüssel steckte noch, aber anstatt den Motor anzulassen, sah er Katherine fragend an.

»Du hieltest Gil für den Mörder, hast dich aber der Polizei gegenüber ausgeschwiegen, Warum, Katherine?«

»Ich dachte, ich hätte mir nur eingebildet, daß Gil in jener Nacht dort war«, hob sie an, um gleich darauf aufzuseufzen. »Nein, stimmt gar nicht. Ich wollte es als Einbildung abtun. Und mir einreden, nicht mein Sohn, sondern Dougherty habe Emile auf dem Gewissen.«

»Dein Sohn haßte dich, er haßt dich vermutlich noch immer. So weit ich zurückdenken kann, habt ihr beide immer auf Kriegsfuß gestanden. Warum ihn dann schützen, Katherine?«

»Wenn du Kinder hättest, würdest du das nicht fragen.«

»Deswegen also. Glaubst du, er würde sich dir gegenüber ebenso loyal verhalten?«

»Wohl kaum.« Sie ging mit einer Handbewegung darüber hinweg. »Darauf kommt es doch gar nicht an.« Durch die Bäume hindurch rückte ein Weinberg ins Blickfeld. »Wie ich höre, trocknen die Beeren gut ab. Scheint, als hätten die Hubschrauber ihren Zweck erfüllt.«

»Daran besteht nicht der geringste Zweifel.«

»Ich bin in letzter Zeit ziemlich uneinsichtig … Sam.« Sie legte absichtlich eine Pause ein, ehe sie mit Nachdruck seinen Namen aussprach. »Vermutlich das Alter. Höchste Zeit also, daß ich abtrete. Ab sofort bestimmst du, was auf Gut Rutledge getan wird.« Er warf ihr von der Seite her einen Blick zu, grinste schief. »Du kannst gar nicht aufhören, Katherine. Das ist undenkbar.«

»Du wirst dich wundern. Claude wird in den nächsten Wochen und Monaten einen Großteil meiner Zeit und Zuwendung in Anspruch nehmen«, erklärte sie.

Natürlich würde sie dem alten Claude beistehen; Sam hätte das eigentlich wissen müssen. Katherine würde für Claude dasein, im guten wie im schlechten. So wie er, Sam, Kelly hätte beistehen und für sie dasein sollen. Er hatte sich falsch verhalten, und daß er sich dabei von den besten Absichten hatte leiten lassen, vermochte nichts daran zu ändern. Wie konnte er ihr das klarmachen? Ob sie ihn jemals verstehen würde?

24

Es war spätnachmittags, als Kelly vor dem Haus vorfuhr, in dem sie ihre Kindheit verbracht hatte. Das Unkraut war gejätet, aller Sperrmüll abtransportiert worden. Die morschen Bretter an der Vordertreppe waren durch neue ersetzt worden. Alles kleine Veränderungen, die das Haus zwar noch längst nicht richtig ansehnlich machten, die Kelly aber doch sofort auffielen.

Die Beifahrertür wurde zugeschlagen. »Sieh dir bloß das mal an!« Der Vater deutete zum Weinberg. »Kaputt, die ganze verdammte Ernte dürfte zum Teufel sein, alle Trauben verschimmelt. Wenn die vermaledeiten Rutledges nicht versucht hätten, mir diesen Mord anzuhängen, hätte ich sie noch vor dem Regen abernten können. Jetzt darf ich froh sein, wenn ich überhaupt noch was dafür kriege.«

Kelly hörte ihm ungerührt zu und angelte nach der Lebensmitteltüte auf dem Rücksitz. »Hier.«

Er starrte auf die Tüte, dann auf sie. »Kommst du nicht mit rein?«

»Nein.«

»Haben wir denn nicht eigens deswegen eingekauft?« Stirnrunzelnd nahm er die Tüte entgegen. »Ich dachte, wir würden zusammen zu Abend essen und meine Entlassung feiern.«

Feiern. Der allzu wohlbekannte Klang dieses Wortes wirkte wie ein Funke, der Kelly prompt explodieren ließ. »Womit? Mit einer Flasche Whiskey?« fauchte sie. »Du bist wieder frei. Ein triftiger Grund, dich vollaufen zu lassen, wie? Aber ich bin zufällig ebenfalls frei. Befreit von dir und deiner Trinkerei.«

Beleidigt und verstimmt wandte er ein: »Ich sagte Abendessen. Von Trinken war überhaupt nicht die Rede.«

»Stimmt. Aber das tut weiter nichts zur Sache. Mir ist eigentlich völlig egal, ob du dich betrinkst oder nicht. Nichts, was du tust, wird mich je wieder bekümmern.« Um zu vermeiden, eine heftige Auseinandersetzung vom Zaun zu brechen, brach Kelly ab und zog aus ihrer Umhängetasche eine Geschäftskarte. »MacSwayne hat mich gebeten, dir dies zu geben«, sagte sie steif.

»Was ist das?« Zögernd nahm er die Karte entgegen.

»Adresse und Telefonnummer des hiesigen Vereins der AA.«

»Und was soll ich damit? Ich bin kein Alkoholiker.«

»Doch, bist du«, widersprach Kelly heftig. »Warum hörst du nicht endlich auf, dir selbst was vorzumachen, und gestehst dir das ein? Vielleicht können die dir helfen. Ich jedenfalls nicht.« Sie wandte sich ab und stieg wieder ins Auto.

»Wohin fährst du?«

»Das weiß ich noch nicht. Wir sprechen uns morgen wieder.« Kelly zog die Tür zu und ließ den Motor an. Als sie das Grundstück verließ, stand ihr Vater noch immer wie angewurzelt da.

Angespannt, ausgepumpt und mit schrecklichen Kopfschmerzen fuhr sie zurück zum Gut. Als sie den Jeep vor dem Haus sah, stellte sie sich innerlich auf eine weitere Runde mit Sam ein, auf die letzte, wie sie sich schwor.

Sam öffnete ihr die Tür, noch ehe sie sie erreicht hatte. »Da bist du ja.«

»Wie du siehst.«

»Hat man deinen Vater entlassen?«

»Ja.« Kelly schlüpfte an ihm vorbei in die Halle. »Und falls es dich interessiert: nein, er hat mir nicht gedankt«, sagte sie noch über die Schulter hinweg und ging auf die Treppe zu.

»Das wollte ich gar nicht wissen. Und darüber wollte ich auch nicht mit dir sprechen.« Er kam ihr nach.

Kelly rannte die Stufen hinauf. »Zwischen uns ist bereits alles gesagt worden.«

»Verdammt noch mal, du machst es mir wirklich nicht einfach.«

»Bedauerlich. Aber warum sollte ich es dir einfach machen? Nichts war für mich jemals einfach. Sieh es ein, Sam. Ich bin nicht so, wie du mich sehen willst, basta.« Kaum hatte Kelly ihr Zimmer erreicht, ging sie schnurstracks zum Kleiderschrank und holte ihren Koffer heraus.

Sam packte sie am Arm. »Würdest du mir jetzt mal einen Augenblick lang zuhören?«

»Ich habe dir zugehört«, schnappte sie. Ihre Wut half ihr, ihre Enttäuschung zu verbergen. »Mein ganzes Leben lang habe ich anderen zugehört. Ab sofort höre ich nur noch auf mich.«

»Ich hätte auch auf dich hören sollen.«

Mehr vom weichen Klang seiner Stimme als durch seinen festen Griff gebannt, sah Kelly ihn überrascht an. »Was willst du damit sagen?«

Der Druck auf ihrem Arm lockerte sich, sein Blick wurde weich, flehend. »Es tut mir leid, was ich über deinen Vater geäußert habe ... ich weiß doch, wie sehr du gelitten hast, nicht nur unter seinen körperlichen Mißhandlungen. Ich wollte dir jeden weiteren Kummer ersparen und habe nur versucht, dich zu beschützen.«

»Vor so etwas kann man einen nicht beschützen.«

»Nein, kann man nicht.« Er schien nach den richtigen Worten zu suchen. »Kelly, ich weiß nicht genau, was es bedeutet, eine Familie zu haben. Meine Eltern waren mir immer fremd. Ich habe mir eingeredet, daß mir das nichts ausmacht. Es war für mich leichter so.«

»Wenn einem alles egal ist, kann man nicht enttäuscht werden.« Hatte nicht Sam selbst diese Meinung vertreten?

»Vielleicht ist diese Einstellung nicht ganz richtig. Vielleicht sollte man nicht alles mit gleicher Münze heimzahlen, vielleicht muß man gelegentlich spontan handeln, einfach weil man überzeugt ist, daß es richtig ist.«

»Kann schon sein.« Sie wollte seinen Worten nicht zuviel Bedeutung beimessen.

»Kelly, ich bin nicht frei von Fehlern.«

Sie trat beiseite, weg von ihm. Um sich selbst daran zu hindern, ihren Arm nach ihm auszustrecken. »Wer ist das schon?« Sie stellte den Koffer auf das Bett, klappte ihn auf.

»Wohin willst du? Wieder nach New York?«

»In ein, zwei Tagen, ja«, nickte Kelly. »Mein Job wartet.«

Sie ging zum Kleiderschrank und holte ihre Sachen heraus. »Ich habe mit Hugh telefoniert, während ich auf die Entlassung meines Vaters wartete. Seine Unschuld hat letztendlich meine Glaubwürdigkeit untermauert ... und meine Karriere gerettet.« Sie trug die Kleidungsstücke zum Bett. Der Sender ist zudem überzeugt, daß eine großangelegte PR-Kampagne für alles weitere sorgt.«

»Das freut mich.« Seine Stimme klang näher. »Ich weiß doch, wieviel dir dein Beruf bedeutet.«

Bisher eigentlich alles, ging es Kelly durch den Kopf, während sie ihre Sachen zurechtlegte. Aber in den vergangenen Tagen hatte sie einiges über sich dazugelernt. Und wenn sie sich früher darauf verstellt hatte, daß eine Fernsehkarriere alles war, was sie zu ihrer Erfüllung brauchte, reichte ihr das jetzt nicht mehr. So sehr sie ihre Arbeit liebte, so sehr sehnte sie sich doch auch nach einem Ehemann, nach Kindern, einem Zuhause – nach einer Familie.

Sie atmete tief ein. »Vielleicht freut es dich auch, wenn ich dir sage, daß ich euch die Schulden meines Vaters zurückzahlen werde. Und was seinen Weinberg betrifft, so habe ich vor, ihn von ihm zu pachten, ein paar Arbeiter einzustellen und ihn im Winter erst einmal in Ordnung bringen zu lassen. Nächstes Jahr leg ich dann los.«

»Das heißt, du kommst wieder.« Sam stand jetzt dicht hinter ihr. »Vermutlich jedes Wochenende.« Kelly wußte genau, worauf er abzielte, wollte aber gar nicht erst darüber nachdenken. Statt dessen konzentrierte sie sich darauf, die zusammengefaltete Bluse im Koffer zu verstauen, griff dann nach einem Rock. »Ich habe vor, jeweils den letzten Flug am Freitag zu nehmen, mich am Samstag um den Weinberg und alles damit verbundene Geschäftliche zu kümmern und Sonntag entweder zurück nach New York zu fliegen oder wo immer die Show abgedreht wird.«

»Ich würde mich gern mit dir treffen, wenn du hier bist, Kelly.«

Sie spürte Tränen aufsteigen, zwickte die Augen zusammen. »Bei allem, was ich dann um die Ohren habe, werde ich wohl kaum Zeit dazu finden.«

»Nimm sie dir einfach. Das muß ich doch auch, schon weil sich Katherine jetzt zurückzieht und ich die Kellerei übernehme«, drängte er sie.

Kelly ging absichtlich nur auf das ein, was er als Grund seiner begrenzten Freizeit angeführt hatte. »Katherine zieht sich zurück?«

»So ist es.«

»Herzlichen Glückwunsch.«

»Weich nicht vom Thema ab.« Er griff nach ihrem Arm und drehte sie zu sich herum, so daß sie seinem prüfenden Blick nicht länger ausweichen konnte. »Wie ich dir schon mal gesagt habe, solltest du, wenn du Pläne schmiedest, mich unbedingt dabei berücksichtigen. Das war ernst gemeint, Kelly.«

»Ich weiß. Obwohl ich es für besser halte, wenn wir uns eine Weile nicht sehen. Für eine kurze Weile zumindest.« So sehr sie sich bemühte, sie konnte das Zittern ihrer Stimme nicht verbergen. Er ahnte wahrscheinlich gar nicht, wie schwer es ihr fiel, das zu sagen, welche Überwindung es sie kostete, die Wärme seiner Hände auf ihren Armen nicht zu beachten und seinem flehenden Blick standzuhalten. »Verstehst du das nicht, Sam? Es ist so viel geschehen. Und es gibt noch so vieles, über das ich mir klarwerden muß. Vor allem über mich selbst. Ich habe die Adresse eines Vereins in New York, eine Gründung von Leuten, die hautnah mit Alkoholikern zusammengelebt haben. Möglich, daß sie mir helfen können, meine Gefühle zu analysieren – meine Aggressionen abzubauen. Vielleicht schaffe ich es eines Tages sogar, meinem Vater das, was er mir angetan hat, zu verzeihen.«

»Was hat das mit uns beiden zu tun?«

»Sehr viel«, beharrte sie und versuchte dann, es ihm zu erklären. »Ich muß wieder lernen, anderen zu vertrauen. So was schafft man nicht von heut auf morgen – ich bin einfach zu oft enttäuscht worden. Und ohne gegenseitiges Vertrauen kann sich eine Beziehung nicht entwickeln und vertiefen. Versteh das doch.«

»Verstehen?« Sein jungenhaftes Grinsen kam für sie völlig

unerwartet. »Du hast es mit einem Winzer zu tun, Kelly. Ich weiß Bescheid über das Pfropfen eines Rebenschößlings auf einen Wurzelstock. Man weiß nie im voraus, ob es klappt. Das Pflänzchen muß gehegt und gepflegt werden und ausreichend Feuchtigkeit und Nährstoffe zugeführt bekommen. Und selbst dann ist noch nicht sicher, ob was draus wird.« Wieder ernst fuhr er fort: »Und um mehr bitte ich dich ja gar nicht – nur um diese Zeit des Umeinanderwissens und des besseren gegenseitigen Kennenlernens. Gestehst du uns das zu, Kelly? Die gemeinsame Zeit, um herauszufinden, ob wir zusammengehören?«

Sie sah ihn unschlüssig an. Dann überzog ein strahlendes Lächeln ihr Gesicht. »Ja«, sagte sie und wußte mit einemmal, daß sie sich das ebensosehr wünschte wie er.